HISTOIRE 2de

Directeur et directrices de collection

Thomas DEGUFFROY
Académie de Lille

Franciane ALLAIRE
Lycée Albert Châtelet, Douai (59)

Fanny MAILLO-VIEL
Cité scolaire Jacques Decour, Paris (75)

Auteurs

Julien DOCHEZ
Académie de Lille

Stéphane GENÊT
Lycée Choiseul, Tours (37)

Florence GIRY
INSPE Centre Val de Loire, Fondettes (37)

Stéphane GUERRE
Lycée Carnot, Paris (75)

Émilie LACROIX
Lycée Faustin Fleret, Morne-à-l'Eau (97)

Émilie PECKRE
Lycée Léopold Sédar Senghor, Évreux (27)

Laurent REGARD
Lycée Washington-Touchard, Le Mans (72)

Ludovic VANDOOLAEGHE
Lycée Robespierre, Arras (62)

Autrice des pages « Actrices de l'histoire »

Muriel SALLE
Université Claude Bernard Lyon 1 – INSPE de Lyon (69)

Auteur des podcasts d'Histoire

Stéphane GENÊT
Créateur et animateur du podcast « T'as qui en Histoire ? »

hachette
ÉDUCATION

Nous remercions tous les enseignants qui ont bien voulu contribuer à la conception de cet ouvrage et, en particulier, Virginie Delbaere, Margaux Deverrière, Delphine Delisle, Corinne Mutter, Natacha Milkoff, Grégory Bertholet, Nathalie Veiga, pour leurs précieux conseils et suggestions.

Édition : Élise Ponce et Gwenaëlle Aznar
Assistantes d'édition : Emma Leroux et Rose Leridon
Principe de maquette : Anne-Danielle Naname
Mise en page : Adeline Calame
Cartographie : Légendes cartographie
Iconographie : Sophie Suberbere et Valérie Dereux
Fabrication : Miren Zapirain

Hachette Education s'engage pour la préservation de l'environnement

Depuis plusieurs années, nous mettons en place **des solutions innovantes et écoresponsables**, en concertation avec nos fournisseurs, pour **limiter notre empreinte carbone et diminuer l'utilisation du plastique**, en suivant **5 grands objectifs** :

1. **Optimiser le format et la pagination** de nos ouvrages ainsi que **le grammage du papier**.
2. **Utiliser** du **papier certifié suivant l'un des 2 schémas de certification internationale, PEFC ou FSC.**
3. **Supprimer** peu à peu **le pelliculage plastique** de nos couvertures.
4. **Imprimer** nos ouvrages **en France ou en Europe**.
5. **Recycler** 100 % des ouvrages invendus.

PAPIER CERTIFIÉ

hachette s'engage pour l'environnement en réduisant l'empreinte carbone de ses livres. Celle de cet exemplaire est de :
1200 g éq. CO_2
Rendez-vous sur www.hachette-durable.fr

hachette-education.com

ISBN : 978-2-01-628117-8
ISBN à utiliser pour toute commande de l'ouvrage.

LES RESSOURCES NUMÉRIQUES
de votre manuel papier en accès direct

Pour apprendre, pour s'entraîner et pour réviser efficacement, en classe comme à la maison !

Quelles ressources numériques se trouvent dans votre manuel d'histoire ?

- Des vidéos
- Des quiz et des flashcards
- Des podcasts

Pour y accéder, c'est très simple

Recopier le mini-lien

Dans votre navigateur, saisissez le mini-lien hachette-clic.
Vous accédez directement à la ressource !

PODCAST

Pourquoi les historiens utilisent-ils la périodisation ?

Podcast
hachette-clic.fr/24h2002

Flasher le QR-code

Avec l'appareil photo de votre smartphone ou de votre tablette, flashez le QR-code.
Vous accédez directement à la ressource !

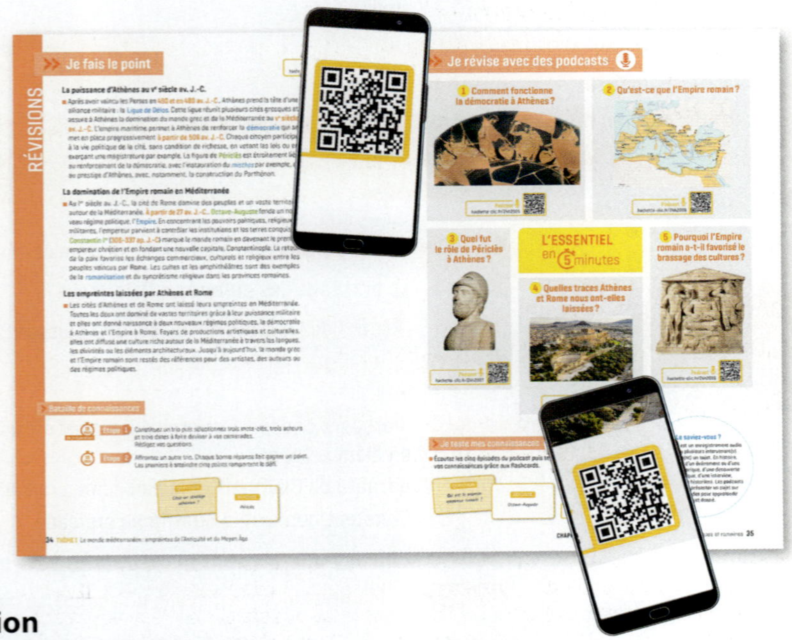

Aller sur le site de la collection

Dans votre navigateur, saisissez l'adresse du site de la collection pour accéder à toutes les ressource du manuel :
https://lycee.hachette-education.com/h-g/h-2de

SOMMAIRE

THÈME 2

XVe-XVIe siècles : un nouveau rapport au monde, un temps de mutation intellectuelle

CHAPITRE 3

CHAPITRE 4

THÈME 3

L'État à l'époque moderne : France et Angleterre 110

CHAPITRE 5

CHAPITRE 6

MÉTHODES GÉNÉRALES

THÈME 4

Dynamiques et ruptures dans les sociétés des XVIIe et XVIIIe siècles

 Programme du BO du 22 janvier 2019

Introduction La périodisation

(2 heures)

- L'introduction est l'occasion de rappeler comment l'histoire a été divisée en quatre grandes périodes, avec, pour marquer chacune d'entre elles, le choix d'une date-clé (476, 1453/1492,1789). On montre que le choix de ces dates qui servent de marqueurs ne va pas de soi : ainsi, on retient 1453 ou 1492 pour les débuts de l'époque moderne, selon ce qu'on souhaite mettre en exergue. Il convient aussi de présenter les formes de périodisation (exemples : dynasties, ères, époques, âges, siècles…). Le but n'est pas de réaliser un inventaire mais d'introduire l'idée que le temps a lui-même une histoire et que cette histoire a été soumise à des évolutions, dans le temps et dans l'espace.
- Une frise chronologique peut être construite puis enrichie au fil de l'année, y compris sous forme numérique.

THÈME 1 Le monde méditerranéen : empreintes de l'Antiquité et du Moyen Âge

(10-12 heures)

Chapitre 1. La Méditerranée antique : les empreintes grecques et romaines

Objectifs du chapitre

Ce chapitre vise à rappeler que l'Antiquité méditerranéenne est le creuset de l'Europe. On peut pour cela :
- distinguer des temps, des figures et des constructions politiques ayant servi de référence dans les périodes ultérieures ;
- montrer comment Athènes associe régime démocratique et établissement d'un empire maritime ;
- montrer comment Rome développe un empire territorial immense où s'opère un brassage des différents héritages culturels et religieux méditerranéens.

Points de passage et d'ouverture

- Périclès et la démocratie athénienne.
- Le principat d'Auguste et la naissance de l'empire romain.
- Constantin, empereur d'un empire qui se christianise et se réorganise territorialement.

Chapitre 2. La Méditerranée médiévale : espace d'échanges et de conflits à la croisée de trois civilisations

Objectifs du chapitre

Ce chapitre vise à montrer comment des civilisations entrent en contact, nouent des relations et connaissent des conflits dans un espace marqué par les monothéismes juif, chrétien et musulman. On peut mettre en avant :
- l'émergence de grands ensembles de civilisation ;
- les contacts et les heurts entre Chrétienté et Islam ;
- l'hétérogénéité religieuse et politique entre Rome et Byzance et au sein du monde musulman ;
- la persistance de la circulation de biens, d'hommes et d'idées dans cet espace méditerranéen relié à l'Europe du Nord, à l'Asie et l'Afrique.

Points de passage et d'ouverture

- Bernard de Clairvaux et la deuxième croisade.
- Venise, grande puissance maritime et commerciale.

THÈME 2 XVe-XVIe siècles : un nouveau rapport au monde, un temps de mutation intellectuelle

(11-12 heures)

Chapitre 3. L'ouverture atlantique : les conséquences de la découverte du « Nouveau Monde »

Objectifs du chapitre

Ce chapitre vise à montrer le basculement des échanges de la Méditerranée vers l'Atlantique après 1453 et 1492, ainsi que le début d'une forme de mondialisation. On peut mettre en avant les conséquences suivantes en Europe et dans les territoires conquis :
- la constitution d'empires coloniaux (conquistadores, marchands, missionnaires…) ;
- une circulation économique entre les Amériques, l'Afrique, l'Asie et l'Europe ;
- l'esclavage avant et après la conquête des Amériques ;
- les progrès de la connaissance du monde ;
- le devenir des populations des Amériques (conquête et affrontements, évolution du peuplement amérindien, peuplement européen, métissage, choc microbien).

Points de passage et d'ouverture

- L'or et l'argent, des Amériques à l'Europe.
- Bartolomé de Las Casas et la controverse de Valladolid.
- Le développement de l'économie « sucrière » et de l'esclavage dans les îles portugaises et au Brésil.

Chapitre 4. Renaissance, Humanisme et réformes religieuses : les mutations de l'Europe

Objectifs du chapitre

Ce chapitre vise à montrer comment l'effervescence intellectuelle et artistique de l'époque aboutit à la volonté de rompre avec le « Moyen Âge » et de faire retour à l'Antiquité. On peut mettre en avant :
- l'imprimerie et les conséquences de sa diffusion ;
- un nouveau rapport aux textes de la tradition ;
- une vision renouvelée de l'homme qui se traduit dans les lettres, arts et sciences ;
- les réformes protestante et catholique qui s'inscrivent dans ce contexte.

Points de passage et d'ouverture

- 1508 – Michel-Ange entreprend la réalisation de la fresque de la Chapelle Sixtine.
- Érasme, prince des humanistes.
- 1517 – Luther ouvre le temps des réformes.

THÈME 3 L'État à l'époque moderne : France et Angleterre (11-12 heures)

Chapitre 5. L'affirmation de l'État dans le royaume de France

Objectifs du chapitre

Ce chapitre vise à montrer l'affirmation de l'État en France dans ses multiples dimensions ainsi qu'à caractériser la monarchie française.
On peut mettre en avant :
- le rôle de la guerre dans l'affirmation du pouvoir monarchique ;
- l'extension du territoire soumis à l'autorité royale ;
- le pouvoir monarchique et les conflits religieux ;
- le développement de l'administration royale, la collecte de l'impôt et le contrôle de la vie économique ;
- la volonté du pouvoir royal de soumettre la noblesse ; les limites de l'autorité royale.

Points de passage et d'ouverture

- 1539 – L'ordonnance de Villers-Cotterêts et la construction administrative française.
- Colbert développe une politique maritime et mercantiliste, et fonde les compagnies des Indes et du Levant.
- Versailles, le « roi-soleil » et la société de cour.
- L'Édit de Nantes et sa révocation.

Chapitre 6. Le modèle britannique et son influence

Objectifs du chapitre

Ce chapitre vise à montrer comment l'ébauche d'un gouvernement représentatif ainsi que la définition de grands principes et de droits fondamentaux inspirent les philosophes au cours du XVIIIe siècle, et aboutit à la fondation d'un nouveau régime politique doté d'une constitution écrite avec la naissance des États-Unis d'Amérique.
On peut mettre en avant :
- l'évolution politique et sociale anglaise à la fin du XVIIe siècle ;
- l'affirmation des droits du Parlement face à la couronne anglaise, autour de la révolution de 1688 ;
- l'influence du régime britannique sur des philosophes des Lumières ;
- le retournement par les colons américains des valeurs anglaises contre leur métropole ;
- la rédaction d'une constitution et ses enjeux ;
- les limites de l'application des principes démocratiques (esclaves, Indiens d'Amérique...) ;
- l'influence de l'intervention française sur les esprits et la situation financière du royaume de France.

Points de passage et d'ouverture

- 1679 et 1689 – L'Habeas Corpus et le Bill of Rights, le refus de l'arbitraire royal.
- Voltaire, l'Angleterre et la publication des Lettres philosophiques ou Lettres anglaises : 1726 -1733.
- Washington, premier président des États-Unis d'Amérique.

THÈME 4 Dynamiques et ruptures dans les sociétés des XVIIe et XVIIIe siècles (11-12 heures)

Chapitre 7. Les Lumières et le développement des sciences

Objectifs du chapitre

Ce chapitre vise à montrer le rôle capital de l'esprit scientifique dans l'Europe des XVIIe et XVIIIe siècles. On peut mettre en avant :
- l'essor de l'esprit scientifique au XVIe siècle ;
- sa diffusion et l'extension de ses champs d'application au XVIIIe siècle (par exemple par L'Encyclopédie) ;
- le rôle des physiocrates en France ;
- l'essor et l'application de nouvelles techniques aux origines de la « révolution industrielle » ;
- le rôle de femmes dans la vie scientifique et culturelle.

Points de passage et d'ouverture

- Galilée, symbole de la rupture scientifique du XVIIe siècle.
- 1712 – Thomas Newcomen met au point une machine à vapeur pour pomper l'eau dans les mines.
- Émilie du Châtelet, femme de science.

Chapitre 8. Tensions, mutations et crispations de la société d'ordres

Objectifs du chapitre

Ce chapitre vise à montrer la complexité de la société d'ordres. On peut mettre en avant :
- le poids de la fiscalité et des droits féodaux sur le monde paysan ;
- une amélioration progressive de la condition des paysans au XVIIIe siècle ;
- le monde urbain comme lieu où se côtoient hiérarchies traditionnelles (juridiques) et hiérarchies nouvelles (économiques) ;
- le maintien de l'influence de la noblesse ;
- les femmes d'influence dans le monde politique, littéraire, religieux...

Points de passage et d'ouverture

- 1639 – La révolte des Va Nu-pieds et la condition paysanne.
- Riches et pauvres à Paris.
- Un salon au xviiie siècle (le salon de madame de Tencin par exemple).
- Les ports français et le développement de l'économie de plantation et de la traite.

Les grandes périodes de l'histoire en France

En France, quatre grandes périodes rythment le temps de l'histoire. Elles sont utilisées depuis le XVIIIe siècle et continuent d'être au cœur des programmes scolaires.

Thomas Cole, *La Destruction*, 1836, New York Historical Society.

ANTIQUITÉ

476

PÉRIODE MÉDIÉVALE

L'**Antiquité** débute avec la naissance des premières formes d'écritures vers le milieu du IVe millénaire avant J.-C. Les sociétés antiques s'organisent en cités-États (Athènes ou Sparte en Grèce), en royaumes (égyptien ou babylonien) ou en empires (Empire perse, Empire romain).

En Europe occidentale, la **période médiévale** s'étale du Ve au XVe siècle. Elle est marquée par la féodalité, le poids majeur des Églises chrétiennes, la naissance de royaumes (France, Angleterre) et d'empires (Empire ottoman, Saint-Empire romain germanique) et une intense création artistique et culturelle (enluminures, cathédrales).

EXERCICE 1

En binôme, choisissez une date-rupture entre deux périodes. Écoutez le podcast p. 11 pour répondre aux questions.

1. À quel événement cette date correspond-elle ?
2. Précisez le moment à partir duquel cet événement devient une date-rupture entre les deux périodes.
3. Pourquoi cet événement est-il considéré comme une rupture historique majeure en France ?

BILAN À l'oral, expliquez à d'autres binômes pourquoi cette date marque une rupture entre deux périodes. Inversez ensuite les rôles.

EXERCICE 2

Indiquez dans le tableau les quatre thèmes étudiés en Seconde et la ou les périodes correspondantes.

Aide : Repérez les thèmes dans le sommaire du manuel (p. 4-9), reportez-vous aux pages d'ouverture de chapitre et observez la frise chronologique.

Nom du thème	Thème 1	Thème 2	Thème 3	Thème 4
Pages du manuel				
Période(s) étudiée(s) ?				

Jean-Pierre Louis Laurent Houël, *Prise de la Bastille*, 1789, BnF, Paris.

La Révolution française ouvre la **période contemporaine**. C'est une période de bouleversements qui marquent profondément les sociétés jusqu'à nos jours. L'Europe connaît alors d'importantes mutations politiques (apparition de la démocratie libérale), économiques (industrialisation) et sociales (libéralisme, urbanisation, croissance économique).

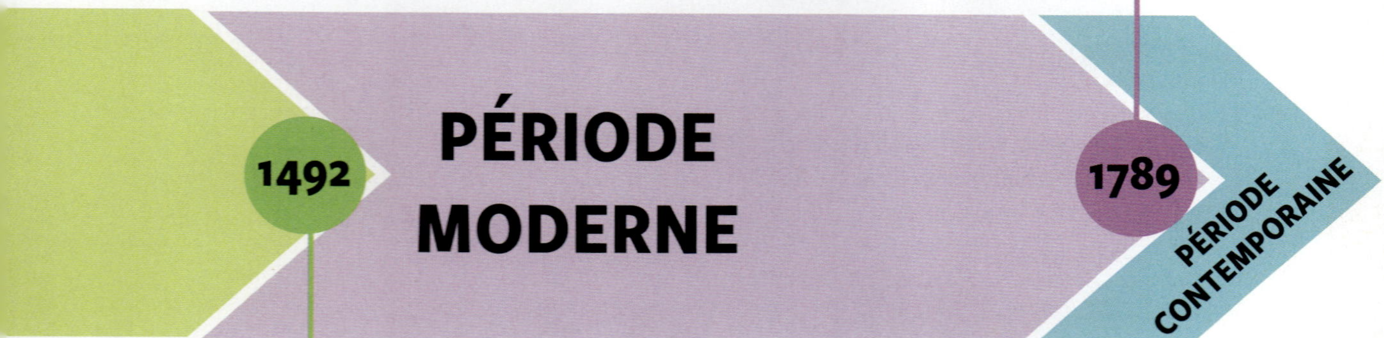

Entre le XVe et le XVIIIe siècle, la **période moderne** se caractérise par l'élargissement du monde connu par les Européens, le développement du commerce mondial, l'apparition d'empires coloniaux et l'affirmation de puissantes monarchies (France, Angleterre, Espagne, Portugal).

Théodore de Bry, *La découverte des Amériques par Christophe Colomb*, 1596, gravure, Collection particulière.

EXERCICE 3

Retrouvez dans votre manuel les dates des événements ci-dessous. Complétez la frise afin de les localiser précisément les uns par rapport aux autres.

- Octave-Auguste fonde l'Empire romain
- L'indépendance des États-Unis
- La deuxième croisade
- Michel-Ange réalise les fresques de la chapelle Sixtine
- Le règne de Louis XIV
- Le Portugal fait la conquête du Brésil
- Émilie du Châtelet traduit Newton
- La révolte des Va nu-pieds

Frise à compléter
hachette-clic.fr/24h2001

PODCAST

Pourquoi les historiens utilisent-ils la périodisation ?

Podcast
hachette-clic.fr/24h2002

Une périodisation en question

En France, les périodes sont délimitées par des bornes chronologiques liées à l'histoire de la France et de l'Europe. Depuis les années 1950, cette périodisation est remise en question.

1 Un autre découpage du temps en France : les dynasties royales

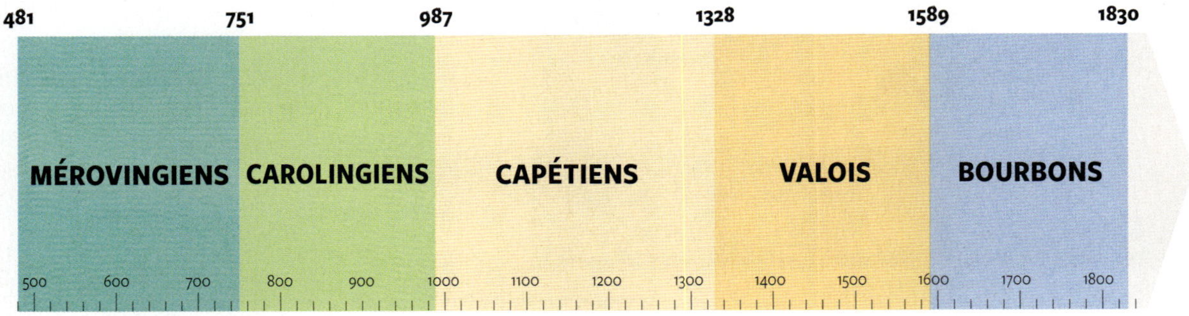

EXERCICE 1

1. Dans le manuel, retrouvez les dates de règne de François Ier et d'Henri IV. À l'aide de la frise (**doc. 1**), précisez à quelle dynastie ils appartiennent.
2. Confrontez le découpage en périodes (p. 10-11) et celui en dynasties. Que constatez-vous ?
3. Quelle est la durée de la dynastie capétienne ?

1 siècle = 100 ans

2 « Que signifie pour vous l'année 1492 ? »

REGARD DES HISTORIENS

« Partons à la rencontre de « l'Européen moyen » […], qu'il soit citoyen de Londres, Berlin, Porto ou Odense. Et posons cette simple question : que signifie pour vous l'année 1492 ? Bien entendu, il y a ceux qui ne savent pas, qui n'auront rien à répondre. Mais parions que 85, 90 ou 95 % des autres, de ceux qui savent, répondront : « Découverte de l'Amérique » et associeront à cet épisode le nom de Christophe Colomb. […] Cette quasi-unanimité, dont nous faisons sans risque un postulat, est le résultat […] en quelque sorte d'un détournement des souvenirs. Car si l'Amérique a été découverte par les Européens le 12 octobre 1492, on ne l'a su que bien longtemps après, douze à quinze ans plus tard, à ne s'en tenir qu'aux navigateurs et aux savants, une trentaine d'années au moins – et encore ! – s'il s'agit de l'opinion publique. […] Il est donc évident que les gens de 1492 ont vécu cette année en marge de l'événement majeur survenu dans une petite île des Antilles, le 12 octobre 1492 […] Le voyage de 1492 a-t-il eu force et valeur de rupture ? Non, puisqu'il n'a pas été compris d'emblée. C'est lorsque l'Amérique est comprise, représentée, confirmée par Cortés, El Cano ou Pizzaro, que se produisent les vraies ruptures.

Bartolomé Bennassar et Lucile Bennassar, *1492. Un monde nouveau ?*, Perrin, 2013.

Qui sont-ils ?
Bartolomé Bennassar et Lucile Bennassar, historiens français spécialistes de l'histoire de l'Espagne et de l'Amérique latine au XVe siècle.

EXERCICE 2

1. **Doc. 2** De nos jours, à quel événement l'opinion publique européenne associe-t-elle la date de 1492 ?
2. Pourquoi cette rupture de 1492 est-elle remise en cause par les historiens Bartolomé et Lucile Bennassar ?
3. À l'aide du manuel (p. 66-67), identifiez les dates des autres événements qui pourraient être retenus comme ruptures selon les deux historiens.

D'autres découpages du temps

Le découpage du temps varie selon les pays. Chacun d'entre eux, selon ses traditions et son histoire, propose différentes chronologies et périodisations.

3 Le découpage du temps au Japon

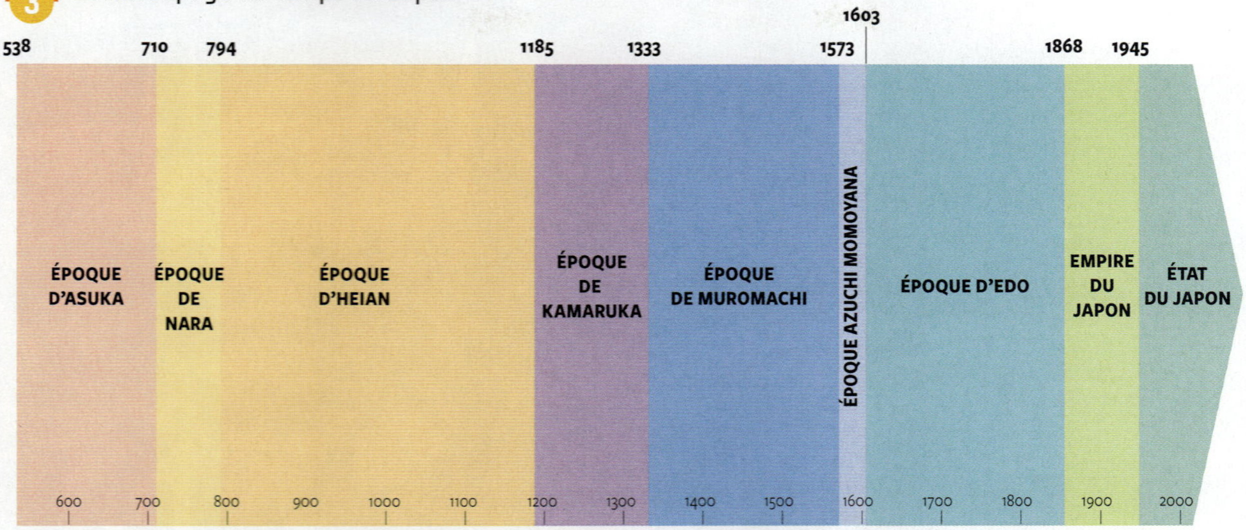

4 Les périodisations dans le monde

REGARD DES HISTORIENS

Il existe bien sûr d'assez nombreuses variantes qui sont fonction des spécificités nationales. **Le plus souvent l'histoire apparaît divisée en deux branches : d'un côté une histoire universelle où la périodisation canonique[1] à l'européenne s'impose, de l'autre une histoire nationale dotée de sa périodisation propre :** c'est le cas aux États-Unis, en Russie, au Canada, au Japon… Au Brésil, par exemple, on découpe l'histoire nationale en trois temps correspondant à l'époque coloniale (jusqu'en 1822), à l'époque impériale (1822-1889) et à la République (depuis 1889). Au Canada on distingue le temps de la Nouvelle France, celui de l'Amérique britannique, enfin le Canada post-confédération… Mais l'on a souvent cherché à adosser les scansions[2] de l'histoire nationale à la périodisation canonique européenne. Au Japon par exemple, l'histoire nationale est divisée entre une Antiquité (VIe-XIIe siècles), un Moyen Âge (fin XIIe-fin XVIe siècles), un âge moderne (fin XVIe-fin XIXe siècles) et une époque contemporaine (depuis Meiji[3]). D'autres variantes existent. Les plus fréquentes tiennent à des césures légèrement décalées : en Espagne, par exemple, 711 (l'invasion arabe) remplace 476 et 1808 (début du soulèvement contre Napoléon) 1789-1815.

Jean Le Bihan et Florian Mazel, « La périodisation canonique de l'histoire : une exception française ? », *Revue historique*, n° 680, 2016.

1. Les quatre périodes habituellement utilisées. 2. Les rythmes.
3. Période de l'histoire du Japon s'étendant de 1868 à 1912.

EXERCICE 3

1. **Doc. 3 et 4** Identifiez les quatre périodes historiques au Japon puis indiquez pour chacune les époques qui la composent.
2. **Doc. 3** Comparez les découpages du temps au Japon et en France. Que constatez-vous ?
3. **Doc. 4** Expliquez la phrase en gras.
4. **Doc. 4** Réalisez la frise de la périodisation d'un autre pays cité dans le texte.

PODCAST

Quelles sont les différentes divisions temporelles utilisées par les historiens ?

Podcast
hachette-clic.fr/24h2003

ANTIQUITÉ

3500 av. J.-C.

THÈME 1

Le monde méditerranéen : empreintes de l'Antiquité et du Moyen Âge

Vue d'Istanbul (anciennement Constantinople) de nos jours

L'hippodrome et les obélisques de Théodose et Constantin VII sont des vestiges de la Constantinople des empereurs romains dans l'Antiquité. La mosquée bleue (à droite), et en arrière-plan l'ancienne basilique Sainte-Sophie devenue une mosquée, témoignent de l'histoire de la ville après sa conquête par le sultan Mehmed II en 1453.

508 av. J.-C. : Démocratie à Athènes
476 : Chute de l'Empire romain d'Occident
1492 : Découverte des Amériques

av. J.-C. | ap. J.-C. | ÉPOQUE MÉDIÉVALE | ÉPOQUE MODERNE | ÉPOQUE CONTEMPORAINE

PÉRIODE ÉTUDIÉE

476 — 1492 — 1789 — 2023

CHAPITRE

1 La Méditerranée antique : les empreintes grecques et romaines

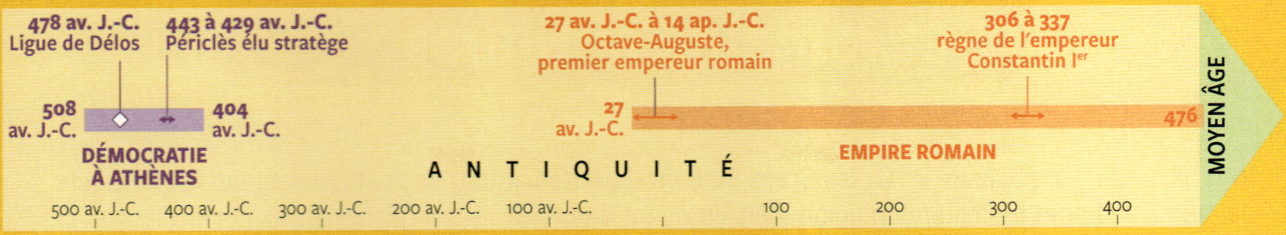

COURS 1 Athènes est une puissante cité qui a dominé la Méditerranée au Ve siècle av. J.-C. grâce à son modèle politique et son empire maritime.

Quels sont les héritages politiques et culturels laissés par la cité d'Athènes ?

COURS 2 Sous l'Empire romain, les cultures des peuples du monde romain se diffusent en Méditerranée, créant de nouvelles civilisations.

Quels sont les héritages de l'Empire romain dans la culture européenne d'aujourd'hui ?

Vue du centre de la ville grecque d'Athènes de nos jours

Le Parthénon (temple grec) au second plan a été construit sur la colline de l'Acropole au Ve siècle av. J.-C. quand Athènes dominait la Méditerranée.
L'odéon d'Hérode Atticus (théâtre romain du IIe s. ap. J.-C.) au premier plan montre qu'ensuite la Grèce et la Méditerranée sont passées sous le contrôle de Rome.

QUESTIONS

1. Quels monuments de l'Antiquité grecque sont encore visible de nos jours à Athènes ? Quel monument témoigne de la présence romaine à Athènes pendant l'Antiquité ?
2. Combien de siècles séparent la construction de ces deux monuments ?

GRAND ANGLE Les civilisations grecque et romaine antiques

● À partir du VIIIe siècle av. J.-C., les Grecs fondent des cités autour de la Méditerranée. Ils partagent le même alphabet et la même religion mais ils vivent dans des cités indépendantes qui ont leur propre régime politique. Au Ve siècle av. J.-C., Athènes devient la cité la plus puissante du monde grec. C'est aussi à Athènes qu'est apparue la première **démocratie** de l'histoire.

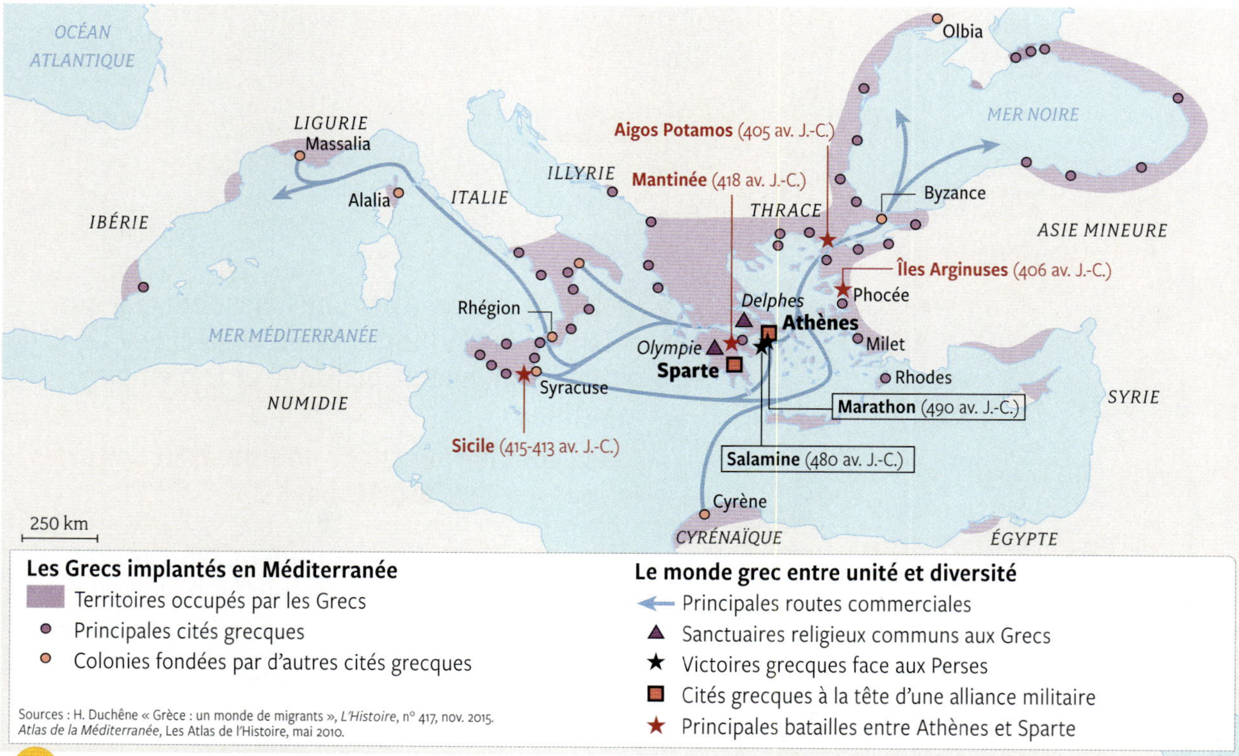

1 Le monde grec au Ve siècle av. J.-C.

2 Le monde grec et le monde romain ont marqué l'Antiquité

Fondée au VIIIe siècle av. J.-C, la cité de Rome mène des conquêtes en Italie puis en Méditerranée, contrôlant ainsi un vaste territoire. À partir de 27 av. J.-C., le monde romain est dirigé par un **empereur**. Les empereurs romains ont poursuivi les conquêtes, fondé de nouvelles cités et garanti la stabilité des échanges et la paix entre les peuples du monde romain.

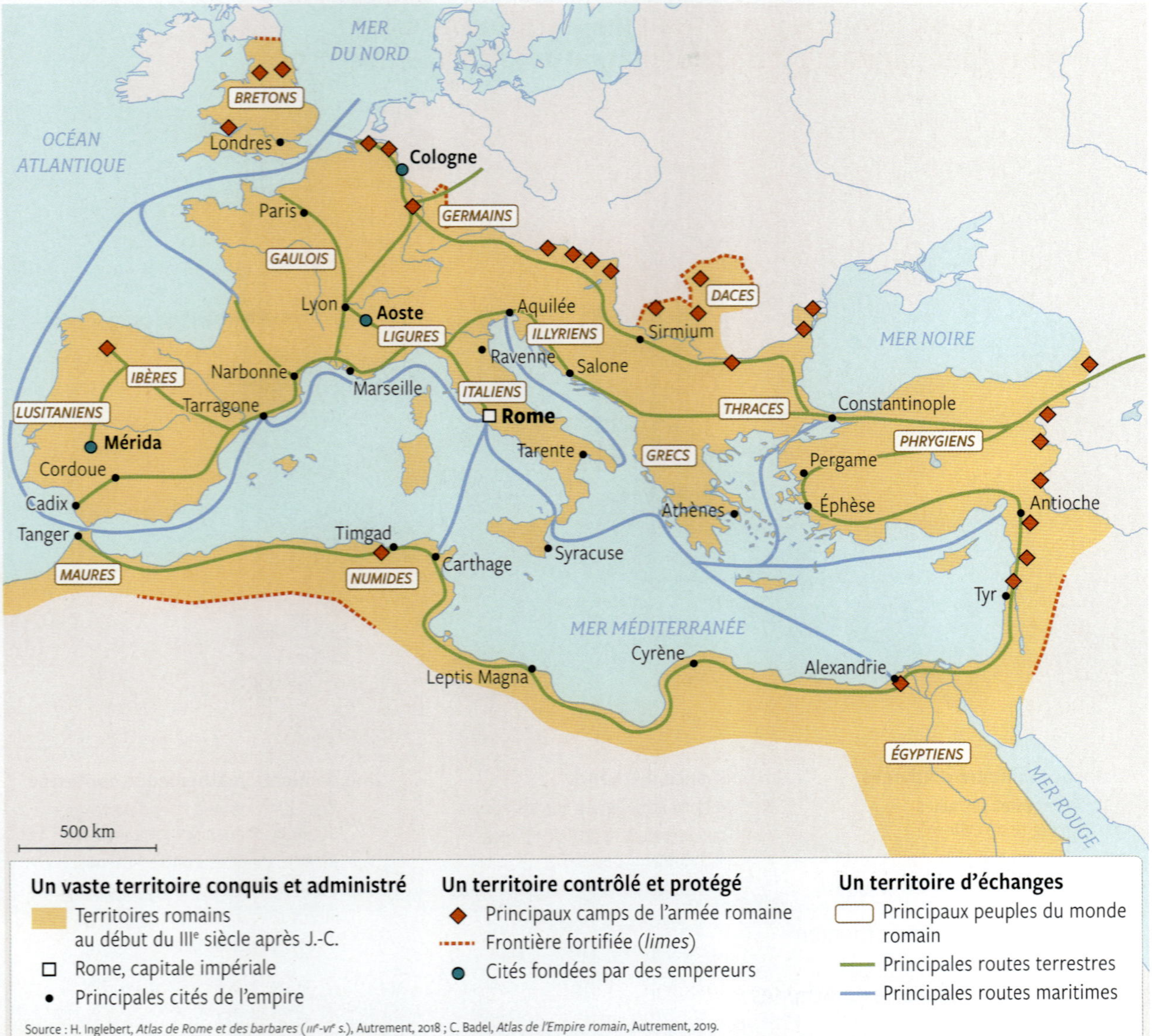

Source : H. Inglebert, *Atlas de Rome et des barbares* (IIIe-VIe s.), Autrement, 2018 ; C. Badel, *Atlas de l'Empire romain*, Autrement, 2019.

3 L'Empire romain au début du IIIe siècle ap. J.-C.

VOCABULAIRE

- **Démocratie :** système politique dans lequel la communauté des citoyens (*dèmos*) exerce sa souveraineté en participant à l'exercice du pouvoir (*kratos*) à travers des représentants élus ou tirés au sort.
- **Empereur :** terme désignant le citoyen qui domine la vie politique du monde romain à partir de 27 av. J.-C.

QUESTIONS

1. **Doc. 1** Relevez différents éléments qui fondent l'unité du monde grec.
2. **Doc. 3** Relevez des éléments qui témoignent de l'action des empereurs dans le monde romain.
3. **Doc. 2** Justifiez l'affirmation suivante : « les civilisations grecque et romaine ont coexisté dans la Méditerranée antique. »

ÉTUDE 1 L'empire maritime et la démocratie à Athènes

Après avoir vaincu les Perses en 490 et 480 av. J.-C., Athènes dirige une alliance militaire qui lui permet de dominer les mers et d'autres cités grecques. Elle utilise alors sa puissance pour renforcer la démocratie.

> Quels sont les liens entre l'empire maritime athénien et le fonctionnement de la démocratie à Athènes ?

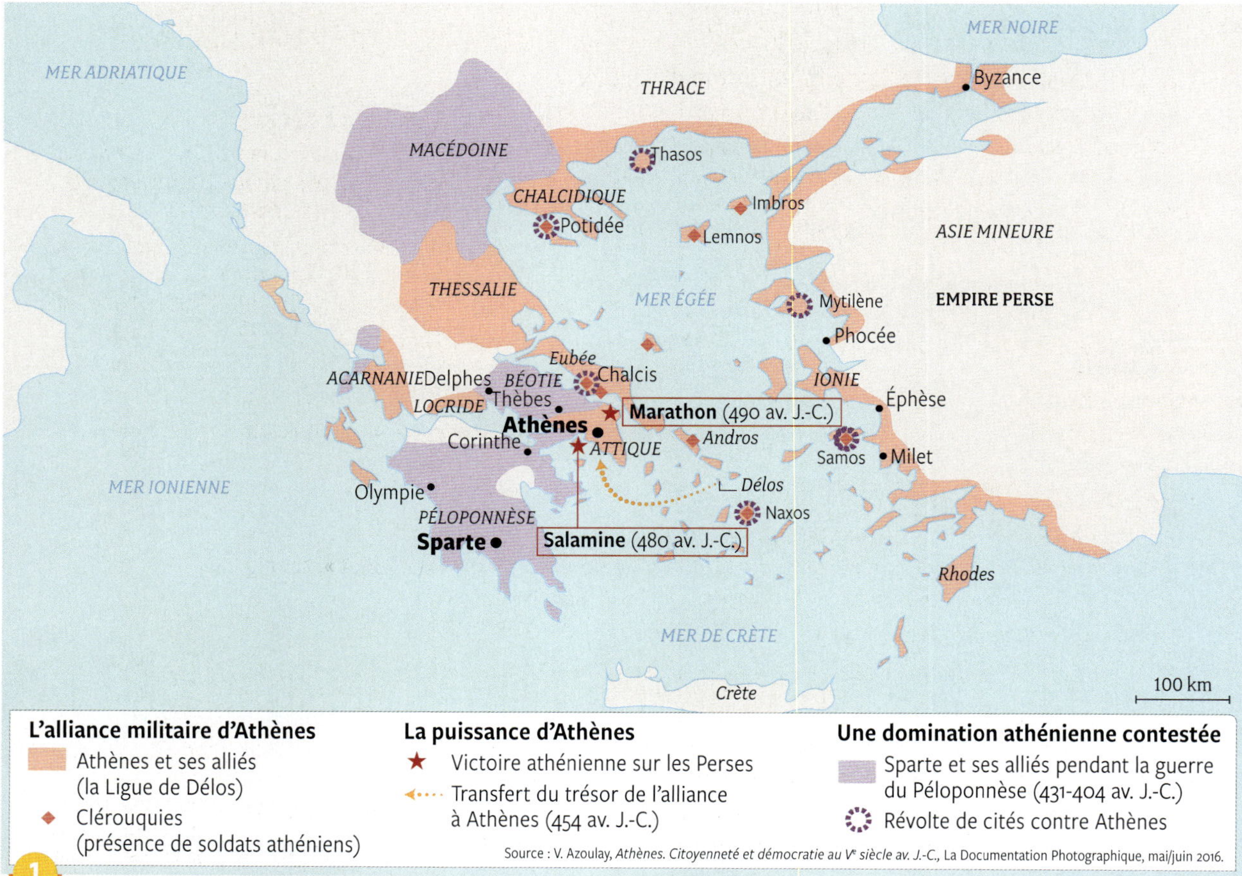

Source : V. Azoulay, *Athènes. Citoyenneté et démocratie au Ve siècle av. J.-C.*, La Documentation Photographique, mai/juin 2016.

1 L'empire maritime athénien

2 Les citoyens pauvres à Athènes

Après la victoire de Salamine, les citoyens pauvres ont un rôle de plus en plus important dans la vie politique athénienne.

La première chose que je dirai, c'est qu'en ce lieu il semble juste que les pauvres et le peuple aient plus que les nobles et les riches, pour cette raison que le peuple est celui qui fait avancer les navires et qui confère à la cité sa puissance, […] il semble juste que tous aient part aux magistratures tant par tirage au sort que par vote à main levée et que tout citoyen qui le veut puisse prendre la parole. Ensuite, toutes les magistratures qui apportent le salut au peuple tout entier, si elles sont exercées honnêtement et qui, dans le cas contraire, le mettent en danger, à toutes ces magistratures, le peuple ne demande nullement de prendre part. C'est que le peuple se rend compte qu'il a plus avantage à ne pas exercer lui-même ces magistratures et à laisser les plus capables les exercer. Mais toutes les magistratures que l'on exerce en vue d'une rémunération ou d'un avantage pour sa maison, voilà celles que le peuple cherche à exercer.

Pseudo-Xénophon, *Constitution des Athéniens*, 2-3, texte établi et traduit par Dominique Lenfant, « Collection des universités de France – Série grecque », Les Belles Lettres, 2017.

Qui est-il ? Pseudo-Xénophon est un auteur anonyme athénien de la fin du Ve siècle av. J.-C. Il est opposé à la démocratie.

3 Les trières au service de l'empire maritime d'Athènes

Fragment de bas-relief, 410-400 av. J.-C., musée de l'Acropole, Athènes.

Grâce au trésor de la Ligue de Délos, Athènes peut armer des navires, des trières, pour s'assurer le contrôle de la mer Égée. La construction et le service des navires offrent du travail à de nombreux citoyens pauvres (rameurs, artisans, etc.).

VOCABULAIRE

- **Démagogue :** politicien qui, par son habileté à parler au peuple, parvient à le manipuler pour servir ses propres intérêts.
- **Ligue de Délos :** alliance militaire conclue en 478 av. J.-C. entre Athènes et d'autres cités grecques pour se défendre contre les Perses.

4 L'empire, un sujet de débat à Athènes

En pleine guerre du Péloponnèse, Aristophane met en scène un débat entre deux citoyens athéniens, Dicéopolis (« le citoyen juste ») et le stratège Lamachos (« La bataille ») accusé d'être un démagogue.

LAMACHOS. Mais qui donc es-tu ?

DICÉOPOLIS. Qui je suis ? Un honnête citoyen, qui ne s'appelle point « Coureur de hauts emplois », mais qui depuis le premier jour de la guerre se nomme « Cœur-de-soldat », tandis que toi, depuis le premier jour de la guerre, tu es le « Sire de la Haute-Paie » !

LAMACHOS. C'est qu'on m'a élu.

DICÉOPOLIS. Oui, trois serins[1] ! Voilà ce qui me dégoûte.

[...]

LAMACHOS. Ô démocratie ! vraiment, cela est-il tolérable ?

DICÉOPOLIS. Non vraiment, à moins qu'une bonne solde ne soit payée à Lamachos !

LAMACHOS. Eh bien donc, moi, je prétends faire à tous les Péloponésiens une guerre sans fin, je veux les faire trembler en tous lieux, avec mes navires, avec mes fantassins, de tout mon pouvoir.

Aristophane, *Les Acharniens*, v. 594-599 et 618-622, texte établi par Victor Coulon et traduit par Hilaire Van Daele, « Collection des universités de France – Série grecque », Les Belles Lettres, 1923.

1. serin : naïf

Qui est-il ?
Aristophane est un auteur athénien de pièces de théâtre comiques à la fin du Ve siècle av. J.-C. Il critique la démocratie.

PARCOURS 1

Comprendre et mettre en relation des documents

1. **Doc. 1 et 3** Comment Athènes a-t-elle pris le contrôle des mers ?
2. **Doc. 3** Quel est le rôle des citoyens pauvres d'Athènes dans le contrôle des mers ?
3. **Doc. 2** Quel est le rôle des citoyens pauvres dans la vie politique à Athènes ?
4. **Doc. 2 et 4** Que reprochent certains auteurs athéniens au fonctionnement de la démocratie à Athènes ?

BILAN Montrez que le contrôle des mers par Athènes a permis de renforcer la démocratie.

PARCOURS 2

Confronter deux points de vue

À l'oral, organisez un débat entre deux citoyens au sujet de l'utilisation de la Ligue de Délos par Athènes. L'un des citoyens montre les bénéfices de l'alliance pour la démocratie et la cité, l'autre citoyen conteste cette domination d'Athènes sur les autres cités.

ÉTUDE 2
REGARD DE L'HISTORIEN

Périclès et la démocratie athénienne PPO

Périclès a longtemps été considéré comme un citoyen qui a renforcé mais aussi dominé la démocratie à Athènes. Toutefois, la démocratie a aussi permis de contrôler son pouvoir et de contester son action.

> Comment l'historien peut-il analyser le rôle de Périclès dans la démocratie à Athènes ?

PÉRICLÈS
(vers 495-429 av. J.-C.)
Élu stratège de 443 à 429 av. J.-C., il entreprend des réformes importantes pour améliorer le fonctionnement de la démocratie. Il renforce la domination d'Athènes sur son alliance et impulse de grands travaux comme la construction du Parthénon.

1 Gouverner dans la première démocratie de l'histoire

REGARD DE L'HISTORIEN

S'il fut réélu de nombreuses fois par le peuple athénien, c'est parce qu'il proposait une politique en accord avec les intérêts de la majorité des citoyens, sans quoi, en dépit de toute son habileté oratoire, il n'aurait pu convaincre l'assemblée plus de quelques mois d'affilée. C'est que le peuple athénien ne se laissait pas aisément convaincre […] chaque décision était l'objet d'une négociation entre l'orateur et le peuple, et l'assemblée pouvait changer d'avis, parfois très rapidement. Périclès en fit d'ailleurs lui-même l'expérience : il fut déposé de sa charge de stratège[1] en cours de séance à l'assemblée. […]

Surtout, l'autorité de Périclès était bridée par les mécanismes de contrôle variés qui encadraient le pouvoir de tous les magistrats athéniens. Non seulement il eut toujours à composer avec neuf autres stratèges – ce qui limitait *de facto* son influence – mais aussi il dut, comme tout un chacun, rendre des comptes tous les ans en fin de mandat ; s'y ajoutaient chaque année la menace d'être ostracisé – c'est-à-dire expulsé de la cité durant dix ans – sans procès préalable et, en tant que stratège, le risque d'être poursuivi pour haute trahison.

Vincent Azoulay, « Athènes, premier modèle de démocratie », *Gouverner de Périclès à Xi Jinping*, Le Monde, hors-série, septembre-novembre 2020.

1. Magistrat athénien élu pour une année par les citoyens pour conduire les affaires militaires et l'administration de la cité.

Qui est-il ?
Vincent Azoulay (né en 1972), est un historien spécialiste de la Grèce antique et plus particulièrement de la démocratie athénienne.

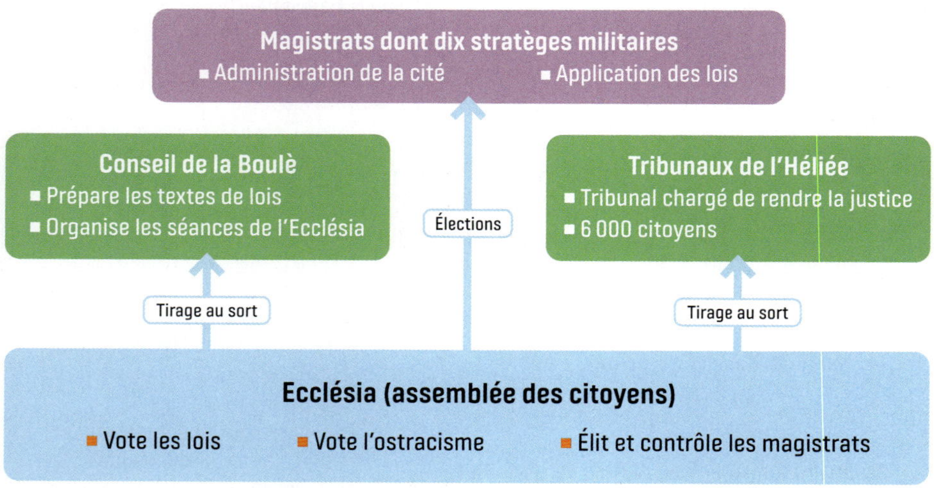

La population à Athènes (milieu du Ve siècle av. J.-C.)

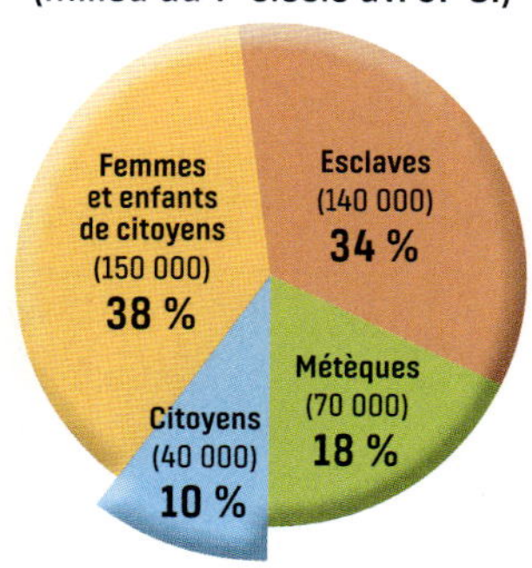

Métèques, Femmes, Enfants, Esclaves : exclus de la citoyenneté

2 Les institutions démocratiques au temps de Périclès

3 Le rôle de Périclès dans les réformes politiques

Quand Périclès eut pris la direction du parti populaire, la Constitution devint encore plus favorable au peuple. Périclès en effet enleva certains droits à l'Aréopage[1] et poussa vivement l'État à augmenter sa puissance maritime, ce qui donna à la foule l'audace de tirer à elle de plus en plus toute la vie politique. […] Ce fut aussi Périclès qui le premier donna une indemnité aux tribunaux (*misthos*), pour rivaliser de popularité avec la richesse de Cimon. […] C'est depuis ce moment, à en croire les plaintes de certains, que tout a été plus mal, parce que les premiers venus mettaient plus d'empressement que les honnêtes gens à se présenter au tirage au sort. C'est aussi après cela que commença la corruption des juges dont Anytos[2] donna le premier exemple après sa stratégie exercée à Pylos : accusé par certains d'avoir perdu Pylos, il acheta le tribunal et fut acquitté.

Aristote, *Constitution d'Athènes*, XXVII, 1-5, texte établi et traduit par Bernard Haussoullier et Georges Mathieu, « Collection des universités de France – Série grecque », Les Belles Lettres, 1922.

1. Conseil et tribunal où siégeaient les aristocrates après avoir exercé une magistrature.
2. Citoyen athénien influent, il fut conseiller de Périclès.

Qui est-il ?

Aristote est un philosophe grec ayant vécu à Athènes au IVe siècle av. J.-C. Il y observe et décrit le fonctionnement des institutions démocratiques.

VOCABULAIRE

- **Métèque :** étranger résidant à Athènes mais qui ne peut avoir les droits d'un citoyen.
- ***Misthos* :** somme versée aux citoyens athéniens pour exercer des charges politiques et compenser la perte de leur journée de travail.
- **Ostracisme :** procédure de vote visant à bannir un citoyen de la cité pendant dix ans.

4 Périclès, un dirigeant critiqué

Ve siècle av. J.-C., musée de l'Agora, Athènes.

Tesson d'ostracisme contre Périclès à qui l'on reproche d'avoir détourné de l'argent public.

PARCOURS 1

Mettre en perspective une figure historique

1. **Doc. 1** D'après l'historien Vincent Azoulay, pourquoi Périclès a-t-il été réélu stratège à plusieurs reprises ?
2. **Doc. 3** Quelles sont les principales actions de Périclès en faveur des citoyens selon Aristote ?
3. **Doc. 4** Montrez que l'action de Périclès ne faisait pas l'unanimité parmi les citoyens.
4. **Doc. 1 et 2** Comment les citoyens athéniens pouvaient-ils exercer une influence sur les magistrats comme Périclès ?

BILAN À partir de vos réponses, expliquez comment Périclès est parvenu à jouer un rôle de premier plan dans la vie démocratique à Athènes.

PARCOURS 2

Expliquer une citation

Doc. 1 Expliquez la citation suivante de l'historien Vincent Azoulay :
« L'autorité de Périclès était bridée par les mécanismes de contrôle variés qui encadraient le pouvoir de tous les magistrats athéniens. »

Documents	Arguments justifiant la citation de l'historien
Doc. 1	
Doc. 2	
Doc. 3	
Doc. 4	

BILAN Remplissez le tableau ci-dessus pour montrer que l'historien s'appuie sur des sources (**doc. 3 et 4**) pour comprendre le rôle de Périclès dans la démocratie athénienne.

ÉTUDE 3
ACTRICES DE L'HISTOIRE

La figure d'Aspasie

- Dans les cités antiques d'Athènes et de Rome, les femmes ne jouent pas de rôle politique officiel. Considérées comme d'éternelles mineures, elles ne participent pas à la vie politique, mais occupent une place essentielle, notamment comme épouse ou mère de citoyens.
- Elles contribuent aussi à la vie civique, notamment en prenant part aux grandes cérémonies religieuses (comme les Panathénées à Athènes). Si les femmes sont exclues de la citoyenneté, certaines ont pu accéder à une forme d'exercice du pouvoir, en occupant le rôle de conseillère auprès d'hommes politiques. C'est le cas d'Aspasie, compagne de Périclès.

ASPASIE
(470-400 av. J.-C.)
Originaire de la cité de Millet en Asie Mineure, elle est issue d'un milieu social très aisé et reçoit une excellente éducation. Elle vit à Athènes où elle est une métèque. Elle y rencontre Périclès avec lequel elle entretient, selon les sources, une relation amoureuse ou une profonde amitié.

1 Aspasie, l'étrangère l'intellectuelle.

Par quelle magie cette femme put-elle dominer les plus grands hommes d'État de son temps et s'imposer aux philosophes, qui ont parlé d'elle en termes honorables et peu ordinaires ? Métèque, elle était originaire de Milet[1]. On dit aussi qu'elle captiva les personnages les plus considérables. Elle aurait surtout été recherchée par Périclès à cause de ses lumières et de sa finesse en politique. Socrate alllait quelquefois chez elle avec ses amis. Ses intimes y conduisaient même leurs femmes pour entendre sa conversation. On dit que si Lysiclès, le marchand de moutons, homme sans naissance et sans distinction, devint le premier citoyen d'Athènes, c'est pour avoir vécu avec Aspasie après la mort de Périclès. Et dans le *Ménexène*[2] de Platon[3], on lit que cette simple femme passait pour avoir été le professeur de rhétorique[4] de beaucoup d'Athéniens.

D'après Plutarque, *Vie de Périclès*, 24, IIe s. ap. J.-C., Hachette, 2016.

1. Ville grecque située dans l'actuelle Turquie. 2. Texte de Platon, mettant en scène Socrate récitant une oraison funèbre qui lui vient de sa maîtresse de rhétorique, Aspasie. 3. Philosophe né en 428 av. J-C et mort en 348 av. J-C. 4. Art du discours.

2 La participation des femmes à la vie civique

Frise des Panathénées, Ve siècle av. J.-C., British Museum, Londres.

Les femmes de citoyens et les métèques participent à la vie civique à Athènes, comme lors de la fête annuelle des Panathénées en l'honneur de la déesse Athéna. La grande prêtresse (à droite) guide la procession des jeunes filles, les canéphores, portant les corbeilles d'offrandes pour la déesse (à gauche).

3 Aspasie, une femme au parcours exceptionnel à Athènes ?

REGARD DE L'HISTORIENNE

Aspasie, sans doute la plus célèbre de toutes les femmes grecques de l'époque classique, parce qu'elle fut la compagne de Périclès, qui l'aimait et la respectait. [...]
Née en Asie Mineure, dans la cité ionienne de Milet, la compagne de Périclès était à Athènes une étrangère et le resta jusqu'à sa mort. Ce statut d'étrangère, qui lui interdisait d'être l'épouse légitime de l'homme dont elle partageait la vie, lui donna sans doute la liberté d'être une intellectuelle et la réputation, un peu sulfureuse mais exceptionnelle, qui, dans l'Athènes classique, s'attachait à son nom. [...] À Athènes plus peut-être qu'ailleurs, l'image de la femme est clivée entre la figure de l'épouse, mère des enfants légitimes, dépourvue de toute autonomie personnelle comme de toute personnalité juridique, et que l'orthodoxie des représentations civiques veut la plus ignorante possible, et celle de la courtisane, toujours disponible, experte aux plaisirs de l'amour, intelligente et de bon conseil. Nul doute que la première ne doive être supposée de surcroît acariâtre, cependant que, derrière la courtisane, c'est une figure d'intellectuelle libre et libérée qui apparaît. À ces deux femmes, donnons un nom : la première pourra, comme la femme de Socrate, se nommer Xanthippè, la seconde se nomme donc Aspasie.

Nicole Loraux, « Aspasie, l'étrangère, l'intellectuelle », *Clio. Femmes, Genre, Histoire*, n°13, 2001.

Qui est-elle ?
Nicole Loraux (1943-2003) est une historienne française, spécialiste de la Grèce antique. Ses recherches ont apporté un éclairage nouveau sur le statut des femmes et les rapports entre les sexes dans le monde grec antique.

Jeune femme dans un gynécée[1], vers 430, musée du Louvre, Paris.

1. Partie de la maison réservée aux femmes.

Une courtisane à un banquet, vase antique, v. 515-510 av. J.-C., musée de l'Ermitage, Saint-Pétersbourg.

4 Être une femme à Athènes

ACTIVITÉ

1. **Doc. 1 et 2** Quel est le statut d'Aspasie dans la cité d'Athènes ?
2. **Doc. 1 et 3** Repérez les défauts et les qualités que l'on prête à Aspasie.
3. **Doc. 2 et 3** Quels sont les droits et les devoirs des femmes de citoyen et ceux des femmes métèques ?
4. **Doc. 4** Comparez les deux scènes représentées en portant une attention particulière aux tenues vestimentaires et aux attitudes des personnages. Que constatez-vous ?

BILAN À partir des documents, montrez que le parcours d'Aspasie est exceptionnel dans l'Athènes du Ve siècle av. J.-C.

Pour aller plus loin

À VOIR

- **Une biographie d'Aspasie** – Culture Prime (France TV) Aspasie de Milet en dix œuvres.

- **La condition féminine dans la Grèce antique**, sur le site du Musée d'Archéologie Méditerranéenne à Marseille.

À LIRE

- Un article de ***National Geographic*** sur la vie des femmes de la Grèce antique (2022).

COURS 1 Les empreintes grecques en Méditerranée

> Quels sont les héritages politiques et culturels laissés par la cité d'Athènes ?

1 L'héritage politique : le premier régime démocratique

■ **À partir de 508 av. J.-C., les institutions de la démocratie se mettent en place à Athènes.** Chaque citoyen peut participer directement à la vie politique de la cité. Il peut siéger à l'assemblée des citoyens, l'Ecclésia, pour débattre et voter des lois ou l'ostracisme, et élire des magistrats pour un an. S'ils sont tirés au sort, les citoyens siègent à la Boulè pour préparer des projets de loi ou à l'Héliée pour rendre la justice.

■ **Le Ve siècle avant J.-C. est marqué par l'influence de Périclès à Athènes.** Jouant de son influence auprès des citoyens les plus pauvres, il est réélu stratège pendant quinze ans. Il prend l'initiative de réformes qui consolident la participation de tous les citoyens à la vie de la cité (comme le *misthos*) et limitent l'accès à la citoyenneté. Son pouvoir n'est pourtant pas sans limite car les citoyens contrôlent le travail des magistrats après leur année d'exercice.

■ **La démocratie athénienne reste toutefois un régime d'exclusion.** Nombreuses sont les catégories exclues de la vie de la cité telles que les métèques (étrangers résidant à Athènes) ou les esclaves (la moitié de la population de la cité au Ve siècle avant J.-C.). C'est aussi le cas des femmes, y compris les filles de citoyens.

2 L'héritage culturel et artistique

■ **Athènes connaît un épanouissement culturel au Ve siècle avant J.-C.** L'égalité devant la loi (isonomie) et de la prise de parole (iségorie) favorisent un foisonnement culturel et intellectuel à Athènes. Celui-ci s'observe dans de nombreux domaines comme le théâtre (les pièces d'Aristophane) ou la philosophie (Platon, Aristote).

■ **L'art et la culture contribuent au rayonnement de la démocratie athénienne.** Les travaux impulsés par Périclès sur l'Acropole, comme le Parthénon, fournissent du travail aux citoyens athéniens et permettent de célébrer les valeurs de la démocratie et l'unité de la cité. Athènes devient un centre culturel qui impressionne les cités du monde grec et attire des artistes et des intellectuels.

■ **Certains artistes et penseurs athéniens critiquent le fonctionnement de la démocratie athénienne.** Les écrits des auteurs grecs sont autant de témoignages des limites de la démocratie. Les pièces de théâtre d'Aristophane ou les écrits du philosophe Platon les dénoncent avec force, notamment en ce qui concerne la participation politique des citoyens pauvres et non instruits, manipulés, selon eux, par les démagogues qui savent habilement parler au peuple.

VOCABULAIRE

- **Démocratie :** système politique dans lequel la communauté des citoyens (*dèmos*) exerce sa souveraineté en participant à l'exercice du pouvoir (*kratos*) à travers des représentants élus ou tirés au sort.
- **Impérialisme :** politique menée par un État pour exercer sa domination sur d'autres territoires.
- ***Misthos* :** somme versée aux citoyens athéniens pour exercer des charges politiques et compenser la perte de leur journée de travail.
- **Ostracisme :** procédure de vote visant à bannir un citoyen de la cité pendant dix ans.
- **Thalassocratie :** terme issu du grec *thalassa* (la mer) et *kratos* (pouvoir) afin de désigner une puissance maritime.

3 Athènes, une puissance du monde grec dans l'Antiquité

- Les victoires d'Athènes sur les Perses lors des batailles de Marathon (490 av. J.-C.) et de Salamine (480 av. J.-C.) affirment la puissance militaire de la cité. **Athènes prend alors la tête d'une alliance militaire, la Ligue de Délos.** Chaque cité verse une contribution financière pour qu'Athènes assure la défense des Grecs contre les Perses.
- **L'impérialisme athénien s'appuie sur cette alliance avec les cités grecques pour renforcer sa puissance.** Athènes prend alors la tête d'un empire maritime et devient une thalassocratie. Les vestiges du Parthénon témoignent encore aujourd'hui du prestige d'Athènes et de sa domination puisque le temple est en partie financé par l'argent de l'alliance.
- **La puissance d'Athènes contribue au renforcement de la démocratie.** Mais cette domination est critiquée au sein de l'alliance militaire. Athènes n'hésite pas à réprimer les cités qui souhaitent rompre avec elle. La cité de Sparte fédère les mécontentements et la guerre du Péloponnèse (431-404 av. J.-C.) se termine par une défaite athénienne et la fin de son empire.

DATES CLÉS

508 av. J.-C.
Début de la démocratie à Athènes.

478-431 av. J.-C.
Politique impérialiste et domination d'Athènes.

443-428 av. J.-C.
Périclès élu stratège.

431-404 av. J.-C.
Guerre du Péloponnèse (démocratie fragilisée).

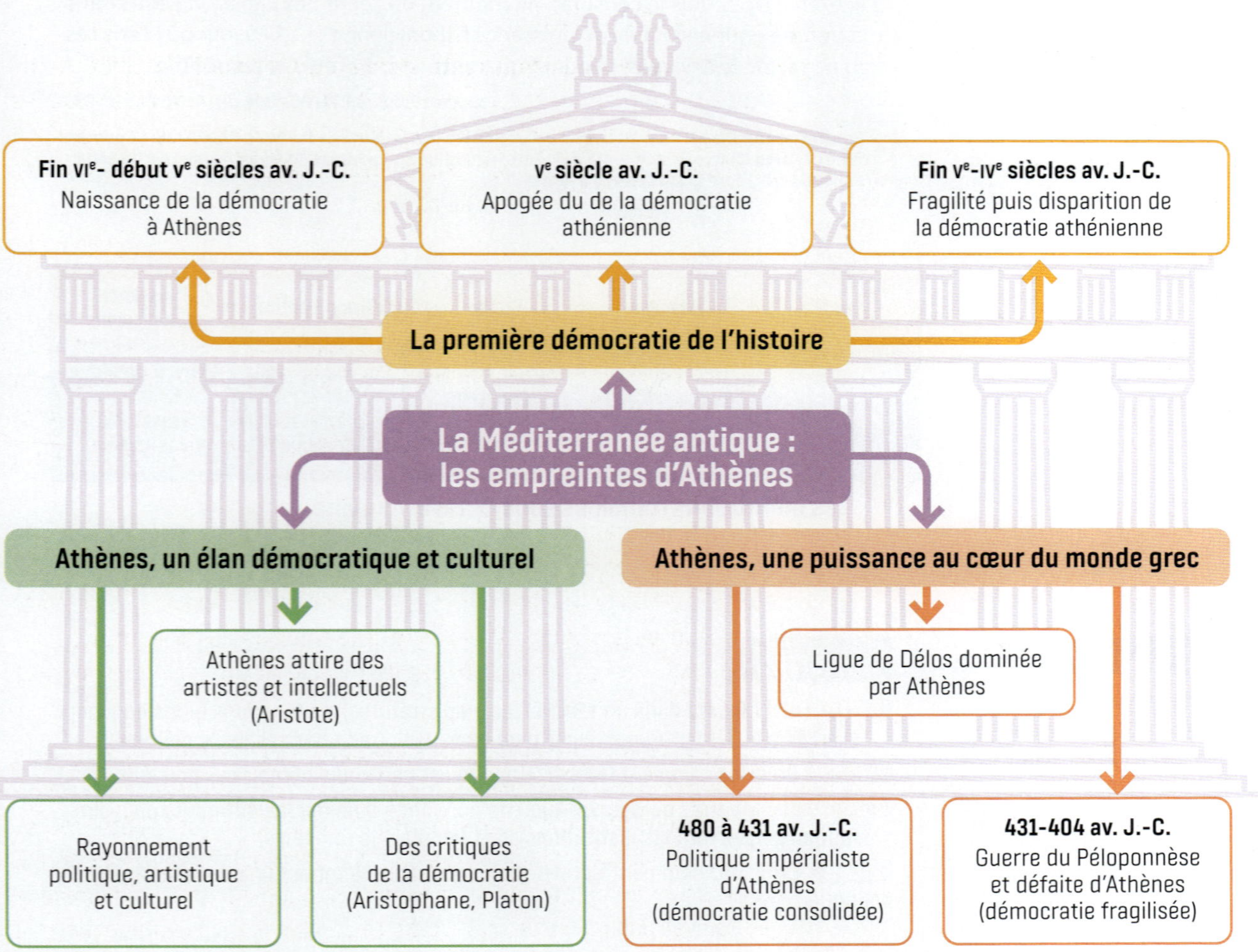

Octave-Auguste et Constantin Ier,

(63 av. J.-C.-14 ap. J.-C.)

Héritier de Jules César, Octave met un terme à une période trouble à Rome, les guerres civiles. Le Sénat lui remet les titres d'Auguste et de *Princeps* en 27 av. J.-C. À sa mort, il concentre entre ses mains les principaux pouvoirs des institutions romaines.

Octave-Auguste

PPO

En 27 av. J.-C., Octave-Auguste reçoit du Sénat des honneurs pour avoir rétabli la paix et sauvé la **République**. Il parvient à dominer la vie politique : c'est la naissance de l'Empire.

Comment Octave-Auguste fonde-t-il un nouveau régime ?

1 Les pouvoirs d'Octave-Auguste

Octave-Auguste rédige le bilan politique de son action à la fin de sa vie.

Âgé de dix-neuf ans, j'ai levé une armée de mon propre chef et à mes propres frais, grâce à laquelle j'ai rendu sa liberté à l'État. Ce pour quoi le Sénat par des décrets honorifiques m'a admis en son sein, me donnant en même temps rang de consul dans l'ordre des prises de parole. […] J'ai été vingt et une fois acclamé « imperator »[1]. Pour les campagnes terrestres et navales entreprises sous mes auspices par moi-même ou mes officiers, campagnes couronnées de succès, le Sénat a décrété cinquante-cinq fois des actions de grâces envers les dieux immortels. J'ai exercé treize fois le consulat[2] au moment où j'écris ces lignes, et j'étais dans ma trente-septième année de puissance tribunicienne[3]. […] Au jour où j'écris ces lignes, j'ai été le *Princeps*[4] pendant quarante ans. J'ai été Grand pontife[5].

Octave-Auguste, *Res Gestae divi Augusti*, vers 14.

1. Pouvoir de commander des troupes. 2. Magistrature la plus élevée à Rome. 3. Pouvoir de s'opposer à toute décision d'un magistrat romain. 4. Titre honorifique permettant de parler en premier au Sénat. 5. Fonction religieuse la plus élevée à Rome.

Empereur Octave-Auguste	*Princeps* +	Consul +	Grand Pontife +	Puissance tribunicienne
Institutions républicaines	**Pouvoir politique** Sénat (assemblée des grandes familles)	**Pouvoir politique et militaire** Magistrats romains	**Pouvoir religieux** Prêtres et prêtresses de Rome	**Pouvoir politique** Comices (assemblées des citoyens)

2 Les institutions romaines sous Octave-Auguste

VOCABULAIRE

- **Empire :** régime politique ou les institutions sont dominées par un seul homme, l'empereur.
- **République :** régime dans lequel la souveraineté appartient aux citoyens qui sont représentés par des assemblées ou des personnes élues.

ACTIVITÉ 1

1. **Doc. 1 et 2** Classez dans un tableau les magistratures, les fonctions et les honneurs exercés par Octave-Auguste par type de pouvoir (militaire, religieux, politique).
2. **Doc. 1** Précisez comment Octave-Auguste est parvenu à obtenir ces pouvoirs.
3. **Doc. 1 et 2** Montrez qu'Octave-Auguste parvient à dominer les différents pouvoirs tout en conservant les institutions de la République romaine.

BILAN Expliquez comment Octave-Auguste a réussi à fonder un nouveau régime politique.

Constantin Ier

PPO

Au début du IVe siècle, l'**Empire** romain est fragilisé par des tensions entre plusieurs empereurs et par des attaques de peuples voisins. Constantin Ier parvient à vaincre ses opposants et à conquérir le pouvoir.

(vers 272-337)
Proclamé empereur par ses troupes en 306, il vainc ses adversaires (Maxence, Licinius) et redevient le seul maître de l'Empire romain. C'est le premier empereur à se convertir au christianisme.

> Pourquoi le règne de Constantin Ier marque-t-il un tournant pour l'Empire romain ?

Les héritages de l'Empire romain
- □ Rome, capitale impériale
- ○ Centre administratif important
- → Attaques de peuples voisins

Les transformations au temps de Constantin Ier
- ▣ Constantinople, nouvelle capitale impériale (330)
- ‡ Principales églises chrétiennes
- ◆ Édit de Milan (313) : liberté de culte pour les chrétiens

Sources : H. Inglebert, *Atlas de Rome et des Barbares*, IIIe et IVe siècles, Autrement, 2014 ; M. Christol et D. Nony, *Rome et son empire*, Hachette, 2009 ; C. Badel et H. Inglebert, *Grand Atlas de l'Antiquité romaine*, Autrement, 2014.

3 L'Empire romain au temps de Constantin Ier

4 Bilan du règne de Constantin Ier

Comparons l'état présent de nos affaires avec le passé, et reconnaissons l'heureux changement qui est survenu. Autrefois ceux qui avaient entre les mains l'autorité souveraine, et qui prenaient un grand soin du culte de la multitude des dieux, ont marché à la tête de leurs armées et ont porté pour enseigne les images des morts. Mais notre empereur a défait les impies et les démons. Il a reconnu à l'heure même la grâce que Dieu lui avait faite de favoriser les armes, et lui a rendu la gloire de sa victoire[1]. Il leur a prescrit la méthode de prier et à porter leur esprit jusqu'à Dieu, pour l'invoquer comme le Dieu des armées, comme l'arbitre des combats, comme le protecteur de ceux qui le servent. Il a fait de son palais une des églises où il adore le Sauveur, et où il se nourrit des vérités de l'Écriture. Il a bâti des églises avec une magnificence convenable à un grand prince. Notre empereur a élevé bientôt après dans la ville de son nom[2], et dans plusieurs autres, des églises plus magnifiques que celles qui avaient été démolies.

D'après Eusèbe de Césarée, *Louange à Constantin ou discours pour les trente ans de règne*, 325.

1. Référence aux victoires de Constantin contre ses concurrents impériaux Maxence (312) et Licinius (324). 2. Constantinople.

Qui est-il ?
Eusèbe de Césarée est un auteur chrétien et un évêque ayant vécu au temps de Constantin Ier (début du IVe siècle).

ACTIVITÉ 2

1. **Doc. 3** Identifiez les crises auxquelles l'Empire romain est confronté vers 300.
2. **Doc. 4** Expliquez comment Constantin Ier est parvenu à restaurer la paix et la stabilité dans le monde romain, selon l'auteur.

BILAN Montrez que le règne de Constantin Ier constitue un moment fort dans l'histoire de l'Empire romain.

PARCOURS CROISÉS

Réalisez un diaporama qui servira de support à une présentation orale pour répondre à la question suivante : pourquoi les empereurs Octave-Auguste et Constantin Ier ont-ils marqué le monde romain ?

Pas à pas : vous pouvez réaliser quatre diapositives :
1. Le titre et votre problématique.
2. Présentation d'Octave-Auguste.
3. Présentation de Constantin Ier.
4. Réponse à la problématique.

ÉTUDE 5 L'Empire romain, une mosaïque de peuples

La cité de Rome est la capitale d'un vaste territoire centré sur la mer Méditerranée. À partir du Ier siècle, la domination de la vie politique par un seul homme, l'empereur, favorise les échanges commerciaux et culturels entre les habitants du monde romain.

> Quelles sont les conséquences des échanges entre les peuples de l'Empire romain ?

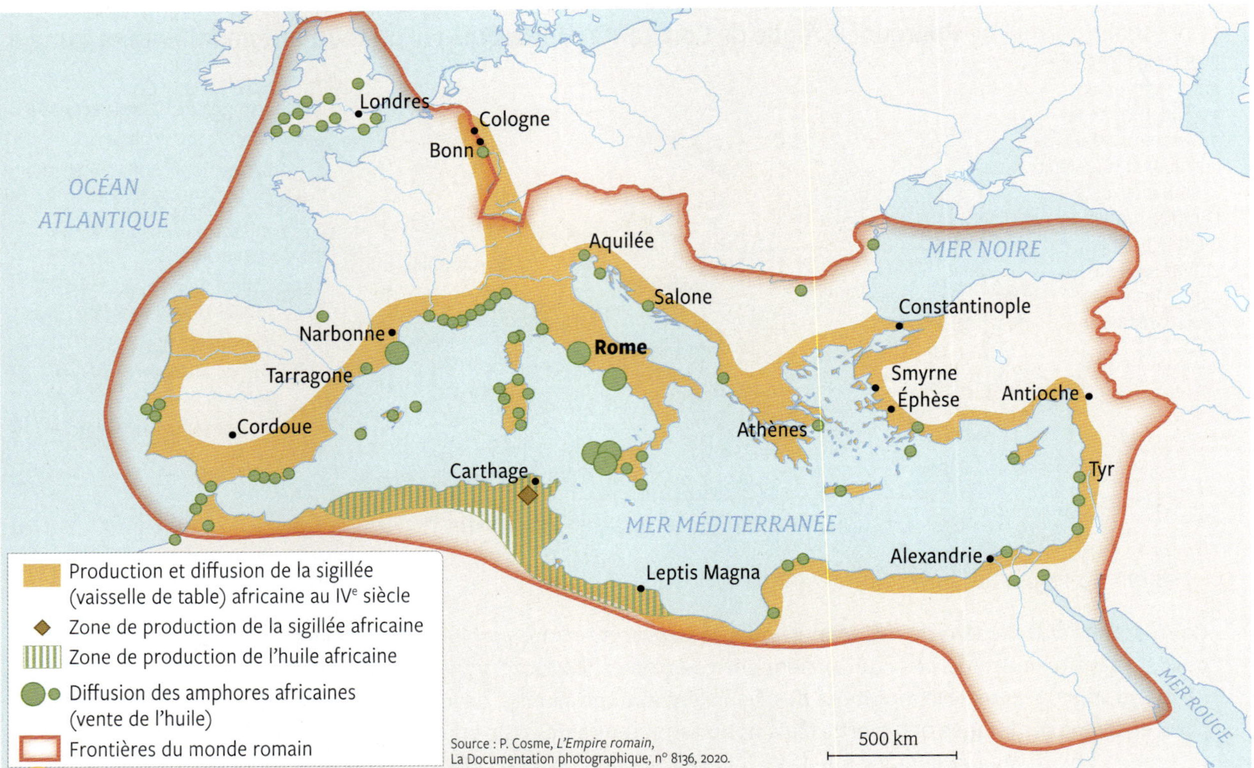

1 Le monde romain, un espace de contacts et d'échanges

2 La culture romaine dans les territoires de l'Empire romain

Musée d'histoire de Gérone, Espagne.

Représentation d'une course qui a eu lieu dans le Circus Maximus à Rome et qui a été retrouvée dans la villa de Can Pau Birol de la cité romaine de Gérunda (Gérone) en Catalogne (Espagne), fin IIIe – début IVe siècle ap. J.-C.

3 La fondation d'une cité dans un territoire de l'Empire

La ville même de Lugdunum [Lyon], bâtie au pied d'une colline au confluent de l'Arar [la Saône] et du Rhône, appartient aux Romains. De toutes les villes, c'est elle qui a la plus forte population après Narbonne. Elle sert, en effet, de place de commerce, et les gouverneurs romains y battent monnaie d'or et d'argent. Le sanctuaire dédié par l'ensemble des peuples gaulois à César Auguste s'élève devant la ville à la jonction même des deux fleuves[1]. Il comporte un autel considérable, orné d'une inscription énumérant soixante peuples et de statues de chacun de ces peuples, et un autre autel de grande dimension.

Strabon, *Géographie*, IV, 3, 2, texte établi et traduit par François Lasserre, « Collection des universités de France – Série grecque », Les Belles Lettres, 1966.

1. Un temple a été construit pour le culte impérial, c'est à dire le culte public rendu à l'empereur et à la famille impériale par les habitants du monde romain.

Qui est-il ?
Strabon est un historien et géographe d'origine grecque de la fin du Ier s. ap. J.-C.

4 Les pratiques religieuses dans les territoires de l'Empire

Au centre, le dieu gaulois Cernunnos entouré du dieu grec Apollon (à gauche) et du dieu romain Mercure (à droite).

Autel de Cernunnos, IIe siècle ap. J.-C., musée Saint-Remi, Reims.

PARCOURS 1

Présenter une situation historique

1. **Doc. 1** Montrez que l'Empire romain a favorisé les échanges commerciaux entre les habitants du monde romain.
2. **Doc. 2 et 4** Quels éléments de la culture romaine se retrouvent dans des territoires de l'Empire romain ?
3. **Doc. 3 et 4** Citez des religions qui se sont diffusées dans l'Empire romain.
4. **Doc. 1 et 3** Expliquez comment s'effectuent les échanges économiques et culturels entre les peuples de l'Empire romain.

BILAN Montrez que les cultures se mélangent grâce aux échanges dans les territoires de l'Empire romain.

PARCOURS 2

Faire un choix et le justifier

Un élève a rédigé le texte ci-dessous. Choisissez parmi les documents celui qui illustre le mieux l'idée de chacune des phrases du texte. Justifiez votre choix.

Sous le règne des empereurs, les échanges se sont développés. Les cités romaines ont été construites dans les territoires conquis. De nombreuses villes conservent encore des vestiges. Les religions se sont également diffusées parmi les habitants dans le monde romain. Des habitants ont également adopté le latin venu de Rome, ce qui témoigne du brassage des différentes cultures.

COURS 2 Les empreintes romaines en Méditerranée

> Quels sont les héritages de l'Empire romain dans la culture européenne d'aujourd'hui ?

1 La mise en place d'un nouveau régime : l'Empire romain

- **L'Empire romain est né au Ier siècle av. J.-C.** Le Sénat met fin à la guerre civile qui suit la mort de Jules César (44 av. J.-C.). Il attribue à Octave les titres d'Auguste et de *Princeps* en 27 av. J.-C. pour l'avoir aidé à rétablir l'ordre. L'autorité d'Octave-Auguste est ensuite renforcée par la création d'un culte impérial et d'une dynastie : son fils adoptif Tibère lui succède en 14 ap. J.-C.

- **Le pouvoir de l'empereur repose sur le principat.** Les institutions de la République romaine (509 av. J.-C. à 27 av. J.-C.) continuent d'exister, mais l'empereur détient plusieurs pouvoirs : c'est à la fois un chef politique, religieux et militaire. Il dirige en partageant le pouvoir avec les magistrats et l'autorité morale avec le Sénat.

- **Le pouvoir de l'empereur est cependant limité.** Le « bon empereur » accepte d'être conseillé, respecte les traditions, assure l'ordre et se montre bienfaiteur envers le peuple par des distributions de pain et d'argent ou l'organisation de jeux. Dans le cas contraire, des empereurs sont renversés, comme Néron en 68 ap. J.-C. Ces périodes de crises politiques provoquent souvent des changements de dynasties impériales.

VOCABULAIRE

- **Culte impérial :** culte public rendu à l'empereur et à la famille impériale.
- ***Limes* :** système de fortifications construites pour protéger certaines frontières du monde romain.
- **Principat :** régime politique dans lequel l'empereur domine la vie politique, tout en maintenant les institutions de la République.
- **Romanisation :** processus d'échanges entre la culture romaine et les autres cultures du monde romain, soit par appropriation, soit par adaptation.

2 Une nouvelle figure, l'empereur romain

- **À partir du Ier siècle, les empereurs renforcent l'autorité de Rome aux frontières du monde romain.** Certains, comme Trajan (98-117), étendent le monde romain par leurs conquêtes (Arabie, Dacie). D'autres consolident ses frontières en édifiant le *limes*, comme le mur de l'empereur Hadrien (117-138) en Bretagne.

- **Octave-Auguste réorganise l'administration de l'Empire.** Des provinces sénatoriales sont confiées au Sénat et des provinces impériales à des gouverneurs nommés par l'empereur. Les légions imposent et garantissent la *Pax romana* (paix romaine), notamment là où les risques d'invasions sont importants. Entre le Ier et le début du IIIe siècle, l'Empire romain connait une relative stabilité et prospérité.

- **À la fin du IIIe siècle et au IVe siècle, les empereurs sont fragilisés.** Le monde romain est régulièrement envahi par des peuples voisins et des luttes de pouvoir entre plusieurs empereurs ne permettent pas d'y faire face efficacement. Le règne de Constantin Ier (306-337) marque un tournant car il restaure l'unité de l'Empire et rétablit l'ordre. En 395, l'Empire est définitivement partagé entre un Empire romain d'Occident et un Empire romain d'Orient. Le premier disparaît sous le coup des incursions germaniques en 476 mais le second survit jusqu'au milieu du XVe siècle.

3 Le brassage des cultures et la diffusion du christianisme dans l'Empire romain

Au sein du monde romain, les échanges sont nombreux et variés. Les flux commerciaux et monétaires, la présence des légions et la fondation de cités romaines permettent la diffusion des cultures et des cultes des différents peuples : c'est la romanisation. Des peuples empruntent et adaptent ainsi certains éléments de la culture romaine, comme le latin ou les amphithéâtres par exemple.

La diversité culturelle est forte au sein du monde romain, même si l'hellénisme reste une référence commune. L'*assimilatio* (association) de divinités proches, mais de cultes différents, témoignent d'importants transferts culturels. Pourtant, les tensions existent, comme en Judée où certains groupes juifs, comme les zélotes, sont très hostiles à Rome.

Au Ier siècle, les premières communautés chrétiennes apparaissent dans la province romaine de Judée. Elles diffusent le christianisme dans le monde romain. Jusqu'au IVe siècle, les chrétiens sont parfois persécutés par les empereurs ou par les populations locales. Au IVe siècle, le christianisme représente près de 15 à 20 % de la population de l'Empire. Le règne de Constantin Ier (306-337) est marqué par sa conversion en 312 puis l'autorisation du culte chrétien par l'édit de Milan de 313. Constantinople, capitale impériale construite en 330, devient la nouvelle Rome chrétienne. En 380, l'édit de Théodose fait du christianisme la religion officielle de l'Empire.

DATES CLÉS

27 avant J.-C.

Octave reçoit les titres d'Auguste et de *Princeps*.

313

Édit de Milan.

395

Partage du monde romain entre un Empire romain d'Occident et un Empire romain d'Orient.

476

Fin de l'Empire romain d'Occident.

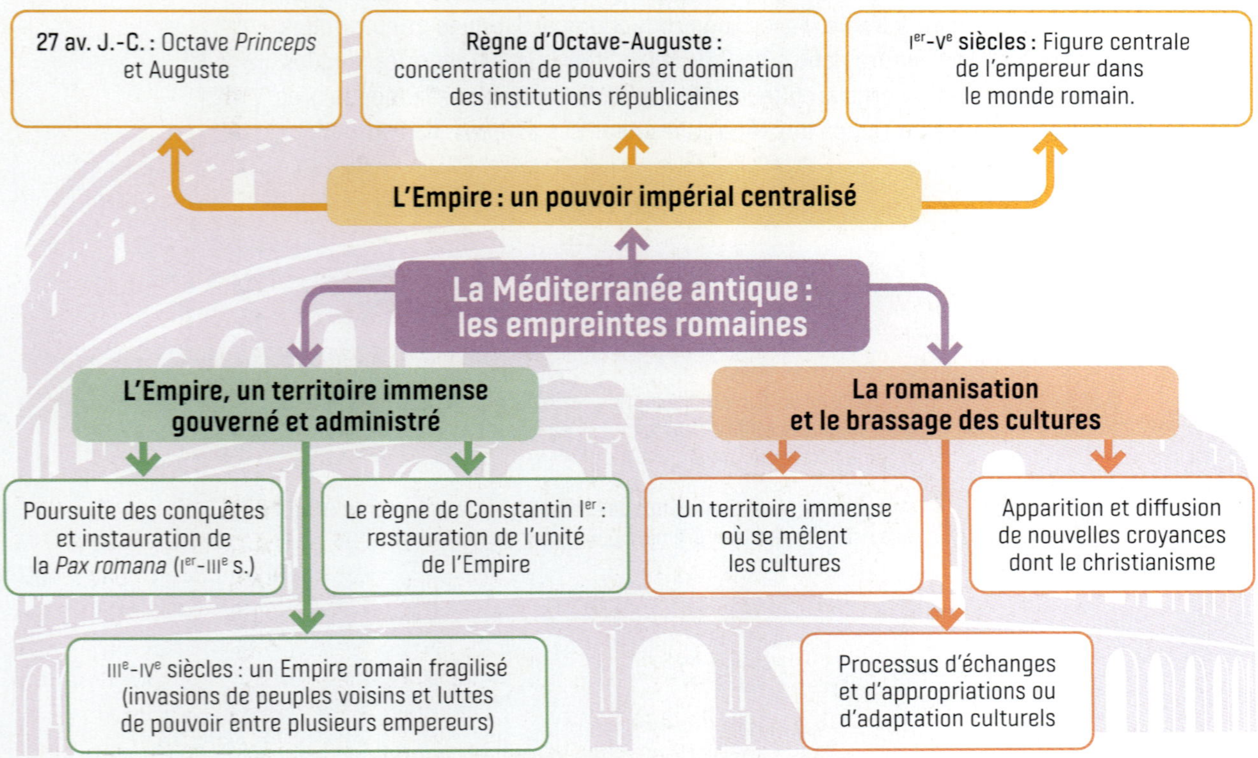

RÉVISIONS

Je fais le point

Quiz hachette-clic.fr/24h2004

- Repères chronologiques
- Vocabulaire
- Acteurs

La puissance d'Athènes au Ve siècle av. J.-C.

- Après avoir vaincu les Perses en 490 et en 480 av. J.-C., Athènes prend la tête d'une alliance militaire : la **Ligue de Délos**. Cette ligue réunit plusieurs cités grecques et assure à Athènes la domination du monde grec et de la Méditerranée au Ve siècle av. J.-C. L'empire maritime permet à Athènes de renforcer la **démocratie** qui se met en place progressivement à partir de 508 av. J.-C. Chaque citoyen participe à la vie politique de la cité, sans condition de richesse, en votant les lois ou en exerçant une magistrature par exemple. La figure de Périclès est étroitement liée au renforcement de la démocratie, avec l'instauration du *misthos* par exemple, et au prestige d'Athènes, avec, notamment, la construction du Parthénon.

La domination de l'Empire romain en Méditerranée

- Au Ier siècle av. J.-C., la cité de Rome domine des peuples et un vaste territoire autour de la Méditerranée. À partir de 27 av. J.-C., Octave-Auguste fonde un nouveau régime politique, l'**Empire**. En concentrant les pouvoirs politiques, religieux et militaires, l'empereur parvient à contrôler les institutions et les terres conquises. Constantin Ier (306-337 ap. J.-C) marque le monde romain en devenant le premier empereur chrétien et en fondant une nouvelle capitale, Constantinople. Le retour de la paix favorise les échanges commerciaux, culturels et religieux entre les peuples vaincus par Rome. Les cultes et les amphithéâtres sont des exemples de la **romanisation** et du syncrétisme religieux dans les provinces romaines.

Les empreintes laissées par Athènes et Rome

- Les cités d'Athènes et de Rome ont laissé leurs empreintes en Méditerranée. Toutes les deux ont dominé de vastes territoires grâce à leur puissance militaire et elles ont donné naissance à deux nouveaux régimes politiques, la démocratie à Athènes et l'Empire à Rome. Foyers de productions artistiques et culturelles, elles ont diffusé une culture riche autour de la Méditerranée à travers les langues, les divinités ou les éléments architecturaux. Jusqu'à aujourd'hui, le monde grec et l'Empire romain sont restés des références pour des artistes, des auteurs ou des régimes politiques.

Bataille de connaissances

15 min de préparation — **Étape 1** Constituez un trio puis sélectionnez trois mots-clés, trois acteurs et trois dates à faire deviner à vos camarades. Rédigez vos questions.

10 min — **Étape 2** Affrontez un autre trio. Chaque bonne réponse fait gagner un point. Les premiers à atteindre cinq points remportent le défi.

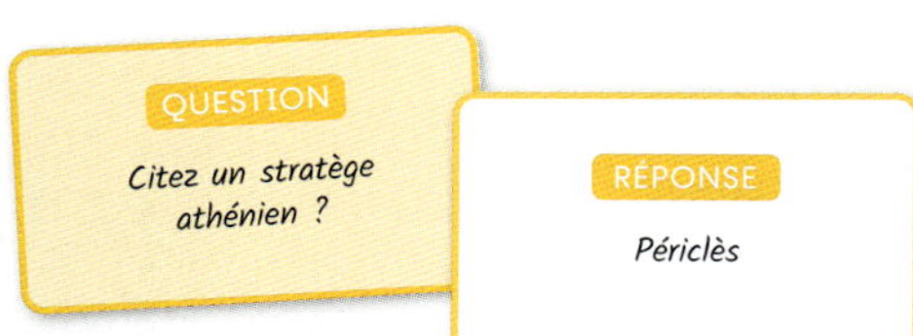

Je révise avec des podcasts

1 Comment fonctionne la démocratie à Athènes ?

Podcast
hachette-clic.fr/24h2005

2 Qu'est-ce que l'Empire romain ?

Podcast
hachette-clic.fr/24h2006

3 Quel fut le rôle de Périclès à Athènes ?

Podcast
hachette-clic.fr/24h2007

L'ESSENTIEL en 5 minutes

4 Quelles traces Athènes et Rome nous ont-elles laissées ?

Podcast
hachette-clic.fr/24h2008

5 Pourquoi l'Empire romain a-t-il favorisé le brassage des cultures ?

Podcast
hachette-clic.fr/24h2009

Je teste mes connaissances

- Écoutez les cinq épisodes du podcast puis testez vos connaissances grâce aux flashcards.

QUESTION
Qui est le premier empereur romain ?

RÉPONSE
Octave-Auguste

Flashcards
hachette-clic.fr/24h2010

Le saviez-vous ?
Un podcast est un enregistrement audio avec un ou plusieurs intervenant(s) qui analyse(nt) un sujet. En histoire, il peut s'agir d'un événement ou d'une situation historique, d'une découverte archéologique, d'une interview, d'un débat entre historiens. Les podcasts permettent de présenter un sujet sur plusieurs épisodes pour approfondir un sujet donné.

RÉVISIONS

Je m'entraîne

• Confronter des documents de différentes natures

1 Retranscription d'un discours de Périclès

Discours qu'aurait prononcé Périclès pour honorer les citoyens athéniens morts au cours de la première année de la Guerre du Péloponnèse (431 av. J.-C.).

Du fait que l'État, chez nous, est administré dans l'intérêt de la masse et non d'une minorité, notre régime a pris le nom de démocratie. En ce qui concerne les différends particuliers, l'égalité est assurée à tous par les lois ; mais en ce qui concerne la participation à la vie publique, chacun obtient la considération en raison de son mérite, et la classe à laquelle il appartient importe moins que sa valeur personnelle ; enfin nul n'est gêné par la pauvreté et par l'obscurité de sa condition sociale, s'il peut rendre des services à la cité. La liberté est notre règle dans le gouvernement de la république et dans nos relations quotidiennes la suspicion n'a aucune place [...]. La contrainte n'intervient pas dans nos relations particulières ; une crainte salutaire nous retient de transgresser les lois de la république ; nous obéissons toujours aux magistrats et aux lois et, parmi celles-ci, surtout à celles qui assurent la défense des opprimés et qui, tout en n'étant pas codifiées, impriment à celui qui les viole un mépris universel.

Thucydide, *La Guerre du Péloponnèse*, II,
traduction de Jean Voilquin pour la langue française

2 Représentation d'une séance de vote à l'Héliée

Coupe attique rouge, vers 480 av. J.-C., musée des Beaux-Arts, Dijon.

PALIER 1

Je lis et je comprends les documents

- Quel régime politique est présenté par Périclès ?
- Quelle scène est représentée sur ce vase ?
- Dans quelle cité ces deux scènes ont-elles pu se dérouler ?

PALIER 2

Je sélectionne les informations

- Citez des éléments du discours qui montrent l'égalité des citoyens à Athènes.
- À quelles obligations sont soumis les citoyens athéniens selon Périclès ?
- Décrivez l'action des citoyens représentés sur le vase.

PALIER 3

Je croise les documents avec mes connaissances

- Comment les citoyens peuvent-ils participer à la vie politique à Athènes ?
- Comment sont choisis les citoyens qui siègent à l'Héliée ?
- Pourquoi ces deux documents permettent-ils de comprendre le fonctionnement de la démocratie à Athènes ?

• Analyser une pièce de monnaie

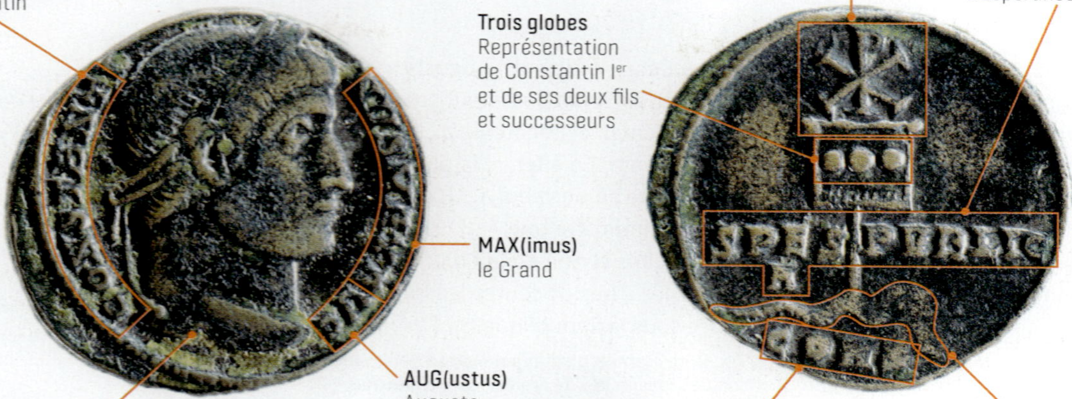

L'Empereur romain

Pièce de monnaie en cuivre de l'empereur romain Constantin Ier frappée en 327 ap. J.-C dans la ville de Constantinople (British Museum, Londres).

Le saviez-vous ?

Dérivé du latin *numisma* qui signifie pièce ou monnaie, la **numismatique** désigne l'étude des pièces de monnaie. Ces sources permettent aux historiens de mieux comprendre les échanges commerciaux mais aussi les sociétés, les religions et les pouvoirs d'une période par l'étude des représentations et inscriptions qui y figurent.

PALIER 1

J'identifie

- Qui est le personnage représenté ?
- Sur quel support se fait-il représenter ?
- De quand date ce document ?

PALIER 2

Je sélectionne les informations

- Quels éléments font référence à l'Empire romain ?
- Quels éléments font référence au christianisme ?

PALIER 3

Je croise le document avec mes connaissances

- Pourquoi l'empereur se fait-il représenter avec tous ces éléments ?
- Pourquoi ce document permet-il de comprendre le rôle de Constantin Ier ?

» J'approfondis

À REGARDER

Le concentré – La démocratie athénienne est une vidéo réalisée par le Réseau Canopé (2020) pour aborder, sur un ton humoristique, l'apparition et le fonctionnement de la démocratie à Athènes dans l'Antiquité ainsi que les empreintes laissées sur les démocraties modernes.

À VISITER EN LIGNE

Arenes Webdoc permet de visiter virtuellement l'antique amphithéâtre romain de Nîmes. Vous explorerez ainsi l'architecture du lieu, les spectacles qui s'y déroulaient, le fonctionnement des installations telles qu'elles étaient au temps des gladiateurs !

VERS LA SPÉCIALITÉ HGGSP

L'analyse de l'historien : l'émission Géopoliticus évoque les principes des démocraties antiques et contemporaines.

Quels sont les atouts et les limites de la démocratie ?

EXERCICES Analyser un document avec des questions

Sujet corrigé : Octave-Auguste, le premier empereur romain

Objectif Identifier et comprendre l'idée principale d'un document

Le Sénat et le peuple attribuèrent aussi à César le titre d'« Auguste » [...]. C'est ainsi que tous les pouvoirs du peuple et du Sénat passèrent aux mains d'Auguste : dès ce moment s'établit véritablement une monarchie [...] puisque le pouvoir politique des empereurs est souverain. En effet, si la plupart des magistratures créées par les lois existent encore aujourd'hui, [...], c'est pour tout dire le souverain régnant qui dirige et administre tout [...] ; mais pour donner l'impression d'agir en conformité aux lois et non du fait d'un pouvoir personnel, les empereurs se sont attribués les titres de toutes les fonctions dont les hommes acceptaient la puissance sous la République. [...]

Dion Cassius, *Histoire romaine*, LIII, 16.6-17.3, texte établi et traduit par Marion Bellissime et Frédéric Hurlet, « Collection des universités de France – Série grecque », Les Belles Lettres, 2018.

Qui est-il ?
Dion Cassius (v. 164-v.235) est un homme politique et historien romain.

QUESTIONS

a) Nommez le nouveau régime mis en place par Octave-Auguste et justifiez votre réponse.

b) Relevez un passage du texte montrant qu'Octave-Auguste respecte les institutions républicaines et un autre montrant qu'il domine la vie politique.

Étape 1 Lire les questions et le document

1. Lisez les questions et identifiez les verbes de consigne.

- « **Nommer** » : je dois indiquer comment s'appelle le régime fondé par Octave-Auguste.
- « **Justifier** » : je dois prouver ma réponse à l'aide d'informations du texte.
- « **Relever** » : je dois trouver et recopier deux passages du texte.

2. Lisez plusieurs fois le document.

3. Recherchez à quelles pages du chapitre le document fait référence.

Le texte évoque le paragraphe 1 du cours 2 p. 40 intitulée « les empreintes romaines en Méditerranée » et plus particulièrement le paragraphe 1 « La mise en place d'un nouveau régime : l'Empire romain ».

4. Définissez les mots clés et les termes complexes du document.

Sénat : *assemblée des grandes familles romaines (voir doc. 1 page 36).*
République : *système politique où le pouvoir repose sur des institutions représentant les citoyens romains.*

Étape 2 Identifier le document

5. Notez au brouillon les informations utiles pour identifier le document.

Source : Dion Cassius, *Histoire romaine*, début du IIIe siècle ap. J.-C., trad. M. Bellissime et F. Hurlet, Les Belles Lettres, 2018.

- Dion Cassius : Auteur du texte
- *Histoire romaine* : Titre de l'ouvrage
- début du IIIe siècle ap. J.-C. : Époque ou date de rédaction par l'auteur
- trad. M. Bellissime et F. Hurlet : Personnes qui ont traduit le texte en français
- Les Belles Lettres : Editeur qui a publié la traduction du texte en 2018

6. Formulez l'idée principale du document.

Dion Cassius explique qu'Octave-Auguste est parvenu à contrôler tous les pouvoirs à Rome.

Étape 3 Rédiger les réponses

7. Repérez dans le document les éléments de réponses.

8. Répondez aux questions en soignant la rédaction.

a) Octave-Auguste a mis en place l'Empire romain car l'auteur rappelle qu'il a obtenu le titre d'Auguste et qu'il a régné sur le monde romain.
b) Le passage « si la plupart des magistratures créées par les lois existent encore aujourd'hui » montre qu'Octave-Auguste respecte les institutions de la République. Le passage « C'est ainsi que tous les pouvoirs du peuple et du Sénat passèrent aux mains d'Auguste » montre qu'Octave-Auguste domine seul la vie politique.

→ Voir fiche 8 p. 214

Sujet guidé : Périclès et la démocratie à Athènes

Thucydide[1] et les orateurs de son camp invectivaient[2] Périclès, l'accusant de dilapider le patrimoine et de gaspiller les revenus de la cité. Alors, en pleine assemblée, Périclès demanda au peuple s'il avait l'impression qu'on avait beaucoup dépensé. « Beaucoup trop ! lui fut-il répondu. – Très bien ! dit-il. Je vais donc, dans ces conditions, porter la dépense à mon compte, non au vôtre, et ce sera mon nom que l'on inscrira sur les dédicaces[3] ! » À ces mots, soit par admiration pour sa grandeur d'âme, soit par désir de ne pas lui laisser, à lui seul, la gloire de ces travaux, ils lui demandèrent, à grands cris, de puiser dans le trésor public pour ces frais et de faire ces dépenses officielles sans rien épargner.

Plutarque, *La vie des hommes illustres : vie de Périclès*, Ier siècle ap. J.-C.

1. Homme politique athénien et historien contemporain de Périclès. 2. Injuriaient
3. Inscriptions honorifiques sur les monuments publics ou les statues afin d'honorer les bienfaiteurs et les puissants.

QUESTIONS

a Présentez la figure de Périclès évoquée par Plutarque.

b Montrez que Périclès est un citoyen influent mais que son action est contrôlée par le peuple athénien.

Qui est-il ?
Plutarque (v. 46-v. 125) est un philosophe et biographe d'origine grecque et installé à Rome.

Étape 1 Lire les questions et le document

1. Choisissez la proposition la plus pertinente.

- Dans la question **a**, le verbe de consigne « présenter » indique que je dois :
  - dire ce que je vois
  - donner des arguments
  - identifier le document
- Dans la question **b**, le verbe de consigne « montrer » indique que je dois :
  - définir des mots clés du document ;
  - trouver des informations dans le document ;
  - classer des informations dans des catégories.

2. Recherchez à quelles pages du chapitre le document fait référence.

3. Définissez les mots clés et les termes complexes.
Orateur / assemblée / trésor public / peuple

Étape 2 Identifier le document

4. Notez au brouillon les informations utiles pour identifier le document.

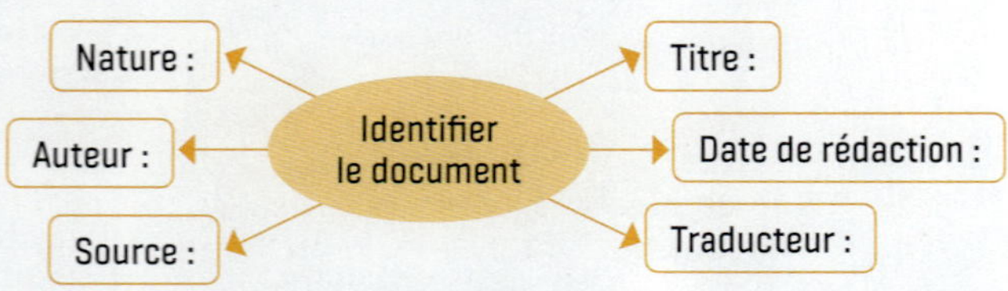

5. Quelle proposition résume l'idée principale du document ? Justifiez votre choix.

a. Périclès est un personnage important et influent de la démocratie à Athènes puisque c'est un bon orateur qui arrive à convaincre les citoyens de dépenser de l'argent pour la cité.

b. Périclès veut faire des dépenses pour la cité mais le peuple s'est opposé à lui pour ne pas dépenser l'argent du trésor d'Athènes.

c. Périclès souhaite faire des réformes économiques car il refuse de gaspiller l'argent du trésor de la cité d'Athènes.

Étape 3 Rédiger les réponses

6. Répondez aux questions **a** et **b** à l'aide de vos réponses aux étapes 1 et 2.

CHAPITRE

2 La Méditerranée médiévale : espace d'échanges et de conflits à la croisée de trois civilisations

- **1054** Rupture entre l'Église catholique romaine et l'Église orthodoxe byzantine
- **1082** Traité de commerce entre Venise et Byzance
- **1085** Prise de Tolède par Alphonse VI
- **1095-1270** *Croisades en Orient*
- **1146** Bernard de Clairvaux soutient la deuxième croisade
- **1187** Prise de Jérusalem par Saladin
- **1453** Prise de Constantinople par les Ottomans

1000 | 1050 | 1100 | 1150 | 1200 | 1250 | 1300 | 1350 | 1400 | 1450

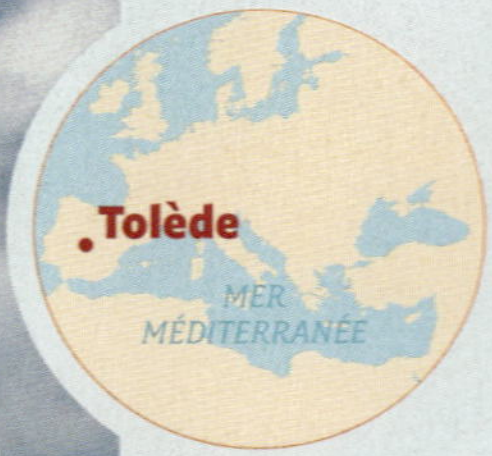

> **COURS 1** L'espace méditerranéen médiéval est marqué par le brassage de différentes cultures.
>
> **Comment les échanges culturels marquent-ils les sociétés et les territoires méditerranéens ?**

> **COURS 2** Les empreintes laissées par différentes cultures de la Méditerranée médiévale témoignent de périodes de conquêtes et de dominations successives.
>
> **Quels sont les différents types de conflits dans l'espace méditerranéen médiéval ?**

Les empreintes des cultures médiévales à Tolède, en Espagne

Reconquise par le roi Alphonse VI en 1085, Tolède est transformée : la forteresse arabe de l'Alcazar (à droite) est restaurée et la cathédrale Sainte-Marie (à gauche) est construite sur l'emplacement d'une ancienne mosquée.

QUESTIONS

1. Quelles civilisations médiévales ont laissé des empreintes à Tolède ?
2. Citez deux éléments qui montrent que Tolède a été l'objet de conquêtes successives pendant la période médiévale.

GRAND ANGLE Les civilisations latine, byzantine et musulmane de la Méditerranée médiévale

● Plusieurs **civilisations** se côtoient autour de la mer Méditerranée, carrefour commercial entre les mondes byzantin, latin et musulman. Les échanges de marchandises sont intenses et contribuent à la circulation des hommes, des idées et des religions.

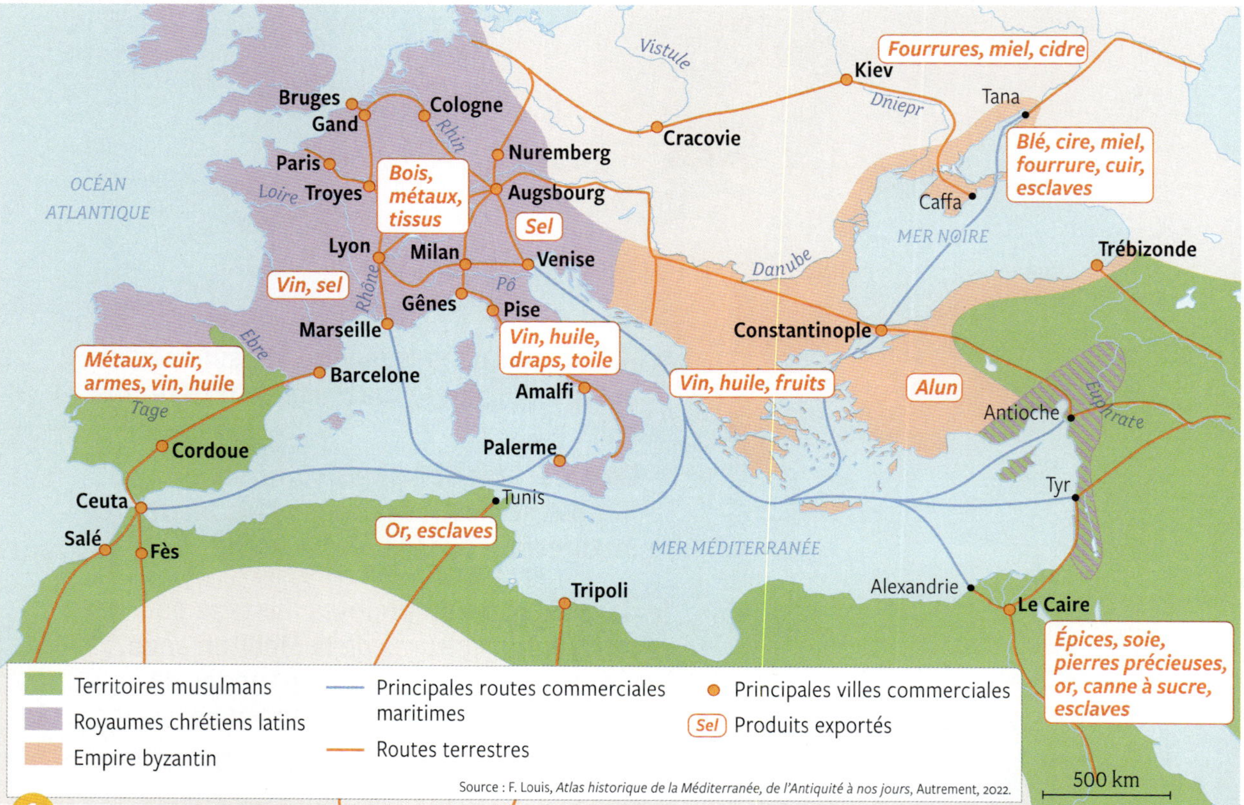

1 Les échanges commerciaux en Méditerranée au XIIe siècle

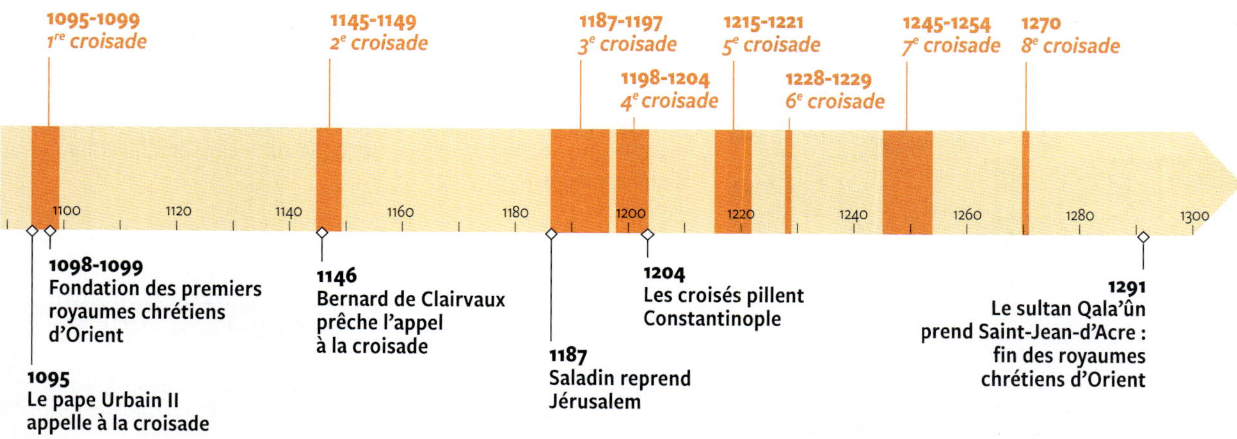

2 Les **croisades** en Méditerranée orientale (XIe-XIIIe siècles)

● De fortes rivalités existent entre les royaumes et empires du bassin méditerranéen. Que ce soit pour conquérir des territoires ou mener une **croisade** en Espagne ou au Proche-Orient, les conflits sont nombreux entre les puissances méditerranéennes.

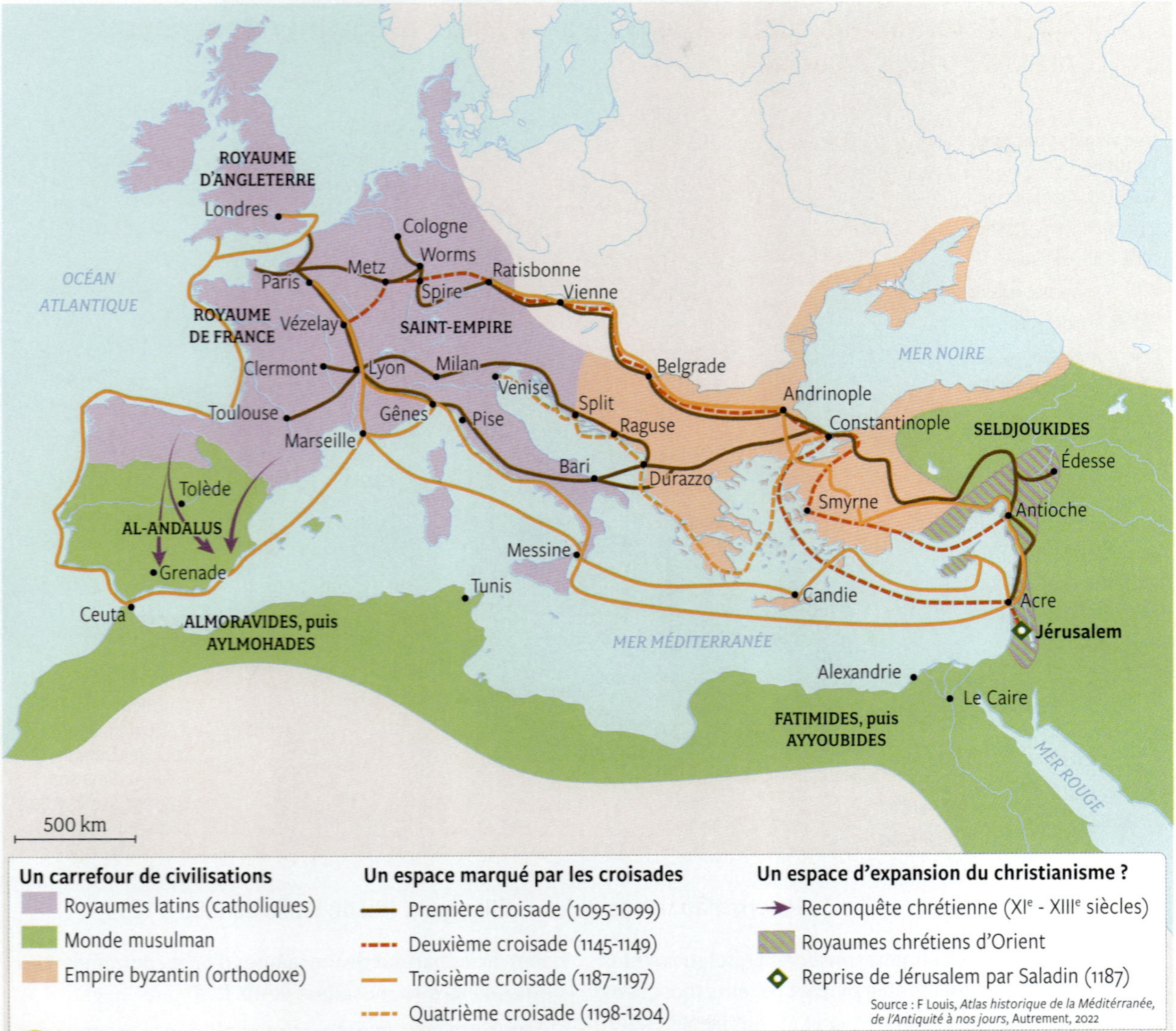

3 La Méditerranée au XIIe siècle, un espace de conflits

VOCABULAIRE

- **Civilisation :** ensemble de caractéristiques sociales, politiques, culturelles, morales et religieuses qui confèrent une unité à une société à une époque et un espace donnés.
- **Croisade :** expédition militaire entreprise par des chrétiens dans un objectif religieux, notamment pour assurer le pèlerinage vers les lieux saints tels que Jérusalem.

QUESTIONS

1. **Doc. 1** Quelle activité met en contact les civilisations méditerranéennes ?
2. **Doc. 2 et 3.** Localisez les principales zones de conflits en Méditerranée au XIIe siècle.
3. **Doc. 1 et 3** Indiquez les formes que prennent les contacts entre les civilisations méditerranéennes.

ÉTUDE 1 Le brassage des cultures à Palerme

Au XIIe siècle, la ville de Palerme, capitale de la Sicile, est un carrefour commercial stratégique en Méditerranée. L'île a été dominée successivement par plusieurs puissances mais est restée un lieu d'échanges et de contacts entre de nombreuses cultures.

> Quelles formes les contacts entre les civilisations méditerranéennes prennent-ils à Palerme ?

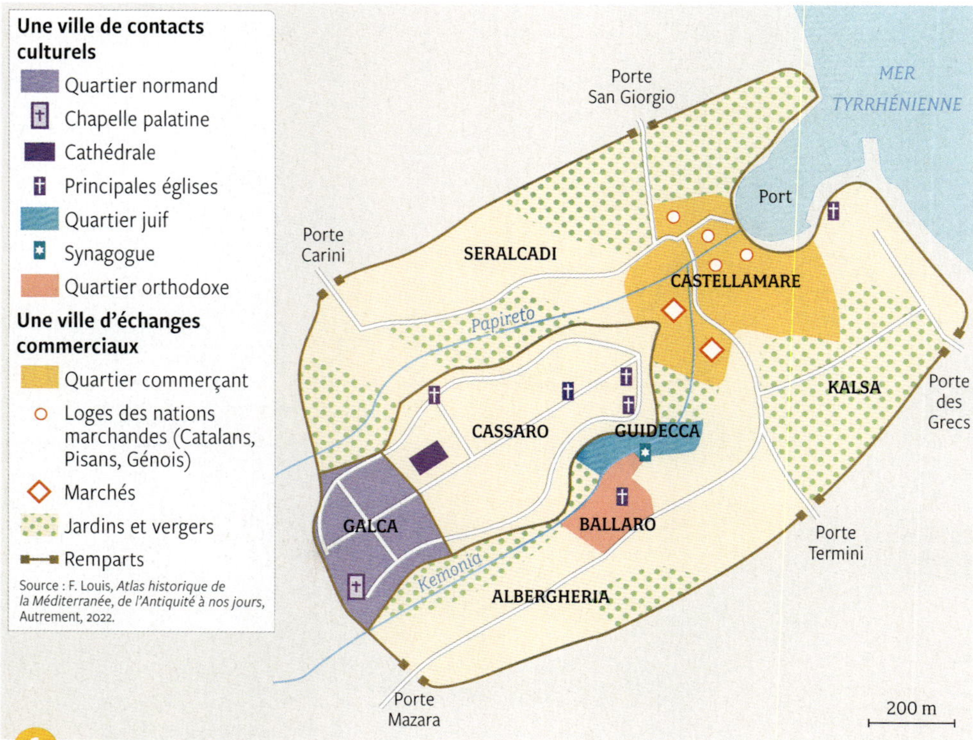

1 Palerme au XIIe siècle

Qui est-il ?
Ibn Jubayr (1145-1217) : fonctionnaire musulman à la cour de Grenade, il décrit dans son ouvrage ses voyages et pèlerinages en Méditerranée.

2 Ibn Jubayr décrit la ville de Palerme au temps du roi Guillaume II (roi de Sicile de 1166 à 1189)

En cette cité, les musulmans conservent quelques restes de leur foi ; ils fréquentent la plupart de leurs mosquées et ils y célèbrent la prière rituelle sur un appel clairement entendu. Ils ont des faubourgs qu'ils habitent seuls, à l'exclusion des chrétiens. Les souks[1] en sont fréquentés par eux, et ils en sont les marchands. [...] L'un des édifices des infidèles les plus extraordinaires que nous ayons vus est l'église dite de l'Antiochien. Nous l'avons visitée le jour de la Nativité[2] qui est pour les chrétiens une très grande fête à laquelle ils se rendent en foule, hommes et femmes. Son architecture nous offrit un spectacle indescriptible, tel qu'il faut décider qu'elle est le plus merveilleux des ouvrages de ce bas-monde. Ses murs sont, à l'intérieur, entièrement revêtus d'or, avec des plaques de marbre de différentes couleurs, tel qu'on n'en vit jamais de pareil ; les murs sont ornés partout de mosaïques d'or et couronnés d'arborescences en mosaïque verte. [...]

Dans cette ville, la parure des chrétiennes est celle des femmes des musulmans. La langue alerte, enveloppées et voilées, elles sont dehors à l'occasion de la fête dont nous venons de parler ; vêtues d'étoffes de soie brochées d'or, drapées dans des vêtements magnifiques, voilées de voiles aux couleurs variées, chaussées de bottines brodées d'or, elles se pavanent en se rendant à leurs églises [...] ; elles portent, en somme, toute la parure des femmes des musulmans, y compris les bijoux, les teintures et les parfums.

Ibn Jubayr, *Voyages*, trad. M. Gaudefroy-Demombynes, Paris, Librairie orientaliste Paul Geuthner, 1949.

1. Terme désignant un marché. 2. La fête de Noël pour les chrétiens.

3 La Sicile, au cœur des échanges commerciaux

Tari de 1130-1154, Palerme

Carrefour commercial en Méditerranée, la Sicile frappe sa propre monnaie, le tari. Les deux faces de cette pièce de monnaie illustrent les conquêtes successives.

À gauche, sur l'avers de la pièce, est noté au centre des cercles « le roi Roger le puissant par Dieu » en arabe avec en marge l'atelier monétaire et la date de frappe. À droite, sur le revers de la pièce, est écrit « Jésus Christ vainc » en grec avec une croix.

4 L'intérieur de la chapelle palatine à Palerme

La chapelle située dans le palais du souverain montre le brassage des différentes cultures à Palerme : les mosaïques d'or des murs sont byzantines, les étoiles à huit pointes du sol sont d'inspiration arabe et le plan de la chapelle à trois nefs est d'origine latine.

PARCOURS 1

Comprendre et mettre en relation des documents

1. **Doc. 1 et 2** Quelles communautés religieuses vivent à Palerme ?
2. **Doc. 2** Relevez des éléments qui témoignent d'un brassage des cultures à Palerme.
3. **Doc. 3** Pourquoi cette pièce de monnaie illustre-t-elle les influences culturelles à Palerme ?
4. **Doc. 4** Comment le brassage culturel se traduit-il dans l'architecture de Palerme ?

BILAN À partir de vos réponses, montrez que Palerme est un carrefour d'échanges entre les civilisations méditerranéennes.

PARCOURS 2

Préparer une présentation orale

Par groupe de trois, présentez oralement le brassage culturel à Palerme.

- L'un d'entre vous montrera d'abord que Palerme est un carrefour commercial et religieux (**Doc. 1 et 2**).
- Le deuxième montrera ensuite que les communautés s'empruntent des éléments culturels (**Doc. 2 et 3**).
- Le troisième montrera enfin que les brassages donnent naissance à une culture hybride (**Doc. 4**).

ÉTUDE 2
REGARD DE L'HISTORIEN

Venise, une puissante république marchande PPO

À partir du XIe siècle, les commerçants vénitiens sillonnent l'ensemble de la Méditerranée et étendent leur domination sur les échanges maritimes. Cette puissance commerciale de Venise est aussi soutenue par les autorités politiques de la cité.

> Comment expliquer les raisons de la puissance maritime et commerciale de Venise ?

1 Venise, une puissance commerciale et politique en Méditerranée

REGARD DE L'HISTORIEN

Venise a assuré très tôt, grâce à ses navires, un service de transport, d'abord à petite échelle, dans la lagune[1], puis dans le golfe Adriatique. Ensuite, dès le Xe siècle, son réseau s'est étendu à la Méditerranée orientale et, au XIIe siècle, à toute la Méditerranée, avant d'atteindre le monde atlantique à partir du XIVe.[…] Venise s'est spécialisée dans le commerce d'objets de faible poids et de grande valeur. Surtout à partir du XIIIe siècle, elle pourvoit l'Occident en produits venus de loin nécessaires à son industrie : l'alun d'Asie Mineure, employé en teinture pour fixer les colorants, et le coton syrien pour les textiles fins et mêlés (la futaine[2]) ; un approvisionnement extraordinaire d'épices d'Orient, de soie grège[3] et de soieries. […] S'y ajoutent tous les métaux, fer et métaux précieux. Venise est admirablement située, à une distance assez facile à parcourir des grands centres miniers de l'Europe centrale et orientale. C'est l'une des bases de sa puissance en Méditerranée car les métaux précieux sont à la fois une marchandise et un moyen de paiement. Dans les années 1420, Venise voit passer sur ses quais à peu près 4 tonnes d'or et une trentaine de tonnes d'argent fin par an. […] Les monnaies frappées par la ville sont aussi les instruments de son expansion économique. Le gros d'argent, apparu à l'extrême fin du XIIe siècle, puis le ducat en or, frappé à partir de 1284, servent de monnaie de référence dans tout le bassin méditerranéen.

« Marchands et navigateurs. À la conquête du monde » de Philippe Braunstein, publié dans les *Collections de L'Histoire* n°71 (avril-juin 2016), p. 22.

1. Désigne le site de Venise, situé dans une lagune, c'est-à-dire une étendue d'eau séparée de la mer par un cordon de terre, le lido. 2. Étoffe de fil et de coton. 3. Désigne la soie à l'état brut, pas encore transformée.

Qui est-il ?
Philippe Braunstein (né en 1933) est un historien médiéviste français, spécialiste des économies et des sociétés européennes médiévales, particulièrement de Venise.

2 Les Polo, une célèbre famille de marchands vénitiens

Enluminure du Maître de Boucicaut réalisée vers 1410-1412, BnF, Paris.

Après avoir rendu hommage à l'empereur byzantin Baudouin II et avoir reçu la bénédiction du patriarche de Constantinople (chef religieux des chrétiens orthodoxe), les frères Niccolò et Matteo Polo quittent Constantinople et embarquent vers Sudak, comptoir vénitien de Crimée (mer Noire).

NICCOLÒ ET MATTEO POLO
Ces deux marchands vénitiens de la fin du XIIIe siècle ont fondé plusieurs comptoirs commerciaux en Méditerranée orientale (Empire byzantin, mer Noire) et ont effectué deux voyages commerciaux en Asie.

étendre le catholicisme en Méditerranée

Constantinople et la quatrième croisade

Alors que les croisés ont embarqué sur des navires vénitiens pour mener une nouvelle croisade en Terre sainte, l'expédition est détournée par Venise pour payer le transport et prendre possession de terres byzantines. En 1204, Constantinople, capitale chrétienne de l'Empire byzantin, est pillée par les croisés.

Pourquoi la quatrième croisade reflète-t-elle les divisions entre chrétiens ?

3 **Les croisés assiègent Constantinople**
Miniature tirée de *Chronique abrégée* de David Aubert, XVe siècle, BNF, Paris.

4 Les croisés pillent Constantinople

De partout, les places, les maisons, les établissements sacrés, les couvents, les monastères, les divins sanctuaires et même la Grande Église de Dieu[1], le palais impérial, furent envahis de guerriers qui respiraient le meurtre, portaient le fer, la lance, l'épée et le poignard ; ils lançaient des regards terribles, criaient, pillaient, saccageaient les objets divers, insultaient au sacré[2]. Les saintes images, murales ou mobiles, du Christ, de la Mère de Dieu et des saints, ils les jetaient à terre. Ils proféraient insanités et blasphèmes, arrachaient les enfants aux mères et les mères aux enfants, violentaient sans honte les vierges dans les enceintes consacrées […].

Ils dénudaient la poitrine des femmes pour voir si une parure ou un objet d'or s'y cachait ; ils défaisaient les coiffures et retiraient les voiles des têtes. […] Partout, ce n'était que lamentations, cris de douleur et de malheur. […] Ils massacraient les nouveau-nés, tuaient les femmes, dénudaient même les femmes âgées, et les outrageaient. Ils torturaient les moines, les frappaient du poing, rouant de coups ces corps vénérables. […] Tel était le respect pour les choses de Dieu et de ceux qui portaient sur leurs épaules la Croix du Christ !

Témoignage du métropolite d'Éphèse, Jean Mésarités, in « Le sac de Constantinople » de Michel Kaplan, publié dans les *Collections de L'Histoire* n°4 (février-avril 1999), pp. 86-87.

1. La basilique Sainte-Sophie.
2. Injures contre les croyances des chrétiens orthodoxes.

ACTIVITÉ 2

1. **Doc. 3** Qui sont les principaux acteurs de la quatrième croisade ?
2. **Doc. 4** Décrivez le comportement des croisés à l'égard des populations de Constantinople.

BILAN Montrez que la quatrième croisade illustre les divisions entre les croisés et les Byzantins.

PARCOURS CROISÉS

Rédigez un plan détaillé pour répondre à la question suivante : **pourquoi les croisades des XIIe et XIIIe siècles sont-elles le reflet des différentes tensions en Méditerranée ?**

Pas à pas :

1. Présentez les principaux acteurs des deux croisades évoquées.
2. Indiquez ensuite quelles sont les différentes motivations des croisés.
3. Expliquez enfin pourquoi ces deux croisades illustrent la diversité des tensions en Méditerranée.

ÉTUDE 4 L'Empire ottoman, une nouvelle puissance en Méditerranée

MEHMED II
(1432-1481)
Septième sultan ottoman, dit « le Conquérant » après la conquête de Constantinople, qui devient la nouvelle capitale de l'Empire ottoman.

Apparu autour de 1300, l'émirat d'Osman (vers 1258-vers 1324-1326) donne naissance au XIVe siècle à une nouvelle puissance en Méditerranée : l'Empire ottoman. En 1453, le **sultan** fait la conquête de Constantinople et met fin à l'Empire byzantin.

> Comment les Ottomans ont-ils étendu leur domination en Méditerranée ?

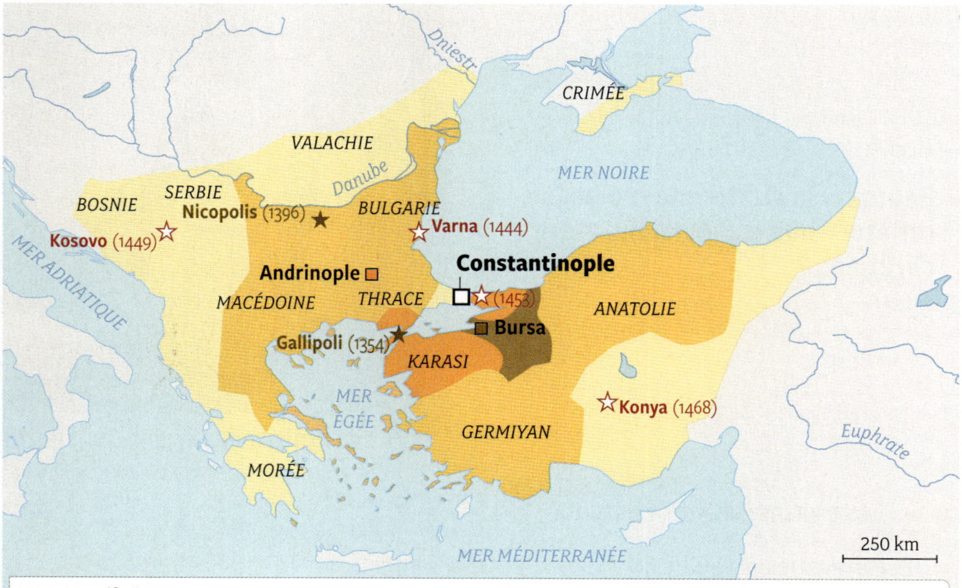

Au XIVe siècle, l'essor de la puissance ottomane
- Foyer d'origine des Ottomans
- Conquêtes ottomanes vers 1360
- ★ Victoires du XIVe siècle
- Capitale (1326-1361)

Au milieu du XVe siècle, l'affirmation d'un empire
- Conquêtes ottomanes au XVe siècle
- ☆ Victoires ottomanes
- Capitale (1361-1453)
- Constantinople capitale de l'Empire ottoman (1453)
- Conquêtes ottomanes au début du XVIe siècle

Source : *Les Turcs et leurs empires*, Les Collections de l'Histoire, n° 96, juil-sept 2022.

1 L'émergence d'une puissance ottomane aux XIVe-XVe siècles

VOCABULAIRE

- **Janissaire :** soldat de l'infanterie au sein de l'armée ottomane.
- **Sultan :** souverain de l'Empire ottoman.

2 Une armée au service du sultan et de l'islam

1. Les janissaires sont recrutés parmi les enfants chrétiens du « ramassage* » – ou parmi des prisonniers. [...]
2. Ils doivent obéissance absolue à leurs chefs et aux représentants du pouvoir.
3. Ils forment un seul « corps » et leurs casernes sont groupées ensemble.
4. Ni luxe ni faste : simplicité.
5. Promotions à l'ancienneté. Retraite pour les invalides.
6. Seuls leurs officiers peuvent punir les janissaires.
7. Peine de mort particulière.
8. Les janissaires ne peuvent ni porter la barbe ni se marier.
9. Ils ne doivent ni s'éloigner de leurs casernes, ni exercer un métier, mais passer leur temps à s'exercer à l'art de la guerre.
10. Ils doivent accomplir tous les devoirs pieux de l'islam et ne jamais s'écarter des prescriptions [...] en ce qui concerne le culte et la dévotion.

Loi fondamentale des janissaires au XIVe siècle, texte attribué au sultan Murad Ier (1362-1389).

* Lors des conquêtes, réquisition des jeunes garçons chrétiens de 8 à 18 ans pour être formés par les armées ottomanes.

3 Istanbul, une capitale cosmopolite

En premier lieu, [Mehmed II] tria et établit dans la Cité, parmi les Péloponnésiens[1] qu'il avait ramenés, tous ceux qui paraissaient supérieurs au reste dans leur pratique des métiers. Les autres, il les plaça dans la campagne alentour [...] pour qu'ils puissent s'adonner à l'agriculture. Après cela, il dépêcha à Amastris, [...] un port sur le Pont-Euxin[2], et fit venir à Constantinople la plus grande partie – et la plus capable – de sa population. Il transféra aussi dans la Cité ceux des Arméniens sous son empire qui se distinguaient par le bien, la richesse, le savoir-faire et autres qualifications, et en outre ceux qui étaient de la classe marchande. Ceux-là, il les tira de leurs foyers et les installa dans la Cité, et non seulement des Arméniens mais aussi de semblables personnes parmi d'autres nations ses sujettes. Puis il rassembla en sa présence toutes les personnes riches et les plus capables, celles qui jouissaient de la fortune et de la prospérité la plus grande, et leur ordonna de bâtir de belles demeures dans la Cité, là où il plairait de le faire. Il leur commanda aussi de construire des bains et des auberges et des marchés et de nombreuses et très belles échoppes, d'ériger des lieux de culture et de parer et d'embellir la Cité avec beaucoup d'autres semblables édifices.

Kristovoulos, « Histoire de Mehmed le Conquérant », XVIe siècle, cité par Stéphane Yérasimos dans *Constantinople, de Byzance à Istanbul*, Place des Vosges, 2000.

1. Terme désignant des Grecs. 2. Mer Noire.

PARCOURS 1

Présenter une situation historique

1. **Doc. 1** Localisez et datez les origines de la dynastie ottomane.
2. **Doc. 1 à 3** Citez trois éléments qui expliquent la puissance de l'armée ottomane.
3. **Doc. 3** Pourquoi la prise de Constantinople en 1453 est-elle un événement marquant pour l'Empire ottoman et les autres puissances méditerranéennes ?
4. **Doc. 2 et 3** Décrivez le comportement du pouvoir ottoman avec les populations conquises.

BILAN À l'écrit, racontez comment l'Empire ottoman parvient progressivement à devenir une puissance en Méditerranée.

PARCOURS 2

Réaliser une production numérique

À partir des documents, réalisez un enregistrement audio de 120 secondes qui explique comment l'Empire ottoman est devenu une puissance en Méditerranée.

Vous pouvez structurer votre oral autour des points suivants :

1. L'apparition de la dynastie ottomane (**doc. 1**).
2. Le sultan et son armée puissante (**doc. 2**).
3. Les conquêtes progressives en Méditerranée (**doc. 1**).
4. La prise de Constantinople (**doc. 4**).
5. Istanbul devient un carrefour commercial aux mains du sultan (**doc. 3**).

4 Le siège de Constantinople par Mehmed II

Miniature ottomane du XVe siècle, BnF, Paris.

En avril-mai 1453, Mehmed II le Conquérant (au premier plan) et ses troupes de janissaires font le siège de Constantinople (à droite), qui finit par tomber le 29 mai 1453.

COURS 2 La Méditerranée médiévale, un espace de conflits

> Quels sont les différents types de conflits dans l'espace méditerranéen médiéval ?

1 Un espace de conflits internes

- **Au sein du monde musulman, la fracture est durable.** Depuis le VIIe siècle, les tensions entre chiites et sunnites, concernant la succession du prophète et du califat, divisent les musulmans. Les rivalités et les luttes entre dynasties sont nombreuses, même si des figures telles que Saladin (1138-1193), qui reprend Jérusalem aux croisés en 1187, parviennent ponctuellement à les atténuer.

- **Entre chrétiens latins et chrétiens orthodoxes, la division est irréversible.** Après 1054, la séparation entre le christianisme catholique et orthodoxe, (le schisme) ne cesse de se renforcer alors que l'influence byzantine en Méditerranée s'estompe. Les tensions sont nombreuses et culminent avec le siège et le pillage de Constantinople par les croisés en 1204.

- **D'autres tensions religieuses émergent au sein de la chrétienté latine.** L'Église catholique qualifie d'hérésies certaines croyances. Dans le royaume de France, celles-ci sont surtout liées aux cathares, adeptes d'un mouvement religieux présent dans le Midi, et aux vaudois, présents dans le sud de la France et en Italie. Rome dénonce leurs croyances et leurs pratiques et en appelle à la croisade : la croisade des Albigeois (1209-1229) provoque l'éradication de ces mouvements religieux.

2 Un espace de conflits entre les puissances méditerranéennes

- **En 1095, le pape Urbain II lance un appel à la croisade afin de reconquérir les lieux saints d'Orient.** L'expédition militaire chrétienne aboutit à la prise de Jérusalem en 1099 et à la fondation des royaumes chrétiens d'Orient. En réaction, les musulmans mènent le *jihad* et reprennent progressivement toutes les terres latines d'Orient.

- **Les menaces pesant sur les conquêtes chrétiennes d'Orient nécessitent une deuxième croisade voulue par la papauté (1145).** La prédication de Bernard de Clairvaux permet de mobiliser les grands souverains de son époque. Cependant, l'influence chrétienne en Orient recule : Jérusalem est perdue (1187) et les royaumes chrétiens d'Orient disparaissent à la fin du XIIIe siècle.

- **Les croisades illustrent les relations complexes entre les civilisations méditerranéennes.** Les violences religieuses ont durablement marqué les relations entre les peuples du bassin méditerranéen et accentué le lent déclin de l'Empire byzantin. Celui-ci disparaît avec la prise de Constantinople par le sultan ottoman Mehmed II en 1453.

VOCABULAIRE

- **Chiite :** adepte d'un courant religieux minoritaire de l'islam apparu au VIIe siècle.
- **Hérésie :** doctrine religieuse condamnée par l'Église catholique.
- ***Jihad* :** désigne l'« effort » de soumission à Dieu de chaque fidèle. Par extension, il devient l'effort nécessaire pour protéger et diffuser l'islam par la guerre si nécessaire.
- **Schisme :** division d'une communauté religieuse suite à des divergences et désaccords.
- **Sunnite :** adepte d'un courant religieux majoritaire de l'islam apparu au VIIe siècle.

3 Un espace de conflits entre puissances

- **Le contrôle des routes de commerce maritime et terrestre en Méditerranée est un facteur de rivalités et de tensions.** Vitales pour le commerce entre Europe, Afrique du Nord, Moyen-Orient et Asie, les routes commerciales de Méditerranée sont contrôlées par les puissances byzantine et musulmane jusqu'au XIe siècle. Toutefois, des républiques marchandes telles que Venise ou Gênes deviennent d'importantes puissances maritimes et ont les capacités de rivaliser avec des États ou de soutenir les efforts de croisade.

- **À partir du XIIe siècle, le déclin de l'Empire byzantin se confirme et provoque des tensions.** Il est fragilisé par de nombreuses difficultés internes qui déstabilisent l'État et la société. Affaibli économiquement, l'Empire connaît une période d'instabilité liée à des luttes internes pour le pouvoir qui rendent moins efficaces son administration. Il est aussi confronté aux menaces extérieures que représentent ses puissants voisins (Turcs, Perses...) et les États croisés. La pression est forte aux frontières, notamment à l'est, car les armées byzantines ne parviennent plus à défendre efficacement.

- **Aux XIIIe-XIVe siècles, l'émergence de la puissance ottomane bouleverse les grands équilibres méditerranéens.** Né à la fin du XIIIe siècle dans la région de l'Anatolie (Asie Mineure), l'Empire ottoman s'étend aux dépens de l'Empire byzantin. La conquête de Constantinople par Mehmed II achève d'affirmer la puissance ottomane alors que disparaît l'Empire byzantin (1453). Sous le nom d'Istanbul, la ville devient la capitale d'un empire cosmopolite. Son rayonnement permet de faire le lien entre Orient et Occident et de contrôler les routes commerciales entre l'Europe et l'Asie.

DATES CLÉS

1054

Séparation de l'Église chrétienne d'Orient (orthodoxe) et de l'Église chrétienne d'Occident (catholique).

1204

Siège et pillage de Constantinople par les croisés.

1453

Prise de Constantinople par les Ottomans et disparition de l'Empire byzantin.

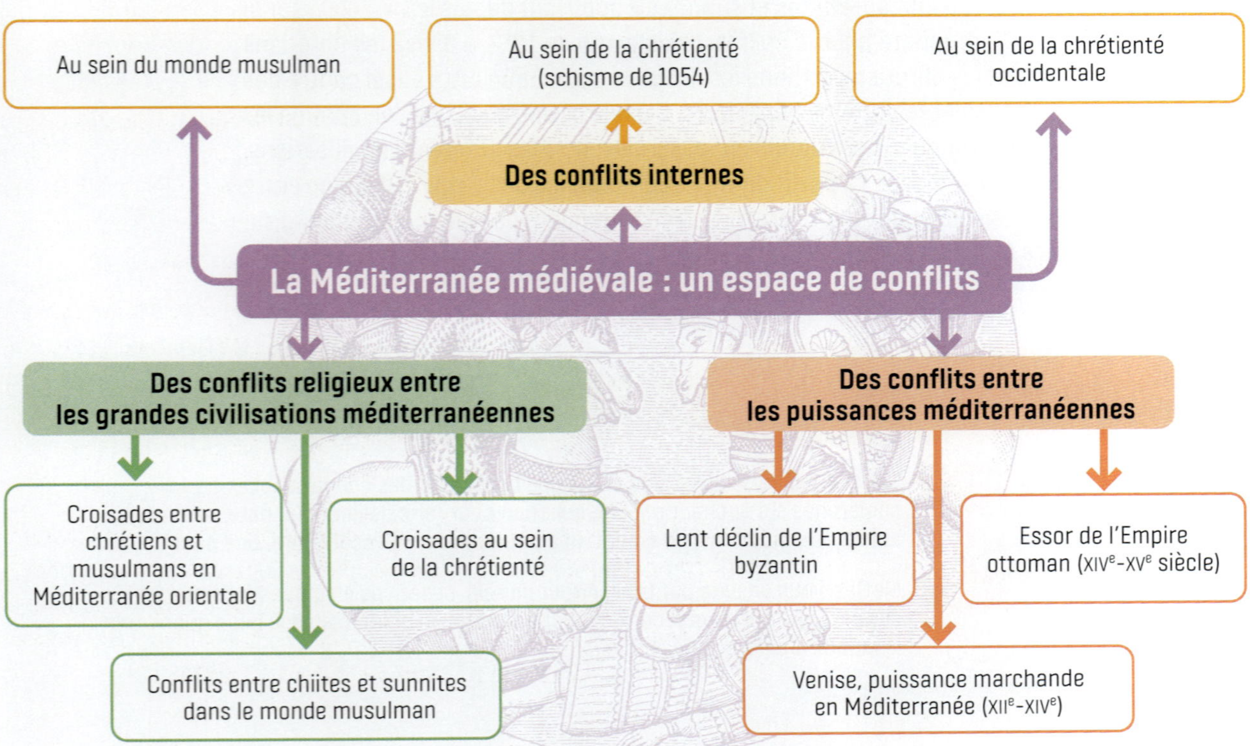

RÉVISIONS

Je fais le point

Quiz hachette-clic.fr/24h2011

Repères chronologiques
Vocabulaire
Acteurs

La Méditerranée, un espace de rencontre des civilisations

- Trois civilisations majeures s'établissent autour de la Méditerranée au XIIe siècle. La civilisation byzantine, héritière de l'Empire romain d'Orient, est dirigée par un basileus et un patriarche (chef de la religion chrétienne orthodoxe). La civilisation latine regroupe les États chrétiens d'Occident que dirigent des empereurs et des rois et qu'influence l'Église catholique sous l'autorité du pape. La civilisation musulmane réunit des émirats et des califats autour de l'islam. En raison des conquêtes successives et des échanges en Méditerranée, des territoires deviennent des lieux de brassages culturels. Carrefour d'échanges, la Sicile est un lieu important de syncrétisme avec des influences grecque, arabe, byzantine et latine. La ville de Tolède, reconquise par les chrétiens en 1085, est un lieu de cohabitation entre les peuples méditerranéens.

La Méditerranée, un espace d'échanges

- De nombreuses routes commerciales parcourent la Méditerranée et permettent les échanges de matières premières et de produits agricoles entre les mondes musulman, occidental et byzantin. Les marchands italiens des républiques maritimes de Venise et Gênes sont les grands bénéficiaires de ce commerce florissant en Méditerranée, à l'image de la famille Polo à Venise. Ces familles marchandes établissent de grands empires commerciaux à l'aide de comptoirs sur les littoraux méditerranéens. Les échanges sont aussi culturels avec les voyages d'érudits vers les centres intellectuels (comme Palerme et Tolède) et les routes empruntées par les pèlerins qui se rendent vers des lieux saints tels que Jérusalem, Rome, La Mecque ou Médine.

La Méditerranée, un espace de conflits au Moyen Âge

- Dans le monde musulman, chiites et sunnites s'opposent depuis le VIIe siècle sur la succession du prophète pour le califat. Le schisme de 1054 a divisé les chrétiens catholiques et les chrétiens orthodoxes. L'Église catholique lutte aussi contre des croyances considérées comme hérétiques. C'est le cas de ceux que l'on nomme les cathares et les vaudois. Des conflits ont aussi lieu entre les différentes civilisations, comme lors des croisades à partir de 1095. L'émergence de l'Empire ottoman entre le XIIIe et XIVe siècle aboutie à la prise de Constantinople par Mehmed II et à la fin de l'Empire byzantin (1453).

Les maîtres du jeu

15 min de préparation — **Étape 1** Sur une feuille, trouvez cinq questions pour tester les connaissances de vos camarades sur le chapitre : une question pour faire deviner une date, une pour un acteur, une pour un événement, une pour un mot de vocabulaire, une pour un lieu.

10 min — **Étape 2** Mettez-vous ensuite par trois. À tour de rôle, posez vos cinq questions aux autres élèves. Celui qui répond correctement marque un point. Faites le bilan quand tout le monde a posé ses questions.

Je révise avec des podcasts

1 Quelles sont les civilisations de la Méditerranée médiévale ?

Podcast
hachette-clic.fr/24h2012

2 Pourquoi la Méditerranée est-elle un espace d'échanges économiques ?

Podcast
hachette-clic.fr/24h2013

3 Comment la Méditerranée est-elle devenue un lieu de brassage de cultures ?

Podcast
hachette-clic.fr/24h2014

L'ESSENTIEL en 5 minutes

4 Qu'est-ce qu'une croisade ?

Podcast
hachette-clic.fr/24h2015

5 Quelles puissances ont dominé la Méditerranée médiévale ?

Podcast
hachette-clic.fr/24h2016

Je teste mes connaissances

- Écoutez les cinq épisodes du podcast puis testez vos connaissances grâce aux flashcards.

QUESTION

Quelle civilisation du Moyen Âge est l'héritière de l'Empire romain d'Orient ?

RÉPONSE

La civilisation byzantine

Flashcards
hachette-clic.fr/24h2017

Le saviez-vous ?

Les podcasts ont différents formats. Ils peuvent prendre la forme d'un monologue, ou d'une interview avec un ou plusieurs intervenants. En histoire, le podcast peut être l'occasion de raconter des récits ou de présenter un sujet en plusieurs épisodes thématiques (règnes de monarques, batailles majeures, présentation d'une époque particulière, etc.).

Je m'entraîne

• Comprendre le brassage des cultures en Sicile

1 **Les notaires grecs, arabes et latins du roi de Sicile Guillaume II**

Jean Chartier, *Chronique de Charles VII roi de France*, Maître du Froissart de Philippe de Commynes, XVe siècle.

2 **Description de Palerme**

La plus belle des cités de la Sicile est la résidence de son roi ; les musulmans l'appellent la cité al Madina et les chrétiens Palerme ; c'est là que demeurent les musulmans citadins ; ils y ont des mosquées et les souks qui leur sont réservés dans les faubourgs sont nombreux. Tous les autres musulmans habitent les fermes, les villages et les autres villes, comme Syracuse, etc. Mais c'est la grande cité, résidence du roi Guillaume, qui est la plus importante et la plus considérable. […]. Le roi a pleine confiance dans les musulmans et se repose sur eux pour ses affaires et ses travaux les plus importants. Même l'intendant des cuisines est un musulman ! Le roi possède une troupe d'esclaves noirs musulmans qui est commandée par l'un des leurs. Ses vizirs et ses chambellans sont des eunuques dont un grand nombre font partie de son gouvernement et sont ses favoris. […] C'est le souverain de la Chrétienté qui mène le train le plus pompeux, le plus luxueux et qui est le plus opulent. Il ressemble aux souverains musulmans : comme eux il plonge dans les délices du pouvoir, établit ses lois, règle ses modalités, répartit les dignités parmi ses hommes, exagère la pompe royale et l'étalage de son apparat. […] Un autre fait admirable qu'on rapporte à propos de sa personne, c'est qu'il lit et écrit l'arabe.

« Ibn Jubayr : Relation de voyages », in *Voyageurs arabes*. Traduction de Charles-Dominique Paule. Bibliothèque de la Pléiade © Éditions Gallimard.

PALIER 1

Je présente et j'identifie les documents

- Quelle est la nature des deux documents ?
- Ces deux documents se complètent-ils ou s'opposent-ils ?

PALIER 2

J'observe et je comprends les documents

- Quels éléments permettent d'identifier les différentes origines des notaires sur le **doc. 1** ?
- Quels sont les lieux fréquentés par les musulmans dans le **doc. 2** ?
- Quelles coutumes musulmanes sont adoptées par les femmes chrétiennes dans le **doc. 2** ?

PALIER 3

J'analyse et je dégage la portée des documents

- Comment le **doc. 1** illustre-t-il une politique de coopération du roi Guillaume II à l'égard des musulmans ?
- Comment le **doc. 2** témoigne-t-il d'un brassage entre culture chrétienne et culture musulmane ?

• Analyser une enluminure

Le siège de Damiette (Égypte) lors de la cinquième croisade (1217-1221)

Miniature sur parchemin extraite de *Vie de Saint-Louis de Polo*, vers 1305-1309, BnF, Paris.

Le saviez-vous ?

Du latin *illuminare*, qui signifie « éclairer » ou « illuminer », l'**enluminure**, souvent associée au terme « miniature », est un art décoratif très utilisé à l'époque médiévale jusqu'à l'apparition de l'imprimerie et de la gravure. Exécutées à la main, ces illustrations sont des sources très utiles pour l'historien, notamment lorsqu'il s'agit de descriptions de villes ou de batailles anciennes pour lesquelles la documentation est rare.

PALIER 1

J'identifie le sujet du document

- Quels éléments importants permettent d'identifier le document (auteur, date, source…) ?
- Où se déroule la scène représentée ?

PALIER 2

Je décris le document

- Qui sont les acteurs visibles sur cette miniature représentant le siège de Damiette.
- Quels éléments permettent d'identifier les croisés sur le document ?
- Quelle semble devoir être l'issue de ce siège, selon l'auteur ?

PALIER 3

J'exerce mon esprit critique

- Comment ce document illustre-t-il ce qu'est une croisade ?
- Pourquoi ce document ne représente-t-il qu'un aspect des relations entre les grandes civilisations de l'espace méditerranéen médiéval ?
- Identifiez la date du siège de Damiette et celle de la réalisation de l'enluminure. Pourquoi cela appelle-t-il à une prudence dans l'analyse de cette représentation ?

» J'approfondis

À VISITER EN LIGNE

Sur le site Internet *Museum with no frontiers*, recherchez l'exposition virtuelle « **Les Normands en Sicile** » pour approfondir le brassage des cultures entre cultures gréco-romaine, byzantine, arabe et latine.

À VOIR

Venise au Moyen Âge : un redoutable guerrier économique est un reportage de France 24 (2015) qui évoque la puissance vénitienne des XIVe-XVe siècles, et l'inscription de cette puissance dans son architecture.

VERS LA SPÉCIALITÉ HGGSP

L'analyse de l'historien : dans l'émission *La Marche de l'histoire* (24 février 2020), Nicolas Vatin revient sur la naissance et l'expansion de la puissance ottomane.

Comment devient-on une puissance ?

EXERCICES Rédiger et argumenter

Sujet corrigé : La Méditerranée médiévale, espace d'échanges et de conflits ?

Objectif Comprendre la question et mobiliser des connaissances

Vous présenterez la diversité des civilisations méditerranéennes puis vous préciserez quels sont les différents contacts entre celles-ci.

Étape 1 Comprendre la question et identifier les mots-clés

1. Lisez plusieurs fois la question.
2. Définissez et expliquez les mots-clés à l'aide de vos connaissances.

La Méditerranée médiévale, espace d'échanges et de conflits ?

- **Méditerranée médiévale** : Cette expression désigne la mer Méditerranée et les territoires qui la bordent au Moyen Âge.
- **échanges** : Ce terme évoque les échanges commerciaux et culturels.
- **conflits** : Guerres, croisades.

Étape 2 Mobiliser des connaissances

3. Listez au brouillon les idées et les mots de vocabulaire qui permettent de répondre à la question.
4. Listez au brouillon les exemples qui permettent de répondre à la question.

Idée 1 : *Des échanges nombreux et variés.*
Vocabulaire : république maritime, syncrétisme.
Acteurs : Pierre le Vénérable, Guillaume II roi de Sicile, Ibn Jubayr.
Repère chronologique : XIIe siècle.
Exemples : Palerme, Tolède.

Idée 2 : *Des conflits au sein des civilisations et entre celles-ci.*
Vocabulaire : califat, croisade, hérésie, jihad.
Repères chronologiques : (1054) Schisme, (1095) 1e croisade, (1204) Pillage de Constantinople par les croisés, (1453) Chute de Constantinople.
Acteurs : Bernard de Clairvaux, Mehmed II.
Exemples : la deuxième croisade ; la quatrième croisade ; la croisade contre les cathares.

Étape 3 Rédiger l'introduction

5. Rédigez l'introduction.

Une introduction comporte une présentation du sujet, une problématique sous forme de question et l'annonce de deux ou trois idées principales.

Entre le Xe et le XVe siècle, les civilisations latine, byzantine et musulmane occupent l'espace méditerranéen. Elles entretiennent des relations variées allant d'échanges commerciaux et culturels jusqu'à des affrontements violents. Pourquoi la Méditerranée médiévale est-elle à la fois un espace d'échanges et de conflits ? Après avoir présenté les différentes civilisations méditerranéennes médiévales, nous étudierons les nombreux échanges en Méditerranée et nous finirons par évoquer les différentes formes de conflit.

→ Voir fiche 11 p. 218

Sujet guidé : Pourquoi Venise est-elle une cité puissante de la Méditerranée médiévale aux XIIe-XIIIe siècles ?

Vous montrerez que Venise joue un rôle clé dans les différents contacts entre les trois civilisations de la Méditerranée médiévale.

Étape 1 Comprendre la question et identifier les mots-clés

1. Analysez la question.

Quel est le travail à mener ? → **Pourquoi**

Quelles sont les spécificités de cette cité ? → **Venise**

Dans quels domaines Venise est-elle puissante ? → **puissante**

Présentez l'espace géographique concerné. → **Méditerranée médiévale**

Quel est le contexte ? → **XIIe-XIIIe**

Pourquoi Venise est-elle une cité puissante de la Méditerranée médiévale aux XIIe-XIIIe siècles ?

Étape 2 Mobiliser des connaissances

2. Sélectionnez ce qui est utile pour répondre au sujet et justifiez vos choix.

Famille Polo	*Constantinople*
Tolède	*Flotte*
République maritime	*1453*
1204	*Croisade*
Cathares	*Ducat*
Comptoirs	*Bernard de Clairvaux*

Étape 3 Rédiger l'introduction

Au XIIe et XIIIe siècles, la cité italienne de Venise est la principale puissance commerciale du bassin méditerranéen. À la tête d'une vaste république maritime, Venise devient un acteur incontournable en Méditerranée. Pour quelles raisons Venise domine-t-elle la mer Méditerranée aux XIIe et XIIIe siècles ?...

3. Quels mots-clés l'élève a-t-il indiqués dans la présentation du sujet ?

4. Identifiez la problématique.

5. Identifiez les deux ou trois idées principales à développer.

💡 Appuyez-vous sur la consigne pour pour identifier les idées principales du sujet.

THÈME 2

XVe-XVIe siècles : un nouveau rapport au monde, un temps de mutation intellectuelle

Le goût pour l'Antiquité, les arts et les « curiosités » au XVIe siècle

Francken - Frans II, le Jeune, *Ulysse reconnaissant Achille parmi les filles de Lycomède*, 1620, musée du Louvre, Paris.

Le renouveau des arts au XVIe siècle est marqué par la redécouverte de l'Antiquité (représentation de sujets mythologiques, utilisation de la perspective). Dans les cabinets de curiosités, princes et érudits rassemblent des objets antiques ou rapportés des voyages d'exploration en Afrique, aux Amériques ou de l'océan Indien.

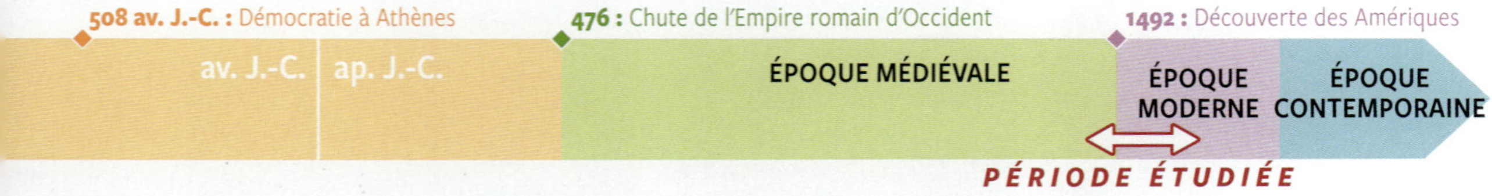

CHAPITRE

3 L'ouverture atlantique : les conséquences de la découverte du « Nouveau Monde »

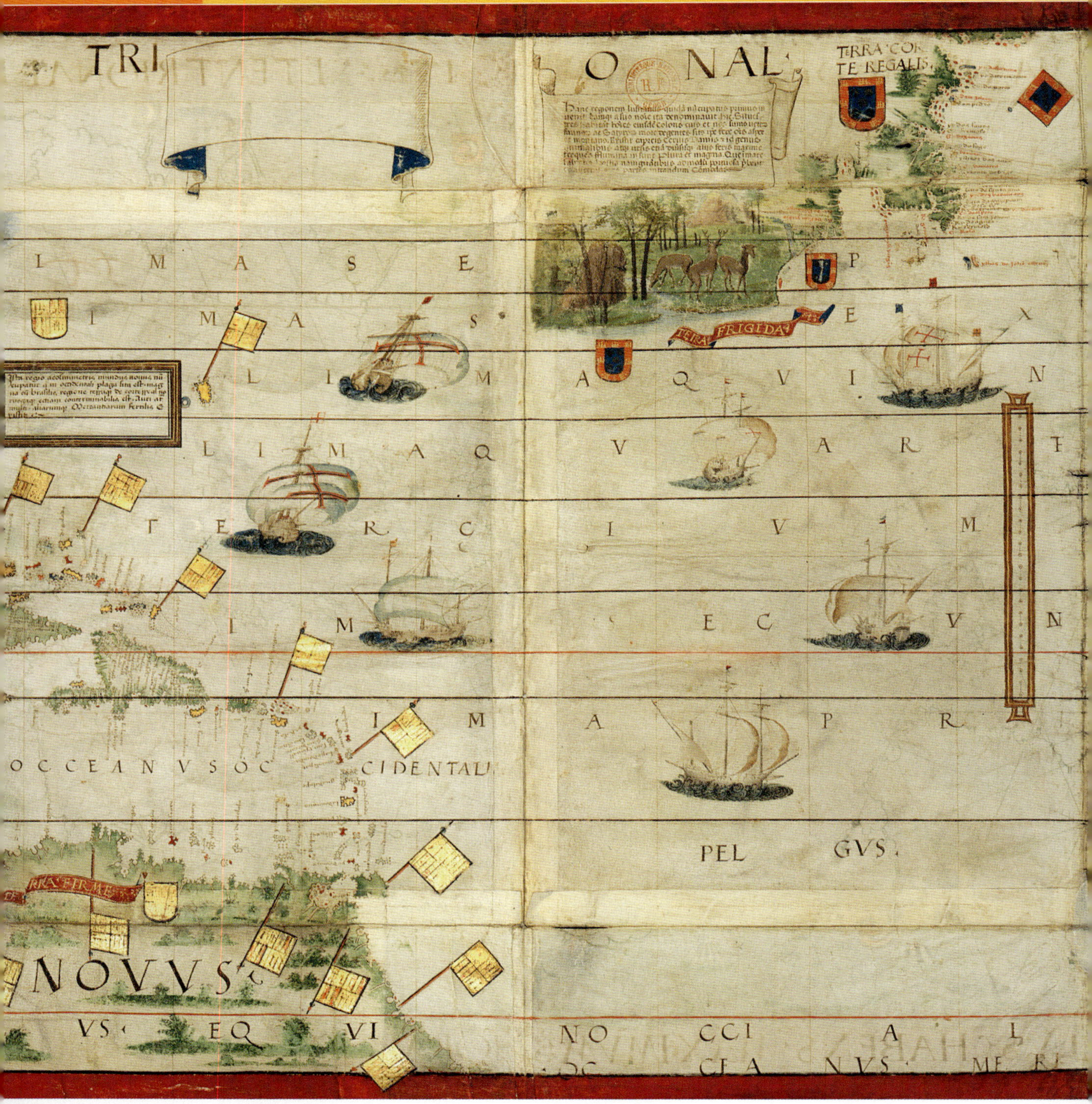

- **1492** Premier voyage de Christophe Colomb
- **1494** Traité de Tordesillas entre l'Espagne et le Portugal
- **1500** Cabral explore le Brésil
- **1501** Début de la traite atlantique vers les Amériques
- **1519-1521** Conquête de l'empire aztèque par Hernán Cortés
- **1519-1522** Expédition de Magellan et Elcano
- **1550-1551** Controverse de Valladolid
- **1560** Début de l'économie « sucrière » au Brésil

1480 · 1490 · 1500 · 1510 · 1520 · 1530 · 1540 · 1550 · 1560 · 1570

COURS 1 Dès la fin du XVe siècle, les Européens entreprennent des voyages pour ouvrir de nouvelles routes maritimes vers les Indes et prennent possession de terres qu'ils découvrent.
Quelles sont les conséquences des conquêtes de nouvelles terres par les Européens au XVIe siècle ?

COURS 2 Avec la constitution d'empires coloniaux aux Amériques et en Afrique, l'océan Atlantique devient un nouvel espace d'échanges entre l'Europe et les territoires conquis.
Comment le basculement des échanges vers l'Atlantique donne-t-il naissance à une première forme de mondialisation ?

Une représentation de l'océan Atlantique au XVIe siècle

Lopo Homem, *Atlas nautique du Monde, dit atlas Miller*, 1519, Bibliothèque nationale de France, Paris.

Cette carte, destinée au roi portugais Manuel Ier, représente des navires européens circulant sur l'océan Atlantique entre l'Europe et les côtes africaines (à l'est) et des territoires découverts par les Européens (à l'ouest). L'expression « Nouveau Monde » (*Mundus Novus*) a été utilisée en 1503 par l'explorateur Amerigo Vespucci pour désigner ces terres.

QUESTIONS

1. Quel nouveau continent apparaît sur cette carte marine portugaise ?
2. Comment cette carte montre-t-elle que l'océan Atlantique est devenu un nouveau carrefour d'échanges ?

GRAND ANGLE Les conséquences de l'expansion européenne (XVe-XVIe siècles)

● Après la prise de Constantinople en 1453, l'Empire ottoman bloque les voies commerciales vers l'Orient. En cherchant de nouvelles routes maritimes vers les Indes, les Portugais contournent l'Afrique (1488) et Christophe Colomb atteint les Amériques (1492). Les explorateurs découvrent des terres jusqu'alors inconnues des Européens. Les conquistadors espagnols et portugais prennent ensuite possession de territoires.

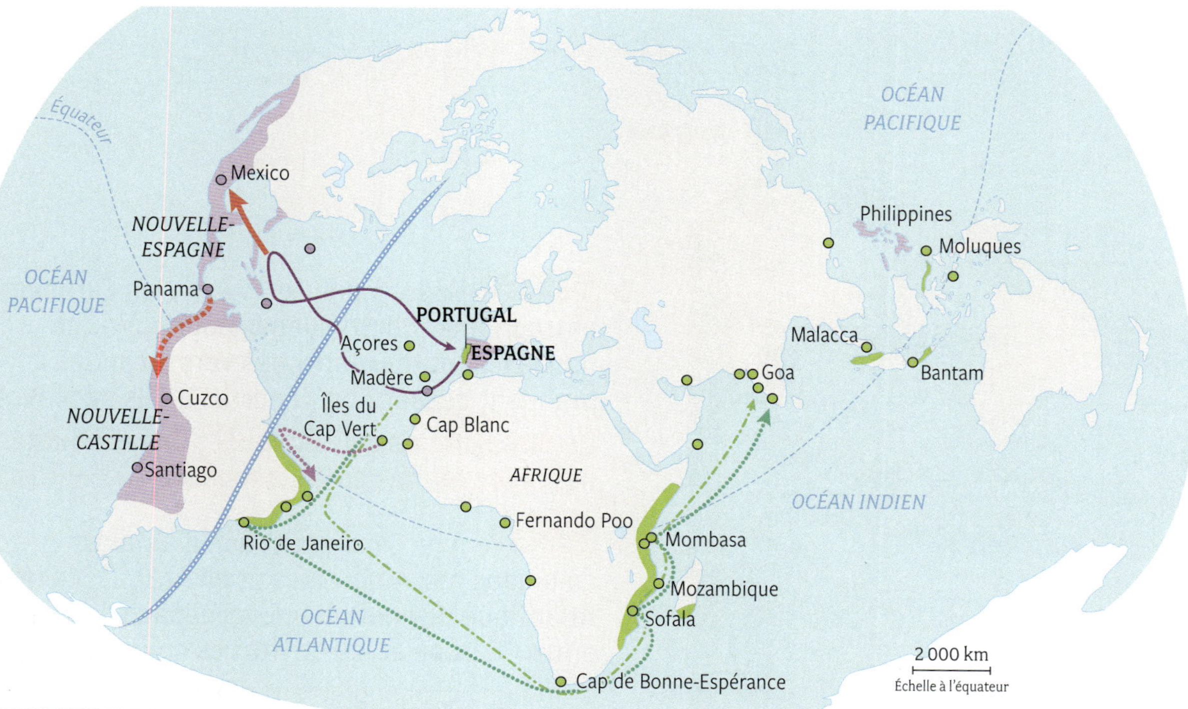

L'empire colonial portugais
- Territoires portugais
- Expédition de Cabral (1500)
- Expédition de Vasco de Gama (1497-1499)

L'Empire colonial espagnol
- Territoires espagnols
- 1er voyage de Christophe Colomb (1492-1493)
- Expédition d'Amerigo Vespucci (1499)

- Conquête de l'empire aztèque par Cortés (1519-1521)
- Conquête de l'empire inca par Pizarro (1531-1533)
- Ligne de partage du traité de Tordesillas (1494)

Source : C. Grataloup, *Atlas historique mondial*, Les Arènes, L'Histoire, 2019

1 Les explorations et les conquêtes (1415-1530)

Christophe **Colomb**

Il découvre l'île d'Hispaniola en 1492 et place les Grandes Antilles sous domination espagnole.

Hernán **Cortés**

Il débarque en 1519 au Mexique, et découvre l'empire aztèque. Après le siège de la ville de Tenochtitlán et la mort de l'empereur Moctezuma II, il prend le pouvoir sur le Mexique.

Francisco **Pizarro**

Il découvre le Pérou en 1526. Il fait la conquête de l'empire inca en 1532 et prend en otage leur chef, Atahualpa, avant de le tuer.

Pedro Álvares **Cabral**

Il découvre le Brésil en 1500, puis les Portugais y établissent leur domination à partir de 1522.

2 La conquête des Amériques (fin XVe-XVIe siècles)

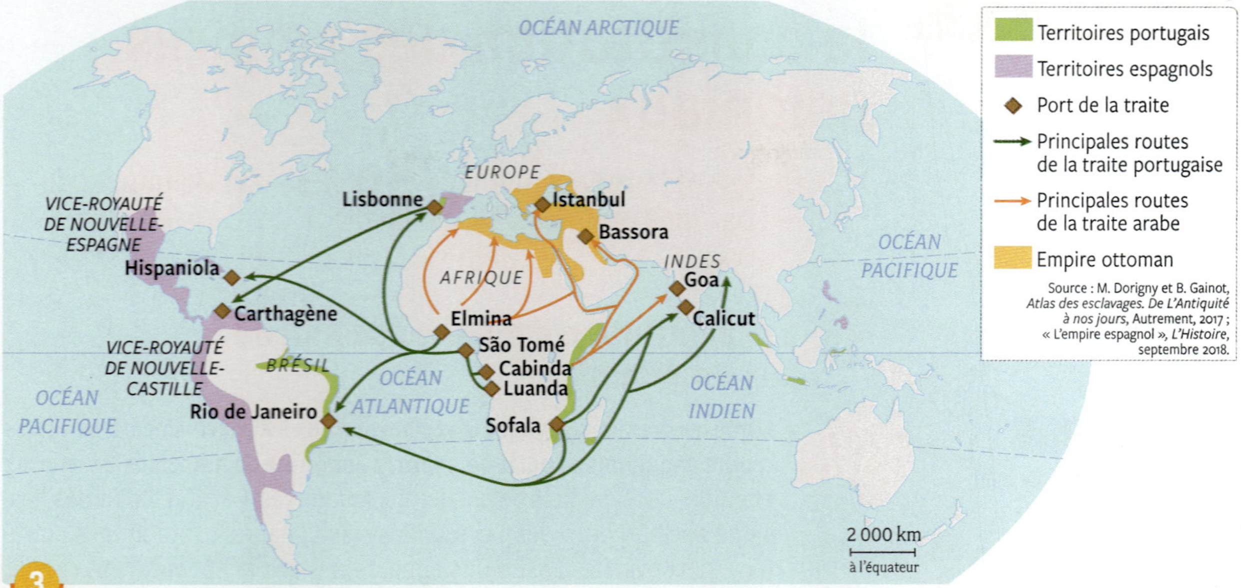

3 Les routes de la traite au XVIᵉ siècle

4 **Deux marchands portugais avec des manilles**

Plaque en laiton provenant du palais de l'ancien royaume du Bénin (actuel Nigeria), art du peuple Edo, XVIᵉ-XVIIᵉ siècles, Metropolitain Musem of Art, New York.

Les manilles sont des bracelets métalliques, principalement en laiton. À partir du XVIᵉ siècle, les Portugais en fabriquent en Europe et les utilisent comme monnaie dans les ports de traite en Afrique pour acheter des esclaves.

PARCOURS 1

Comprendre et mettre en relation des documents

1. **Doc. 1** Relevez les conséquences de la « découverte » des Antilles et du Brésil sur la traite au XVIᵉ siècle.
2. **Doc. 1 et 3** Pourquoi Marcel Dorigny parle-t-il d'une « première mondialisation » lorsqu'il évoque la traite atlantique au XVIᵉ siècle ?
3. **Doc. 2** Identifiez la principale destination des déportations d'esclaves par l'océan Atlantique au début et à la fin du XVIᵉ siècle. Que constatez-vous ?
4. **Doc. 1 et 4** Présentez le rôle du Portugal dans la traite atlantique.

BILAN À l'aide de vos réponses et des documents, rédigez un paragraphe pour expliquer l'évolution de la traite au XVIᵉ siècle.

PARCOURS 2

Réaliser une production graphique

Pour Marcel Dorigny, la traite atlantique évolue car « la découverte des Antilles et du continent américain après 1492 lui impulse une dimension nouvelle. Trois continents sont en relation pour la première fois : l'Europe, donneuse d'ordre ; l'Afrique, pourvoyeuse de main-d'œuvre servile ; les Amériques, destinataires des captifs africains. »

À l'aide de l'ensemble des documents, réalisez un schéma et sa légende afin d'expliquer comment la traite atlantique a été mise en place entre l'Europe, l'Afrique et les Amériques au XVIᵉ siècle.

COURS 1

Les conséquences de la constitution des empires coloniaux

> Quelles sont les conséquences des conquêtes de nouvelles terres par les Européens au XVIe siècle ?

1 La constitution d'empires coloniaux aux Amériques

- **Après les premiers voyages d'exploration aux XVe et XVIe siècles, conquistadors espagnols et portugais font la conquête de nouveaux territoires** et fondent des empires coloniaux aux Amériques. Le traité de Tordesillas, signé en 1494 entre les Portugais et les Espagnols, établit que toute terre découverte à l'est d'une ligne définie par la papauté doit revenir aux Portugais. Ainsi, Cabral, en prenant la route à l'ouest du Portugal à travers l'Atlantique, découvre en 1500 ce qui devient le Brésil.

- **Dans le reste des Amériques, ce sont les conquistadors espagnols qui, au XVIe siècle, se lancent à la conquête de territoires possédés par des civilisations amérindiennes,** comme les empires aztèque ou inca. Ces « conquérants » sont principalement à la recherche d'or et de ressources qu'ils pourraient ensuite exploiter. Hernán Cortés fait la conquête de l'empire aztèque à partir de 1519, et Pizarro celle de l'empire inca à partir de 1532.

- **Le déroulement des conquêtes et la mise en place de l'administration coloniale prennent des formes très différentes.** Les conquistadors espagnols utilisent soit la violence, comme lors de la prise de Mexico en 1521, soit la négociation avec des élites locales. Pour mener ces conquêtes, les Espagnols s'appuient sur les conflits préexistants entre peuples amérindiens. Au Brésil, les Portugais fondent des capitaineries et des villes comme Olinda.

2 Le bouleversement dans les territoires conquis

- **Les violences commises lors des guerres de conquête déciment les populations.** Les Amérindiens sont également victimes du choc microbien en raison des maladies venues d'Europe et contre lesquelles ils ne sont pas immunisés comme la variole, la varicelle et la grippe. La population d'Amérique latine passe de 50 millions d'habitants en 1492 à 8 millions un siècle et demi plus tard.

- **Les populations des Amériques sont progressivement soumises à des mesures de travaux forcés** (*encomienda* et *mita*). Afin d'asseoir leur domination et d'éviter les révoltes, les Espagnols cherchent à s'appuyer sur les élites locales traditionnelles, les caciques, pour mettre en place un système qui leur permet l'exploitation des mines d'or et d'argent comme celles du Potosí.

VOCABULAIRE

- **Acculturation :** processus par lequel des individus assimilent une culture étrangère à la leur.
- **Cacique :** chef de certaines tribus amérindiennes.
- **Capitainerie :** territoire confié par la Couronne portugaise à des particuliers afin qu'ils l'exploitent et l'administrent.
- **Choc microbien :** augmentation rapide de la mortalité des Amérindiens causée par des maladies venues d'Europe et contre lesquelles ils n'étaient pas immunisés.
- **Plantation :** grande exploitation agricole où des produits sont cultivés par une main-d'œuvre servile.

■ **Ces conquêtes aboutissent à des formes d'acculturation.** Des missionnaires européens traversent l'océan pour évangéliser les populations des Amériques. Des baptêmes forcés et des mariages mixtes avec des colons européens ont lieu afin de christianiser les populations. Les temples polythéistes sont détruits. Le peuplement des Amériques est également bouleversé avec l'arrivée de population d'Europe et d'Afrique dans le cadre de la traite atlantique. En effet, près de 200 000 esclaves africains sont déportés aux Amériques au XVIe siècle.

3 La mise en exploitation des territoires conquis

■ **Les territoires conquis sont exploités par les Européens.** Des mines sont creusées pour extraire des minerais d'or et d'argent, et les cultures tropicales traditionnelles sont étendues pour devenir l'objet d'un commerce avec l'Europe (coton, tabac, café, cacao). Ces produits sont ensuite exportés vers l'Europe où ils sont vendus très cher.

■ **Dans les colonies portugaises apparaît un nouveau système économique : l'économie « sucrière ».** La canne à sucre est acclimatée par les Portugais dans les îles atlantiques (São Tomé) puis au Brésil. De grandes plantations de cannes à sucre se développent, sur lesquelles des esclaves en provenance d'Afrique remplacent peu à peu les populations amérindiennes. Cette économie de plantation contribue au développement de la traite atlantique.

■ **À partir de la seconde moitié du XVe siècle et jusqu'aux années 1630, les Portugais dominent la traite atlantique** à la fois vers leurs colonies (Cap-Vert, São Tomé, Brésil) et vers les territoires des Amériques sous domination espagnole. Cette traite atlantique se développe car la demande en main-d'œuvre est croissante à partir du XVIe siècle.

DATES CLÉS

1492
Premier voyage de Christophe Colomb.

1494
Traité de Tordesillas entre l'Espagne et le Portugal.

1500
Cabral découvre le Brésil.

XVIe siècle
Début de l'économie de plantation et de la traite atlantique.

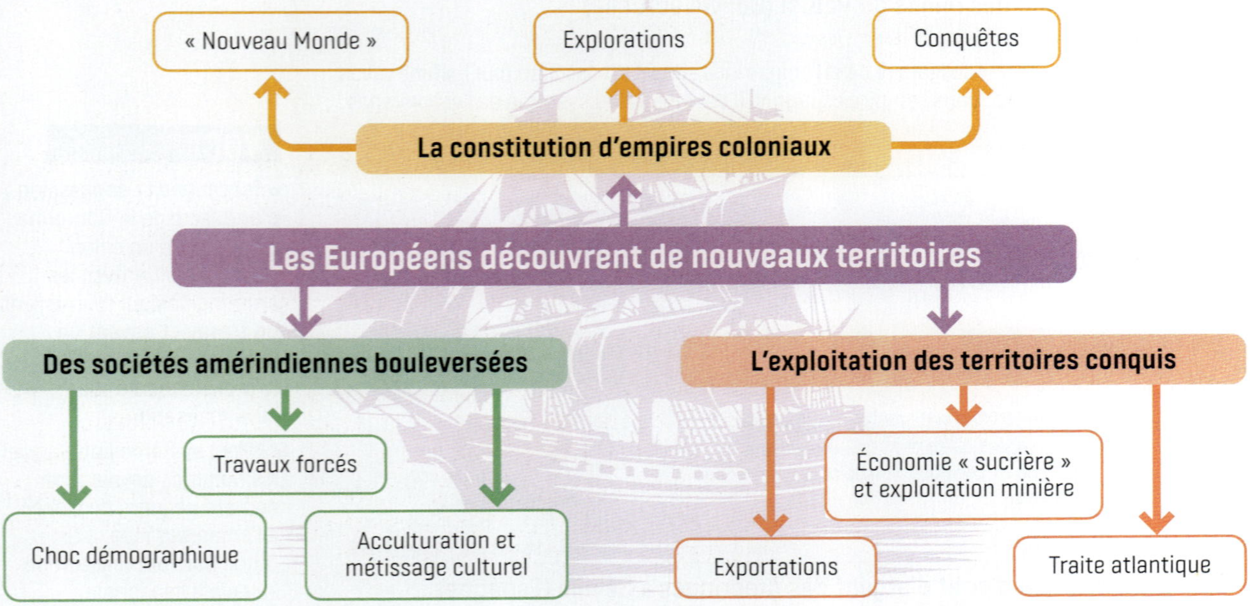

ÉTUDE 3 L'or et l'argent, des Amériques à l'Europe

PPO

À partir de 1520, or et argent des Amériques sont extraits des mines de l'Empire colonial espagnol. Ces ressources précieuses sont exploitées par les Espagnols qui recourent au travail forcé avant d'être expédiées vers l'Europe.

> Quelles sont les conséquences de la circulation de l'or et de l'argent entre les Amériques et l'Europe ?

Qui est-il ?
Théodore de Bry (1528-1598) : orfèvre et graveur qui recueille les témoignages de différents explorateurs européens pour réaliser et diffuser plusieurs gravures sur la conquête des Amériques.

1 L'exploitation des mines du Potosí (Bolivie actuelle)
Gravure de Théodore de Bry, fin du XVIe siècle.

La *mita* est un travail obligatoire dans l'empire inca auquel est assujetti tout homme valide âgé de 18 à 50 ans. Dans l'empire espagnol, il est intégré au système de l'*encomienda*.

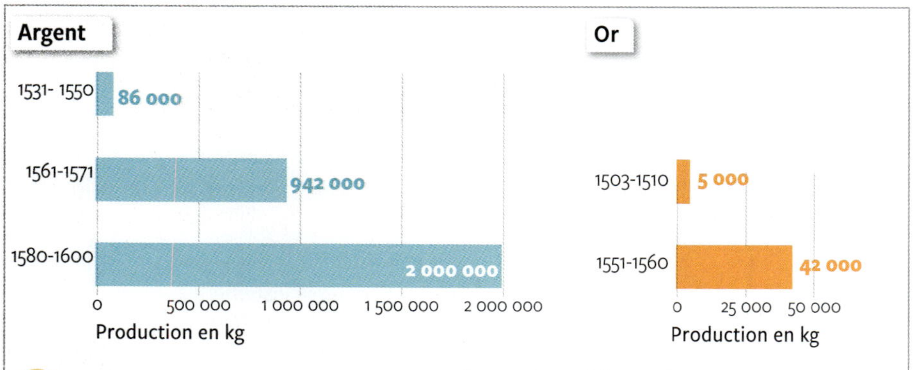

Source : B. Vincent, "Séville, centre du monde", *L'Histoire*, n°31, avril-juin 2006.

2 L'importation d'or et d'argent des Amériques à Séville (Espagne)

VOCABULAIRE

- ***Encomienda* :** concession d'une terre de la Couronne d'Espagne à un colon pour l'exploiter avec les Amérindiens qui fournissent un travail et payent un tribut en échange de leur protection et de l'évangélisation.
- ***Mita* :** système dans lequel les hommes devaient un nombre de jours de travail à l'empereur inca. Il fut repris par l'administration coloniale espagnole.

3 L'or et l'argent des Amériques dans le port d'Anvers (Pays-Bas espagnols)

L'Espagne nous fournit d'innombrables marchandises, des pierreries et perles que les Espagnols apportent des Indes occidentales et du Pérou […], de grande quantité d'or et d'argent, pur, massif, mis en lingots, que pour la plupart ils tirent de ce Nouveau Monde et heureuse terre nouvellement découverte. […] On nous envoie aussi d'Espagne du safran, des draps de soie, du sel, de l'alun de Mazzeron […] Ils nous fournissent encore du vin et du sucre des Canaries. […] Ceux d'Anvers envoient vers ce pays de l'argent vif, bien que le temps passant, il nous en vient d'Espagne en grande quantité. Nous leur envoyons du cuivre, du bronze, du laiton, de l'étain, du plomb, des draps de plusieurs sortes, principalement des Flandres et quelques-uns d'Angleterre […], du lin, de la cire, de la poix[1], de la garance[2], du soufre et souvent du blé et du seigle, des chairs et poissons salés, jusqu'au beurre et au fromage et toutes espèces de mercerie, métal, de soie pour une somme merveilleuse. […]

En somme, la plus grande partie de l'Espagne prend en ces pays toutes choses qui sont de manufacture ordinaire et qui consistent en l'industrie et le travail des hommes.

Extraits de Lodovico Guicciardini, *Description de tous les Pays-Bas*, publié de manière posthume en 1610.

1. Colle à base de résine ou de goudron de bois. 2. Plante cultivée pour sa couleur rouge.

Qui est-il ?
Lodovico Guicciardini (1521-1589) : négociant et écrivain italien vivant à Anvers.

4 L'essor de l'orfèvrerie et de l'horlogerie

Hans Schlottheim, horloge-automate dite « Nef de Charles Quint », or, laiton doré, fer et émail, fin du XVIe siècle, musée national de la Renaissance, Écouen.

L'exploitation active des mines par des familles de banquiers et de négociants favorise l'essor de l'orfèvrerie et de l'horlogerie aux XVIe et XVIIe siècles.

PARCOURS 1

Comprendre et mettre en relation des documents

1. **Doc. 1** Quelle organisation du travail les Espagnols mettent-ils en place pour extraire l'or et l'argent de leurs colonies ?
2. **Doc. 2 et 3** Présentez les effets de l'arrivée de l'or et de l'argent des Amériques en Espagne.
3. **Doc. 3 et 4** Montrez que l'arrivée de l'or et de l'argent des Amériques stimule la production et le commerce en Europe.

BILAN À partir de vos réponses, présentez les effets de la circulation de l'or et de l'argent aux Amériques et en Europe.

PARCOURS 2

Réaliser une production cartographique

À partir des documents et de la page 75, réalisez un croquis montrant que la circulation de l'or et de l'argent des Amériques vers l'Europe au XVIe siècle illustre une première mondialisation de l'économie.

Pas à pas :
- Localisez les lieux d'extraction ;
- Représentez les courants d'échange d'or et d'argent ;
- Indiquez les espaces d'importation des métaux précieux ;
- Montrez la circulation des métaux précieux en Europe.

Schéma
hachette-clic.fr/24h2018

ÉTUDE 4 Bartolomé de Las Casas et la controverse de Valladolid (1550-1551)

PPO

En 1494, le pape Alexandre VI partage le « Nouveau Monde » entre l'Espagne et le Portugal en leur donnant le droit exclusif de coloniser et de convertir les peuples non chrétiens. Rapidement, les violences de la conquête et de la colonisation suscitent des protestations et des débats, notamment entre Bartolomé de Las Casas et Sepúlveda.

> Comment la découverte et l'exploitation de nouvelles terres transforment-elles la vision européenne du monde ?

BARTOLOMÉ DE LAS CASAS (1484-1566)

Ancien colon espagnol possédant une *encomienda* sur l'île d'Hispaniola, il intègre ensuite un ordre religieux et plaide en faveur d'une colonisation pacifique fondée sur le consentement des Amérindiens et l'évangélisation.

1 La « conversion » de Las Casas en 1514

Un jour, je préparais mon sermon pour la fête de la Pentecôte, et je lisais la Bible. Je suis tombé sur ce passage : « L'offrande de ceux qui commettent l'injustice n'est pas agréable au Seigneur. Celui qui offre à Dieu ce qu'il a volé aux pauvres, c'est comme s'il sacrifiait un enfant sous les yeux de son père. » Alors j'ai compris que le père Montesinos[1] avait raison. Voler aux Indiens leurs terres, réduire ces gens en esclavage, c'était une grande injustice. Il ne servait à rien de faire des prières, de se confesser, d'aller à la messe et de communier, si l'on continuait à vivre dans ce grand péché d'injustice.

J'ai continué à réfléchir, pendant des jours et des semaines. Finalement, j'ai décidé d'annoncer à tout le monde que je rendais mes terres aux Indiens[2] et la liberté à mes esclaves. Je l'ai annoncé au cours du sermon prononcé à l'occasion de la grande fête du 15 août. Et j'ai dit à ceux qui m'écoutaient qu'ils devraient m'imiter s'ils voulaient vivre en chrétiens. Ce fut un beau scandale. On aurait dit que je leur demandais de rendre la liberté à leurs animaux domestiques.

Bartolomé de Las Casas, *Histoire des Indes*, t. III première édition en 1875-1876, traduit de l'espagnol par Jean-Pierre Clément et Jean-Marie Saint-Lu, Seuil, 2002.

1. Le prêtre Antonio de Montesinos dénonce en 1511 à Saint-Domingue l'attitude des colons à l'égard des Amérindiens. 2. Les Amérindiens.

2 L'exécution de l'empereur inca Atahualpa en 1533

America, Partie VI de Theodore de Bry : *L'exécution au garrot d'Atahualpa* (c. 1502-1533), dernier Empereur des Incas, par les Espagnols, 1596, British Library, Londres.

VOCABULAIRE

- **Controverse :** discussion argumentée entre plusieurs savants qui s'opposent sur une question.
- **Droit des gens :** principe selon lequel les peuples autochtones ont des droits naturels et doivent être traités avec respect et équité.

3 La controverse de Valladolid (1550-1551)

L'empereur Charles Quint et le pape Paul III décident d'organiser à Valladolid une discussion sur la légitimité des conquêtes. Bartolomé de Las Casas et Juan Ginés de Sepúlveda y débattent du droit des gens.

« [La question est de savoir] s'il est permis ou non de faire immédiatement la guerre aux Indiens pour les soumettre et leur prêcher ensuite l'Évangile.

A. Selon Sepúlveda

Le docteur Sepúlveda soutient l'affirmative. [...] Il dit que la guerre est juste et que les Indiens l'ont méritée par l'énormité de leurs crimes, particulièrement celui de l'idolâtrie ; [...] que les Indiens sont une nation grossière, servile par sa nature, et par conséquent l'esclave obligée des autres nations, plus distinguées, telle la nation espagnole, [...] qu'il faut mettre un terme aux maux que les Indiens font souffrir à l'humanité, puisqu'il est prouvé qu'ils tuent d'autres hommes pour les immoler à leurs idoles, et même pour les manger [...].

B. Selon Las Casas

Le seigneur évêque [Las Casas] pense que les prédicateurs de l'Évangile peuvent aller [...] sans soldats, accompagnés seulement d'hommes pacifiques, de bonnes mœurs, instruits des vérités du catéchisme et des principes de la bonne morale. Le bon exemple, une conversion sage et la doctrine évangélique de la paix et les vertus sociales feront aimer la religion chrétienne, sa morale et le souverain qui aura envoyé des sujets aussi pacifiques.

Père Domingo de Soto, *Exposé sommaire des motifs qui ont servi de fondement aux opinions contradictoires de l'évêque de Chiapa et de l'historiographe du roi*, 1551. Résumé à destination de Charles Quint publié dans *Bartolomé de Las Casas, La controverse entre Las Casas et Sepúlveda*, introduit, traduit et annoté par N. Capdevila, Vrin, 2007.

JUAN GINÉS DE SEPÚLVEDA (vers 1490-1573)
Prêtre et théologien espagnol, il soutient la légitimité de la conquête espagnole des Amériques sous le règne de l'empereur Charles Quint.

Qui est-il ?
Domingo de Soto (1494-1560) : religieux et théologien de l'ordre des Dominicains, il participa à la controverse de Valladolid.

4 Les arguments contraires de Sepúlveda et de Las Casas

Les arguments de Sepúlveda	Les arguments de Las Casas
Les Amérindiens sont soumis par nature.	L'esclavage est injuste et un péché pour les chrétiens.
Les pratiques religieuses et culturelles des Amérindiens sont à combattre.	Convertir au christianisme doit se faire par l'adhésion des Amérindiens.
La guerre facilite le travail des missionnaires.	La guerre n'est juste que si les Amérindiens persécutent les chrétiens.

PARCOURS 1

Mettre en perspective une figure historique

1. **Doc. 1 et 2** Relevez deux exactions commises par les colons.
2. **Doc. 1** Que signifie l'expression « la conversion » de Las Casas ?
3. **Doc. 3** Quel est l'objectif de la controverse de Valladolid ?
4. **Doc. 3 et 4** Sur quels principes Las Casas et Sepúlveda s'opposent-ils ?

BILAN À partir de vos réponses, présentez l'engagement de Bartolomé de Las Casas en faveur des droits des populations des Amériques.

PARCOURS 2

Réaliser une présentation orale

Présentez en 90 secondes l'engagement de Bartolomé de Las Casas.

Pas à pas :
- Identifiez les dates clés de son parcours.
- Sélectionnez dans le corpus documentaire une citation de Las Casas et un fait important qui vous semble le mieux définir son engagement.
- Qualifiez son action pour les populations des Amériques.

COURS 2

L'océan Atlantique, un nouveau carrefour d'échanges et de rivalités

> **Comment le basculement des échanges vers l'Atlantique donne-t-il naissance à une première forme de mondialisation ?**

1 Une circulation économique mondialisée

- **À partir de 1492, de nouvelles routes commerciales maritimes mettent en relation l'Europe, l'Asie, l'Afrique et les Amériques.** Les navires européens exportent des produits manufacturés (armes, textiles, quincaillerie…) et ramènent de l'or, de l'argent et des produits tropicaux inconnus jusqu'alors en Europe comme l'avocat et le maïs. Les flottes déportent également des esclaves africains. Des produits d'Orient comme les épices passent désormais par les routes maritimes.

- **Extraits des mines des Amériques, l'or et l'argent sont acheminés par les navires espagnols vers Séville,** où ils sont redistribués en Europe par le biais du commerce, mais aussi vers l'Asie. L'afflux des métaux entraîne une augmentation de la masse monétaire en circulation en Europe où les négociants et les marchands du commerce colonial constituent une élite dans les villes, notamment les ports qui se développent et s'enrichissent (Séville, Cadix, Lisbonne).

- **L'océan Atlantique devient un carrefour d'échanges à la fois humains, économiques et culturels.** Entre 1500 et 1650, 437 000 Espagnols et 100 000 Portugais s'installent aux Amériques. Ce sont des soldats, des administrateurs ou des missionnaires. Les produits, les techniques, les savoir-faire, les langues et les pratiques religieuses ont traversé l'océan. Des sociétés coloniales se mettent en place. Elles articulent domination, acculturation et métissage.

2 Un nouveau regard sur le monde

- **Grâce aux voyages d'exploration et aux progrès scientifiques, de nouvelles cartes sont élaborées.** Le moine et cartographe allemand Martin Waldseemüller réalise en 1507 une première carte qui porte le nom d'Amérique. L'engouement des voyageurs et des savants européens pour la nature du « Nouveau Monde » se développe : ils décrivent, recensent et classent une faune et une flore inconnues jusqu'alors (plantes tropicales, tatou).

- **Ainsi, la vision du monde des Européens se transforme progressivement.** La découverte de peuples nouveaux est perçue de façon contradictoire : ce sont soit de « bons sauvages », soit des peuples primitifs aux coutumes bestiales dont la domination est justifiée. Toutefois, la fascination exercée par les empires aztèque et inca, et leurs brillantes civilisations, remettent en cause l'idée selon laquelle ce serait des populations primitives.

VOCABULAIRE

- **« Bon sauvage » :** représentation européenne des populations autochtones considérées comme vivant à l'état de l'innocence, en accord avec la nature et en conformité avec les préceptes bibliques.
- **Droit des gens :** principe selon lequel les peuples autochtones ont des droits naturels et doivent être traités avec respect et équité.
- **Métissage :** influence mutuelle de groupes culturellement distincts qui entrent en contact. Ces contacts conduisent à la création de nouvelles formes culturelles hybrides.

- **Face aux violences commises lors des conquêtes ou de l'exploitation des colonies, des humanistes élaborent la notion de droit des gens.** L'action de Bartolomé de Las Casas lors de la controverse de Valladolid en 1550-1551 montre que le débat sur la nature des Amérindiens et les modalités de la conquête perdure. En 1570, le roi espagnol Philippe II interdit toute discussion sur la légitimité de la conquête, privilégiant ainsi les colons qui enrichissent le royaume.

3 Des puissances coloniales rivales et contestées

- **Les richesses des Amériques financent les ambitions de l'Espagne.** Dirigée par Charles Quint, la monarchie espagnole établit sa domination sur un vaste empire territorial, dans les Amériques et en Asie (Philippines). En Europe, le commerce colonial permet à Charles Quint de défendre la foi catholique en luttant contre les hérésies et en affrontant la puissance ottomane en Méditerranée.
- **Le traité de Tordesillas de 1494 est contesté par la France et l'Angleterre.** Ces pays mènent des expéditions en Amérique du Nord (Jacques Cartier), en Amérique centrale et dans les Petites Antilles. Les Pays-Bas rivalisent aussi avec le Portugal pour le contrôle des routes maritimes vers les Indes orientales.
- **La majorité des individus des communautés amérindiennes et les esclaves venus d'Afrique subissent des violences et des mauvais traitements** même si dans les colonies des élites autochtones comme les caciques coopèrent avec l'administration coloniale. Face aux exactions, des révoltes éclatent aussi bien parmi les esclaves (Saint-Domingue, 1522) qu'au sein des populations amérindiennes (révolte au Pérou en 1553-1555).

DATES CLÉS

1507

Première carte avec l'inscription Amérique.

1522

Révolte d'esclaves à Saint-Domingue.

1550-1551

Controverse de Valladolid.

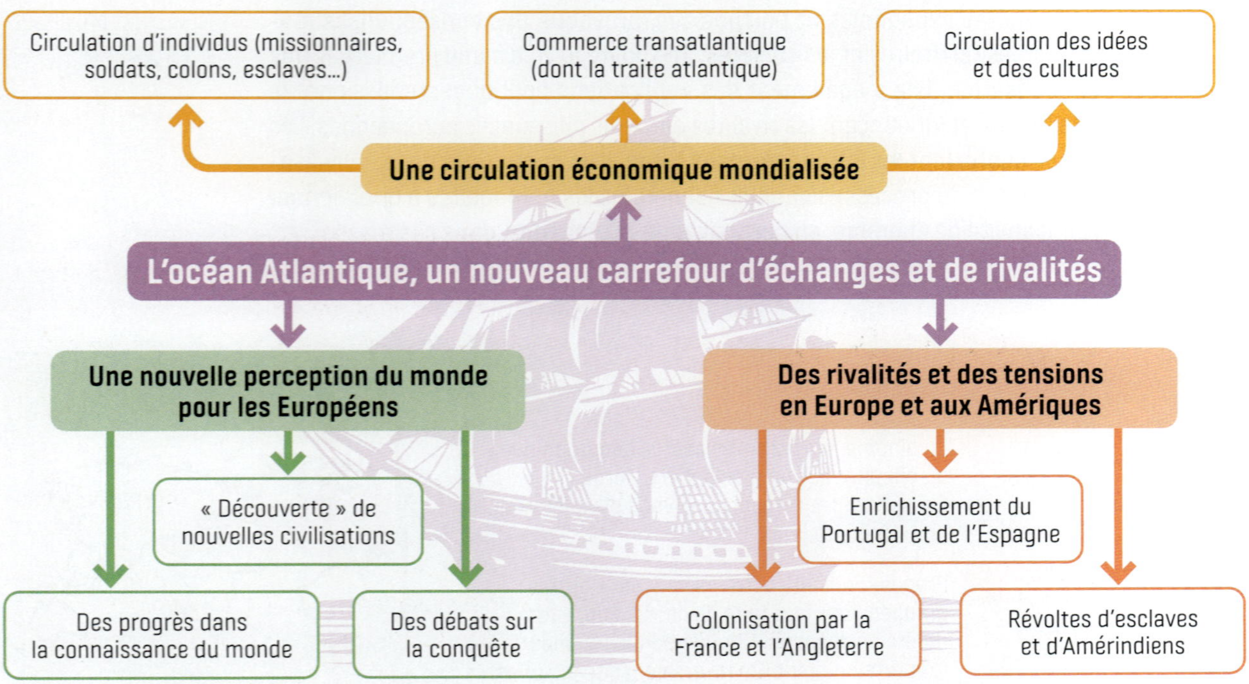

Je fais le point

Quiz
hachette-clic.fr/24h2019

Repères chronologiques
Vocabulaire
Acteurs

Les conquêtes de nouvelles terres par les Européens

- Au cours du XVe siècle, les navires portugais ouvrent la voie atlantique en longeant les côtes africaines pour atteindre les Indes. En 1492, l'expédition de Christophe Colomb, financée par la monarchie espagnole, atteint un « Nouveau Monde » en cherchant une route par l'Atlantique. En 1494, le traité de Tordesillas partage ces territoires entre l'Espagne et le Portugal. Les conquistadors comme Hernán Cortés fondent des colonies qui sont ensuite mises en exploitation, avec le développement de l'économie « sucrière » reposant sur le travail forcé des Amérindiens (*encomienda*, *mita*). Les populations des Amériques sont décimées en raison des violences commises et du choc microbien. Avec l'effondrement démographique, le Portugal organise la traite atlantique depuis des comptoirs africains pour déporter des esclaves aux Amériques.

Un nouveau rapport au monde

- En Europe, ce basculement des échanges vers l'Atlantique a des conséquences importantes sur le plan de l'économie, de la consommation et de la culture. Le commerce maritime se développe entre les différents continents. Cet afflux de richesses en Europe stimule la production et entraîne des transformations sociales : les marchands et financiers constituent désormais une nouvelle élite. L'ouverture atlantique bouleverse aussi la vision des Européens sur le monde. De nouvelles cartes sont réalisées et des débats émergent, notamment au sujet des violences commises aux Amériques. La controverse de Valladolid (1550-1551) et l'action de Bartolomé de Las Casas illustrent ces réflexions sur le droit des gens. Les conquêtes coloniales stimulent également la concurrence entre les puissances européennes pour la domination du monde et de l'Europe.

La première mondialisation

- À partir de la fin du XVe siècle, l'ouverture atlantique, marquée par les explorations et les conquêtes espagnoles et portugaises, provoque des conséquences majeures pour les territoires et les sociétés. Elle ouvre la voie à une première forme de mondialisation. Elle a également des implications politiques, redessinant la carte du monde et influençant les rivalités entre les puissances européennes. Les conquêtes confortent les Européens dans l'idée de la supériorité de leur civilisation. La violence du processus conduit néanmoins les humanistes à questionner la responsabilité de l'homme, en particulier des Européens, dans ces massacres.

Défi carto

15 min de préparation

Étape 1 En binôme, placez trois repères géographiques du chapitre sur un planisphère vierge. Cela peut être un lieu, un voyage d'explorateur, une conquête, etc.

10 min

Étape 2 Proposez ensuite votre carte à deux autres groupes pour leur faire deviner à quoi votre repère correspond. Chaque bonne réponse rapporte un point. On inverse ensuite les rôles.

Je révise avec des podcasts

1 Comment se constituent les empires coloniaux au XVIe siècle ?

Podcast
hachette-clic.fr/24h2020

2 Quels sont les effets de la découverte du « Nouveau Monde » sur les échanges ?

Podcast
hachette-clic.fr/24h2021

3 Qui est Bartolomé de Las Casas ?

Podcast
hachette-clic.fr/24h2022

4 Quelles formes prend l'esclavage au XVIe siècle ?

Podcast
hachette-clic.fr/24h2023

L'ESSENTIEL en 5 minutes

5 Pourquoi la connaissance du monde évolue-t-elle au XVIe siècle ?

Podcast
hachette-clic.fr/24h2024

Je teste mes connaissances

- Écoutez les cinq épisodes du podcast puis testez vos connaissances grâce aux flashcards.

QUESTION
Quel conquistador a vaincu l'empire aztèque ?

RÉPONSE
Hernán Cortés

Flashcards
hachette-clic.fr/24h2025

Le saviez-vous ?
La structure d'un podcast en histoire, comme pour une question problématisée, suit un plan clair. Il débute par un propos introductif, développe deux ou trois idées principales puis se termine par une courte conclusion qui résume les principaux points abordés. Des connecteurs logiques clarifient le propos.

Je m'entraîne

• Confronter deux regards sur l'Autre

Le saviez-vous ?

Les **codex** sont des manuscrits amérindiens rédigés et peints sur des bandes de fibres végétales, des peaux animales ou des tissus. Ces bandes, reliées ou cousues, pouvaient atteindre plusieurs mètres de long. Les quelques codex qui nous sont parvenus sont des sources précieuses pour étudier l'histoire des civilisations amérindiennes.

1 L'avancée des Espagnols vue par les Aztèques

Codex Azcatítlan, planche 22v, mi-XVIe siècle, BnF, Paris.

Hernán Cortés (à droite) est précédé de la Malinche (interprète amérindienne). Il est accompagné des conquistadors espagnols et d'esclaves amérindiens transportant les vivres sur leur dos.

2 L'avancée des Espagnols racontée par eux-mêmes

[En] l'an 1519, nous arrivâmes avec toute la flotte au port de Saint Jean d'Uloa[1] [...]. Il y avait une demi-heure que nous avions jeté l'ancre lorsque s'approchèrent deux grandes embarcations qu'on appelle pirogues. Elles portaient plusieurs Indiens mexicains qui, voyant l'étendard et la grandeur du navire, comprirent que c'était là qu'ils devaient aller pour parler au commandant. Ils ramèrent droit au vaisseau, ils y montèrent et demandèrent qui était le *tlatoan*, ce qui en leur langue signifie le maître ou le seigneur. Dona Marina[2], qui les comprit, s'empressa de leur faire voir. [...] Cortès leur dit que nous venions pour les visiter et négocier avec eux ; qu'on ne leur causerait aucun ennui et que nous eussions à considérer ensemble notre arrivée dans ce pays comme un heureux événement. Les messagers s'en retournèrent très satisfaits. Le lendemain [...] nous débarquâmes les chevaux et l'artillerie sur des amas de sable ; car il n'y avait pas de sol terreux, mais du sable partout.

Bernal Diaz del Castillo, *Histoire véridique de la conquête de la Nouvelle-Espagne*, vers 1551, traduit par Denis Jourdanet, Paris, La Hure, 1877, La Découverte, 2009.

1. Port de Saint Jean d'Ulúa : port à l'est de Mexico. 2. La Malinche.

PALIER 1

J'identifie les documents

- **Doc 1** Quelle est l'origine de l'auteur ?
- **Doc 2** Relevez des éléments qui prouvent que l'auteur de ce texte fait partie des conquistadors du Mexique.
- **Doc 1 et 2** Quel événement ces deux documents évoquent-ils ?

PALIER 2

J'observe et je comprends les documents

- **Doc 1** Montrez que l'avancée des Espagnols est considérée par les Amérindiens comme une expédition militaire.
- **Doc 2** Relevez des passages du texte montrant qu'il s'agit d'une première rencontre entre deux peuples.

PALIER 3

Je confronte les documents

- Identifiez les points communs et les différences de ces deux représentations de l'avancée espagnole au Mexique.
- Pourquoi est-il intéressant de confronter ces deux documents ?

• Analyser un texte

L'*encomienda* et l'exploitation des mines d'or

De toutes les productions d'Hispaniola[1] on ne songe plus qu'à l'or, et c'est à la récolte de l'or que l'on consacre tous ses soins. Voici comment on procède. À chaque Espagnol industrieux et jouissant de quelque crédit on assigne un ou plusieurs caciques, c'est-à-dire petit roi, accompagné de ses sujets. À certains moments de l'année déterminés par une convention, le cacique, escorté de ses sujets, se rend à la mine de l'Espagnol auquel il a été attribué. Là on leur distribue des instruments pour le travail de l'extraction. On assigne un salaire au cacique et à ses hommes pour leurs aliments. [...]

C'est ainsi que les insulaires se partagent entre les travaux des mines et ceux des champs. On dirait des esclaves. Ils supportent cette contrainte avec impatience, mais ils la supportent. On donne à ces mercenaires d'Hispaniola le nom d'*anaborios*. [...] Quand ils le peuvent [ils] s'enfuient dans les bois et les montagnes, et, plutôt que de se soumettre à ces travaux, se contentent d'aliments sauvages qu'ils trouvent dans leurs cachettes. Ils sont dociles et ont tout à fait oublié leurs vieux rites. Ils croient sans raisonner et répètent les mystères qu'on leur a enseignés. [...]

Quant aux mines [...] on y ramasse l'or tantôt à fleur de sol, tantôt au milieu des rochers. [...] Les lingots pèsent trois cents livres, parfois davantage. On en a trouvé un qui pesait trois cent dix livres. On le portait [...] au Roi d'Espagne. Il était dans le navire [...] pour retourner en Espagne. Ce navire était trop chargé d'hommes et d'or ; il sombra.

Pierre Martyr d'Anghiera, *De Orbe Novo*, Première décade, 1511, traduit du latin par Paul Gaffarel, E. Leroux, 1907.

1. Île des Antilles où Christophe Colomb accoste en 1492.

Qui est-il ?
Pierre Martyr d'Anghiera (1457-1526) est un écrivain et historien italien de la fin du XVe siècle, proche des rois d'Espagne.

PALIER 1

J'identifie le document
- Présentez le document en précisant sa nature et son auteur.
- Quelle est l'idée principale ?

PALIER 2

Je sélectionne les informations
- Qui a pour tâche d'extraire l'or des mines ?
- Qui supervise l'extraction de l'or ?
- Comment cet or est-il acheminé en Espagne ?

PALIER 3

Je croise le document avec mes connaissances
- Comment les colonies sont-elles mises en exploitation après la conquête ?
- Pourquoi peut-on dire que ce document contribue à la création d'un imaginaire colonial ?
- À l'aide du document et de vos connaissances, montrez que la circulation de l'or entre les Amériques et l'Europe transforme en profondeur les sociétés.

» J'approfondis

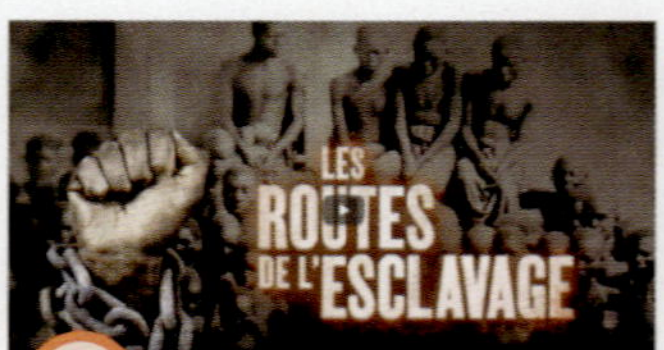

À REGARDER

La série documentaire ***Les routes de l'esclavage***. Le deuxième épisode « 1375-1620 : Pour tout l'or du monde » (2018) revient sur la conquête de l'Afrique par les Portugais et la mise en place de la traite atlantique.

À VISITER EN LIGNE

Visitez l'exposition virtuelle du Musée Plantin-Moretus consacrée à « **Abraham Ortelius : l'inventeur de l'Atlas** » pour retracer l'œuvre du créateur du premier atlas.

VERS LA SPÉCIALITÉ HGGSP

Le regard du géopoliticien : « Portugal : une histoire internationale » est une émission du Dessous des cartes (2020) qui revient sur le lien entre le traité de Tordesillas et l'entreprise coloniale portugaise.
Comment les frontières sont-elles tracées ?

EXERCICES Analyser un document avec des questions

Sujet corrigé :
La conquête des Amériques au XVIe siècle

Objectif Sélectionner des informations et les mettre en rapport avec des connaissances

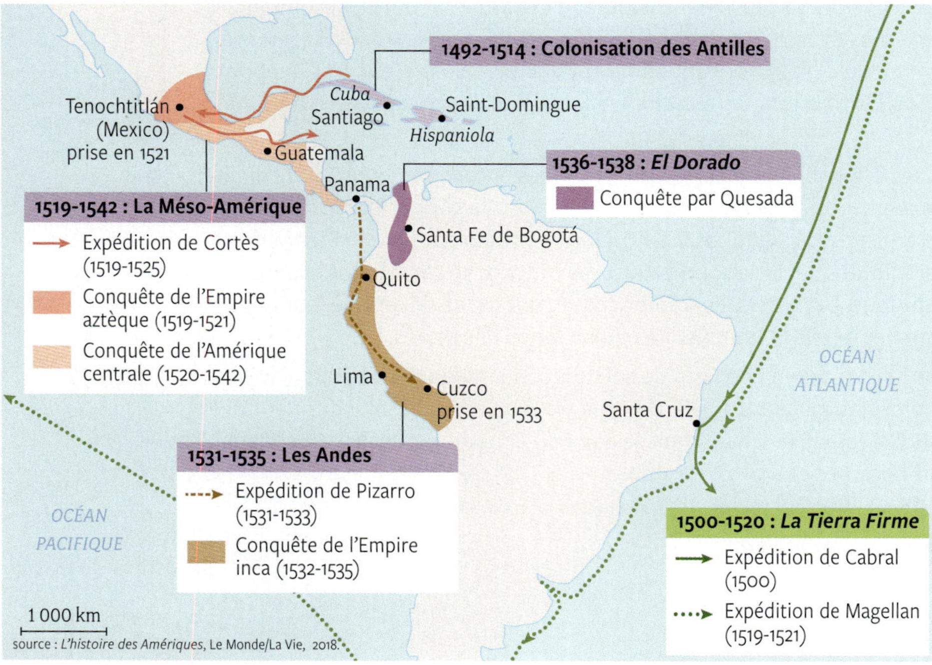

QUESTIONS

a. Nommez les territoires conquis par les Espagnols et les Portugais.

b. Expliquez les grandes étapes de l'exploration et de la conquête des Amériques par les Espagnols au XVIe siècle.

Étape 1 Lire les questions et identifier le document

1. Définissez les mots-clés des questions et reformulez-les.
2. Identifiez le document (nature, auteur, source, date, idée principale).

- « **Nommez** » : je dois indiquer le nom des territoires.
- « **Expliquez** » : je dois préciser les périodes, les territoires et les acteurs de la conquête des Amériques par l'Espagne.
- Cette carte réalisée en 2018 pour la revue Le Monde/La Vie montre comment les Espagnols et les Portugais ont exploré et conquis les Amériques au XVIe siècle.

Étape 2 Sélectionner les informations

3. Listez les informations essentielles (dates, acteurs, lieux).

a) Les Espagnols (Cortès, Pizarro, Quesada) ont conquis les empires aztèque et inca, et les Portugais (Cabral) ont conquis les territoires côtiers du Brésil.

b)
- Les Espagnols et les Portugais ont fait des conquêtes de part et d'autre de la ligne de partage fixée par le traité de Tordesillas (1494).
- L'Espagne a conquis les Antilles (1492-1514) puis la Méso-Amérique (1519-1542) puis les Andes (1531-1535) et enfin l'El Dorado (1536-1538).

Étape 3 Mettre les informations en relation avec des connaissances

4. Mobilisez des connaissances (mots-clés, acteurs, etc.)

a) Cortès, Pizarro et Quesada sont des conquistadors espagnols.
b) On distingue 3 étapes: 1492-1514 aux Antilles par Christophe Colomb ; 1519-1521 : Cortés bat l'empereur aztèque Moctezuma II ; 1532: Pizarro victorieux de l'empereur inca Atahualpa.

→ Voir fiche 8 p. 214

Sujet guidé : La mise en place de l'économie « sucrière » au XVIe siècle

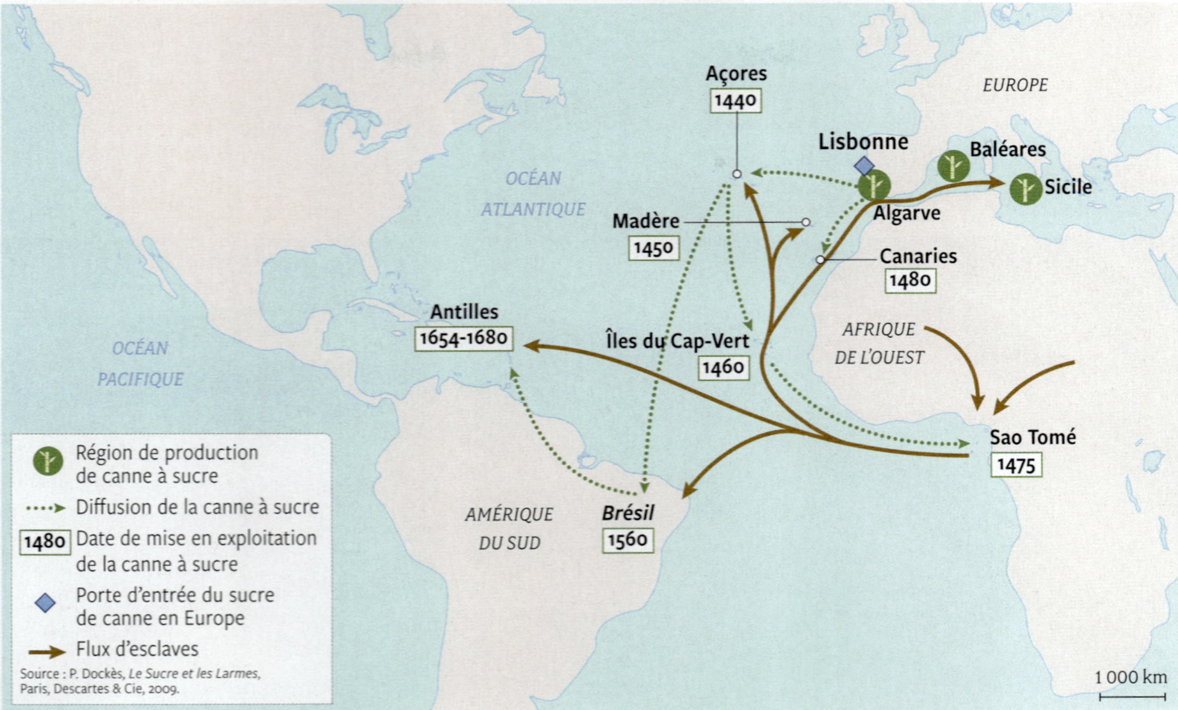

QUESTIONS

a Identifiez l'État qui implante la culture de la canne à sucre à travers l'océan Atlantique aux XVe et XVIe siècles.

b Décrivez la diffusion de la production de la canne à sucre par les Européens.

c À l'aide de vos connaissances, expliquez comment les Européens mettent en place l'économie « sucrière » aux Amériques au XVIe siècle.

Étape 1 Lire les questions et identifier le document

1. Quelles informations sont représentées par les deux figurés linéaires sur la carte ?

Étape 2 Sélectionner les informations

2. Pour répondre à la question **a**, sélectionnez la proposition la plus pertinente. Justifiez votre choix.
   - Les Français implantent la canne à sucre aux Amériques.
   - Les Ottomans implantent la canne à sucre en Afrique centrale et aux Amériques.
   - Les Portugais implantent la canne à sucre dans les îles portugaises de l'océan Atlantique puis aux Amériques.
3. Pour répondre à la question **b**, relevez les dates et les régions de la mise en exploitation de la canne à sucre.
4. Rédigez les réponses aux questions **a** et **b**.

Étape 3 Mettre les informations en relation avec des connaissances

5. Quelles pages du chapitre expliquent ce qu'est l'économie « sucrière » ?
6. Quel terme les historiens utilisent-ils pour désigner les flux d'esclaves ?
7. Complétez la réponse à la question **c** à l'aide des questions 5 et 6.

Les Européens ont mis en place l'économie « sucrière » aux Amériques en …

CHAPITRE

4 Renaissance, Humanisme et réformes religieuses : les mutations de l'Europe

> **COURS 1** Aux XVe et XVIe siècles, les artistes et les penseurs de la Renaissance s'inspirent de l'Antiquité pour rompre avec le Moyen Âge et concevoir des idées nouvelles.
> **Comment la pensée et les arts se transforment-ils à la Renaissance aux XVe et XVIe siècles ?**

> **COURS 2** Dans un contexte de bouleversements intellectuels, des penseurs souhaitent une réforme de l'Église, mais les débats religieux sont intenses et fracturent la chrétienté occidentale.
> **Comment les volontés de réformer l'Église conduisent-elles à la division de la chrétienté occidentale au XVIe siècle ?**

La redécouverte de l'Antiquité à la Renaissance

Raphaël, *L'École d'Athènes*, 1508-1512, fresque, 440 x 770 cm Musées du Vatican, Rome.

Réalisée dans le palais du pape Jules II au Vatican (Rome), cette fresque montre au centre Platon (sous les traits de Léonard de Vinci) et Aristote qui dialoguent. Ils sont entourés d'autres savants et philosophes de l'Antiquité comme Socrate, Pythagore et Ptolémée.

QUESTIONS

1. Relevez deux éléments qui montrent l'influence de l'Antiquité dans cette œuvre.
2. Pourquoi cette fresque est-elle appelée « l'École d'Athènes » ?

GRAND ANGLE La transmission de nouvelles idées en Europe aux XVe et XVIe siècles

● La Renaissance et l'**humanisme** apparaissent en Italie et en Flandre à la fin du XIVe siècle puis se diffusent en Europe aux XVe et XVIe siècles. Cette période bouleverse les arts, les sciences et les idées. Des villes comme Florence, Anvers ou Venise deviennent des centres de savoir et d'innovation. La technique de l'imprimerie, améliorée par Gutenberg au milieu du XVe siècle, joue un rôle crucial dans la diffusion des connaissances.

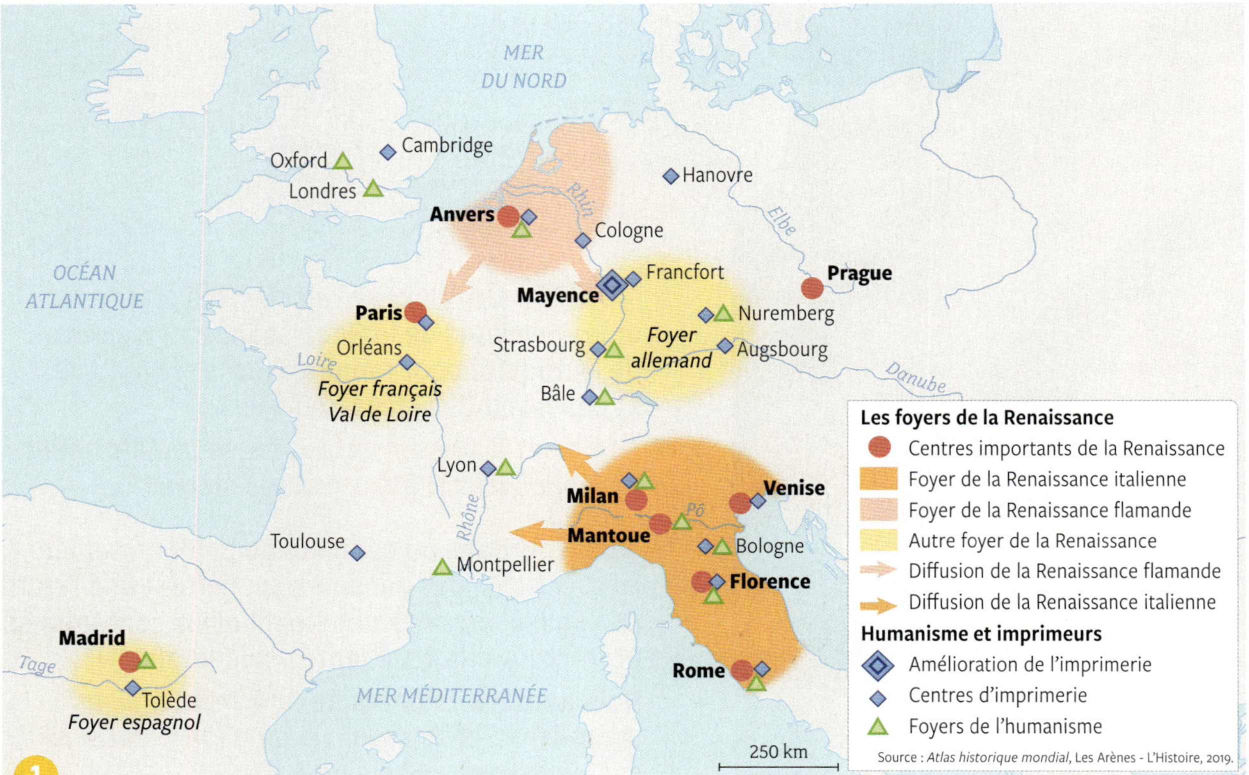

1 La Renaissance et l'humanisme en Europe

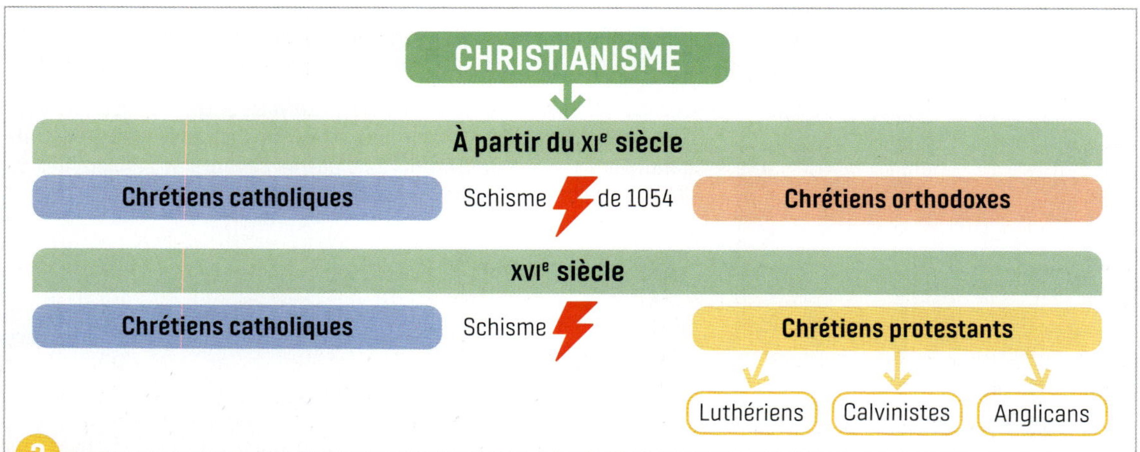

2 La division du christianisme

● Au XVIe siècle, des intellectuels dénoncent des dérives de l'Église catholique et veulent la réformer avec pour idéal l'Église de l'Antiquité. Certains réformateurs comme Martin Luther et Jean Calvin rompent avec le pape. De nouvelles communautés religieuses de **protestants** apparaissent dans le nord de l'Europe, tandis que le sud reste majoritairement catholique. Les tensions entre ces communautés conduisent à des guerres dans la seconde moitié du XVIe siècle.

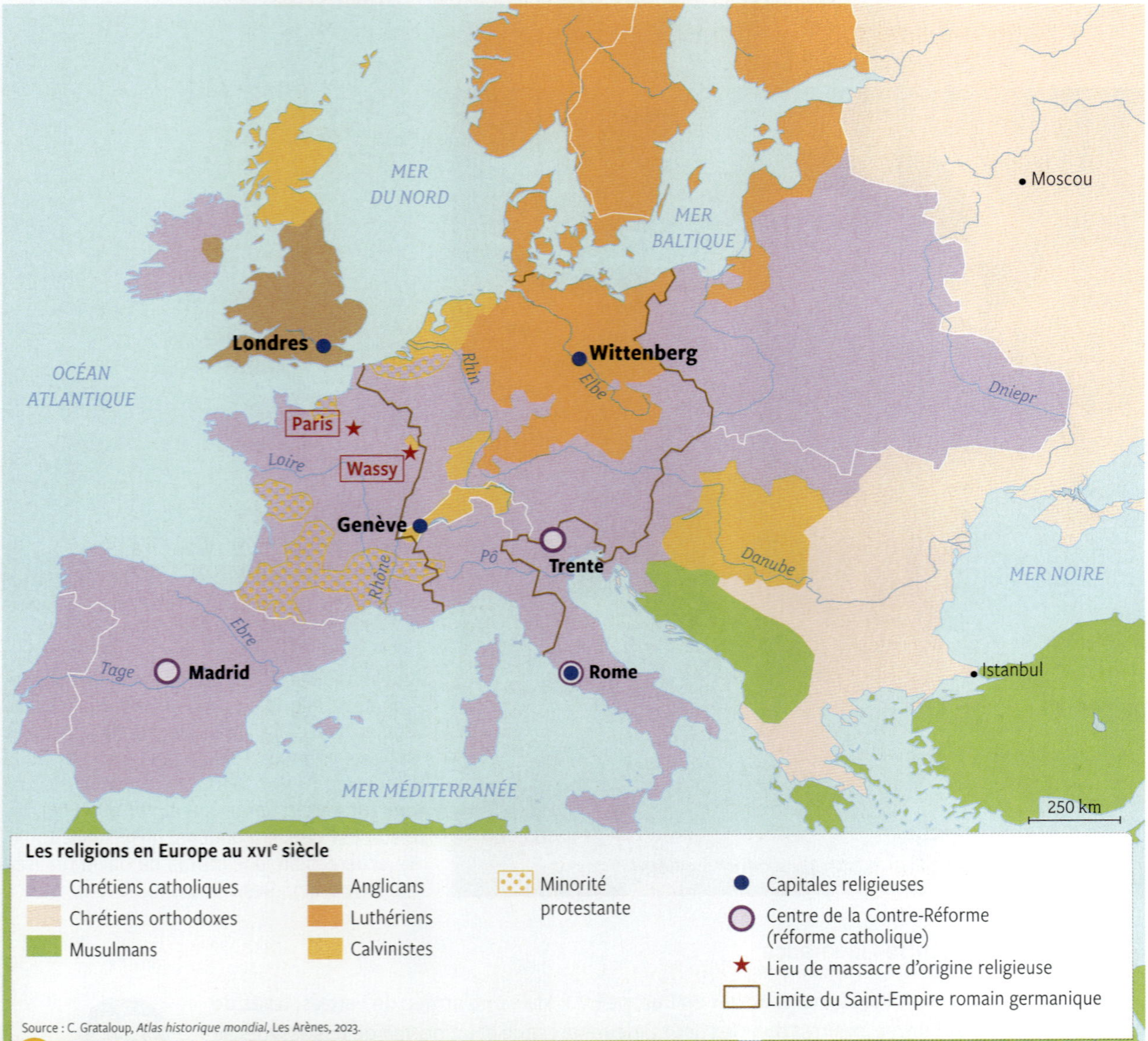

Source : C. Grataloup, *Atlas historique mondial*, Les Arènes, 2023.

3 L'Europe religieuse au XVIe siècle

VOCABULAIRE

- **Humanisme :** mouvement de pensée qui, par la redécouverte des textes antiques, vise à améliorer la connaissance de l'homme.
- **Protestant :** chrétien adepte de la Réforme.

QUESTIONS

1. **Doc. 1** Localisez les grands foyers de l'humanisme et de la Renaissance.
2. **Doc. 2** Quelles sont les nouvelles communautés religieuses apparues au cours du XVIe siècle ?
3. **Doc. 2 et 3** Pourquoi peut-on parler d'une division de la chrétienté au XVIe siècle ?

ÉTUDE 1 Les humanistes. Une nouvelle vision de l'homme

Au XVIe siècle, les humanistes révolutionnent la pensée en plaçant l'homme au centre de leurs préoccupations. S'inspirant de l'Antiquité qu'ils considèrent comme un âge d'or, ils mettent en avant l'éducation, l'expérimentation et l'ouverture d'esprit.

> Comment les humanistes du XVIe siècle ont-ils transformé la connaissance de l'homme et du monde ?

2 Portrait d'un humaniste italien : Ugolino Martelli (1519-1592)

Portrait d'Ugolino Martelli, vers 1537-39, huile sur bois, 102 x 85 cm, Agnolo Bronzino, Staatliche, Museen, Berlin.

Ugolino Martelli tient dans sa main gauche les poèmes italiens de l'écrivain vénitien Pietro Bembo (1470-1547) et sa main droite est posée sur une copie de L'*Iliade*, en grec, attribuée à Homère (VIIIe s. av. J.-C.). L'*Énéide* rédigée en latin par le poète romain Virgile (Ier s. av. J.-C.) est visible à gauche, posé sur la table. En arrière-plan, une statue de David réalisée par Bernardino Rosselino (1409-1464).

1 Les Lettrés contre l'ignorance

Il y a un siècle, la barbarie régnait partout en Europe […]. Mais une armée de Lettrés, levés de tous les coins de l'Europe, maîtres dans les deux langues grecque et latine, fait de tels assauts au camp ennemi, qu'enfin la barbarie n'a plus de refuge ; elle a depuis longtemps disparu d'Italie, elle est sortie d'Allemagne, elle a fui hors d'Espagne, elle est bannie de France. Il n'y a plus une ville qui donne asile au monstre. Maintenant l'homme apprend à se connaître ; maintenant il marche à la lumière du grand jour, au lieu de tâtonner misérablement dans les ténèbres. Maintenant, l'homme s'élève vraiment au-dessus de l'animal par son âme et son langage qu'il perfectionne. Les lettres ont repris leur véritable mission qui est de faire le bonheur de l'homme, de remplir sa vie de tous les biens. Courage ! Elle grandira, cette jeunesse qui, en ce moment, reçoit une bonne instruction : elle fera descendre de leur siège les ennemis du savoir ; elle entrera dans le conseil des rois ; elle administrera les affaires de l'État. Son premier acte sera d'instituer partout ces bonnes études qui apprennent à fuir le vice et engendrent l'amour de la vertu.

Étienne Dolet, *Commentaire sur la langue latine*, Livre 1, Lyon, 1536.

Qui est-il ?

Étienne Dolet (1509-1546) est un imprimeur et humaniste français, condamné à mort pour hérésie pour avoir critiqué le catholicisme.

3 Une nouvelle approche de l'anatomie par André Vésale

Après les ravages causés par les Goths[1], toutes les sciences, autrefois si admirablement prospères et pratiquées comme il convenait, se mirent à décliner, d'abord en Italie, où des médecins des plus distingués regardèrent la chirurgie avec mépris, imitant en cela les Romains de l'Antiquité, et commencèrent à ordonner à leurs serviteurs d'opérer les actes chirurgicaux qu'ils jugeaient nécessaires pour les malades, en se contentant d'y assister, comme des architectes [sur un chantier]. […] Dans l'ensemble de l'ouvrage, je n'ai recherché qu'un seul but : être utile au plus grand nombre possible, dans un travail très difficile et non moins ardu, en décrivant, de la manière la plus vraie et la plus complète possible, toute la fabrique du corps humain, qui est composé non pas de dix ou de douze parties (comme il apparaît à première vue), mais de plus de mille différentes ; en expliquant les livres de Galien[2] qui ont été conservés jusqu'à nos jours pour la postérité et qui, parmi les autres monuments de ce maître, requièrent l'aide d'un précepteur, je peux apporter une aide non négligeable aux candidats en médecine. Il ne m'échappe pas qu'en raison de mon âge (je n'ai pas 28 ans révolus), mon essai aura peu d'autorité et que les dénonciations fréquentes des théories fausses de Galien ne le mettront pas à l'abri des attaques de ceux qui n'ont pas assisté à mes cours d'anatomie ou qui n'ont pas fait eux-mêmes de dissections. »

Lettre d'André Vésale à l'empereur Charles Quint, « Au divin Charles Quint, Magnanime et Invincible Empereur », Padoue, 1542 dans *La fabrique, Pièces liminaires*, Éditions, transcriptions et traductions par Jacqueline Vons et Stéphane Velut, 2014.

1. Vésale évoque ici la chute de l'Empire romain d'Occident en 476, donc la fin de l'Antiquité et début du Moyen Âge.
2. Médecin grec de l'Antiquité (129-201) dont les œuvres sont redécouvertes en Europe occidentale à la fin du Moyen Âge par l'intermédiaire des Byzantins et des traductions arabes.

Qui est-il ?
André Vésale (1514-1564) est un médecin et anatomiste flamand, il a publié un livre d'anatomie humaine basé sur les nombreuses dissections de cadavres qu'il pratique. Il est considéré comme un des pères de l'anatomie moderne.

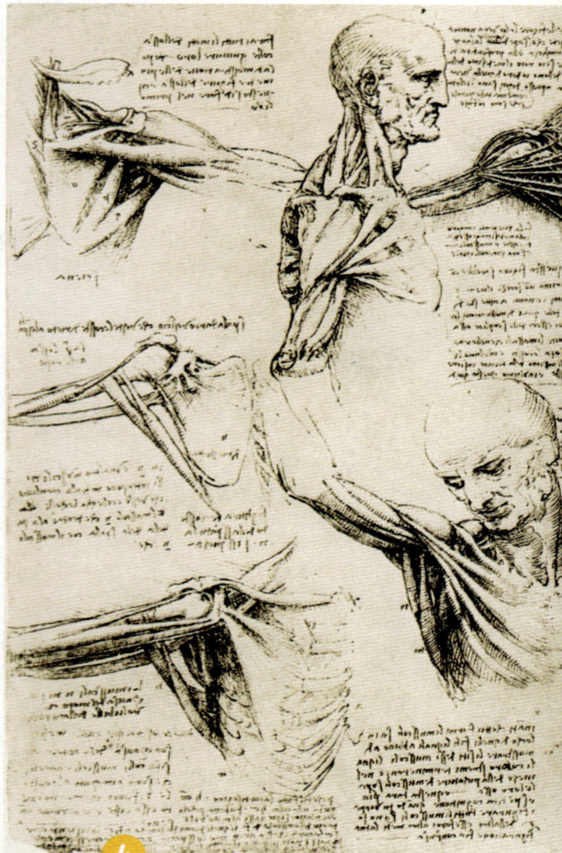

4 La démarche scientifique de Léonard de Vinci

Dessin anatomique *Le cou et les épaules de l'homme*, Léonard de Vinci, vers 1510.

Qui est-il ?
Léonard de Vinci (1452-1519) est un artiste et un homme de sciences italien de la Renaissance, il excelle dans de nombreux domaines (peinture, architecture, ingénierie, anatomie…).

PARCOURS 1

Comprendre et mettre en relation des documents

1. **Doc. 1** Quelles sont les deux langues maîtrisées par les humanistes pour faire progresser les savoirs ?
2. **Doc. 2** Pourquoi la maîtrise de ces deux langues est-elle essentielle pour les humanistes ?
3. **Doc. 3 et 4** Comment Léonard de Vinci et André Vésale ont-ils fait progresser la connaissance de l'homme ?
4. **Doc. 2, 3 et 4** Citez deux moyens de diffusion des savoirs utilisés par les humanistes.

BILAN Expliquez comment les humanistes ont transformé la connaissance du monde et de l'homme.

PARCOURS 2

Produire un écrit construit et argumenté

Vous êtes un(e) jeune étudiant(e) vivant au XVIe siècle et vous admirez des œuvres d'un humaniste célèbre de votre époque. Vous lui écrivez une lettre pour lui dire pourquoi et à quel point la pensée humaniste bouleverse les savoirs de votre époque.

Pas à pas

1re étape : **comprendre ce qu'est un humaniste.**
- Quels sont les objectifs poursuivis par les humanistes ? (**Doc. 1**)
- Pourquoi ces humanistes sont-ils célèbres ? (**Doc. 1 à 4**)

2e étape : **rédiger la lettre**
- Effectuez une recherche biographique sur l'un de ces humanistes.
- Présentez-le puis expliquez sur quelles actions repose votre admiration.

Michel-Ange et la chapelle Sixtine

PPO

Peintre, sculpteur, architecte et urbaniste originaire de la cité italienne de Florence, Michelangelo Buonarroti dit Michel-Ange est considéré dès son époque comme un génie. En 1508, le pape Jules II lui demande de réaliser la fresque de la chapelle Sixtine du palais du Vatican à Rome.

> Que nous apprend la fresque de la chapelle Sixtine sur le renouveau artistique de la Renaissance ?

MICHEL-ANGE
(1475-1564)
Sculpteur, peintre, architecte et poète italien, Michel-Ange est l'un des plus grands artistes de la Renaissance. Ses sculptures les plus connues sont le *David*, le *Tombeau de Jules II* et *La Pietà*. Il a également peint le plafond de la chapelle Sixtine.

1 Michel-Ange et la représentation du corps humain

REGARD DE L'HISTORIEN

Le premier laboratoire [de la Renaissance] se situe à Florence au début du XVe siècle, où se mettent en place les grands principes de l'art renaissant : perspective, proportion, imitation créatrice de l'Antiquité. L'architecte Filippo Brunelleschi comme le peintre Masaccio appliquent ainsi de stricts principes mathématiques dans leur art pour une construction rigoureuse et harmonieuse de l'espace. […] La réapparition massive de la nudité dans l'art a frappé les contemporains et suscité les plus fortes réactions de rejet, notamment en matière d'art religieux : on connaît le destin des nus de Michel-Ange dans la chapelle Sixtine, qui, menacés de disparition pure et simple sous la pression des éléments les plus intransigeants de la curie romaine[1], furent finalement « rhabillés » par Daniele da Volterra[2] en 1565. Le nu masculin, musculeux et héroïque, est le moyen privilégié d'exalter la puissance humaine. […] La beauté du corps humain n'a d'ailleurs pas uniquement un contenu sensuel pour les artistes de la Renaissance : Platon[3] leur a enseigné qu'elle conduisait à la contemplation des idées ; le christianisme leur rappelle que l'homme a été créé à l'image de Dieu et que la perfection du créateur se reflète dans sa créature. […]

Alain Tallon, *L'Europe de la Renaissance*, Paris, « Que sais-je ? », 2021.

1. Désigne l'administration de l'Église et du Vatican. 2. Peintre et sculpteur florentin, il est chargé de recouvrir des parties de corps nus après la mort de Michel-Ange. 3. Philosophe grec du IVe siècle av. J.-C.

Qui est-il ?
Alain Tallon (né en 1967) est un historien moderniste français, spécialiste de l'histoire de l'Europe méditerranéenne aux XVIe et XVIIe siècles.

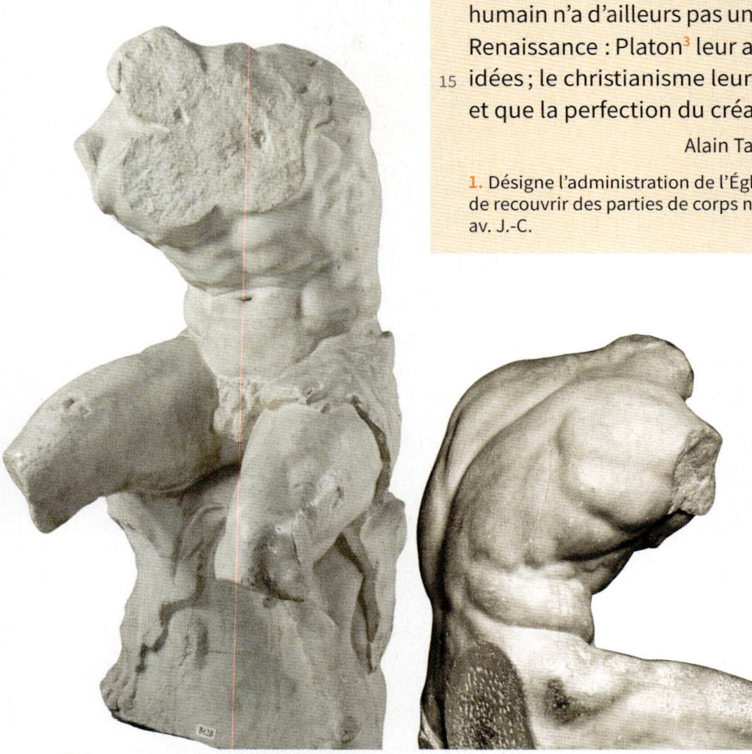

A. Le torse du Belvédère, une statue antique qui fascinait Michel-Ange
Torse et dos du torse du Belvédère, statue grecque du Ier siècle avant Jésus-Christ, Musées du Vatican, Rome.

B. Croquis préparatoire pour la fresque de la chapelle Sixtine
Étude préparatoire de Michel-Ange de la Sybille libyenne.

2 L'inspiration de l'Antiquité

3 Les différentes parties de la chapelle Sixtine

Des artistes italiens de la fin du XVe siècle ont peint les fresques sur les côtés. Michel-Ange a réalisé les fresques de la voûte (1 000 m²) de 1508 à 1512, et, 26 ans après, il a peint le Jugement dernier au fond de la chapelle, achevé en 1541.

4 Michel-Ange, un artiste humaniste

Au centre de la voûte, Michel-Ange place la création d'Adam (le premier homme) par Dieu et, sur les côtés, des sibylles (prophétesses de l'Antiquité).

PARCOURS 1

Comprendre et mettre en relation des documents

1. **Doc. 1** Pourquoi les artistes de la Renaissance représentaient-ils des corps nus ?
2. **Doc. 2** Montrez que Michel-Ange s'inspire de l'Antiquité pour réaliser les fresques de la chapelle Sixtine.
3. **Doc. 3 et 4** Montrez que Michel-Ange place l'homme et son corps au centre de sa création artistique.
4. **Doc. 1** Expliquez la réception qui a été faite à ces représentations de corps nus à l'époque de Michel-Ange.

BILAN À partir de vos réponses, montrez que Michel-Ange illustre le renouveau artistique à la Renaissance.

PARCOURS 2

Réaliser une production numérique

Réalisez un diaporama montrant plusieurs détails des fresques de la chapelle Sixtine avec pour chacun les inspirations de l'Antiquité que l'on y retrouve et l'approche nouvelle que Michel-Ange apporte.

Fresques
hachette-clic.fr/24h2026

COURS 1

La Renaissance, un bouillonnement artistique et intellectuel en Europe

> Comment la pensée et les arts se transforment-ils à la Renaissance aux XVe et XVIe siècles ?

1 Les humanistes redécouvrent l'Antiquité

- Au Moyen Âge, les textes antiques sont mal connus et souvent victimes d'erreurs de traduction. Après la prise de Constantinople en 1453, des érudits grecs et italiens fuient la capitale ottomane et s'installent en Europe. Ils commencent à traduire des ouvrages, à les corriger et à les diffuser. Grâce à leurs connaissances en langues anciennes (latin et grec notamment), **les humanistes poursuivent ce travail de traduction des auteurs antiques.**

- **Les humanistes ont une vision très optimiste de l'homme**, placé au centre de la réflexion et qui peut toujours s'améliorer grâce à l'éducation. Valorisant l'esprit critique, l'expérimentation et la tolérance, ils restent des catholiques convaincus qui cherchent aussi la protection et le soutien des puissants. Désirant connaître le monde qui les entoure, ils s'intéressent aux sciences, l'astronomie pour Copernic ou l'anatomie pour Vésale.

- **Érasme (1469-1536) est considéré comme le « prince des humanistes »** pour son savoir et l'importance de son œuvre, notamment sa traduction en latin du *Nouveau Testament* (1516) depuis un texte original en grec. Comme lui, les humanistes voyagent beaucoup en Europe, s'écrivent et s'échangent idées et livres. Ils constituent une « république des lettres » qui reste cependant une élite restreinte.

2 Des savoirs qui se diffusent plus largement

- Avant 1450, les livres, copiés à la main, étaient chers car longs à réaliser. À Mayence, **Johannes Gutenberg invente un procédé technique :** l'utilisation des caractères métalliques réutilisables pour imprimer des textes. Les livres peuvent désormais être produits rapidement, en grande quantité et à un coût réduit.

- **L'imprimerie, qui se développe en Europe, entraîne une révolution culturelle** et la diffusion très large des idées et du savoir, notamment celui des humanistes. Les livres voyagent à travers l'Europe, dans les bagages des érudits qui se déplacent dans les différents foyers de la Renaissance comme Léonard de Vinci à Amboise.

- **Si les premiers ouvrages imprimés sont religieux, l'imprimerie permet aussi de diffuser les livres d'auteurs antiques** comme les épopées d'Homère, les œuvres de Galien et celles écrites par des humanistes. Des familles d'imprimeurs comme les Manuce à Venise ou les Estienne à Paris, proches des savants, contribuent à diffuser les idées et les savoirs en Europe.

VOCABULAIRE

- **Érudit :** personne disposant d'un très grand savoir.
- **Perspective :** art de représenter, sur une surface plane, des objets en trois dimensions tels qu'ils sont vus par l'œil humain.
- **Mécène :** riche famille ou individu qui protège et finance des artistes.
- **« République des lettres » :** expression qualifiant le groupe des humanistes qui s'échangeait courriers, idées et livres.
- **Renaissance :** renouveau culturel, artistique et scientifique en Europe marqué par un retour aux valeurs et aux esthétiques de l'Antiquité et par un esprit d'innovation.

3 Un art bouleversé par de nouveaux sujets et de nouvelles techniques

- **Dans le domaine artistique, la Renaissance naît en Italie autour de Florence puis gagne d'autres villes prospères** comme Milan, Venise et Rome. Dans les riches cités de la Flandre, des artistes développent un style particulier (peinture à l'huile, minutie des détails et représentation des paysages). Avec les guerres d'Italie et les voyages des artistes, ce mouvement artistique se diffuse et des artistes locaux inventent leur propre style. Ainsi, le Val de Loire, où séjournent les rois de France, voit apparaître un mouvement culturel et artistique français (comme au château de Fontainebleau).

- **La redécouverte de l'Antiquité grecque et romaine inspire les artistes.** Ces derniers s'intéressent à de nouveaux sujets (la mythologie, la nudité et le portrait) et utilisent également de nouvelles techniques (peinture à l'huile, anatomie et perspective). De riches mécènes aident et financent ces artistes par goût des arts mais aussi pour cultiver leur prestige. Les artistes sont donc de plus en plus considérés, signent leurs œuvres et se représentent dans des autoportraits.

- **À Rome, Michel-Ange (1475-1564) réalise les fresques de la chapelle Sixtine pour le pape Jules II.** À la fois peintre, sculpteur, architecte et urbaniste, il travaille pour des mécènes comme la puissante famille des Médicis à Florence. Considéré de son vivant comme un génie de l'art, son œuvre montre une maîtrise des nouvelles techniques artistiques et une connaissance étendue du corps humain.

DATES CLÉS

XVe siècle

Renouveau des arts.

Vers 1450

Gutenberg met au point les caractères mobiles pour imprimer.

1508-1512

Michel-Ange peint les fresques du plafond de la chapelle Sixtine.

1469-1536

Vie d'Érasme considéré comme « le prince des humanistes ».

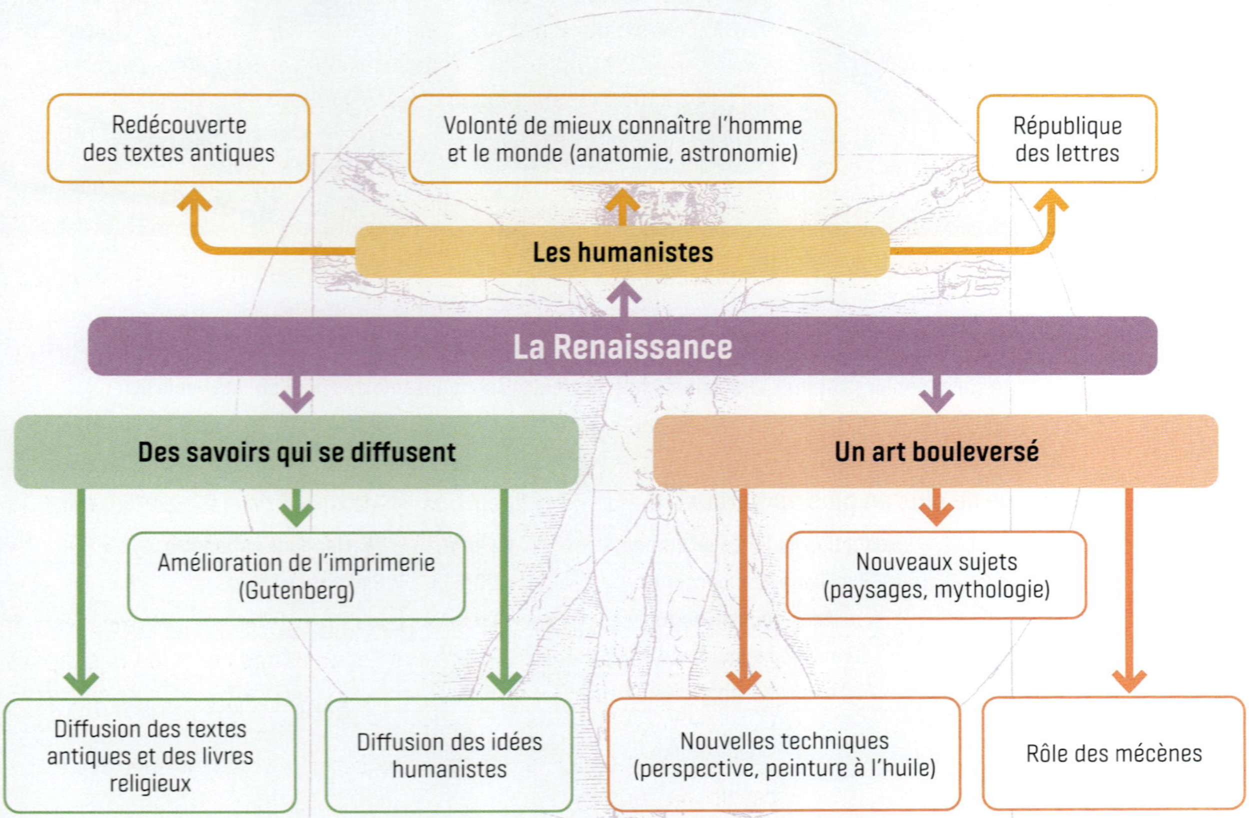

ÉTUDE 3 L'imprimerie et la diffusion des idées

L'invention de l'imprimerie à caractères mobiles par Gutenberg vers 1450 permet de diffuser les connaissances en Europe. Ce progrès technique a contribué à l'essor de l'humanisme et de la Réforme, alimentant débats et découvertes.

> Quel rôle a joué l'imprimerie dans la diffusion des idées à la Renaissance ?

1 **Un atelier d'imprimerie au XVIe siècle**

Atelier d'imprimerie au XVIe siècle, école française, XVIIe siècle, musée des Beaux-Arts, Dôle.

Des typographes (à gauche) assemblent les caractères pour réaliser les pages en suivant le manuscrit comme modèle. Les plaques de caractères sont ensuite badigeonnées d'encre noire grâce à des tampons et pressées afin d'imprimer le texte sur le papier (à droite). Une fois sèches, les feuilles sont assemblées pour constituer le livre.

2 **Des livres de plus en plus nombreux**

Période	Production de livres en Europe	En latin	En langues nationales
XIVe siècle	2,8 millions de manuscrits	100 %	0 %
XVe siècle	4 millions de manuscrits	100 %	0 %
1450-1500	20 millions d'imprimés	75 %	25 %
XVIe siècle	200 millions d'imprimés	60 %	40 %

The Journal of Economic History, Vol. 69, No. 2, 2009.

3 L'impression des ouvrages religieux

Bible polyglotte, en cinq langues : syriaque, latin, grec et dans la partie basse hébreu et chaldéen, dite d'Anvers, réalisée par l'imprimerie de Christophe Plantin, 1568-1572.

Musée Plantin Moretus, Anvers.

Qui est-il ?

Léon X (1475-1521), fils de Laurent de Médicis, pape de 1513 à 1521, est un important mécène des arts et un acteur de la Contre-Réforme.

4 L'imprimerie, une invention dangereuse ?

On peut sans doute acquérir avec facilité des connaissances littéraires en lisant les livres ; l'art d'imprimer les livres, qui, grâce à la faveur divine, a été inventé, ou plutôt amélioré et perfectionné, surtout à notre époque, a sans doute apporté aux mortels bien des avantages, puisque pour une petite dépense on peut avoir un très grand nombre de livres : ceux-ci permettent aux esprits de se livrer fort commodément aux études littéraires et ils peuvent produire facilement des hommes instruits en toutes sortes de langues, surtout parmi les catholiques […] Toutefois, la plainte de nombreuses personnes a frappé nos oreilles […]. En effet quelques maîtres en cet art de l'impression ont l'audace d'imprimer et de vendre au public en différentes parties du monde des livres – aussi bien traduits du grec, de l'hébreu, de l'arabe et du chaldéen en latin qu'écrits directement en latin ou en langue vulgaire – qui contiennent des erreurs contre la foi, des opinions pernicieuses[1] contraires à la religion chrétienne […]. [N]ous établissons et ordonnons que désormais et pour tous les temps futurs, personne n'ose imprimer ou faire imprimer un livre ou un autre écrit quel qu'il soit […] sans que ces livres ou écrits aient été d'abord attentivement examinés, à Rome par notre Vicaire[2] et par le Maître du Sacré-Palais[3], dans les autres cités et diocèses par l'évêque, ou par une autre personne députée à cet office par ce même évêque, et experte dans la science dont relève le livre ou l'écrit en question […].

Léon X, bulle « Inter sollicitudines », 1515, citée et traduite du latin dans Gervais Dumaige, *Histoire des conciles œcuméniques*, Éditions de l'Orante, vol. 10, 1978.

1. Nuisibles moralement.
2. Représentant du pape en son absence.
3. Officier du palais du pape, dont la fonction est d'examiner, corriger, approuver ou rejeter tout ce qui doit s'imprimer.

PARCOURS 1

Comprendre et mettre en relation des documents

1. **Doc. 1** Comment le procédé d'imprimerie est-il amélioré au XVIe siècle ?
2. **Doc. 2** Quelles sont les conséquences de l'amélioration de l'imprimerie sur la production de livres en Europe ?
3. **Doc. 3** À quel public était principalement destiné cet ouvrage ?
4. **Doc. 4** Pourquoi le pape Léon X considère-t-il l'imprimerie comme une invention aussi utile que dangereuse ?

BILAN À l'aide de vos réponses, montrez que l'imprimerie joue un rôle essentiel dans la diffusion des savoirs à la Renaissance.

PARCOURS 2

Construire une carte mentale

Réalisez une carte mentale en utilisant des outils numériques ou sur papier. Placez au centre « L'imprimerie et la diffusion des idées » puis complétez le schéma en ajoutant des axes correspondant à chacun des thèmes abordés dans cette étude.

La carte pourra ainsi aborder :
- L'amélioration de l'imprimerie (**doc. 1**).
- Les conséquences de cette innovation (**doc. 2 et 3**).
- Les critiques (**doc. 4**).

ÉTUDE 4 PARCOURS CROISÉS

Réformer l'Église de l'intérieur

Érasme, prince des humanistes

(1469-1536)

Prêtre originaire des Pays-Bas, il est considéré comme le « prince des humanistes » pour son érudition et son influence sur les penseurs de son temps. Il a écrit de nombreux ouvrages sur la religion, la philosophie et l'histoire.

Érasme, le « prince des humanistes », est aussi un critique virulent des abus de l'Église catholique. Il prône une **réforme** de l'intérieur et progressive.

> Comment Érasme pense-t-il la réforme de l'Église ?

1 Érasme critique l'Église de son temps

Mais en vérité, depuis longtemps, les souverains pontifes[1], les cardinaux, les évêques, rivalisent délibérément avec les habitudes des princes et en sont presque à les dépasser. [...] Et ils ne se souviennent même plus de leur nom, de ce que signifie le mot d'évêque, c'est-à-dire travail, vigilance, sollicitude. Mais pour attraper l'argent [...] ils font parfaitement les « évêques » : ils surveillent[2]. [...] Quant aux souverains pontifes qui sont les vicaires[3] du Christ, s'ils s'efforçaient d'imiter sa vie, c'est-à-dire sa pauvreté, ses travaux, sa Doctrine, sa croix, son mépris de la vie, s'ils réfléchissaient seulement à leur nom de pape, autrement dit de père, ou à leur surnom de « très saint », qu'y aurait-il sur terre de plus malheureux ? [...] Les plus heureux sont ceux qui s'appellent couramment eux-mêmes « religieux » et « moines », deux surnoms tout à fait trompeurs, car la plupart d'entre eux sont fort éloignés de la religion [...]. D'abord ils trouvent que le comble de la piété, c'est de ne rien savoir des belles-lettres, pas même lire. Ensuite, quand, à l'église, ils braillent de leur voix d'âne leurs psaumes [...] alors ils croient vraiment charmer l'oreille des saints d'une infinie volupté.

Érasme, *Éloge de la Folie*, extraits des chapitres LIV, LVII à LIX, 1511.

1. Le pape. 2. Jeu de mots sur évêque, dérivé du grec *episcopos*, « surveillant ». 3. Représentant d'une autorité religieuse supérieure.

VOCABULAIRE

■ **Réforme :** volonté de réformer le christianisme par un retour aux textes fondateurs et à des pratiques plus simples. Le mouvement qui en est issu rompt avec l'Église catholique pour former les cultes protestants.

QVATVOR EVANGELIA, AD VETVSTISSIMORVM EXEMPLARIVM LATINORVM FIDEM, ET AD GRAECAM VERITATEM AB ERASMO ROTERODAMO SACRAE THEOLOGIAE PROFESSORE DILIGENTER RECOGNITA.

ΕΥΑΓΓΕΛΙΟΝ ΚΑΤΑ ΜΑΤΘΑΙΟΝ.

EVANGELIVM SECVNDVM MATTHAEVM.

Liber generationis Iesu Christi filij Dauid, filij Abrahã. Abraham genuit Isaac. Isaac aũt genuit Iacob. Iacob aũt genuit Iudã, & fratres eius. Iudas aũt genuit Phares, & Zarã, e Thamar. Phares autẽ genuit Esrom. Esrom aũt genuit Aram. Arã autem genuit Aminadab. Aminadab aũt genuit Naasson. Naasson aũt genuit Salmon. Salmon autẽ genuit Boos, e Rhachab. Boos aũt genuit Obed, e Ruth. Obed autẽ genuit Iesse. Iesse aũt genuit Dauid regem. Dauid autẽ rex genuit Solomonem, ex ea q̃ fuerat uxor Vriae. Solomon autem genuit Roboam. Roboam aũt genuit Abiam. Abia autem genuit Asa. Asa autem genuit Iosaphat. Iosaphat autem genuit Ioram. Ioram autem genuit Oziã.

IOANNES FROBENIVS SVIS TYPIS

2 L'édition imprimée de la nouvelle traduction par Érasme du Nouveau Testament (1516)

Érasme dédie en préface cette traduction au pape Léon X dans le but de montrer son respect pour l'autorité de l'Église. Dans la colonne à gauche se trouve le texte original en grec, et dans celle de droite, la nouvelle traduction en latin réalisée par Érasme et dans laquelle il a corrigé des erreurs de traduction de la Vulgate (la Bible en latin qui était utilisée jusqu'alors).

ACTIVITÉ 1

1. **Doc. 1** Relevez trois reproches que fait Érasme à l'Église de son époque.
2. **Doc. 1 et 2** Pourquoi Érasme peut-il être qualifié d'humaniste ?
3. **Doc. 1 et 2** De quelle manière Érasme souhaite-t-il réformer l'Église ?

BILAN Montrez qu'Érasme souhaite réformer l'Église en respectant l'autorité du pape.

ou la quitter ?

Luther, un réformateur

PPO

(1483-1546)

Moine et théologien allemand, il dénonce la vente des **indulgences**. En 1517, il publie ses *95 thèses* contre les dérives de l'Église. **Excommunié** en 1521, il organise la Réforme luthérienne.

Le moine allemand Martin Luther, choqué par les dérives de l'Église de son temps, veut provoquer le débat. Mais l'opposition du pape Léon X le pousse à rompre avec l'Église.

> Pourquoi Luther rompt-il avec le pape et l'Église romaine ?

VOCABULAIRE

- **Excommunier :** exclure un individu de l'Église chrétienne.
- **Indulgences :** lettres vendues par la papauté à un croyant lui donnant l'espoir de « remettre les péchés » et de réduire le temps au purgatoire.

Qui est-il ?
Lucas Cranach le Jeune (1515-1586) est un peintre et graveur allemand, il travaille à Wittemberg dans l'atelier de son père qui était un proche et un soutien de Luther.

3 La séparation totale avec Rome : la « Vraie et Fausse Église »

Gravure (colorisée ultérieurement) par Lucas Cranach le Jeune, 1546.

Luther, au centre, désigne le Christ comme modèle à suivre à ses fidèles (à gauche) et montre les membres de l'Église de Rome, dont le pape (à droite) en train de brûler dans la gueule du Léviathan, un monstre qui représente l'enfer.

4 Luther critique les indulgences

21. C'est pourquoi les prédicateurs[1] de l'indulgence sont dans l'erreur quand ils disent que les indulgences du pape délivrent l'homme de toutes les peines et le sauvent. […]

36. Tout chrétien vraiment repentant, la rémission[2] plénière de la pénitence et même du péché est due sans lettres d'indulgence. […]

62. Le véritable trésor de l'Église, c'est le très saint Évangile[3] de la gloire et de la grâce de Dieu.

67. Les indulgences dont les prédicateurs prônent à grands cris les mérites, n'en ont qu'un, celui de rapporter de l'argent […].

86. Pourquoi le pape, dont le sac est aujourd'hui plus gros que celui des plus riches, n'édifie-t-il pas au moins cette basilique de Saint-Pierre avec ses propres deniers, plutôt qu'avec l'argent des fidèles ? »

Martin Luther, *95 thèses*, 1517.

1. Personne qui prêche, c'est-à-dire qui enseigne la religion afin de renforcer la foi des croyants ou de convaincre de nouveaux croyants. 2. Action de pardonner un péché, une faute. 3. Écrits rédigés par les premiers chrétiens.

ACTIVITÉ 2

1. **Doc. 4** Citez trois critiques que Luther fait au pape et à l'Église.
2. **Doc. 3** Quelle image Luther et ses proches donnent-ils de l'Église et du pape ?
3. **Doc. 3 et 4** Pourquoi Luther rompt-il avec l'Église ?

BILAN Expliquez pourquoi Luther a fondé une nouvelle communauté religieuse.

PARCOURS CROISÉS

Réalisez un schéma pour expliquer la division de la chrétienté en Europe occidentale au XVIe siècle.

Pas à pas :

1. Rappelez les critiques qui conduisent à vouloir réformer l'Église ;
2. Evoquez ceux qui veulent réformer de l'intérieur ;
3. Expliquer pourquoi certains veulent réformer en quittant l'Église.

ÉTUDE 5
ACTRICES DE L'HISTOIRE

Les réformatrices

Si les réformes protestantes ne modifient par le rôle traditionnel des femmes (tâches domestiques, éducation des enfants), la possibilité pour chaque croyante et chaque croyant de lire la Bible conduit au développement de l'instruction des filles et des garçons. Des réformées, issues du peuple ou de la noblesse, contribuent alors à la diffusion des croyances et à la protection de communautés protestantes.

CATHERINE VON BORA
(1499-1552)

Issue de la petite noblesse germanique, elle épouse Luther en 1525. Elle devient un modèle pour les femmes de **pasteur** : elle seconde son mari tout en s'occupant des tâches domestiques. Elle enseigne également aux enfants et vient au secours des personnes en détresse.

1 Luther écrit à son épouse, Catherine

Ma maître (sic !) de maison Catherine te salue, elle qui transporte, qui cultive les champs, qui fait paître et achète le bétail, brasse, etc. Ce faisant, elle a entrepris aussi de lire la Bible contre promesse de 50 florins si elle finit avant Pâques. Elle y met un grand sérieux : maintenant déjà, elle est parvenue au cinquième livre de Moïse (Deutéronome).

Lettre de Luther en octobre 1523, Lettre 2267, in *Briefe*, t., Weimar, Bölhau, 1930-1985.

« J'aime ma Catherine, je l'aime plus que moi-même, assurément. Je préférerais mourir plutôt que de la voir mourir, elle et les enfants ». Elle est « ma côte, Ma chair, mon maître Käte, mon seigneur et son Moïse législateur », « Madame la Doctoresse, prédicatrice, brasseuse, jardinière, haute justicière sur le marché-aux-cochons ».

Luther cité par Liliane Crété, *Le protestantisme et les femmes. Aux origines de l'émancipation*, Genèse, Labor et Fides, 1999.

2 Les femmes et la Réforme en Angleterre

REGARD DE L'HISTORIENNE

Mécènes, auteurs, martyres de la Réforme ou simples laïques anonymes, un certain nombre de femmes de la période s'impliquèrent dans le débat spirituel et intellectuel qui animait l'Europe. Ce fut le cas de Katherine Parr (vers 1512 – 1548) et de deux des membres de son entourage qui, acquises aux idées de la Réforme, s'engagèrent publiquement : Elizabeth Tyrwhit (vers 1510- 1578) aristocrate anglaise et Anne Askew (1521-1546). [...] (Katherine Parr) choisit de s'engager dans la diffusion de la Réforme en Angleterre en prenant la plume. Outre sa vie personnelle mouvementée, son implication pour les idées de la pensée réformée fit d'elle une reine hors du commun[1], même si elle préféra attendre la sécurité du règne protestant d'Edouard VI pour publier son manuel de dévotion ouvertement protestant. Anne Askew fit le choix de sortir de la clandestinité en professant publiquement ses opinions et poussa son témoignage jusqu'au martyre. Elizabeth Tyrwith, quant à elle, ne fit acte de foi qu'un quart de siècle plus tard, pendant le règne d'Elisabeth Ière, à travers son recueil de prière. Toutes trois acquises à la cause protestante, elles vécurent l'expérience de la conversion et choisirent de partager le témoignage de leur foi pour défendre et diffuser les idées de la Réforme.

Julie Vanparys-Rotondi, *La Réforme anglaise au féminin*, Presses universitaires de Strasbourg, 2023.

1. Reine d'Angleterre et épouse d'Henri VIII, fondateur de l'anglicanisme.

3 Les femmes protestantes lisent la Bible

Quirijn van Brekelenkam, *Gumma som läser bibeln*, 1663, Nationalmusem, Stockholm.

Qui est-elle ?
Julie Vanparys-Rotondi (née en 1976), est une spécialiste de la Réforme en Angleterre.

4 Luther sur le mariage

L'homme et la femme, bonnes créatures, ont reçu de Dieu le corps qu'il a voulu. Les deux corps sont respectables. Ils ont le devoir de s'assembler pour se multiplier. La sexualité fait partie de la nature humaine, autant que manger ou dormir, et personne ne peut s'y soustraire. Ceci étant un ordre divin, personne ne doit avoir la présomption de rester sans époux ou de pratiquer la continence : le vœu de chasteté n'a pas de valeur devant Dieu. On ne peut pas plus renoncer à la sexualité qu'on ne peut renoncer à être homme ou femme. C'est vouloir y renoncer qui expose aux fautes. Dans la perspective du projet de Dieu, aucune tâche ne paraîtra trop humble ou méprisable. Le mari pourra bercer l'enfant, laver les langes, changer le lit en sachant que Dieu s'en réjouit. Il trouvera son bonheur dans l'accomplissement de la volonté de Dieu, même si on se moque de lui.

Martin Luther, *De la vie conjugale*, septembre 1522, Paris, Pléiade.

5 **Argula von Grumbach (1492-vers 1568)**

Statue de Mihai Buculei, 2021, Beratzhausen (Allemagne).

Passionnée par les écrits de Luther dès 1520, elle rédige un **pamphlet** en faveur de ses idées. Ses écrits ont eu un grand retentissement.

ACTIVITÉ

1. **Doc. 1 et 4** Repérez les qualités que Martin Luther prête à son épouse, et comment sa conception du mariage a des conséquences favorables pour les femmes.
2. **Doc. 2, 3 et 5** Par quels moyens les femmes participent-elles au débat spirituel et intellectuel au moment de la Réforme ?
3. **Doc. 1 à 5** Pour chacune des femmes évoquée dans ce dossier, précisez son origine sociale et la façon dont elle participe à la Réforme protestante.

BILAN Réalisez un schéma de synthèse qui montre le rôle des femmes dans la réforme protestante.

VOCABULAIRE

- **Pamphlet :** texte violent et accusateur destiné à critiquer un individu, une idée ou une institution.
- **Pasteur :** personne en charge de la gestion du culte dans une communauté réformée.

Pour aller plus loin

À VOIR

- **Les femmes et la Réforme.** Entretien avec la théologienne Valérie Duval-Poujol (11'56). Les évolutions de la place et du statut des femmes dans le protestantisme, de la Réforme à nos jours.

À VISITER EN LIGNE

- **Le rôle des femmes dans le protestantisme**, un parcours proposé par le Musée protestant.

À ÉCOUTER

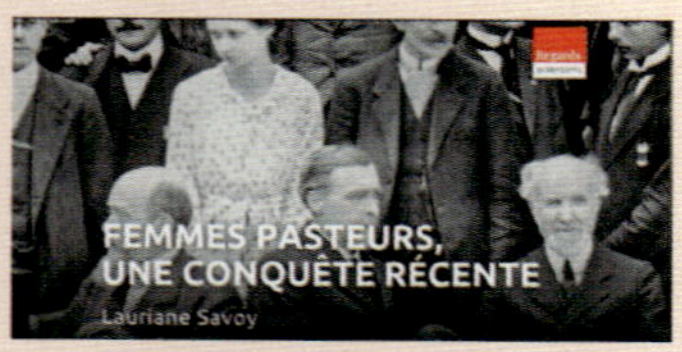

- **Histoire des femmes protestantes ép. 1 –** La Réforme protestante, de nouveaux modèles de femmes ? (26'16) Un podcast avec Marianne Carbonnier-Burkard, théologienne à la Faculté de théologie protestante de Paris et vice-présidente de la Société de l'histoire du protestantisme français, pour mesurer les changements liés à la Réforme pour les femmes.

COURS 2 La division de la chrétienté

> Comment les volontés de réformer l'Église conduisent-elles à la division de la chrétienté occidentale au XVIe siècle ?

1 Un climat d'inquiétude religieuse

- **La fin du Moyen Âge est marquée par de nombreuses crises :** les guerres (comme la guerre de Cent Ans), les famines et les épidémies (dont la peste). Les chrétiens vivent dans une crainte de la mort qui peut se produire à tout instant. Face à cette inquiétude religieuse permanente, les croyants veulent se faire pardonner leurs péchés pour sauver leur âme.

- **Le culte traditionnel ne paraît plus suffisant** et une approche plus individuelle de la religion se développe. Les dons se multiplient, les pèlerins sont plus nombreux et le purgatoire est inventé au XIIe siècle. Face à ces angoisses, l'Église développe la vente des indulgences. Avec l'imprimerie, la publication des indulgences devient massive, tout comme leur commerce.

- **Le clergé est très critiqué.** Il est accusé de s'enrichir et de s'éloigner de l'idéal de vie et des principes de pauvreté des premiers chrétiens. Des évêques vivent comme des princes et les prêtres vendent parfois les sacrements. Des croyants reprochent surtout à l'Église de ne pas bien jouer son rôle auprès de fidèles qui, eux-mêmes, ne comprennent pas toujours la messe en latin, rendant le culte difficilement accessible.

2 Luther et Érasme, deux réformateurs

- **Des humanistes, conscients de ces dérives, veulent réformer l'Église.** Ils souhaitent notamment un clergé exemplaire et mieux formé, ainsi qu'un culte plus simple en rendant les textes sacrés (traduits et corrigés) accessibles au plus grand nombre. À l'image d'Érasme, ils ne veulent pas quitter l'Église, mais la changer de l'intérieur pour l'améliorer.

- **En 1517, Martin Luther, un moine et théologien allemand qui souhaite aussi réformer l'Église,** affiche ses *95 thèses* sur la porte de l'église de Wittenberg. Pour lui, seule la foi peut sauver l'âme du croyant, non les dons et l'achat des indulgences. Il critique également le comportement déviant de certains religieux et comme à ses yeux tous les hommes sont des pécheurs, il rejette le culte des saints et de la Vierge Marie.

- **L'appel de Luther à réformer l'Église est amplifié par l'imprimerie.** Ses idées se diffusent et sa notoriété grandissante inquiète le pape. Luther est alors excommunié par Léon X en 1521. Mis au ban de l'empire (et donc hors la loi), il est protégé par le prince de Saxe, ce qui lui permet d'établir une nouvelle forme de culte chrétien : le luthéranisme. Luther prône ainsi une religion plus individuelle, sans intermédiaire entre le croyant et Dieu. Il encourage aussi la lecture de la Bible qu'il traduit en allemand à partir de la nouvelle traduction d'Érasme.

VOCABULAIRE

- **Art baroque :** style artistique caractérisé par la richesse des détails, les mouvements et une sensation de grandeur dans le but de susciter l'émotion et d'exprimer la puissance de l'Église catholique.
- **Catéchisme :** enseignement de la religion chrétienne.
- **Concile :** assemblée d'évêques qui se réunit pour prendre des décisions à propos d'affaires qui concernent la religion.
- **Contre-Réforme :** mouvement de réforme initié au sein de l'Église catholique romaine au XVIe siècle pour mettre un terme à des dérives et faire face à la Réforme protestante.
- **Inquisition :** tribunaux de l'Église chargés depuis le Moyen Âge de juger les hérétiques.
- **Prédestination :** croyance que tout événement, particulièrement le salut ou la damnation éternelle des âmes, est décidé à l'avance par Dieu.
- **Purgatoire :** croyance en un espace intermédiaire entre le paradis et l'enfer destiné à « purger » les péchés commis pendant la vie et purifier l'âme.

3 Une Europe chrétienne divisée

- **En France, Jean Calvin, s'inspirant des idées de la réforme luthérienne, établit un protestantisme plus austère.** Il prône la prédestination et rejette les images saintes. Menacé, Calvin se réfugie à Genève où, grâce à ses écrits et ses disciples, il diffuse ses doctrines vers l'Europe, notamment l'Écosse et les Pays-Bas. Parallèlement, en Angleterre, le roi Henri VIII, dont le divorce n'a pas été accordé par la papauté, fonde l'Église anglicane en 1534 et en devient le chef religieux.

- **Face à l'émergence de ces nouveaux cultes chrétiens, l'Église catholique réagit.** Elle réactive l'Inquisition, des tribunaux religieux, contre l'hérésie protestante et s'appuie sur l'ordre religieux des Jésuites pour mener le combat intellectuel contre les penseurs protestants. Le concile de Trente (1545-1563) permet de réaffirmer les doctrines catholiques et d'introduire des réformes de l'Église de l'intérieur comme la formation des prêtres et la création du catéchisme pour enseigner la religion chrétienne. L'art baroque se développe également en réaction au rejet des images par les luthériens et calvinistes.

- **Malgré la Contre-Réforme, l'Europe chrétienne reste très divisée.** Les débats portant sur les questions religieuses s'intensifient, s'appuyant sur les images et les imprimés pour critiquer l'autre camp. L'intolérance religieuse, croissante tout au long du XVIe siècle, entraîne les premiers massacres (comme à Wassy en 1562 et la Saint-Barthélemy en 1572) et de véritables guerres de Religion.

DATES CLÉS

1517
Luther affiche et publie ses *95 thèses*.

1521
Luther est excommunié par le pape.

1536
Naissance du calvinisme.

1545-1563
Concile de Trente.

1572
Massacres de la Saint-Barthélemy.

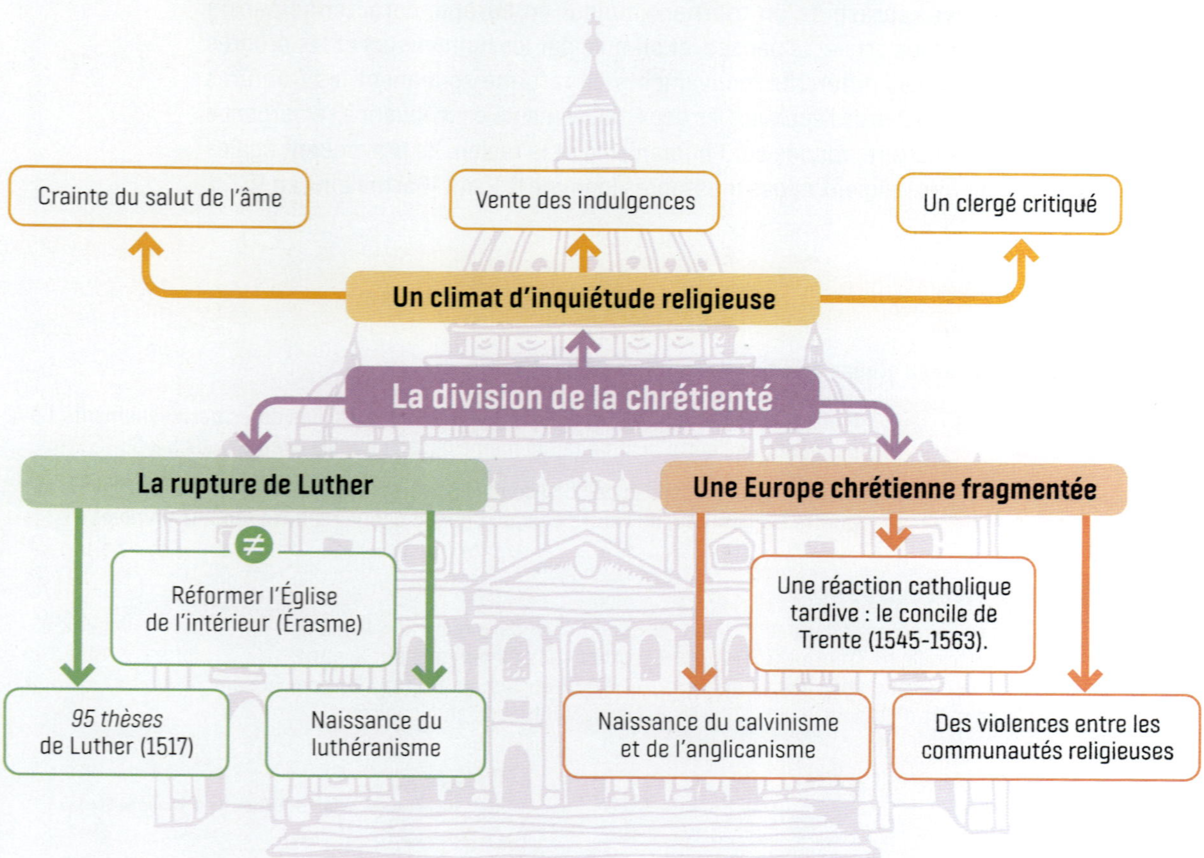

RÉVISIONS

Je fais le point

Quiz
hachette-clic.fr/24h2027

Repères chronologiques
Vocabulaire
Acteurs

Un renouveau des arts et de la pensée

- La **Renaissance** et l'**humanisme** sont deux mouvements qui transforment l'Europe **aux XVe et XVIe siècles**. La Renaissance est un mouvement intellectuel et artistique basé sur la redécouverte de l'Antiquité considérée comme un âge d'or. Elle intègre des progrès dans la représentation (**perspective**, proportions) et dans la connaissance (anatomie). Les arts se transforment. Ils sont encouragés par des **mécènes** comme les **Médicis** ou encore le pape **Jules II** qui commande à **Michel-Ange** les fresques de la chapelle Sixtine. L'humanisme est un courant de pensée qui valorise l'homme et l'éducation. **Érasme**, considéré comme le « prince des humanistes », propose une traduction du Nouveau Testament en **1516**. L'imprimerie, perfectionnée par **Gutenberg vers 1450**, permet la diffusion rapide des idées et du savoir.

La division de la chrétienté

- Des protestants contestent l'autorité de l'Église catholique. **Martin Luther** critique la vente des indulgences en **1517** et est excommunié en **1521**. Le **calvinisme**, une autre forme de protestantisme, est développé par **Jean Calvin** à partir de **1536**. L'Angleterre se sépare aussi de Rome et fonde l'anglicanisme. La **Contre-Réforme**, un mouvement catholique, vise à lutter contre la Réforme protestante. Le **concile** de Trente, qui se tient de **1545 à 1563**, réaffirme les croyances catholiques et propose des changements (catéchisme, formation des prêtres). L'Europe chrétienne reste toutefois profondément divisée.

L'émergence d'une culture nouvelle en Europe

- La Renaissance représente un tournant majeur en Europe, caractérisé par un renouveau dans les arts et la pensée, et stimulé par les **humanistes** et les progrès de l'imprimerie. Les différents mouvements de réforme soulignent les fractures religieuses et sociales de l'époque. Ces deux mouvements contribuent à l'émergence d'une nouvelle culture, fondée sur l'humanisme et la raison. Ils provoquent également des conflits religieux et des massacres (comme la Saint-Barthélemy en **1572**).

La ligne du temps

Jouez en groupe à un *timeline* de révision du chapitre.

15 min de préparation — **Étape 1** Mettez-vous par quatre. Un premier binôme recherche les dates des événements 1 à 4 pendant que l'autre binôme fait la même chose pour les événements 5 à 8.

5 min — **Étape 2** Chaque binôme dispose de 60 secondes pour replacer dans l'ordre chronologique les quatre événements de l'autre équipe. Chaque bonne réponse ramène un point.

Les événements :

1. Les *95 thèses* de Luther
2. Le concile de Trente
3. L'amélioration de l'imprimerie
4. La mort d'Érasme
5. Jean Calvin développe le calvinisme
6. Luther est excommunié par le pape
7. Le Nouveau Testament retraduit par Érasme
8. Henry VIII fonde l'anglicanisme

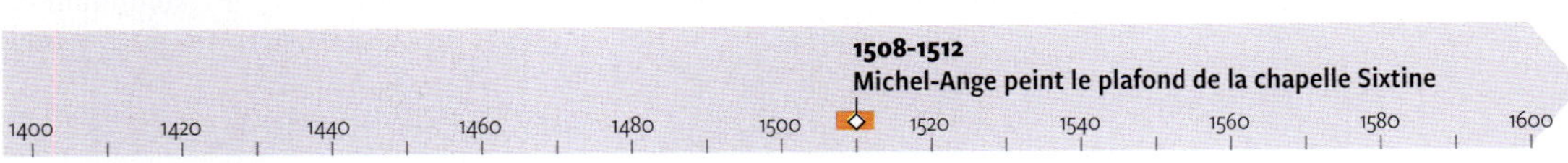

Je révise avec des podcasts

1 Qui sont les humanistes ?

Podcast
hachette-clic.fr/24h2028

2 Quel est le rôle de l'imprimerie à la Renaissance ?

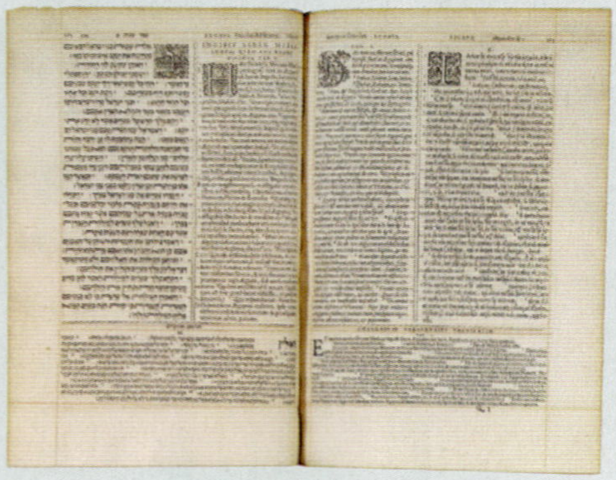

Podcast
hachette-clic.fr/24h2029

L'ESSENTIEL en 5 minutes

3 Quel est le renouveau artistique à la Renaissance ?

Podcast
hachette-clic.fr/24h2030

4 Pourquoi la chrétienté s'est-elle à nouveau divisée au XVIe siècle ?

Podcast
hachette-clic.fr/24h2031

5 Comment la connaissance du monde et de l'homme a-t-elle progressé à la Renaissance ?

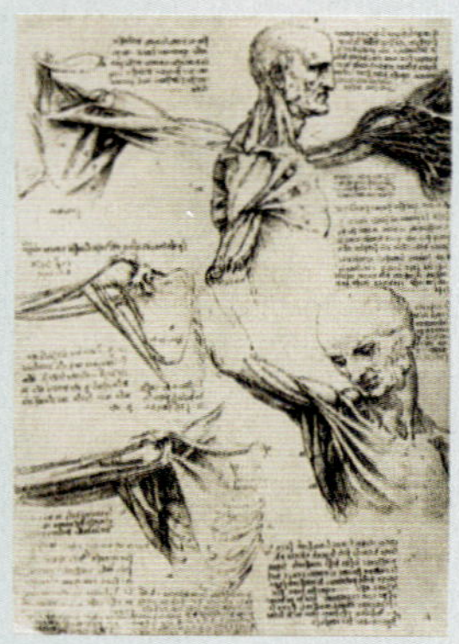

Podcast
hachette-clic.fr/24h2032

Je teste mes connaissances

- Écoutez les cinq épisodes du podcast puis testez vos connaissances grâce aux flashcards.

QUESTION
Citez deux humanistes

RÉPONSE
Érasme
Ugolino Martelli

Flashcards
hachette-clic.fr/24h2033

Le saviez-vous ?

L'organisation d'un podcast en histoire nécessite de classer les informations par ordre chronologique, par ordre d'importance et de pertinence. Il est aussi essentiel d'évoquer les causes et les conséquences de l'événement raconté. Des anecdotes peuvent alléger et rythmer le propos pour le rendre plus attrayant.

Je m'entraîne

• Analyser un tableau de la Renaissance

Le saviez-vous ?
En même temps que l'Italie, un autre foyer de la Renaissance s'est épanoui au XVe siècle dans les riches cités marchandes de Flandre. La **Renaissance flamande** s'est développée grâce à des mécènes puissants et des artistes novateurs comme Jan van Eyck, précurseur dans l'usage de la peinture à l'huile.

Le Chancelier Rolin, un mécène de la Renaissance
Jan van Eyck, *Le Chancelier Rolin en prière devant la Vierge,* dit *La Vierge du chancelier Rolin,* vers 1435, musée du Louvre, Paris.

PALIER 1
Je comprends le document
- Quelle scène est représentée ?
- À quelle période ce tableau a-t-il été peint ?
- Comment le chancelier Rolin est-il représenté dans le tableau ?

PALIER 2
Je sélectionne les informations
- Pourquoi le chancelier Rolin est-il représenté ?
- Comment le peintre met-il en valeur le Chancelier ?

PALIER 3
Je croise le document avec mes connaissances
- Pourquoi les mécènes se font-ils représenter sur des tableaux ?
- Quels éléments de l'oeuvre montrent le renouveau artistique de la Renaissance ?

THÈME 3

L'État à l'époque moderne : France et Angleterre

Rencontre diplomatique entre François Ier et Henri VIII (juin 1520)

École anglaise, *Le camp du drap d'or*, 1545, huile sur toile, 168,9 x 347,3 cm, Royal Collection Trust, Buckingham Palace.

François Ier, roi de France, et Henri VIII, roi d'Angleterre, s'entretiennent pendant trois semaines au camp du Drap d'or. Chacun souhaite éblouir son homologue par les vêtements, les festivités et les tentes couvertes d'or. Leurs règnes marquent le début d'une mutation des monarchies européennes à l'époque moderne : la mise en place de l'État.

508 av. J.-C. : Démocratie à Athènes
476 : Chute de l'Empire romain d'Occident
1492 : Découverte des Amériques

av. J.-C.	ap. J.-C.	ÉPOQUE MÉDIÉVALE	ÉPOQUE MODERNE	ÉPOQUE CONTEMPORAINE

PÉRIODE ÉTUDIÉE

CHAPITRE

5 L'affirmation de l'État dans le royaume de France

> **COURS 1** À partir du règne de François Ier, l'État monarchique s'affirme en même temps que le pouvoir du roi se renforce.
> **Comment le pouvoir monarchique se renforce-t-il en France à partir du XVIe siècle ?**

> **COURS 2** Le règne de Louis XIV est marqué par la volonté du roi de gouverner seul le royaume.
> **Comment l'État monarchique s'est-il renforcé sous Louis XIV au XVIIe siècle ?**

La victoire de Louis XIII sur les protestants à La Rochelle (1628)

Anonyme français ou flamand, *Louis XIII recevant les clefs de La Rochelle*, XVIIe siècle, huile sur toile, 56,4 x 175 cm, collection du musée d'Orbigny Bernon, La Rochelle.

Pour réaffirmer l'autorité monarchique dans le royaume de France, Louis XIII et son principal ministre Richelieu font le siège de la place forte protestante de La Rochelle. Après 14 mois, la ville se rend le 28 octobre 1628. Le catholicisme y est rétabli, les remparts détruits et les protestants conservent la liberté de culte.

QUESTIONS

1. De quelle manière Louis XIII réaffirme-t-il son autorité dans le royaume de France ?
2. Pourquoi cette représentation du roi contribue-t-elle à renforcer le pouvoir royal et à affirmer l'État ?

GRAND ANGLE Le développement du pouvoir royal en France

De François Ier à Louis XIV, le territoire soumis à l'autorité royale s'agrandit par des conquêtes, des mariages ou la confiscation de terres à des nobles. En même temps que le royaume s'étend, la façon de gouverner change et les rois séjournent de plus en plus en Île-de-France.
En 1682, Louis XIV s'installe à Versailles, ce qui impose la **centralisation** de l'administration pour mettre en œuvre les décisions du gouvernement.

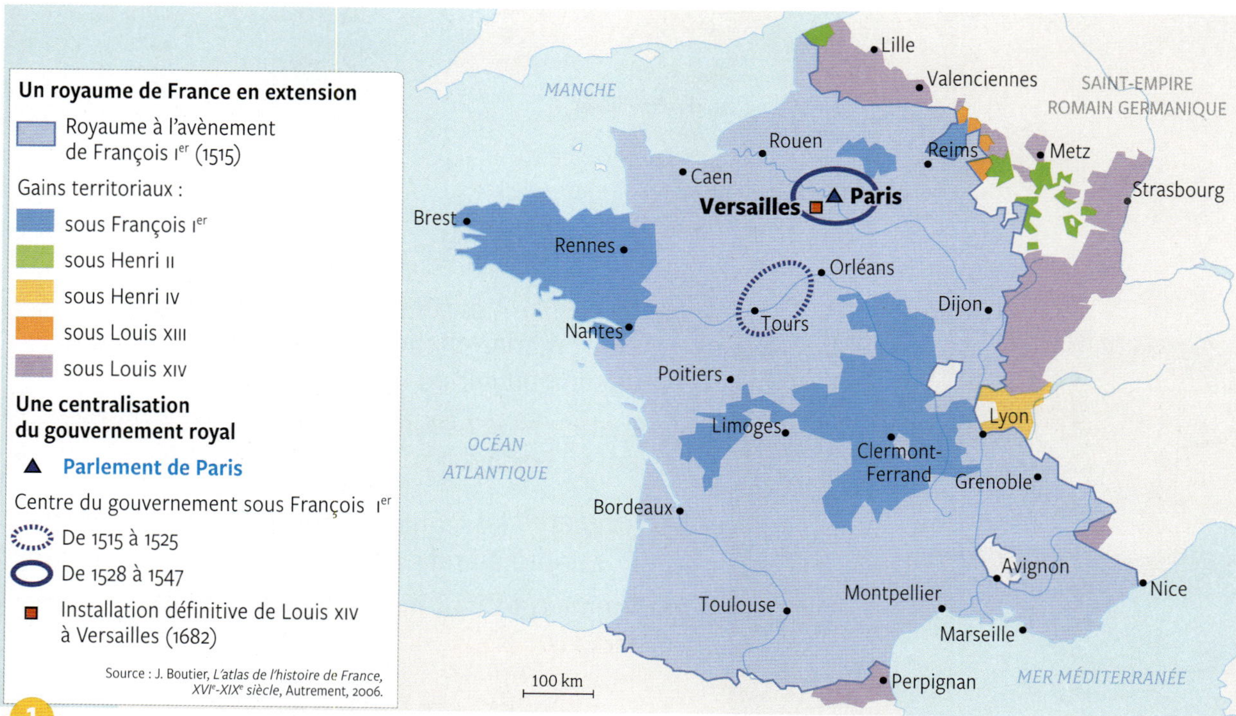

1 L'extension du royaume de France (1515-1715)

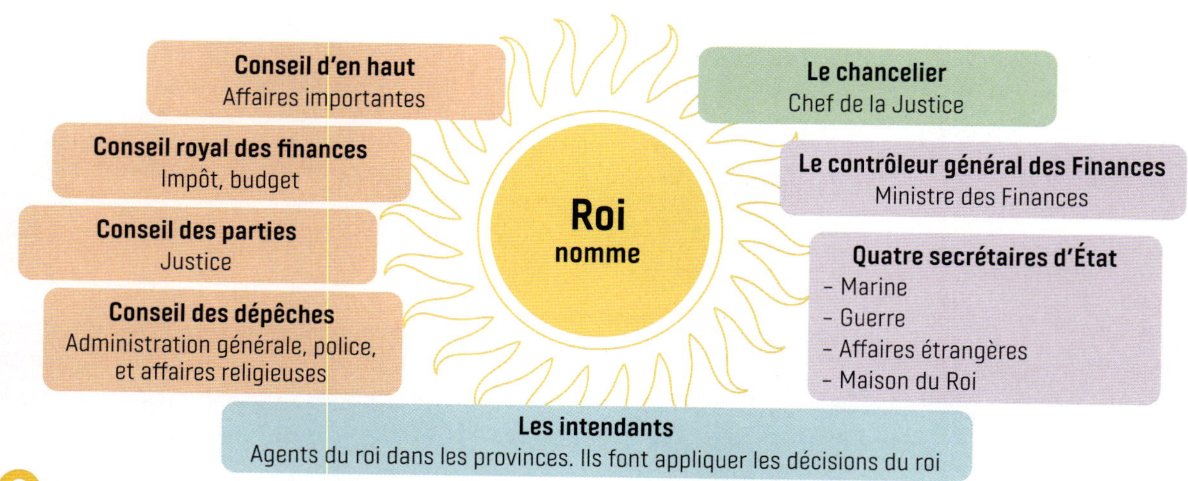

2 Le gouvernement sous le règne personnel de Louis XIV (1661-1715)

Louis XIV et la révocation de l'édit de Nantes (1685)

PPO

LOUIS XIV (1638-1715)

Roi à 5 ans en 1643, il se confronte à la Fronde. En 1661, il décide de gouverner sans premier ministre et de s'impliquer dans la gestion des affaires gouvernementales. Il installe la cour à Versailles et renforce l'administration.

Pour restaurer l'unité religieuse du royaume, Louis XIV tente de pousser à la conversion forcée des **huguenots** par les restrictions juridiques et les persécutions locales, mais, en 1685, il décide de prendre une mesure plus radicale.

Pourquoi Louis XIV a-t-il révoqué l'édit de Nantes ?

VOCABULAIRE

- **Huguenot :** terme employé par les catholiques pour désigner les calvinistes.

3 La fin de la tolérance civile à l'égard des protestants

Gottfried Engelmann, *Nouveaux missionnaires*, caricature hollandaise d'après un dessin de 1686, Paris, BNF.

De 1681 à 1685, Louis XIV envoie des soldats de son armée, les dragons (à gauche), dans les provinces avec l'ordre de loger chez les habitants protestants (à droite) considérés comme hérétiques afin de les forcer à se convertir à la religion catholique : ce sont les dragonnades.

4 L'édit de Fontainebleau signé par Louis XIV en 1685

Nous avons jugé que nous ne pouvions rien faire de mieux pour effacer entièrement la mémoire des troubles, de la confusion et des maux que le progrès de cette fausse Religion a causé dans notre Royaume [...].

I. Voulons et nous plaît que tous les Temples[1] de ceux de ladite R.P.R.[2] situés dans notre Royaume, pays, terres, et seigneuries de notre obéissance, soient incessamment démolis.

II. Défendons à nos sujets de la R.P.R. de ne plus s'assembler pour faire l'exercice de ladite Religion en aucun lieu ou maison particulière, sous quelque prétexte que ce puisse être, [...]

IV. Enjoignons à tous Ministres[3] de ladite R.P.R. qui ne voudront pas se convertir et embrasser la religion Catholique, Apostolique et Romaine, de sortir de notre Royaume et terres de notre obéissance quinze jours après la publication de notre présent Edit, [...]

VIII. A l'égard des enfants qui naîtront de ceux de ladite R.P.R. voulons qu'ils soient dorénavant baptisés par les Curés des paroisses. [...]

Catherine Bergeal et Antoine Durrleman, *Protestantisme et libertés en France au 17e siècle : de l'édit de Nantes à sa révocation 1598-1685*, Éditions La Cause, 1985.

1. Lieu de culte protestant. 2. Religion prétendue réformée : les protestants. 3. Terme désignant les pasteurs qui enseignent le culte protestant à une communauté.

ACTIVITÉ 2

1. **Doc. 3** Quelle est la situation religieuse du royaume au début du règne de Louis XIV ?
2. **Doc. 3 et 4** Par quelles dispositions Louis XIV veut-il restaurer l'unité religieuse du royaume ?

BILAN Expliquez comment la politique royale à l'égard des protestants a évolué avec le règne de Louis XIV.

PARCOURS CROISÉS

Rédigez un paragraphe argumenté pour répondre à la question suivante : comment les rois de France traitent-ils la question de la minorité protestante dans le royaume de France aux XVIe et XVIIe siècles ?

Pas à pas :

1. Présentez d'abord la situation religieuse dans le royaume de France au début du règne d'Henri IV.
2. Rappelez comment Henri IV agit pour rétablir son autorité politique et une unité entre les sujets du royaume.
3. Expliquez l'attitude et l'action de Louis XIV face à la minorité protestante.

ÉTUDE 3
ACTRICES DE L'HISTOIRE

Les régentes de France

Alors que le pouvoir du monarque se renforce à partir du règne de François Ier (1515-1547), les femmes de la famille royale jouent un rôle essentiel, mais au second plan, en raison notamment de la **loi salique**. Exclues de la succession, elles sont indispensables à la continuité dynastique. Les reines ne participent pas aux conseils, mais elles ont une influence politique réelle et exercent parfois directement le pouvoir lors des périodes de **régence**.

CATHERINE DE MÉDICIS (1519-1589)

Épouse du roi Henri II et reine de France à ses côtés de 1547 à 1559. Elle a donné naissance à trois rois de France et à deux reines. Reine mère, elle exerce la régence de 1560 à 1563 pendant la minorité de Charles IX.

1 Catherine de Médicis négocie la régence

En 1560, François II meurt et son frère Charles IX n'a que dix ans. Catherine de Médicis doit manœuvrer pour devenir régente. Elle raconte son habile manœuvre.

« Nous nous sommes mis d'accord, mon frère le roi de Navarre et moi, et aucun séditieux[1] ne pourra nous aliéner[2]. Par ce moyen, je l'ai fait lieutenant général[3] du Roi mon fils, par tout le royaume sous moi[4]. Je garde la suprême autorité, le commandement des finances, les dépêches, comme je l'ai eue jusqu'ici. Moyennant cela, il m'a cédé, par sa promesse écrite et signée de sa main, tout ce que les États lui pouvaient attribuer d'autorité et de puissance. Ni lui ni les princes du sang ne peuvent contester mon pouvoir, ne me causer le moindre trouble ni le moindre empêchement. Cette promesse est ratifiée et signée par tous les autres princes de sang. »

Lettre de Catherine de Médicis du 29 Mars 1561 à son cousin M. d'Etampes, citée par Fanny Cosandey, *La reine de France. Symbole et pouvoir*, Gallimard, 2000.

1. Qui complote. 2. Soumettre. 3. Celui qui remplace le roi dans une province éloignée où le roi se rend peu souvent en personne. 4. Dans tout le royaume qui dépend de moi.

VOCABULAIRE

- **Loi salique :** règle successorale propre à la France, selon laquelle les femmes ne peuvent pas hériter de la Couronne.
- **Régence :** délégation de pouvoir temporaire en raison de l'absence ou de la minorité du roi.

MARIE DE MÉDICIS (1573-1642)

Issue de la noblesse de Florence (Italie), elle épouse Henri de Navarre, futur Henri IV, en 1600. Après l'assassinat de son mari en 1610, elle exerce la régence jusqu'en 1614 pendant la minorité de Louis XIII.

2 Henri IV confiant la régence à Marie de Médicis le 20 mars 1610

Pierre-Paul Rubens, *Préparatif du roi pour la guerre d'Allemagne*, vers 1625, musée du Louvre, Paris.

À gauche Henri IV et le monde guerrier des hommes. À droite Marie de Médicis et le monde pacifique des femmes. Le roi confie le pouvoir, symbolisé par un globe fleurdelisé, à la reine. Entre le roi et la reine, le jeune dauphin (futur Louis XIII), héritier du royaume.

ANNE D'AUTRICHE
(1601-1666)

Épouse du roi Louis XIII et reine de France de 1615 à 1643. Elle exerce la régence avec l'appui du cardinal Mazarin jusqu'à la majorité de Louis XIV en 1661.

3 La reine, une régente idéale

REGARD DE L'HISTORIENNE

Si la loi salique empêche les femmes de régner par elles-mêmes, elle leur confère finalement un pouvoir considérable lors des minorités royales. Elle empêche les femmes de régner, mais en fait des régentes idéales. Incapables d'usurper, les reines mères se voient régulièrement confier le gouvernement en même temps que l'éducation de leur jeune fils à la mort de l'époux. L'amour maternel, inscrit dans le registre des lois naturelles, est un argument régulièrement évoqué, tant pour contrer la *naturelle* incapacité des femmes à gouverner que les jurisconsultes[1] avancent pour justifier la loi salique, que pour appuyer l'autorité sans pareille des régentes. […]. Il assure aussi à la reine de France une puissance sans pareil.

L'élaboration de la monarchie emprunte beaucoup au modèle familial, la figure patriarcale du roi est même une composante de l'absolutisme français. La régente, mère du roi, peut apparaître comme une mère de la patrie. Elle se voit confier la tutelle des enfants mineurs et, l'éducation rejoignant la direction des affaires de l'État, elle obtient les rênes du pouvoir.

Fanny Cosandey, « Puissance maternelle et pouvoir politique. La régence des reines mères », *Clio. Histoire, femmes et sociétés*, 21, 2005.

1. Juriste consulté pour sa bonne maîtrise du droit.

Qui est-elle ?

Fanny Cosandey (née en 1967) est une historienne française spécialiste de la monarchie d'Ancien Régime.

4 Anne d'Autriche, régente du royaume

Pièce de monnaie en cuivre (vers. 1643-1646).

Sur l'avers, buste de la Reine mère avec l'inscription « La reine Anne, mère de Louis XIV, roi de France et de Navarre ». Sur le revers, un buste du monarque avec l'inscription « Louis XIV, par la grâce de Dieu, roi de France et de Navarre ».

ACTIVITÉ

1. **Doc. 2 et 3** Quel est le rôle traditionnellement dévolu aux reines de France ?
2. **Doc. 3** Citez deux manières pour les reines de France d'exercer une influence politique.
3. **Doc. 2 et 3** Pourquoi les reines étaient-elles considérées comme des « régentes idéales » ?
4. **Doc. 1 et 4** Montrez que lors des régences les reines de France ne gouvernent pas seules.

BILAN Expliquez à l'oral comment les reines de France, bien qu'exclues de la Couronne, ont joué un rôle dans l'État monarchique en France.

Pour aller plus loin

À ÉCOUTER

- **L'histoire de Marie de Médicis, reine de France** qui, à la mort d'Henri IV, a dirigé le royaume. Un podcast de Laure Grandbesançon (16').

À VOIR

- Un film de Marc Dugain en 2017, ***L'Échange des princesses***, qui raconte l'échange de l'infante d'Espagne, Anne d'Autriche, qui épouse Louis XIII roi de France, et d'Élisabeth de France (fille d'Henri IV et Marie de Médicis) qui épouse le roi d'Espagne.

À LIRE

- **Ces reines qui ont (un temps) gouverné la France.** Un article paru dans le magazine *Géo* en 2023.

- ***Les Reines de France, Parce que l'Histoire s'écrit aussi au féminin***, par Caroline Charron, autrice, Virginie Berthemet, illustratrice, Casterman, 2020.

COURS 1 Un État royal qui s'affirme malgré des contestations

> Comment le pouvoir monarchique se renforce-t-il en France à partir du XVIe siècle ?

1 François Ier renforce l'autorité royale

- **Le règne de François Ier (1515-1547) est marqué par un affermissement de l'autorité du roi.** Sur le plan politique, il réaffirme son monopole sur la loi face aux parlements, notamment lors des lits de justice. Sur le plan symbolique, l'image du roi est magnifiée par les arts. Il manifeste aussi sa puissance en étant un important mécène.
- **La cour est itinérante, se déplaçant en particulier dans les châteaux du Val de Loire.** Cette mobilité n'empêche pas pour autant le roi d'étendre son emprise sur le royaume : il augmente le nombre d'officiers et publie une série de lois. L'ordonnance dite de Villers-Cotterêts en août 1539 impose le français comme langue de l'État et instaure les registres paroissiaux pour que les curés enregistrent les naissances lors du baptême.
- **Bien que le pouvoir du roi se renforce sous François Ier, le roi ne dispose pas d'un pouvoir absolu.** Il se doit de respecter les lois fondamentales du royaume, gouverner avec les institutions existantes comme les parlements et rechercher un accord commun avant de décider. Disposant de peu d'officiers (4 000 en 1515), François Ier doit s'appuyer sur l'influence des grands nobles et de leurs fidèles pour administrer le royaume.

2 L'État royal contesté

- **À la mort de François Ier en 1547, le royaume de France est divisé religieusement.** Des guerres civiles éclatent à partir de 1562 entre les catholiques et les protestants (qui représentent jusqu'à 10 % de la population). Les rois catholiques tentent de rétablir la paix civile par des édits qui tolèrent la religion prétendue réformée sous des conditions très restrictives.
- **Faute d'avoir les moyens de désarmer leurs adversaires et d'incarner fortement l'État, les rois de France échouent à rétablir l'unité du royaume.** Le règne de Charles IX (1560-1574) est marqué par le massacre de protestants lors de la Saint-Barthélemy en 1572. La politique religieuse du roi Henri III (1574-1589) est contestée par des ultra-catholiques de la Ligue. Lorsque le monarque est assassiné par un ligueur en 1589 (régicide), le royaume de France est déchiré.
- **À la mort d'Henri III, c'est Henri de Navarre, chef huguenot, qui hérite de la couronne de France.** Bien qu'il se soit converti au catholicisme en 1593, Henri IV n'est pas reconnu par une partie de ses sujets catholiques. Après avoir vaincu ses adversaires ou obtenu leur ralliement, il tente de restaurer la paix civile en promulguant l'édit de Nantes en 1598 : si le catholicisme est la religion d'État, le culte protestant est désormais toléré dans une partie du royaume. Tous les Français, quelles que soient leurs croyances religieuses, doivent avant tout obéir au roi.

VOCABULAIRE

- **Fronde :** troubles politiques éclatant entre 1648 et 1653, pendant la régence d'Anne d'Autriche qui débute alors que Louis XIV a cinq ans.
- **Ligue :** mouvement composé d'ultra-catholiques qui prennent les armes pour éradiquer le protestantisme et refuser toute forme de tolérance à leur égard.
- **Lit de justice :** cérémonie où le roi vient en personne imposer sa décision au Parlement.
- **Pouvoir absolu :** pouvoir « délié des lois ». Il ne connaît donc, en théorie, aucune limite et n'est contrôlé par aucune institution.
- **Régence :** délégation de pouvoir temporaire en raison de l'absence ou de la minorité du roi.

3 Le triomphe du pouvoir monarchique

- **Après la période de la régence de Marie de Médicis (1610-1617), le règne de Louis XIII (1610-1643) est marqué par le rétablissement de l'autorité monarchique.** Le cardinal de Richelieu entreprend de soumettre les opposants à la Couronne, notamment les protestants à qui il reprend des places fortes comme La Rochelle en 1628. Par la paix d'Alès du 28 juin 1629, Louis XIII fait détruire des fortifications de villes protestantes, interdit les assemblées politiques des chefs huguenots, mais il maintient la tolérance civile accordée par l'édit de Nantes

- **Louis XIII renforce également le pouvoir monarchique en réduisant à l'obéissance les grands du royaume.** Il fait exécuter ceux qui osent défier son autorité (comme le comte de Montmorency-Bouteville pour avoir bravé l'interdiction des duels). Son règne, marqué par la guerre de Trente Ans (1618-1648) et la guerre contre la monarchie espagnole à partir de 1635, se traduit par une augmentation des besoins financiers de l'État et, par conséquent, un contrôle renforcé de la levée de l'impôt par l'envoi des intendants dans les provinces.

- **Pendant la minorité de Louis XIV éclate la Fronde,** une série de révoltes animées par des nobles et des parlementaires opposés à cette progression de l'absolutisme initiée par Richelieu et poursuivie lors de la régence par Mazarin et Anne d'Autriche. La monarchie parvient finalement à triompher d'adversaires désunis et sans réel projet politique.

DATES CLÉS

1539
Ordonnance de Villers-Cotterêts.

1589
Assassinat d'Henri III (régicide).

1598
Édit de Nantes.

1628
Louis XIII prend La Rochelle.

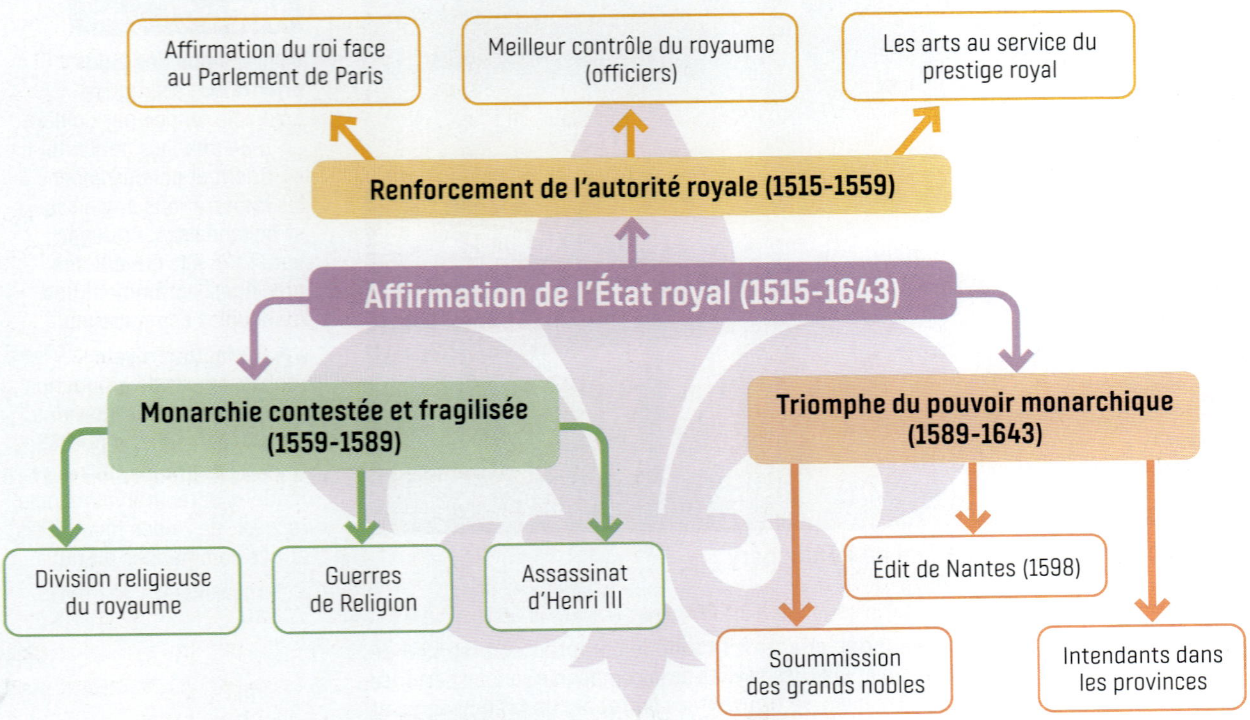

ÉTUDE 4 Colbert renforce la puissance de l'État et du roi

PPO

JEAN-BAPTISTE COLBERT (1619-1683)

Ministre de Louis XIV, il cumule à partir de 1665 un grand nombre de charges, ce qui permet d'orienter la politique économique du royaume, mais aussi de réformer l'administration de l'État.

Principal ministre de Louis XIV, Colbert a contribué à la formation d'une monarchie centralisée et administrative. Il développe notamment le **mercantilisme**, une vision économique pour le royaume de France qui contribue à accroître la puissance de l'État.

> Quelle politique met en œuvre Colbert pour renforcer l'État et la puissance du roi ?

1 La politique économique de Colbert

Le bon état des finances et l'augmentation des revenus de Votre Majesté consistent à augmenter par tous les moyens le nombre de l'argent monnayé qui roule[1] continuellement dans le royaume [...] Je supplie Votre Majesté de me permettre de lui dire qu'il me semble que depuis qu'elle a pris l'administration de ses finances, elle a entrepris une guerre d'argent contre tous les États d'Europe. [...] Elle a déjà vaincu l'Espagne, l'Allemagne, l'Italie, l'Angleterre. Il ne reste que la Hollande, qui combat encore avec de grandes forces son commerce du Nord ; [...] celui des Indes orientales[2] [...] ; celui du Levant[3] [...] ; celui des Indes occidentales [...] ; ses manufactures, son commerce de Cadix, celui de Guinée et une infinité d'autres dans lesquels réside et consiste toute sa puissance. Votre Majesté a formé des compagnies qui, comme des armées, les attaquent de partout. [...] Ses manufactures, le canal de transnavigation des mers[4] et tant d'autres établissements nouveaux que Votre Majesté crée et tire du néant pour bien faire leur devoir dans cette guerre [...].

Jean-Baptiste Colbert, « Mémoire au roi sur les finances », 1670, texte publié par Pierre Clément, *Lettres, Mémoires et Instructions de Colbert*, Paris, 1861.

1. Qui circule. 2. Les Indes occidentales sont l'Amérique et les Caraïbes, les Indes orientales l'Asie du sud. 3. À destination de l'Empire ottoman. 4. Le canal du Midi.

2 Le comptoir commercial de Pondichéry

Vue des magasins de la Compagnie des Indes a Pondichery, de l'amiraute et de la maison du Gouverneur. Comptoir francais. XVIIIe siècle Musée National des Arts Africains et Océaniens, Paris.

En 1674, la **compagnie des Indes orientales** fonde le comptoir commercial de Pondichéry aux Indes. Au premier plan, les navires de la compagnie sont en partance pour le port de Lorient. Sur les quais se trouvent les entrepôts de la compagnie et à l'arrière-plan la maison du gouverneur nommé par le roi.

VOCABULAIRE

- **Compagnie des Indes orientales :** entreprise coloniale fondée par Colbert en 1664 afin de s'implanter en Orient et concurrencer les importations anglaises et hollandaises. Protégée par l'État, elle obtient des privilèges, notamment des monopoles commerciaux.
- **Manufacture royale :** établissement de production appartenant à des individus, mais bénéficiant de privilèges royaux : regrouper plusieurs métiers, détenir un monopole, recevoir des aides financières et des commandes d'État.
- **Mercantilisme :** voir p. 115

3 Louis XIV visite la manufacture royale des Gobelins

Simon Renard de Saint-André, *Visite de Louis XIV à la Manufacture des Gobelins, le 15 octobre 1667*, XVIIIe siècle, château de Versailles.

4 Octroi d'un privilège de fabrication de tapisseries au marchand Louis Hinard

Notre cher et bien aimé le sieur Colbert, […] nous avons permis audit Louis Hinard d'établir ladite fabrique et manufacture de toutes sortes de tapisseries de verdures[1] et personnages de haute et basse lisse[2]. Voulons que le dit Hinard, ses successeurs et ayant cause jouissent de ladite permission et établissement pendant 30 années […]. Sur la porte et frontispice desquels maisons et bâtiments, nous voulons qu'il soit mis et apposé un tableau de nos armes, contenant cette inscription : *Manufacture royale de tapisseries*. […] Lesdits[3] Hinard et associés seront tenus et obligés d'établir, la première année dudit établissement, jusqu'au nombre de 100 ouvriers, tant français qu'étrangers, et augmenter de pareil nombre de cent en chacune desdites six premières années. Et, afin de faciliter encore mieux les moyens de faire venir des pays étrangers le plus grand nombre d'ouvriers que faire se pourra, nous ferons payer auxdits Hinard et associés, de nos deniers, la somme de 20 livres pour chacun desdits ouvriers. Et, comme il n'y a rien de plus important que d'y faire quantité d'apprentis français, lesdits Hinard et associés seront tenus d'en avoir continuellement et jusqu'au nombre de cinquante au moins.

Lettres patentes du roi Louis XIV pour l'établissement d'une manufacture royale de tapisseries à Beauvais confiée à Louis Hinard, août 1664. Pierre Clément, in *Lettres, Mémoires et Instructions de Colbert*, Paris, 1861.

1. Tapisserie avec des décors végétaux. 2. Deux techniques différentes pour réaliser une tapisserie. 3. Désigne les personnes qui recevraient les biens d'Hinard en héritage.

PARCOURS 1

Comprendre et mettre en relation des documents

1. **Doc. 1** Quels sont les objectifs économiques de Colbert pour le royaume de France ?
2. **Doc. 2** Comment Colbert renforce-t-il le contrôle de l'État sur le commerce colonial ?
3. **Doc. 3 et 4** Expliquez par quels moyens les manufactures royales contribuent au développement économique du royaume.

BILAN À partir de vos réponses, expliquez comment la politique économique de Colbert sert les intérêts de la monarchie.

PARCOURS 2

Réaliser un schéma fléché

Complétez le schéma pour expliquer comment l'action de Colbert permet de renforcer la puissance du roi et de l'État monarchique.

Les objectifs de Colbert pour l'État royal (**doc. 1**)

↓ Développer la production et le commerce dans le royaume (**doc. 3 et 4**)

↓ Développer le commerce international de la France (**doc. 1 et 2**)

ÉTUDE 5
REGARD DE L'HISTORIEN

Louis XIV, Versailles et la noblesse

PPO

En 1933, le sociologue allemand Norbert Elias estimait que l'établissement de la **cour** à Versailles par Louis XIV lui aurait permis de « domestiquer » la noblesse. Cette thèse longtemps répétée est aujourd'hui nuancée par les historiens.

> Que nous apprend la cour de Versailles sur les rapports entre Louis XIV et la noblesse ?

1 L'asservissement de la noblesse à la cour : une thèse à nuancer

REGARD DES HISTORIENS

Le roi aurait favorisé une économie de la dépense devenue un système d'asservissement, en obligeant les courtisans à se ruiner en vêtements, parfums, toilettes, bijoux luxueux ou au jeu pour montrer leur rang. Tous n'ayant pas les moyens de vivre aussi largement, les nobles seraient ensuite devenus encore plus dépendants des pensions et charges distribuées par le roi, seul capable désormais d'assurer leur train de vie dispendieux.

Le développement de l'étiquette serait le deuxième volet de ce système de domestication, dans la mesure où les courtisans guettaient désormais les moindres signes de faveur ou de disgrâce [...].

Si la thèse de la domestication de la noblesse reste en grande partie valable, elle doit aujourd'hui être nuancée, dans la mesure où le système versaillais est plus accepté qu'imposé aux courtisans qui y trouvent de nombreux avantages. En effet, ils peuvent mieux se situer dans la hiérarchie sociale.

D'autre part, les courtisans reçoivent d'importantes pensions du roi et des charges prestigieuses dans l'armée, la diplomatie ou à la Cour. Pour eux, le service du roi est loin d'être une contrainte, mais est surtout un honneur et une récompense. [...] D'autre part, il ne faut pas s'imaginer que toute la noblesse se presse à Versailles pour voir le roi, puisque sur 200 000 nobles, seuls 5 000 courtisans environ vivent dans la capitale.

Étienne Bourdeu, Jean-Philippe Cénat, David Richardson, *Les Temps modernes. XVIe-XVIIIe siècle*, Armand Colin, 2018.

Qui est-il ?
Etienne Bourdeu, Jean-Philippe Cénat et David Richardson sont trois historiens modernistes français.

VOCABULAIRE
- **Cour :** ensemble des personnes qui résident avec le roi.
- **Étiquette :** ensemble de règles et de codes qui régissent la vie du roi et de la cour.

Le château
1 Aile centrale : galerie des Glaces au centre
2 Aile du midi et du nord : logements pour les 5 000 courtisans
3 Aile des ministres : logements des ministres

La ville
4 Écuries royales
5 La ville neuve avec les hôtels particuliers des courtisans

Les Jardins
Principales fontaines
6 Grand Canal avec sa flottille
7 Bassin d'Apollon
8 Fontaine de Latone
Bosquets
9 à 13 Bosquets
14 L'orangerie

2 Versailles à la fin du règne de Louis XIV

Gravure d'après Pierre Aveline, *Vue de la ville et du château de Versailles depuis les jardins*, début XVIIIe siècle, château de Versailles.

• Analyser un témoignage

Le Conseil de 1661

Le lendemain 10 (mars 1661), à sept heures précises du matin, j'entrais chez le Roi d'après ses ordres. [...] Le Roi se découvrit et puis remit son chapeau, et se tenant debout devant sa chaise, adressa la parole à M. le chancelier[1] : « Monsieur, je vous ai fait assembler avec mes ministres et secrétaires d'État, pour vous dire que jusqu'à présent, j'ai bien voulu laisser gouverner mes affaires par feu M. le Cardinal[2] ; il est temps que je les gouverne moi-même. Vous m'aiderez de vos conseils quand je vous les demanderai. [...] Je vous prie et vous ordonne, M. le chancelier, de ne rien sceller en commandement que par mes ordres, et sans m'en avoir parlé, à moins qu'un secrétaire d'État ne vous les porte de ma part [...]. » Ensuite, le Roi se tourna vers nous et nous dit : « Et vous, mes secrétaires d'État, je vous ordonne de rien signer, pas même une sauvegarde ni un passeport, sans mon commandement ; de me rendre compte chaque jour à moi-même, et de ne favoriser personne dans vos rôles du mois. Et vous, monsieur le surintendant[3], je vous ai expliqué mes volontés ; je vous prie de vous servir de Colbert que feu M. le Cardinal m'a recommandé [...]. » Puis le roi ajouta : « La face du théâtre change. Dans le gouvernement de mon État, dans la régie de mes finances et dans les négociations au-dehors, j'aurai d'autres principes que ceux de feu M. le Cardinal. Vous savez mes volontés ; c'est à vous maintenant, messieurs, à les exécuter. » Plus n'en dit, et le Conseil se sépara.

Louis-Henri de Loménie de Brienne, *Mémoires*, publiés en 1720 édité par François Barrière en 1828.

1. Pierre Séguier, chancelier (en charge des affaires judiciaires du royaume). 2. Le cardinal Mazarin. 3. Nicolas Fouquet, surintendant des finances (en charge des affaires financières du royaume).

Qui est-il ?

Louis-Henri de Loménie (1636-1698), comte de Brienne (en Champagne), est secrétaire d'État en charge des affaires étrangères de 1651 à 1662.

PALIER 1

J'identifie le document

- Qui est l'auteur du texte et quelle est sa fonction ?
- À quel événement du règne de Louis XIV fait-il référence ?

PALIER 2

Je sélectionne les informations

- Listez les personnes présentes lors de ce Conseil et leurs fonctions.
- Sélectionnez deux citations afin d'expliquer l'évolution dans la façon de gouverner le royaume à partir de 1661.

PALIER 3

Je croise les documents avec mes connaissances

- Pourquoi ce Conseil de 1661 est-il un événement majeur dans l'affirmation du pouvoir royal ?
- Selon vos connaissances, Louis XIV a-t-il gouverné seul le royaume à partir de 1661 ?

» J'approfondis

À VISITER EN LIGNE

Le site Internet *Timographie* 360 permet d'effectuer une visite virtuelle des principaux espaces du **château de Versailles à 360°** (opéra, Galerie des glaces, chapelle royale, jardins) et de découvrir des informations au fil de votre parcours.

À CONSULTER

Le site Internet de la **Cité de la langue française**, ouverte en 2023 au château de Villers-Cotterêts, offre des ressources sur l'ordonnance de Villers-Cotterêts, son impact sur l'administration et la justice en France et, plus largement, sur la langue française de 1539 à nos jours.

VERS LA SPÉCIALITÉ HGGSP

L'analyse des historiens : le site de la BnF propose une exposition virtuelle sur le « Roi très chrétien » à l'époque moderne, et les relations étroites entre les rois de France et la religion catholique.

Quels sont les liens entre les rois de France et la religion aux XVI-XVIIIe siècles ?

EXERCICES

VERS BAC GÉNÉRAL

→ Voir fiche 10 p. 216

Objectif Préparer une réponse à l'aide d'une consigne

Analyser un document avec une consigne

Sujet guidé : Louis XIV et sa cour à Versailles

Après avoir situé le document dans son contexte, expliquez pourquoi Versailles est un instrument au service de Louis XIV pour établir un pouvoir absolu.

Anonyme, *Louis XIV devant la grotte de Téthys*, 1684, château de Versailles.

Étape 1 Lire la consigne et le document

Pour lire une consigne, surlignez les verbes et les termes importants (mots-clés, repères) afin de les définir et d'identifier le plan de l'analyse.

1. Analysez la consigne.

Quand ? Où ? Quels faits marquants ? → dans son contexte

Expliquez l'importance de Versailles sous Louis XIV. → Versailles

Après avoir situé le document dans son contexte, expliquez pourquoi Versailles est un instrument au service de Louis XIV pour établir un pouvoir absolu.

Qui est-il ? → Louis XIV

Que signifie ce terme ? → pouvoir absolu

Étape 2 Identifier le document

➔ Voir méthode p. 212

2. Après avoir identifié le thème principal du document, recherchez dans le chapitre les pages qui abordent ce thème.

3. Quelle image du roi le peintre veut-il donner ? Justifiez.

Étape 3 Sélectionner les informations et les mettre en relation avec des connaissances

4. Complétez le tableau.

Plan suggéré par la consigne	Informations sélectionnées dans le document	Connaissances
1er paragraphe : *Le contexte du document*	– *1684* – *Pendant le règne de Louis XIV* –	– .... – ....
2e paragraphe : *Versailles est un instrument au service de Louis XIV pour établir un pouvoir absolu*	– .... –	– *Le roi domine la cour et la noblesse qu'il entend soumettre à son contrôle à Versailles.* – ....

→ Voir fiche 8 p. 214

Analyser un document avec des questions

Objectif Préparer une réponse à l'aide de questions

Sujet guidé : Louis XIV, le roi des arts, des lettres et des sciences

Jean Garnier, *Allégorie à Louis XIV, protecteur des Arts et des Sciences*, 1668, château de Versailles.

QUESTIONS

ⓐ Précisez la nature du document et son idée principale.

ⓑ Relevez trois éléments qui suggèrent que Louis XIV est un « protecteur » des arts et des sciences.

ⓒ Expliquez pourquoi cette œuvre est au service de la gloire de Louis XIV.

Étape 1 Lire les questions et le document

1. Recherchez dans un dictionnaire la définition du mot « allégorie » et rappelez les liens entre Louis XIV et les arts.

Étape 2 Identifier le document

➔ Voir méthode p. 212

2. Quel est l'art ou la science associé à chaque objet représenté ?
3. Quel message le peintre veut-il faire passer à travers cette œuvre ?

Étape 3 Sélectionner les informations et les mettre en relation avec des connaissances

4. Complétez le tableau.

Questions	Informations sélectionnées dans le document	Connaissances
Question ⓐ	- De quel type d'œuvre d'art s'agit-il ?	- Qu'est-ce qu'une allégorie ?
Question ⓑ	- Quels éléments évoquent les arts ? les sciences ? les lettres ? - Comment le roi est-il représenté ?	- Quels sont les liens entre Louis XIV et les arts ? - Pourquoi Louis XIV s'entoure-t-il d'artistes et érudits ?
Question ⓒ	- Quelle image le peintre donne-t-il du roi ? - Comment procède-t-il ?	- Dans quels buts Louis XIV utilise-t-il les arts ? - À quelles autres formes d'arts fait-il appel pour servir sa gloire ?

CHAPITRE

6 Le modèle britannique et son influence

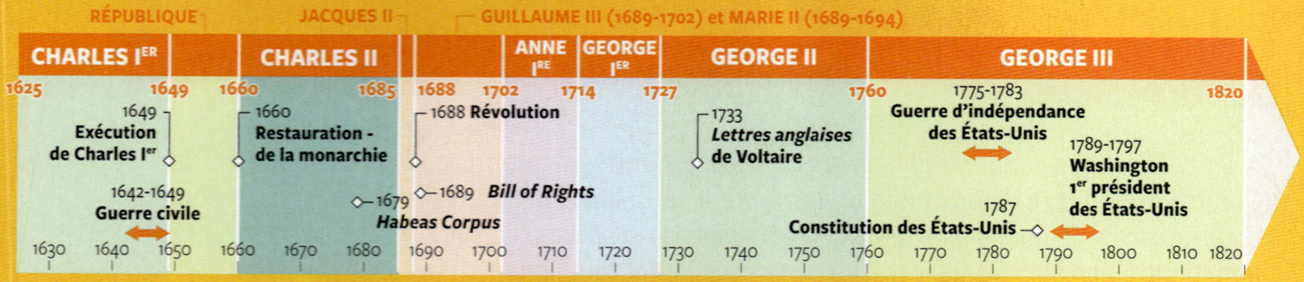

> **COURS 1** À partir de la révolution qui éclate en 1688 en Angleterre, le monarque doit gouverner les affaires du royaume avec le Parlement dont les pouvoirs se renforcent.
>
> **Comment l'Angleterre progresse-t-elle vers un régime représentatif ?**

> **COURS 2** Le régime représentatif anglais qui encadre le pouvoir royal devient un modèle politique qui s'exporte en Europe et aux Amériques au XVIIe siècle.
>
> **Quelle est l'influence du modèle britannique aux États-Unis et en France ?**

Anne Ire, reine de Grande-Bretagne, devant la Chambre des lords

Peter Tillemans, *La Reine Anne à la Chambre des lords*, vers 1708-1714, 35,1 x 40,8 cm, Royal Collection Trust, Londres.

Alors que dans le royaume de France les femmes sont exclues de la succession à la Couronne, en Angleterre, Anne Stuart monte sur le trône en 1702. Depuis 1688, le monarque anglais réunit régulièrement le Parlement pour diriger les affaires du royaume. En 1707, cette assemblée approuve un traité d'union des Couronnes d'Écosse et d'Angleterre en un seul royaume, le Royaume-Uni de Grande-Bretagne, dont Anne devient la première reine.

QUESTIONS

1. Montrez que le monarque est la figure centrale du gouvernement du royaume en Angleterre.
2. Identifiez deux différences entre les monarchies française et anglaise au début du XVIIIe siècle.

GRAND ANGLE La puissance britannique et son influence au XVIIIe siècle

● En 1707, les royaumes d'Angleterre et d'Écosse s'unissent pour former le Royaume-Uni de Grande-Bretagne. L'Irlande reste un territoire à part sous domination britannique. La monarchie anglaise possède également 13 colonies fondées en Amérique du Nord où elle est confrontée aux ambitions coloniales françaises. Des guerres éclatent régulièrement avec la France qui doit lui céder une partie de ses territoires en 1713.

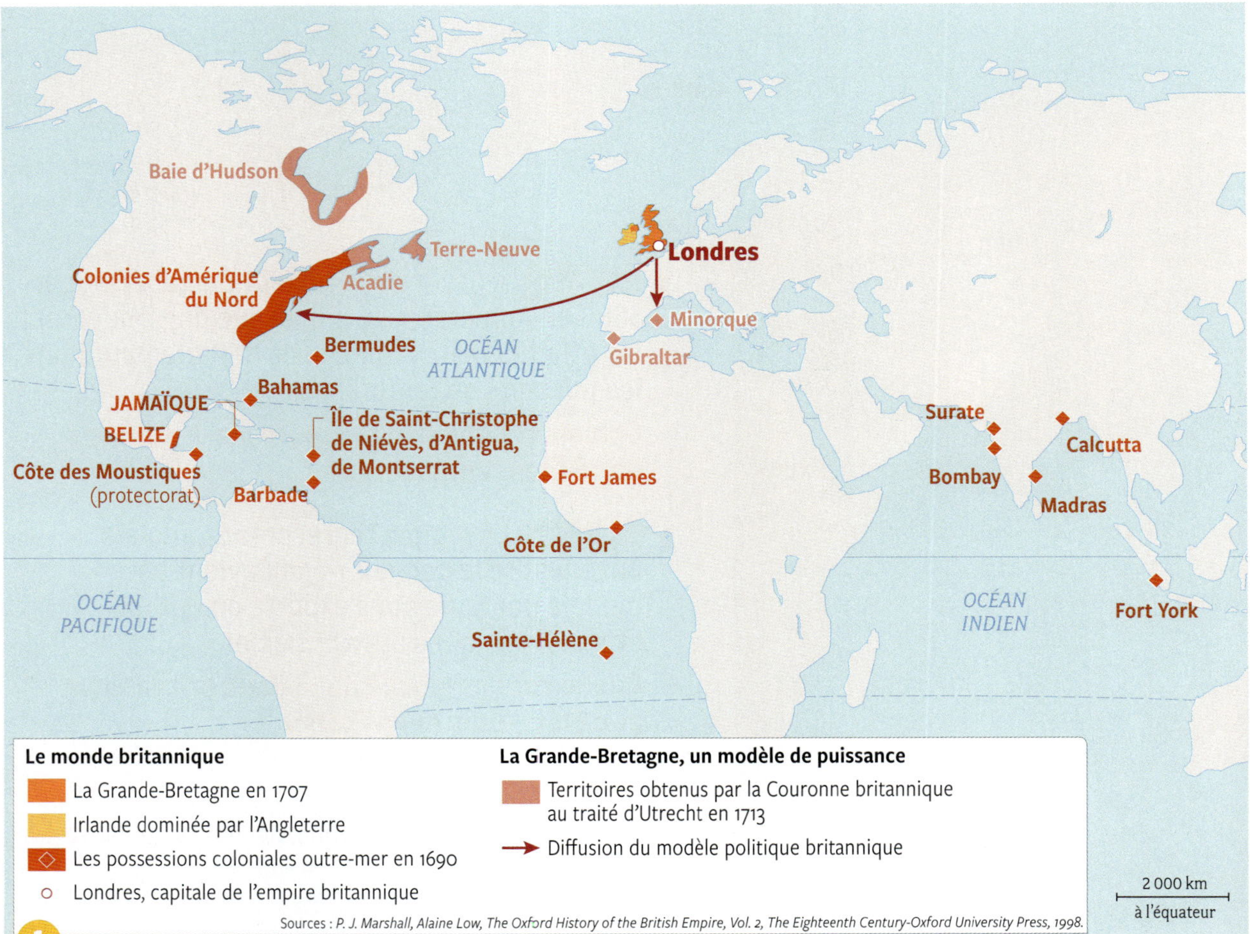

1 Le monde britannique au début du XVIIIe siècle

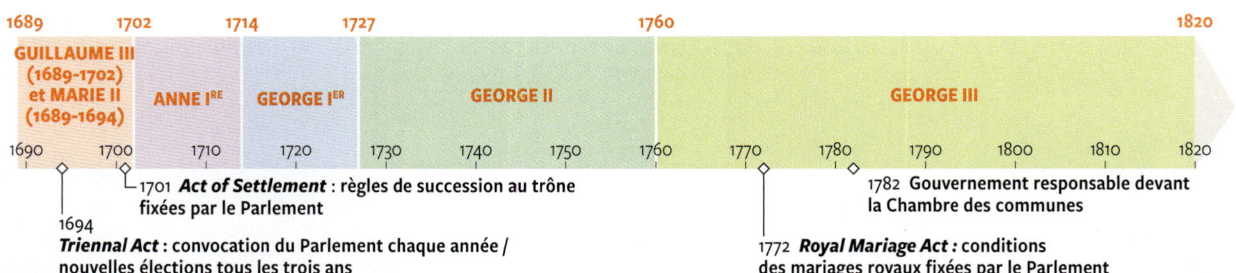

2 Une affirmation progressive des droits du Parlement britannique

● Les tensions entre les 13 colonies et la Couronne britannique se multiplient après 1763 en raison de taxes imposées par Londres sans concertation avec les représentants des colons. Les revendications indépendantistes qui s'inspirent des valeurs de la révolution de 1688 conduisent à la guerre d'indépendance. Les *Insurgents*, aidés par le roi de France Louis XVI, déclarent leur indépendance le 4 juillet 1776 et donnent naissance aux États-Unis à un nouveau régime politique républicain.

3 La guerre d'indépendance et la naissance des États-Unis d'Amérique (1775-1783)

VOCABULAIRE

- ***Insurgents* :** colons britanniques qui se sont révoltés contre l'Angleterre lors de la guerre d'indépendance des États-Unis d'Amérique.
- **Parlement :** en Angleterre, assemblée législative formée de la Chambre des communes (députés élus au suffrage censitaire) et de la Chambre des lords (évêques et aristocrates nommés par le monarque).

QUESTIONS

1. **Doc. 1** Relevez deux informations qui montrent que la Grande-Bretagne est une puissance mondiale au XVIIIe siècle.
2. **Doc. 2** Justifiez l'affirmation suivante : « la Grande-Bretagne évolue progressivement vers un régime parlementaire au XVIIIe siècle ».
3. **Doc. 3** Quelles sont les conséquences de la diffusion des idées de liberté dans les colonies britanniques ?

ÉTUDE 1 La naissance d'un gouvernement représentatif en Angleterre

Le roi Jacques II (1685-1688) mène une politique autoritaire et en faveur des catholiques, ce qui déplaît aux nobles anglicans. Certains font appel au prince hollandais Guillaume d'Orange qui envahit le royaume et renverse le monarque en 1688.

➤ Comment le pouvoir du roi d'Angleterre évolue-t-il à partir de la révolution de 1688 ?

1 Un pamphlet protestant contre Jacques II

On savait que ce prince était catholique romain, mais ayant été proclamé roi, par ordre du conseil d'État, le même jour de la mort de Charles II, son frère, il donna sa parole royale de maintenir la religion protestante, et ses sujets dans leurs libertés et leurs privilèges. […] Et lors de son couronnement, il s'engagea par serment qu'il fit au Parlement de maintenir la religion et les lois. […]

La faute que Jacques II a faite contre les règles de la politique, est le viol de son serment et de sa parole royale. C'est une erreur grossière, impie et extravagante de dire que les rois ne sont pas tenus de tenir les promesses et les serments qu'ils font à leurs sujets. Car si Dieu qui est le roi du ciel et de la terre, et élevé infiniment au-dessus des rois, garde sa parole qu'il fait aux hommes, pourquoi les rois ne garderaient-ils pas les promesses et les serments faits à leurs sujets. Quoi les sujets sont plus tenus de garder leur foi et leur fidélité à leur roi, que les rois les promesses et les serments faits à leurs sujets, ne sont pas des promesses et des serments réciproques, que quand l'une des parties [les] viole, l'autre doit être en liberté. […]

Il n'y avait que deux moyens pour l'arrêter et [l'empêcher d'exécuter ses desseins]. L'un était de faire un soulèvement général de toute la nation et l'autre d'appeler au secours de leurs lois et de leurs libertés le prince d'Orange. Le premier était dangereux, car cela aurait allumé une guerre civile dans le royaume qui aurait répandu beaucoup de sang anglais.

Anonyme, *Remarques politiques sur les révolutions d'Angleterre*, Jean du Moulin, 1690.

2 Guillaume d'Orange débarque en Angleterre

Anonyme, *Guillaume III, prince d'Orange, arrivant à Brixham*, vers 1689-1699, Royal Collection Trust, Londres.

MARIE II STUART (1662-1694)
GUILLAUME III D'ORANGE-NASSAU (1650-1702)
Mariés en 1677, ils deviennent reine et roi d'Angleterre, d'Écosse et d'Irlande en 1689 après la révolution qui a renversé Jacques II, le père de Marie. S'ils gouvernent ensemble le royaume, ils ont dû préalablement accepter le *Bill of Rights* reconnaissant ainsi un rôle plus important au Parlement anglais.

3 Guillaume d'Orange justifie son intervention en Angleterre

Il est certain et évident pour tous les hommes que la paix publique et le bonheur d'un État ou d'un royaume sont en danger dès lors que les lois, les libertés et les coutumes établies par l'autorité légale sont ouvertement bafouées et transgressées, particulièrement lorsque l'on tente de subvertir[1] la religion pour introduire une autre religion contraire à la loi[2] […]. Nous regrettons profondément de constater que les conseillers les plus écoutés maintenant par le roi ont renversé la religion, les lois et les libertés de ses peuples, pour les soumettre, en matière de conscience, de liberté et de propriété à l'arbitraire du gouvernement […]. Par conséquent, nous jugeons bon de passer en Angleterre, avec des forces suffisantes, si Dieu nous vient en aide, pour nous défendre de la violence de ces mauvais conseillers […]. Cette expédition n'aura d'autres buts que de permettre la réunion d'un parlement, librement élu selon les lois du royaume dans les plus brefs délais […] afin de confirmer et d'exécuter le Test Act[3], et toutes les autres lois si nécessaires à la défense de la religion.

« Declaration of Reasons [Déclaration des motifs] de Guillaume d'Orange » (publiée le 10 octobre 1688), in Bernard Cottret, *La Glorieuse Révolution d'Angleterre* © Éditions Gallimard.

1. Renverser. 2. En 1687, Jacques II abrogea les lois discriminant les catholiques et nomma certains d'entre eux à des fonctions importantes. 3. Ensemble de lois votées en 1673 pour exclure les catholiques et des minorités protestantes de certains droits et fonctions.

VOCABULAIRE

- **Pamphlet :** texte violent et accusateur destiné à critiquer un individu, une idée ou une institution.
- **Suffrage censitaire :** système électoral où seuls les individus disposant d'un certain niveau de richesse (le cens) votent.

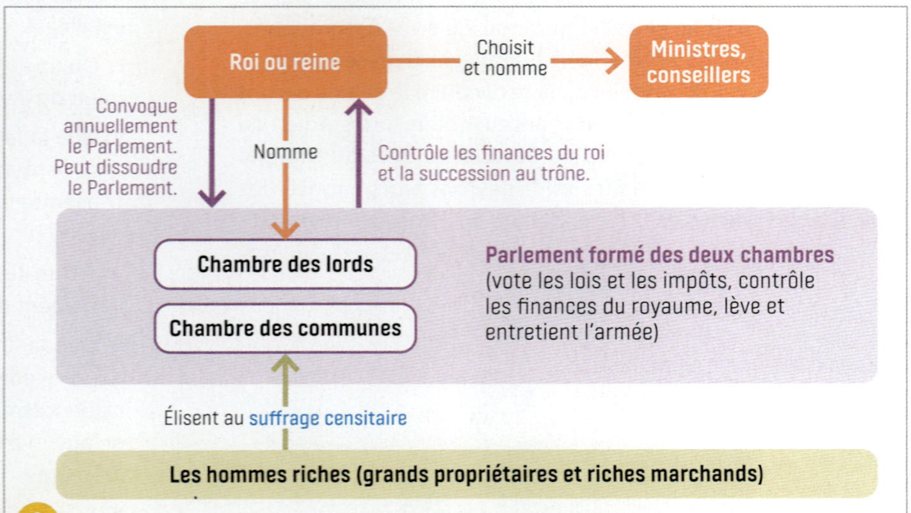

4 Le système représentatif britannique après 1688

PARCOURS 1

Présentez une situation historique

1. **Doc. 1 et 3** Quelles sont les causes du mécontentement contre Jacques II ?
2. **Doc. 2** Expliquez pourquoi on a parlé de « révolution » au sujet des événements de 1688.
3. **Doc. 3** Relevez deux objectifs de l'expédition de Guillaume d'Orange.
4. **Doc. 3 et 4** Quelles sont les obligations de Guillaume III et Marie II envers le Parlement après la révolution ?

BILAN À partir de vos réponses, racontez la révolution de 1688 en Angleterre (causes, déroulement, conséquences).

PARCOURS 2

Confronter des situations historiques

À partir des documents et de vos connaissances sur le pouvoir royal en France (chapitre 5), expliquez pourquoi la situation du pouvoir royal en France et celle en Angleterre sont différentes à la fin du XVIIe siècle.

Aide : vous pouvez comparer les pouvoirs des rois, ceux des autres institutions (notamment des parlements) et les relations entre les monarques, les institutions et la noblesse.

ÉTUDE 2 PARCOURS CROISÉS

La monarchie anglaise, un régime

L'*Habeas Corpus* (1679) et le *Bill of Rights* (1689)

PPO

Admirant le « modèle absolutiste » français, le roi Charles II (1660-1685) puis son frère Jacques II (1685-1688) tentent de renforcer l'autorité royale. En 1679, le Parlement s'y oppose et vote l'*Habeas Corpus*. Après 1688, la couronne est transmise à Guillaume III et Marie II à condition qu'ils acceptent le *Bill of Rights*.

Comment le pouvoir royal est-il progressivement encadré ?

1 Extrait de l'*Habeas Corpus*

Qu'il soit édicté par sa très excellente Majesté le roi, sur l'avis et avec le consentement des Lords et des Communes, réunis dans le présent Parlement, et par l'autorité de ce dernier, que lorsqu'une personne présente une ordonnance d'habeas corpus (…) à l'officier de la Couronne, ou à ses subordonnés, ledit officier, dans les trois jours qui suivent la présentation de l'ordonnance doit conduire ou faire conduire le détenu devant une cour supérieure (le lord chancelier ou le lord gardien du Grand Sceau d'Angleterre), ou devant les juges du tribunal ayant délivré l'ordonnance et ils devront alors énoncer les véritables raisons de la détention ou de l'emprisonnement.

Extrait de l'*Habeas Corpus*, 1679

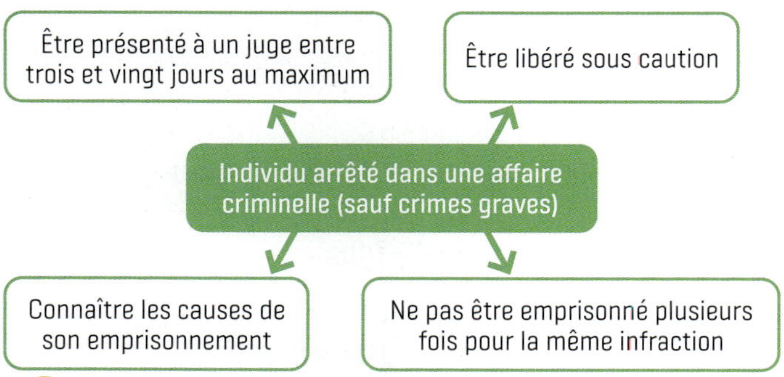

2 Les dispositions de l'*Habeas Corpus*

3 Extraits du *Bill of Rights* (Déclaration des droits) en 1689

I Que le prétendu pouvoir de l'autorité royale de suspendre les lois ou l'exécution des lois sans le consentement du Parlement est illégal.

IV Qu'une levée d'impôt sans le consentement du Parlement est illégale.

VI Que la levée et l'entretien d'une armée dans le royaume, en temps de paix, sans le consentement du Parlement, est contraire à la loi.

VIII Que les élections des membres du Parlement doivent être libres.

IX Que la liberté de parole, des débats et des procédures dans le sein du Parlement, ne peut être entravée ou mise en discussion en aucun tribunal en dehors du Parlement lui-même.

XIII Qu'enfin pour remédier à tous griefs et pour l'amendement, l'affermissement et l'observation des lois, le Parlement doit être fréquemment réuni.

Extrait du *Bill of Rights* (Déclaration des droits), 16 décembre 1689.

VOCABULAIRE

- ***Bill*** **:** en Angleterre projet de loi. Une fois validé par le Parlement, il devient *Act*, c'est-à-dire une loi.

ACTIVITÉ 1

1. **Doc. 2** Comment l'*Habeas Corpus* protège-t-il la liberté des individus en Angleterre ?
2. **Doc. 1** Quelle disposition de l'*Habeas Corpus* limite le pouvoir du roi sur ses sujets ?
3. **Doc. 3** Citez deux domaines dans lequel le Parlement renforce son pouvoir avec le *Bill of Rights*.

BILAN Expliquez comment le pouvoir royal est progressivement encadré en Angleterre au XVIIe siècle.

3 George Washington, président des États-Unis

Amos Doolittle, *Portrait des États-Unis d'Amérique*, 1791, Museum of Fine Arts, Yale University Art Gallery Everett Collection.

George Washington, « président des États-Unis d'Amérique, le protecteur de son pays et le partisan des droits de l'humanité », est entouré par les sceaux des 13 États et le sceau présidentiel.

VOCABULAIRE

- **Convention :** assemblée qui a pour objectif de préparer une constitution.
- **Constitution :** ensemble de lois qui définissent l'organisation des pouvoirs et garantissent les droits des individus dans un État.

4 Washington, « Père fondateur » des États-Unis

Rédigé par George Washington en 1796, à la fin de son second mandat, ce discours est lu depuis 1896 chaque année par un membre du Sénat afin de rappeler quels sont les principes fondateurs du pays.

Pour que votre Union soit efficace et durable, il est indispensable qu'elle soit dotée d'un gouvernement commun. [...] Ce gouvernement que nous avons choisi, sans influence et sans faille, a été adopté après enquêtes et délibérations approfondies. Il répartit les pouvoirs en conciliant la sécurité et l'énergie. Il prévoit la possibilité d'amendements et mérite votre confiance et votre soutien [...]. Le fondement de notre régime est le droit du peuple de faire et de modifier la Constitution. Mais, tant que la Constitution en vigueur n'est pas modifiée par un acte explicite et authentique de tout le peuple, tout le monde a l'obligation sacrée de la respecter. Le droit du peuple à établir un gouvernement entraîne pour chaque individu le devoir d'obéir au gouvernement établi. Toute obstruction à l'exécution des lois, toute combinaison ou association, sous quelque prétexte que ce soit, visant à contrôler, contrecarrer ou subjuguer les délibérations normales des autorités constituées, constitue une violation de ce principe fondamental. [...] Une forme d'agression peut consister à modifier la Constitution pour la fragiliser et à saboter ce qu'on n'ose pas attaquer de face. Si l'on vous propose des changements, souvenez-vous que c'est seulement à l'usage et avec le temps que l'on peut sonder la valeur d'un régime comme de toute autre institution humaine.

Cité dans Alain Frerejean, *Les grands discours des présidents des États-Unis*, Archipoche, 2020.

PARCOURS 1

Mettre en perspective une figure historique

1. **Doc. 1 et 3** Relevez quatre événements majeurs dans la carrière de George Washington.
2. **Doc. 2 à 4** Pourquoi parle-t-on un d'un régime présidentiel pour les États-Unis ?

BILAN À partir de vos réponses, expliquez pourquoi la figure de George Washington permet de comprendre l'importance du rôle du président dans le régime politique des États-Unis.

PARCOURS 2

Expliquer une expression

Expliquez pourquoi George Washington est considéré comme un « Père fondateur » des États-Unis.

Pas à pas :

1. Rappelez son rôle dans la naissance des États-Unis (**doc. 1**).
2. Évoquez son action dans la fondation d'un nouveau régime politique (**doc. 1 et 2**).
3. Présentez son rôle dans la mise en place d'un gouvernement d'union (**doc. 3 et 4**).

ÉTUDE 4
REGARD DE L'HISTORIEN

La France et l'indépendance des États-Unis

L'aide française aux *Insurgents* américains contribue à l'indépendance des États-Unis en 1783. La question d'un modèle politique américain à suivre s'ajoute aux débats des philosophes en France sur la meilleure forme de régime à adopter.

> Quelle est l'influence des révolutions anglaise et américaine en France ?

BENJAMIN FRANKLIN
(1706-1790)
Imprimeur et physicien américain, il présente les revendications des colons à Londres en 1757. Acteur de l'indépendance américaine, il négocie l'alliance avec la France et participe à la rédaction de la Déclaration d'indépendance et de la Constitution. Il est aussi l'un des signataires du traité de Paris de 1783 par lequel la Grande-Bretagne reconnaît l'indépendance américaine.

1 La circulation des modèles politiques

REGARD DE L'HISTORIEN

Mais celui qui fit progresser plus directement, en France, la réflexion sur la liberté de la presse est Malesherbes[1]. […] Seule une république, ou l'Angleterre, pouvait selon lui accepter une large liberté d'impression. Trente ans plus tard, en 1788, Malesherbes composait un nouveau mémoire sur la liberté de la presse, mais dans un contexte bien différent : il s'agissait de la convocation des états généraux[2]. **Une grande partie de l'opinion française se tournait dès lors non plus vers l'Angleterre, mais vers la jeune république, outre-Atlantique, qui venait de montrer la puissance d'une presse libre.**

Le développement de la presse dans les colonies américaines du Royaume-Uni fut plus tardif qu'en Europe : elle n'y apparut qu'à partir du deuxième quart du XVIIIe siècle. Mais son développement y fut très rapide et contribua puissamment à la révolte des colons. […] Le symbole de cette presse américaine est l'Américain le plus connu en France : Benjamin Franklin, qui débuta comme imprimeur puis devint journaliste. […] Les colonies américaines avaient quatre journaux en 1725 ; elles en comptaient trente-sept un demi-siècle plus tard, à la veille de la révolution, avec un tirage sept fois supérieur. La presse appuya, relaya et se fit l'écho de chaque événement de la guerre d'Indépendance. Rien d'étonnant à ce que les représentants de Virginie, dans la première[3] Déclaration des droits votée par une assemblée représentative en 1776, affirment dans l'article 12 que « la liberté de la presse est l'un des plus puissants bastions de la liberté et ne peut jamais être restreinte que par des gouvernements despotiques ».

En France, cette déclaration des droits était parfaitement connue de tous les députés qui voulaient accompagner la rédaction de la Constitution d'une déclaration des droits – comme était connu le rôle de la presse dans la réussite de la révolution américaine.

« Les Combattants des Lumières » de Philippe Joutard, publié dans *L'Histoire* n°410 (avril 2015), pp. 42-44.

1. Magistrat et, en tant que chef de la censure royale, il a permis la publication de l'*Encyclopédie*.
2. Assemblée des trois ordres (clergé, noblesse, tiers-état) convoquée par le roi Louis XVI. 3. Le 12 juin 1776, l'État de Virginie se dote d'une Déclaration des droits qui inspirera la Constitution américaine.

Qui est-il ?
Philippe Joutard (né en 1935) est un historien français spécialiste d'histoire moderne, particulièrement celle de la France au XVIIIe siècle.

2 Commémoration de la rencontre entre George Washington et le marquis de La Fayette

La première rencontre de Washington et Lafayette, Philadelphie, 3 août 1777, gravure, 1876, New York.

Cette entrevue s'est déroulée dans la ville où a été signée la Déclaration d'indépendance.

GILBERT DU MOTIER, MARQUIS DE LA FAYETTE
(1757-1834)

Il s'engage en 1777 à titre privé dans les rangs de l'armée du général Washington aux côtés des *Insurgents* puis au nom de la France en 1778. Revenu en France en 1781, il est promu maréchal. En 1789, il devient commandant de la garde nationale, vice-président de l'Assemblée. Marqué par son expérience américaine, il participe à la rédaction de *la Déclaration des Droits de l'Homme et du Citoyen*.

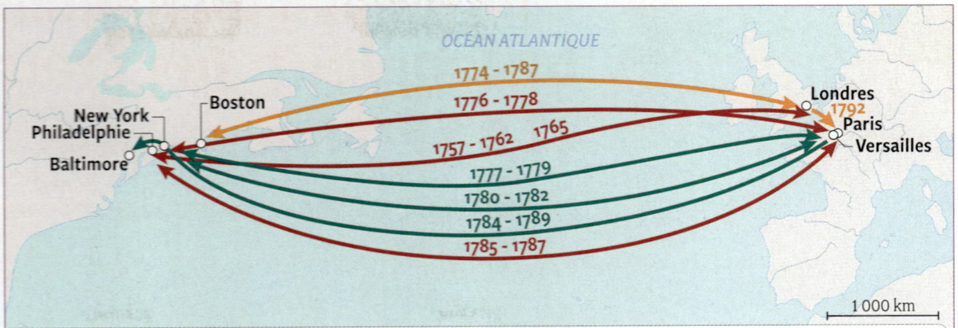

Source : Pierre-Yves Beaurepaire, *Atlas de la Révolution française*, Autrement, 2021.

3 La circulation des hommes et des idées

4 L'influence du modèle américain en France

La liberté de la presse est établie en Amérique, et l'on y a regardé avec une juste raison le droit de dire et celui d'entendre les vérités qu'on croit utiles, comme un des droits les plus sacrés de l'humanité. […] Or, l'exemple seul de tout le bien que la liberté de la presse a fait et fera encore en Amérique, sera d'autant plus utile pour l'Europe, qu'il est […] propre […] à rassurer contre les prétendus inconvénients de cette liberté. […] Le spectacle de l'égalité qui règne dans les États-Unis, et qui en assure la paix et la prospérité, peut aussi être utile à l'Europe. Nous n'y croyons plus, à la vérité, que la nature ait divisé la race humaine en trois ou quatre ordres, […] et qu'un de ces ordres y soit aussi condamné à travailler beaucoup et à peu manger. On nous a tant parlé des avantages du commerce et de la circulation, que le noble commence à regarder un banquier et un commerçant presque comme son égal, pourvu qu'il soit très riche ; mais notre philosophie ne va pas plus loin, et nous imprimions encore, il n'y a pas longtemps, que le peuple est, dans certains pays, taillable et corvéable de sa nature. […] Tels sont les biens que l'humanité entière doit attendre de l'exemple de l'Amérique, et nous serions surpris qu'on regardât comme chimériques ces avantages, parce qu'ils n'ont pas une influence immédiate et physique sur le sort des individus. Ce serait ignorer que le bonheur des hommes réunis en société dépend presque uniquement des bonnes lois.

Nicolas de Condorcet, « L'Influence de la révolution d'Amérique sur les opinions et la législation de l'Europe » [1786], dans *Œuvres de Condorcet*, t. VIII, Firmin Didot Frères, 1847.

Qui est-il ?

Nicolas de Condorcet (1743-1794) est un mathématicien, journaliste et philosophe français, il admire la révolution américaine et l'action de La Fayette à qui il consacre cet ouvrage.

PARCOURS 1

Comprendre et mettre en relation des documents

1. **Doc. 1** Pourquoi la presse anglaise est-elle considérée comme un modèle aux États-Unis et en France au XVIIIe siècle ?
2. **Doc. 1** Expliquez le sens de la phrase en gras.
3. **Doc. 2 et 3** De quelles manières les idées révolutionnaires américaines parviennent-elles en France ?
4. **Doc. 4** Relevez deux phrases qui montrent l'influence du modèle américain sur la pensée de Condorcet.

BILAN À partir de vos réponses, montrez que, si le modèle anglais a d'abord exercé une influence, c'est le modèle américain qui devient ensuite une référence pour les philosophes en France.

PARCOURS 2

Produire un écrit argumenté

Choisissez une figure historique entre Benjamin Franklin et le marquis de la Fayette. En vous aidant des documents les concernant et de la leçon (p. 156), écrivez une lettre dans laquelle cette personnalité décrit les événements politiques auxquels elle assiste.

Pas à pas :
1. Indiquez des événements auxquels ces deux hommes ont participé.
2. Rappelez leur rôle dans la guerre d'indépendance des États-Unis.
3. Présentez des idées nouvelles qu'ils font circuler.

COURS 2

L'influence du modèle britannique aux États-Unis et en France

> Quelle est l'influence du modèle britannique aux États-Unis et en France ?

1 La révolution américaine

- **L'entretien des soldats britanniques sur le sol américain et les privilèges dont ils bénéficient intensifient les tensions avec les colons** malgré la victoire anglaise sur la France lors de la guerre de Sept Ans (1756-1763). Ce conflit a d'ailleurs un coût que la monarchie anglaise tente de combler par une augmentation des taxes et des impôts pesant sur les 13 colonies américaines. Le *Stamp Act* (droit de timbre) est instauré en 1765.
- **Derrière les revendications économiques s'ajoutent des demandes politiques des colons :** ils contestent le droit du gouvernement britannique à taxer les colonies américaines sans leur consentement depuis le Parlement de Londres. Sujets de la monarchie anglaise, les colons veulent être représentés au Parlement et bénéficier de davantage de libertés.
- **La souveraineté britannique sur le territoire des 13 colonies est critiquée.** La résistance américaine prend la forme de protestations, de boycotts ou d'affrontements plus violents. Le 16 décembre 1773, des colons jettent le thé anglais dans le port lors de la *Boston Tea Party* qui est sévèrement punie par la Grande-Bretagne. Désormais, les *Insurgents* revendiquent l'indépendance.

2 La fondation des États-Unis d'Amérique

- **L'assemblée commune des 13 colonies, le Congrès, déclare la guerre en 1775 et proclame son indépendance le 4 juillet 1776.** La Déclaration d'indépendance affirme l'existence de droits universels et conclue sur la rupture nécessaire avec la Grande-Bretagne. La guerre s'internationalise par l'entrée de la France et de l'Espagne aux côtés des révoltés. Le traité de Paris du 3 septembre 1783 est signé par l'Angleterre : les États-Unis sont indépendants.
- **Un gouvernement national est instauré en 1781 et la Constitution américaine est ratifiée le 17 septembre 1787.** Cette loi suprême instaure un État fédéral et une république, qui se distinguent donc du modèle britannique de monarchie parlementaire. Les principes de liberté, d'égalité et de souveraineté populaire deviennent une réalité quoiqu'imparfaite puisque les femmes, les populations noires et indiennes ne disposent pas de droits politiques voire sont privées de libertés (esclavage, expropriations).
- **George Washington est élu à l'unanimité premier président des États-Unis d'Amérique en 1789.** Au cours de ses deux mandats, il défend la fonction présidentielle, l'existence d'un système de contre-pouvoirs et crée l'adhésion nationale autour du gouvernement fédéral.

VOCABULAIRE

- ***Boston Tea Party* :** révolte qui éclate en 1773 à Boston durant laquelle des caisses de thé sont jetées à la mer pour protester contre les taxes imposées par la Grande-Bretagne.
- **Constitution :** ensemble de lois qui définissent l'organisation des pouvoirs et garantissent les droits des individus dans un État.
- **État fédéral :** forme d'État souverain dans lequel des entités territoriales (États fédérés) disposent d'une large autonomie.
- **États généraux :** assemblées extraordinaires convoquées par le roi et réunissant des représentants des trois ordres.
- **République :** régime dans lequel la souveraineté appartient aux citoyens qui sont représentés par des assemblées ou des personnes élues.

3 La révolution américaine vue de France

- **Vue de France, la révolte des colons américains est considérée comme l'opportunité d'un affaiblissement de la Grande-Bretagne.** Par sa défaite lors de la guerre de Sept Ans, la France a perdu de nombreux territoires en Amérique du Nord : la Louisiane est cédée à l'Espagne et à l'Angleterre, cette dernière annexant également des territoires français au Canada. Ces tensions anciennes entre les monarchies anglaise et française expliquent le soutien de Louis XVI aux *Insurgents*.
- **Louis XVI reconnaît l'indépendance des États-Unis puis signe un traité d'alliance et de commerce (1778) que Benjamin Franklin, imprimeur et savant, était venu négocier.** À partir de 1780, ce soutien français se renforce par une aide financière et militaire. Parmi les soldats français débarqués aux États-Unis, le comte de Rochambeau et le marquis de La Fayette contribuent à la victoire de Yorktown le 19 octobre 1781.
- **La révolution américaine précipite la crise de la monarchie en France.** Les prêts français aux Américains ont creusé le déficit et la révolution américaine est analysée comme la concrétisation des idées des Lumières qui circulent dans les salons philosophiques. En 1789, le roi de France doit convoquer les états généraux pour trouver une solution à la crise financière et se heurte rapidement aux critiques de son pouvoir absolu et de la société d'ordres.

DATES CLÉS

1775
Début de la guerre entre *Insurgents* et troupes britanniques.

1776
Déclaration d'indépendance.

1787
Ratification de la Constitution des États-Unis d'Amérique.

1789
Élection de George Washington comme premier président des États-Unis.

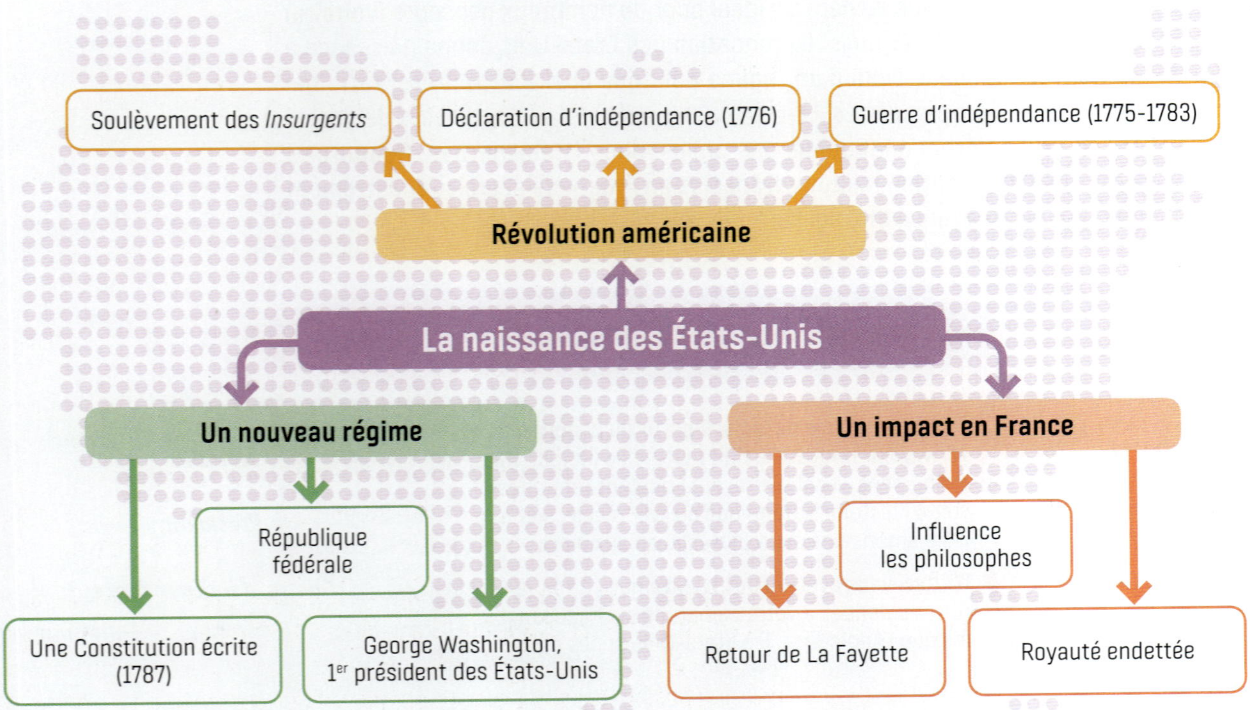

Je fais le point

Quiz
hachette-clic.fr/24h2041

RÉVISIONS

■ Repères chronologiques
■ Vocabulaire
■ Acteurs

La naissance d'un gouvernement représentatif en Angleterre

■ Au XVIIe siècle, le monarque anglais gouverne avec un Parlement composé de deux Chambres : la Chambre des lords (aristocrates titrés et haut clergé) et la Chambre des communes (membres élus par une élite). Il n'existe pas de Constitution écrite et c'est la coutume qui fixe le fonctionnement des institutions. La première révolution anglaise a lieu entre 1642 et 1649 : l'opposition entre le roi Charles Ier et les députés de la Chambre des communes se conclut par une guerre civile. Charles Ier est capturé, jugé puis exécuté en 1649. Oliver Cromwell, chef de l'armée, instaure une dictature. La monarchie est restaurée en 1660 mais, en 1679, le Parlement vote l'*Habeas Corpus* qui protège l'individu des arrestations arbitraires. Après la révolution de 1688 qui chasse Jacques II du trône, c'est le *Bill of Rights* en 1689 qui impose une monarchie parlementaire.

D'une guerre d'indépendance à un régime républicain aux États-Unis

■ Les habitants des 13 colonies britanniques aux Amériques se révoltent en 1773 lors de la *Boston Tea Party* contre les taxes imposées par l'Angleterre et revendiquent davantage de représentation au Parlement anglais. L'affrontement devient armé en 1775 et la Déclaration d'indépendance est proclamée le 4 juillet 1776. Le soutien financier et armé de la France aux *Insurgents* contribue à la victoire de Yorktown en 1781. Les États-Unis se dotent d'une Constitution écrite en 1787 qui instaure un régime présidentiel. George Washington est élu à l'unanimité premier président des États-Unis d'Amérique en 1789.

L'influence de la révolution américaine en Europe et en France

■ Au XVIIIe siècle, la circulation d'ouvrages, de journaux, d'intellectuels, diplomates et soldats entre l'Europe et les Amériques favorise la diffusion d'idées nouvelles, notamment celles de liberté et du droit des individus face à l'arbitraire royal. Le modèle britannique devient un idéal pour de nombreux penseurs (Voltaire) en Europe et aux Amériques. La fondation des États-Unis donne naissance à un nouveau modèle, celui d'un régime politique libéral et représentatif, qui s'exporte en Europe avec La Fayette ou Benjamin Franklin. Ce vent de liberté qui souffle en France influence des philosophes (Malesherbes, Condorcet) alors que l'intervention militaire française en Amérique accroît l'endettement du royaume de France et fragilise Louis XVI.

Défi révisions - Duel de réf'

15 min de préparation — **Étape 1** Faites un groupe de trois. À partir du chapitre, écrivez sur une feuille huit mots-clés (acteur, date, événement, vocabulaire, etc.) qui font référence soit à l'histoire britannique au XVIIIe siècle, soit à celle américaine au XVIIIe siècle, ou aux deux.

10 min — **Étape 2** Mettez-vous avec un autre élève puis, à tour de rôle, demandez à votre camarade si chaque mot évoque l'Angleterre, les États-Unis ou les deux.

Voltaire

Président

Guerre d'indépendance

...

Je révise avec des podcasts

1 Comment un régime représentatif se met-il en place en Angleterre ?

Podcast
hachette-clic.fr/24h2042

2 Quel est le rôle du Parlement en Angleterre au XVIIe siècle ?

Podcast
hachette-clic.fr/24h2043

L'ESSENTIEL en 5 minutes

3 Pourquoi le régime britannique devient-il un modèle ?

Podcast
hachette-clic.fr/24h2044

4 Qui est George Washington ?

Podcast
hachette-clic.fr/24h2045

5 La révolution américaine a-t-elle eu une influence en France ?

Podcast
hachette-clic.fr/24h2046

Je teste mes connaissances

- Écoutez les cinq épisodes du podcast puis testez vos connaissances grâce aux flashcards.

QUESTION

Quelles sont les deux Chambres du Parlement en Angleterre ?

RÉPONSE

Chambre des lords et Chambre des communes

Flashcards
hachette-clic.fr/24h2047

Le saviez-vous ?

La voix du narrateur d'un podcast est fondamentale. Elle doit être claire, audible et agréable à écouter. Un talent de conteur est appréciable. Comme dans une pièce de théâtre, des effets de voix peuvent souligner des différences de points de vue ou exprimer l'émotions des intervenants.

RÉVISIONS

Je m'entraîne

• Analyser la représentation d'événements fondateurs

1 La Déclaration d'indépendance en 1776

Déclaration unanime des 13 États unis d'Amérique réunis en Congrès le 4 juillet 1776.

Nous, les représentants des États-Unis d'Amérique, assemblés en Congrès général [...] publions et déclarons solennellement au nom et par l'autorité du bon peuple de ces Colonies, que ces Colonies unies sont et ont le droit d'être des États libres et indépendants ; qu'elles sont dégagées de toute obéissance envers la Couronne de la Grande-Bretagne ; que tout lien politique entre elles et l'État de la Grande-Bretagne est et doit être entièrement dissous ; que, comme les États libres et indépendants, elles ont pleine autorité de faire la guerre, de conclure la paix, de contracter des alliances, de règlementer le commerce et de faire tous autres actes ou choses que les États indépendants ont droit de faire ; et pleins d'une ferme confiance dans la protection de la divine Providence, nous engageons mutuellement au soutien de cette Déclaration, nos vies, nos fortunes et notre bien le plus sacré, l'honneur.

Déclaration d'indépendance, texte traduit de l'anglais par Thomas Jefferson, 1776.

Le saviez-vous ?
George Washington et Thomas Jefferson sont des « **Pères fondateurs** ». Cette expression désigne les hommes ayant conduit à l'indépendance et à la fondation des États-Unis. Leur buste fait partie de la sculpture monumentale du Mont Rushmore aux côtés d'Abraham Lincoln et Théodore Roosevelt qui ont marqué la vie politique américaine au XIXe siècle.

2 George Washington préside la Convention constituante à Philadelphie en 1787
Gravure d'après une peinture de Michael Wageman, *Washington préside la Convention 1787*, 1870.

PALIER 1
J'identifie les documents
- **Doc. 1 et 2** Présentez les documents.
- **Doc. 1 et 2** Identifiez les deux événements de l'histoire des États-Unis auxquels ils font référence.

PALIER 2
Je décris les documents
- **Doc. 1** Présentez le contexte dans lequel ce document est rédigé.
- **Doc. 2** Qui sont les personnages présents ?
- **Doc. 2** Quel texte fondateur est ici représenté ?

PALIER 3
J'exerce mon esprit critique
- **Doc. 1 et 2** Comment ces deux documents ont-ils contribué à faire du régime américain un modèle ?
- Citez deux groupes d'individus exclus de la vie politique américaine au XVIIIe siècle.

• Analyser un texte de loi

Le Parlement anglais adopte l'*Act of Settlement* (1701)

III. Il est établi par et avec l'avis et consentement des seigneurs spirituels et temporels[1], et des communes assemblées en parlement, et par [leur] autorité.

Que quiconque viendra ci-après à la possession de cette couronne, se conformera à la communion de l'Église anglicane, ainsi qu'elle est établie par les lois.

Qu'au cas que la couronne et la dignité impériale de ce royaume viennent à tomber à quelque personne qui ne sera pas native de ce royaume d'Angleterre, la nation ne sera point obligée de s'engager dans aucune guerre pour la défense de quelques États ou territoires qui n'appartiendront point à la couronne d'Angleterre, sans le consentement du parlement.

Que nulle personne qui viendra ci-après à la possession de cette couronne, ne sortira des domaines d'Angleterre, d'Écosse ou d'Irlande sans le consentement du parlement. […]

IV. Et comme les lois d'Angleterre sont les droits naturels du peuple, et que tous les rois et reines qui monteront sur le trône de ce royaume doivent le gouverner conformément aux dites lois et que tous leurs officiers et ministres doivent respectivement les servir selon les mêmes lois ; à ces causes, lesdits seigneurs spirituels et temporels et les communes supplient aussi avec humilité que toutes les lois et statuts de ce royaume […] puissent être ratifiés et confirmés […] avec l'avis et consentement des lords spirituels et temporels et des communes, et par leur autorité, ratifiés et confirmés.

Extrait de l'*Act of Settlement* (« loi d'établissement »), loi du Parlement pour étendre la succession de la couronne d'Angleterre, et pour mieux assurer la liberté des sujets.

1. Désigne les lords.

PALIER 1

J'identifie le document

- Précisez la nature du document.
- Qui en est l'auteur ?
- Quel est l'objectif de ce texte ?

PALIER 2

Je sélectionne les informations

- Quelles sont les conditions pour pouvoir être souverain d'Angleterre désormais ?
- Dans quels domaines le Parlement affirme-t-il son autorité sur le monarque anglais ?
- Relevez deux dispositions qui montrent l'encadrement du pouvoir royal par le Parlement.

PALIER 3

Je situe le document dans son contexte

- Dans quel contexte ce texte est-il adopté par le Parlement ?
- Quel texte de loi précédent avait déjà renforcé le rôle du Parlement ?
- À partir de vos connaissances, montrez que ce texte s'inscrit dans un long processus de renforcement du pouvoir du Parlement anglais.

J'approfondis

À VISITER EN LIGNE

Le site Internet Houses of *Parliament 360° virtual tour* permet de réaliser une visite virtuelle de la Chambre des communes et de la Chambre des lords dans le **palais de Westminster à Londres.**

À CONSULTER

Le site Internet de la Bibliothèque nationale de France met à disposition une bibliothèque numérique collaborative « **La France aux Amériques** » avec un dossier de ressources pour comprendre le rôle de la France dans la guerre d'indépendance américaine.

VERS LA SPÉCIALITÉ HGGSP

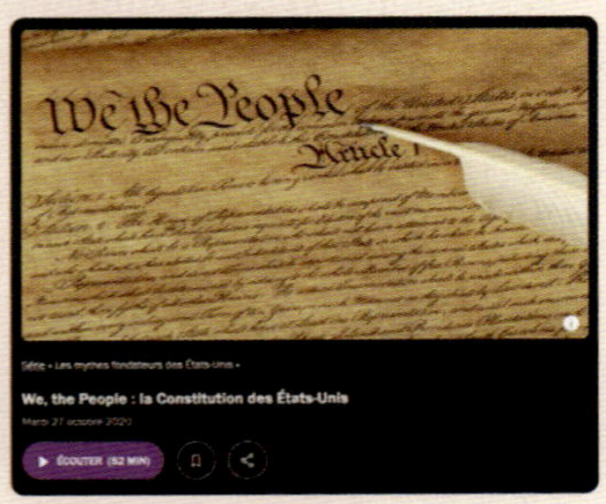

Le regard des historiens : dans l'émission du Cours de l'histoire « We, the People : la Constitution des États-Unis » (27 octobre 2020), François Vergniolle de Chantal et Alice Béja reviennent sur la rédaction de la Constitution des États-Unis et sa portée. **Comment naît un régime démocratique ?**

➔ Voir fiche 11 p. 218

Vers la question problématisée

Objectif Préparer une réponse à une question problématisée

Sujet guidé : Comment le système représentatif anglais exerce-t-il une influence sur les sociétés aux XVIIe et XVIIIe siècles ?

Après avoir présenté ce qui fait la nouveauté du système représentatif anglais, vous montrerez son influence et sa diffusion à l'étranger.

Étape 1 Comprendre la question et identifier les mots-clés

1. Analysez le sujet.

Quels sont les principes de ce système politique ? → système représentatif anglais

Quels acteurs ont exercé cette influence ? De quelle(s) façon(s) ? → influence

Comment le système représentatif anglais exerce-t-il une influence sur les sociétés aux XVIIe et XVIIIe siècles ?

Dans quels pays les sociétés ont-elles été influencées ? → sociétés

Listez les événements marquants de cette période. → XVIIe et XVIIIe siècles

Étape 2 Mobiliser des connaissances et développer les arguments

2. Ces affirmations sont-elles vraies ou fausses ? Justifiez.

– L'*Habeas Corpus* renforce les pouvoirs arbitraires du roi d'Angleterre.	V	F
– Le *Bill of Rights* réduit les pouvoirs du roi face au Parlement.	V	F
– Au XVIIIe siècle, l'Angleterre renforce le pouvoir absolu du roi.	V	F
– Le système représentatif anglais influence la France et les colonies britanniques américaines.	V	F

3. Citez trois dates et trois acteurs en lien avec le sujet.

Étape 3 Organiser les arguments en suivant le plan suggéré

Un plan permet d'organiser ses idées et de structurer sa réflexion. En histoire, le plan peut être :
➔ chronologique pour présenter des faits par ordre chronologique.
➔ analytique pour évoquer un fait historique : ses causes, son déroulement et ses conséquences.
➔ thématique pour aborder les différents aspects d'un sujet.

4. Choisissez le plan le plus adapté. Justifiez votre choix.

Lisez bien la consigne qui suggère le plan à suivre.

Plan A	Plan B	Plan C
1. La révolution anglaise. *2. Les révolutions américaine et française.*	*1. Un nouveau modèle politique représentatif.* *2. La naissance d'une monarchie parlementaire.*	*1. Le Parlement anglais s'affirme face au roi aux XVIIe et XVIIIe siècles.* *2. Le système représentatif anglais exerce une influence en Europe et aux Amériques.*

5. Classez les informations sélectionnées dans l'étape 2 dans le plan choisi, puis rédigez l'ensemble de la réponse à la question problématisée.

EXERCICES

VERS BAC TECHNO

→ Voir fiche 9 p. 215

Vers les questions de connaissances

Objectif Préparer des réponses à des questions de connaissances

QUESTIONS

ⓐ Nommez deux textes de lois qui limitent le pouvoir royal anglais au XVIIe siècle.
ⓑ Citez et présentez un philosophe qui admire le régime politique anglais.
ⓒ Justifiez l'affirmation : « Un nouveau régime politique apparaît aux États-Unis d'Amérique à la fin du XVIIIe siècle ».

Étape 1 Comprendre les questions et identifier les mots-clés

➔ Voir méthode p. 213

1. Dans la question ⓐ, relevez les verbes de consigne et expliquez le travail attendu.
2. Dans la question ⓑ, que signifie « citez et présentez » ?
3. Reformulez la question ⓒ.

Étape 2 Mobiliser des connaissances

➔ Voir méthode p. 214

4. Choisissez-la ou les informations adaptée(s) à chaque question.

– **Question ⓐ** : *Habeas Corpus ; Déclaration d'indépendance ; Bill of Rights ; Lettres anglaises.*
– **Question ⓑ** : *La Fayette ; Voltaire ; Guillaume III ; George Washington.*
– **Question ⓒ** : *monarchie absolue ; monarchie parlementaire ; république ; république maritime.*

5. Pour chaque information sélectionnée, indiquez une date ou une période qui peut lui être associée.

Étape 3 Développer les arguments

➔ Voir méthode p. 213

6. Intégrez le nom des deux textes et les dates associées dans cette réponse à la question ⓐ.

Au XVIIe siècle, le parlement anglais parvient à imposer deux textes qui limitent le pouvoir royal. Le premier, l'..., en ..., protège l'individu de toute arrestation et détention arbitraire. Le second, le ..., en ..., permet au Parlement de gouverner avec le roi.

7. Complétez la réponse à la question ⓑ.

Le modèle britannique exerce une influence avec la diffusion des œuvres de philosophes comme ...

8. Complétez la réponse à la question ⓒ.

La déclaration d'indépendance des États-Unis d'Amérique (4 juillet 1776) marque le point de départ de la création d'un nouveau régime politique ...

ENTRAÎNEZ-VOUS !

ⓐ Citez et datez deux événements de l'indépendance des États-Unis d'Amérique.
ⓑ Caractérisez le régime représentatif anglais au XVIIIe siècle.
ⓒ Justifiez l'affirmation : « Le système politique britannique a exercé une influence en France et aux Amériques ».

ANTIQUITÉ

THÈME 4

Dynamiques et ruptures dans les sociétés des XVIIe et XVIIIe siècles

Lecture d'une œuvre de Voltaire au salon de Marie-Thérèse Geoffrin en 1755

Anicet-Charles Lemonnier (1743-1824), *Lecture de la tragédie « L'orphelin de la Chine », de Voltaire dans le salon de madame Geoffrin (1755)*, huile sur toile, 129 x 196 cm, Rueil-Malmaison, Châteaux de Malmaison et Bois-Préau, 1812.

Dans cette scène imaginaire, le peintre illustre l'importance des salons dans le Paris du XVIIIe siècle. Ces lieux de sociabilités, tenus parfois par des femmes comme Marie-Thérèse Geoffrin (à droite), réunissent érudits, savants et penseurs qui discutent et échangent sur des œuvres des philosophes des Lumières comme Voltaire.

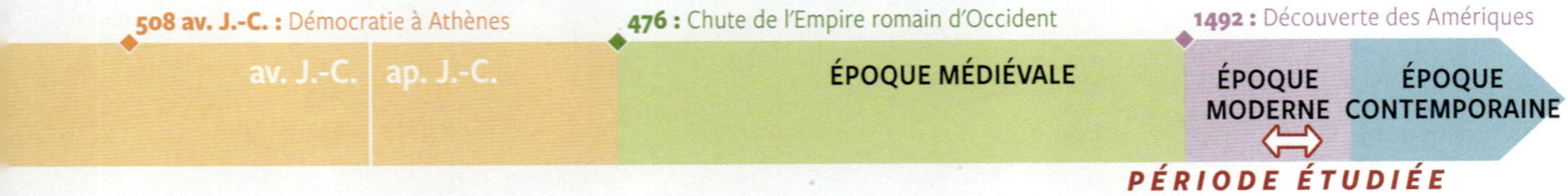

CHAPITRE

7 Les Lumières et le développement des sciences

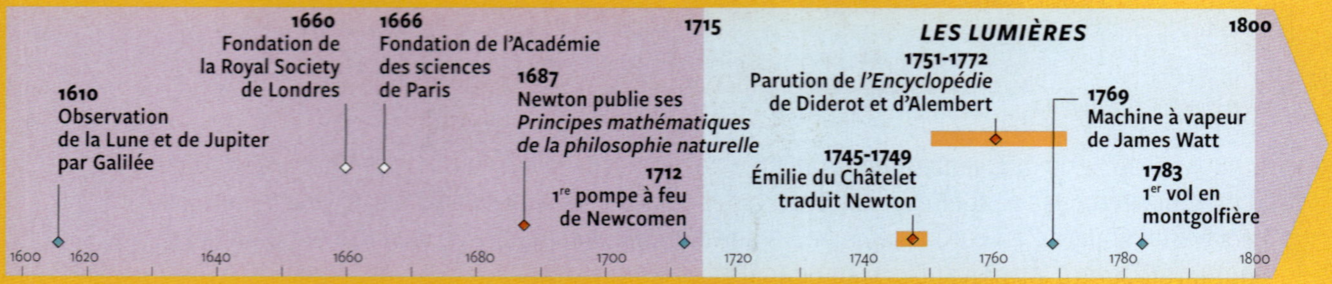

> **COURS 1** Les Lumières, qui triomphent en Europe au XVIIIe siècle, conçoivent la science comme une source de progrès pour tous les individus.
>
> **Comment le développement des sciences transforme-t-il les sociétés européennes au XVIIIe siècle ?**

> **COURS 2** Les progrès scientifiques et techniques trouvent des applications avec l'apparition de nouvelles machines.
>
> **Comment l'esprit scientifique et les Lumières permettent-ils un premier développement industriel ?**

La machine de Marly en bord de Seine

Pierre-Denis Martin, *La machine de Marly*, 1723, huile sur toile, 98 x 128 cm, château de Versailles.

Construite en 1681 à Bougival par le mécanicien et charpentier Rennequin Sualem, la machine de Marly pompe l'eau de la Seine pour l'acheminer jusqu'aux jardins du château de Versailles. Dans son article « Machine hydraulique » de l'*Encyclopédie*, Denis Diderot explique son mécanisme général.

QUESTIONS

1. Quel est le rôle de la machine de Marly ?
2. Pourquoi la machine de Marly est-elle considérée comme une avancée technologique ?

GRAND ANGLE L'Europe des savoirs aux XVIIe et XVIIIe siècles

Au XVIIIe siècle, le mouvement des **Lumières** se diffuse à travers le continent européen grâce à la multiplication des **académies**, des universités et des journaux scientifiques. Une communauté de savants apparaît en Europe, animée par la volonté de recherche de la vérité et du progrès pour lutter contre les croyances traditionnelles et les superstitions.

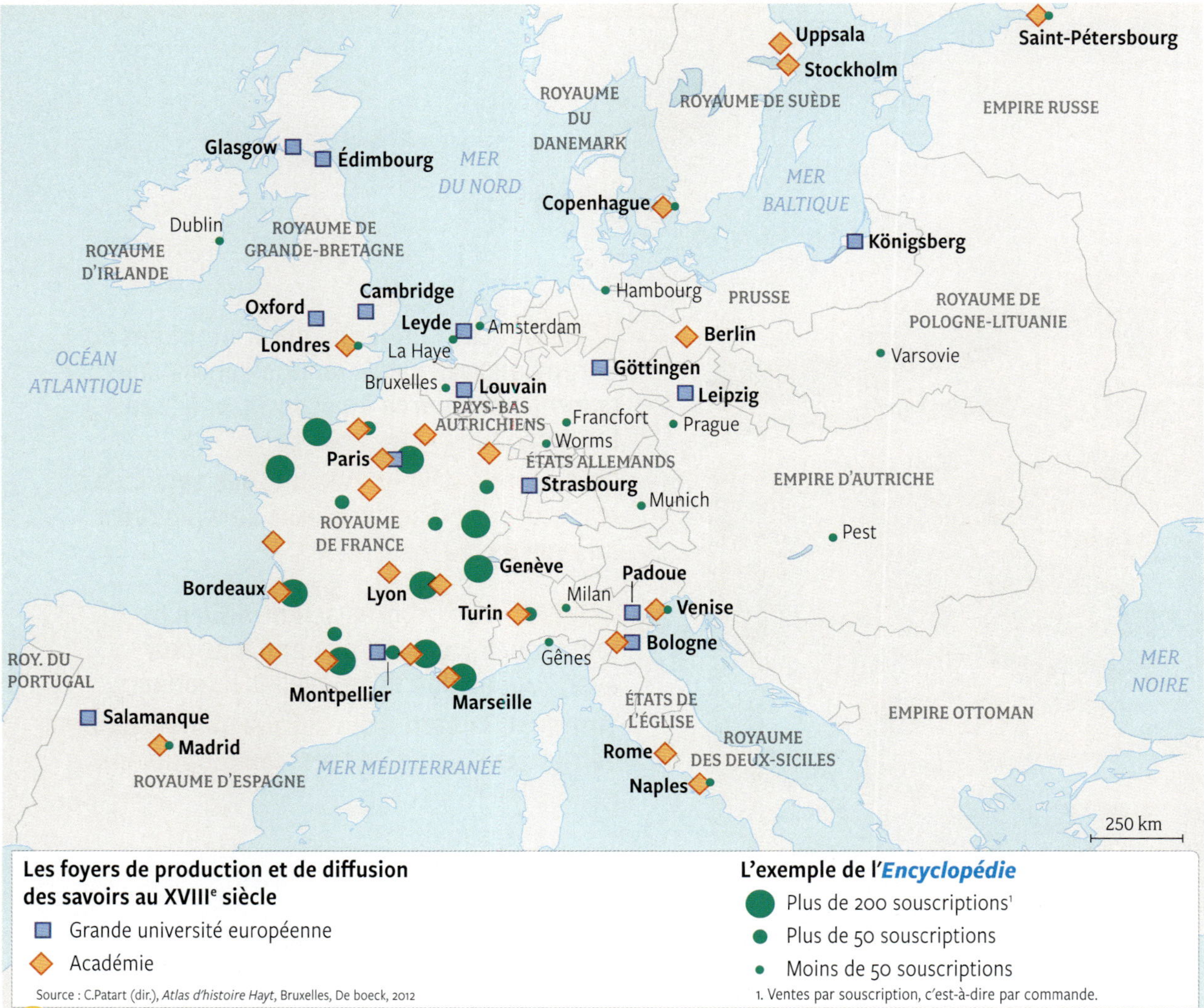

Source : C.Patart (dir.), *Atlas d'histoire Hayt*, Bruxelles, De boeck, 2012

1. Ventes par souscription, c'est-à-dire par commande.

1 La production et la diffusion des savoirs au XVIIIe siècle

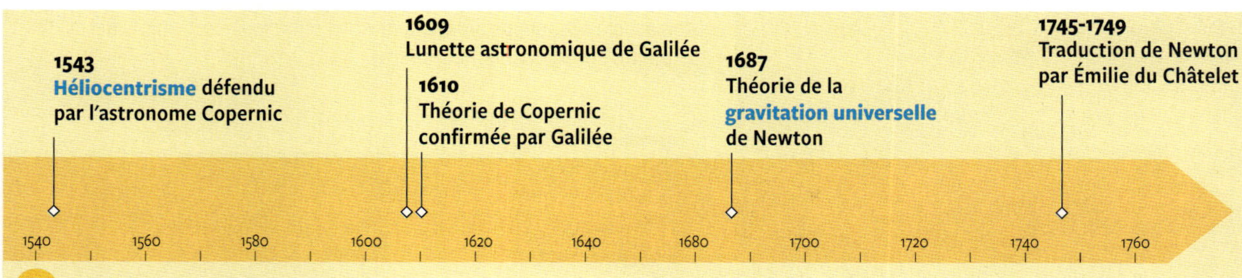

2 Les progrès de l'astronomie

• L'Europe du XVIIIe siècle connaît un important développement économique, commercial et industriel. Grâce aux progrès scientifiques, de nouvelles machines, conçues par des ingénieurs, sont utilisées pour améliorer la production, notamment dans le domaine du textile et de la métallurgie. Initié en Angleterre, ce mouvement d'industrialisation commence à se diffuser à la fin du XVIIIe siècle sur le continent européen.

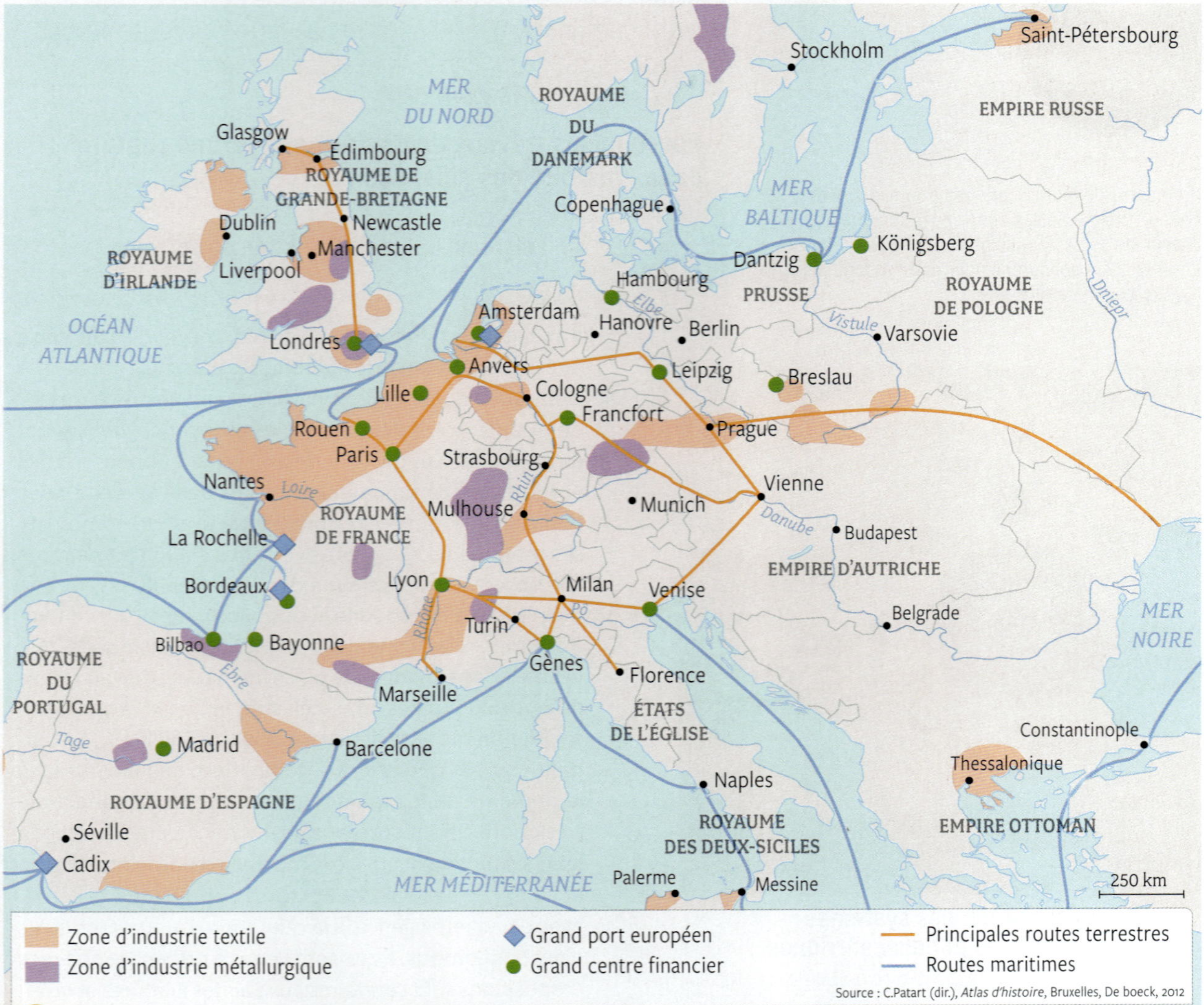

3 Le dynamisme économique en Europe au XVIIIe siècle

VOCABULAIRE

- **Académie :** institution qui rassemble des savants reconnus afin de promouvoir les sciences et/ou les arts.
- ***Encyclopédie* :** ouvrage qui réunit l'ensemble des connaissances dans un but éducatif.
- **Gravitation universelle :** loi physique décrivant l'attraction sur Terre et dans l'univers des corps.
- **Héliocentrisme :** conception du monde qui place le Soleil au centre de l'Univers.
- **Lumières :** mouvement littéraire et philosophique du XVIIIe siècle fondé sur le progrès, la tolérance et la liberté. Il s'oppose à l'obscurantisme et aux superstitions.

QUESTIONS

1. **Doc. 1** Où se situent les principaux lieux de production et de diffusion des savoirs en Europe au XVIIIe siècle ?
2. **Doc. 2** Montrez que les découvertes astronomiques s'inscrivent sur un temps long.
3. **Doc. 1 et 3** Justifiez l'affirmation suivante : « Le mouvement des Lumières et le dynamisme économique se diffusent inégalement sur le continent européen. »

ÉTUDE 1 PARCOURS CROISÉS

S'engager pour la vérité scientifique

Galilée

PPO

(1564-1642)

Professeur de mathématiques à l'université de Padoue (Italie), Galilée confirme la théorie de l'**héliocentrisme** de Nicolas Copernic (1473-1543). En 1633, il est condamné pour cette théorie par l'Église et doit se rétracter.

Dans les années 1610, le mathématicien Galilée, grâce à la mise au point de sa lunette astronomique et à sa méthode scientifique rigoureuse, démontre que la Terre tourne autour du Soleil. Cette découverte bouleverse la représentation traditionnelle de l'Univers.

Pourquoi les travaux de Galilée sont-ils une rupture dans l'histoire des sciences ?

1 Représentation des systèmes géocentriques et héliocentriques

Andreas Cellarius, *La charte copernicienne en cercles concentriques*, 1660.

Qui est-il ?

Andreas Cellarius (vers 1596-1665) est un mathématicien et cartographe allemand qui a réalisé une compilation des connaissances astronomiques au XVIIe siècle.

2 Lettre de Galilée à Christine de Lorraine[1]

Galileo Galilei à Mme la Sérénissime grande-duchesse Mère

J'ai découvert, il y a peu d'années, comme le sait Votre Altesse Sérénissime, de nombreuses particularités dans le ciel, qui, jusqu'ici, étaient invisibles ; soit en raison de leur nouveauté, soit en raison de plusieurs conséquences qui en découlent, ces découvertes, en venant s'opposer à des propositions communément reçues dans les Écoles des philosophes[2], ont excité contre moi un grand nombre de ses professeurs. […] Ces adversaires cherchent par tous les moyens possibles à me déconsidérer. Ils savent que mes études d'astronomie et de philosophie m'ont conduit à affirmer, relativement à la constitution du monde, que le Soleil, sans changer de place, demeure situé au centre de la révolution des orbes célestes[3] et que la Terre tourne sur elle-même et se déplace autour du Soleil. […] Se rendant compte que, s'ils me combattent seulement dans le domaine philosophique, ils auront de la peine à me confondre, ils ont entrepris de donner comme bouclier à leur raisonnement erroné le manteau d'une feinte religion et l'autorité des Saintes Écritures[4], appliquant celles-ci, avec peu d'intelligence, à la réfutation d'arguments qu'ils n'ont pas compris. Ils en sont venus à prétendre que mes propositions sont contraires aux Saintes Écritures et qu'en conséquence elles sont condamnables et hérétiques[5].

Maurice Clavecin, *Lettre à Madame de Lorraine, grande-duchesse de Lorraine*, trad. de F. Russo, *Revue d'histoire des sciences*, 1964.

1. Christine de Lorraine est la fille du duc de Lorraine et l'épouse du grand-duc de Toscane. 2. Référence aux universités. 3. Mouvement des planètes. 4. La Bible. 5. Contraire à la doctrine de l'Église.

VOCABULAIRE

- **Héliocentrisme :** conception du monde qui place le Soleil au centre de l'Univers.

PARCOURS 1

1. **Doc. 1 et 2** Quelle découverte de Galilée fait progresser la science ?
2. **Doc. 1 et 2** Pourquoi la découverte de Galilée remet-elle en cause la représentation traditionnelle de l'Univers ?
3. **Doc. 2** Quels sont les arguments utilisés par Galilée contre ses détracteurs ?

BILAN Montrez que les travaux de Galilée marquent une rupture scientifique importante.

Émilie du Châtelet

PPO

(1706-1749)

Femme de sciences et de lettres, elle est élue à l'Académie des sciences de Bologne, elle est également la première femme dont un ouvrage a été publié par l'Académie royale des sciences.

Ayant appris la physique auprès de savants et par des lectures, Émilie du Châtelet entreprend de diffuser ses connaissances et de faire progresser les sciences.

> Comment Émilie du Châtelet a-t-elle contribué à la diffusion des idées scientifiques ?

3 Madame du Châtelet rédige un nouveau manuel de physique

[…] il faut avouer que, quoique nous ayons plusieurs excellents livres de physique en français, cependant nous n'avons point de physique complète, si on en excepte le petit traité de Rohaut[1], fait il y a quatre-vingts ans ; mais ce traité, quoique très bon pour le temps dans lequel il a été composé, est devenu très insuffisant par la quantité de découvertes qui ont été faites depuis : et un homme qui n'aurait étudié la physique que dans ce livre aurait encore bien des choses à apprendre. […] Je ne me propose dans cet ouvrage que de rassembler sous vos yeux[2] les découvertes éparses dans tant de bons livres latins, italiens et anglais. La plupart des vérités qu'ils contiennent sont connues en France de peu de lecteurs et je veux vous éviter la peine de les puiser dans des sources dont la profondeur vous effrairait et pourrait vous rebuter. Quoique l'ouvrage que j'entreprends demande bien du temps et du travail, je ne regretterai point la peine qu'il pourra me coûter et je la croirai bien employée si elle peut vous inspirer l'amour des Sciences et le désir de cultiver votre raison. La connaissance de la vérité et l'habitude de la rechercher et de la suivre est-elle un objet moins digne de mes soins, surtout dans un siècle où le goût de la Physique entre dans tous les rangs[3] et commence à faire partie de la science du monde.

Émilie du Châtelet, *Institutions de physique*, 1740.

1. Jacques Rohaut, *Traité de physique*, 1671. 2. Madame du Châtelet s'adresse à son fils âgé de 12 ans. 3. Dans tous les milieux sociaux.

4 Le rôle de Voltaire

Voltaire et Mme du Châtelet, Carmontelle, vers 1750, collection privée.

Émilie du Châtelet est épaulée par Voltaire qui lui fait découvrir l'œuvre de Newton. Elle en réalise une traduction entre 1745 et 1749.

PARCOURS 2

1. **Doc. 3** Quel est le projet de Mme du Châtelet ?
2. **Doc. 3 et 4** De quelle façon Mme du Châtelet participe-t-elle au mouvement des Lumières ?
3. **Doc. 3 et 4** Expliquez la nature des liens entre Mme du Châtelet et les philosophes des Lumières.

BILAN Pourquoi Émilie du Châtelet est-elle considérée comme un « passeur scientifique » ?

PARCOURS CROISÉS

Réalisez une affiche pour répondre à la question suivante : pourquoi les travaux de Galilée et de Mme du Châtelet ont-ils été importants pour faire progresser la vérité scientifique ?

Pas à pas : vous pouvez partir des deux portraits des scientifiques et organiser votre affiche autour de trois grands thématiques :
1. Présentation des acteurs : Galilée et Mme du Châtelet ;
2. L'importance de leurs travaux dans l'histoire des sciences ;
3. La diffusion de leurs travaux.

ÉTUDE 2 Produire et diffuser des savoirs

Aux XVIIe et XVIIIe siècles, le développement des sciences est favorisé par les nombreux échanges entre les scientifiques et les savants européens. La création des **académies**, la publication de l'*Encyclopédie* et de nouveaux journaux font émerger des communautés scientifiques.

> Quels sont les nouveaux moyens de production et d'échanges des savoirs ?

1 Les premières académies savantes

Henri Testelin, *Colbert présentant à Louis XIV les membres de l'Académie royale des sciences en 1667*, vers 1675-1680, château de Versailles.

Louis XIV est entouré de mathématiciens et astronomes célèbres. On distingue deux globes, terrestre et céleste, l'observatoire de Paris en cours de construction et une sphère qui permet de schématiser le mouvement des étoiles.

2 Un savant français témoigne des progrès en Angleterre

Les mylords[1] Digby, Boyle, Bronckers, Moray, Devonshire, Worcester et plusieurs autres (car la Noblesse d'Angleterre est presque toute savante et fort éclairée) ont fait bâtir des laboratoires, dresser des machines, ouvrir des mines et employé cent sortes d'artisans, pour essayer de trouver quelques nouvelles inventions. Le roi ne s'est pas éloigné de cette curiosité et même il a fait venir de Paris un grand chimiste, auquel il a fait construire un très beau laboratoire dans le parc de Saint James. […]

L'Académie Royale des physiciens de Londres est établie par des Lettres du Roi, qui en est le fondateur et qui lui a donné le collège de Gresham […] où elle s'assemble tous les mercredis. […] On n'interrompt jamais celui qui parle et les dissentiments[2] ne se poussent pas bien avant, ni d'un ton qui puisse désobliger en aucune manière. Il ne se peut rien voir de plus civil, de plus respectueux, et de mieux conduit que cette assemblée, telle qu'elle me parut.

Samuel de Sorbière, *Relation d'un voyage en Angleterre*, 1664.

1. Titre donné aux nobles anglais. 2. Désaccords, oppositions.

Qui est-il ?

Samuel de Sorbière (1615-1670) est un savant et traducteur français. Il visite l'Angleterre en 1663-1664, voyage au cours duquel il est admis à la Royal Society de Londres.

3 Les débuts des journaux scientifiques

On conçoit par-là de quelle utilité serait pour la France et pour l'Europe entière un ouvrage qui rassemblerait, les découvertes et les chefs-d'œuvre de tous les artistes, de tous les savants du monde en tout genre et dans toutes les langues vivantes. C'est précisément le projet de l'Ouvrage périodique que nous annonçons au public. [Notre objectif] est de faire passer dans la langue française toutes les richesses littéraires de l'Univers ; de familiariser de plus en plus notre nation avec des arts et des talents, auxquels l'ignorance et le préjugé ont fait trop longtemps refuser parmi nous l'estime qui leur était due ; enfin de faire circuler ces trésors de l'esprit chez tous les peuples lettrés par le véhicule d'une langue moderne, devenue presque universelle. Les livres et les journaux, qui paraissent en latin, ne rendent ce service que dans un sens trop limité : ils ne traitent ordinairement que de science et d'érudition. Les ouvrages d'agrément et les aménités de littérature passent rarement les frontières de leur pays natal. Les livres de ce genre ne sont jamais répandus ailleurs, ou le font trop tard. Le JOURNAL ÉTRANGER les fera connaître plutôt et plus universellement.

Premier numéro du *Journal étranger* publié le 1er avril 1754 à Séville.

4 Le laboratoire du couple Lavoisier

Marie-Anne Lavoisier, expérience sur la respiration d'un homme au repos, XVIIIe s., collection privée.

ANTOINE-LAURENT LAVOISIER (1743-1794)

MARIE-ANNE LAVOISIER (1758-1836)

Ce couple de chimistes collabore étroitement dans leur laboratoire à Paris. Ils y mènent des expériences, sur la composition de l'air et le rôle de l'oxygène. Mme Lavoisier traduit plusieurs ouvrages de chimie en français.

VOCABULAIRE

- **Académie :** Voir p. 163.
- ***Encyclopédie* :** Voir p. 163.

PARCOURS 1

S'approprier un questionnement historique

1. **Doc. 1** Quelles sont les disciplines scientifiques représentées à l'Académie royale des sciences ?
2. **Doc. 2** Comment la Royal Society de Londres favorise-t-elle les nouvelles découvertes et la diffusion des connaissances ?
3. **Doc. 3** Pourquoi la publication du *Journal étranger* est-elle novatrice ?
4. **Doc. 4** Décrivez les méthodes scientifiques utilisées par le couple Lavoisier dans leur laboratoire.

BILAN Présentez les nouveaux moyens de production et de diffusion des savoirs en Europe au XVIIIe siècle.

PARCOURS 2

Rédiger un paragraphe argumenté

Rédigez une synthèse présentant les lieux de production et de diffusion des savoirs en Europe au XVIIIe siècle.

Pas à pas : vous évoquerez :
- la façon dont les savants travaillent (**doc. 4**) ;
- le rôle et la fonction des académies (**doc. 1 et 2**) ;
- les moyens utilisés pour diffuser les connaissances en Europe (**doc. 3**).

ÉTUDE 3
ACTRICES DE L'HISTOIRE

Marie-Anne Lavoisier et Madame du Coudray, deux femmes de sciences

Le siècle des Lumières est caractérisé par un grand développement intellectuel et culturel en Europe. Des idées nouvelles se diffusent, notamment grâce à de grandes entreprises éditoriales comme l'*Encyclopédie* de Diderot et d'Alembert. Des femmes prennent une part active à la production de savoirs nouveaux.

1 **Marie-Anne Lavoisier et son mari dans leur laboratoire**

Jacques-Louis David, *Antoine Laurent Lavoisier et Marie-Anne Lavoisier*, 1788, Metropolitan Museum of Art, New York.

2 Marie-Anne Lavoisier, femme de sciences et épouse de scientifique

D'une intelligence vive et d'une volonté ferme, [Marie-Anne Lavoisier] s'était mise immédiatement à l'étude pour pouvoir suivre [son mari] dans ses travaux. Elle demanda à son frère des leçons de latin et lui écrivait en 1777 [elle avait dix-neuf ans] : « Quand reviens-tu ? Le latin a besoin de toi ici ». Elle apprit l'anglais et le sut assez pour aider son mari en lui traduisant un grand nombre de mémoires de chimie. Outre ses traductions inédites de Priestley, de Gavendish, de Henry, elle fit imprimer une brochure de Richard Kirwan *Sur la force des acides*, et un ouvrage du même auteur *Sur le phlogistique*. Arthur Young, qui lui rendit visite au mois d'octobre 1787, écrivit : « Mme Lavoisier, une personne pleine d'animation, de sens et de savoir, nous avait préparé un déjeuner anglais au thé et au café, mais la meilleure partie de son repas, c'était, sans contredit, sa conversation, soit sur l'*Essai sur le Phlogistique* de Kirwan, qu'elle est en train de traduire, soit sur d'autres sujets qu'une femme de sens travaillant dans le laboratoire de son mari sait si bien rendre intéressants ». Marie-Anne s'initia aussi à la chimie, avec Jean-Baptiste Buquet, qui fut le premier collaborateur de Lavoisier, de 1777 à 1780. Elle dessinait et gravait. C'est elle qui fit les planches du *Traité élémentaire de chimie* de Lavoisier, publié en 1789.

Jean-Jacques Peumery, « Marie-Anne Pierrette Paulze, épouse et collaboratrice de Lavoisier », in *Vesalius. Revue officielle de la Société internationale d'histoire de la médecine*, 2000.

Qui est-il ?

Jean-Jacques Peumery est un médecin et docteur en histoire et en philosophie des sciences.

ANGÉLIQUE DU COUDRAY (1712-vers 1790)
Sage-femme ayant exercée à Paris, elle forme plusieurs milliers de femmes et des médecins aux techniques d'accouchement en utilisant des outils qu'elle élabore, dont la « machine ».

3 L'art de l'accouchement selon Madame du Coudray

La Dame du Coudray, maîtresse sage-femme de Paris, est l'inventrice d'une machine au moyen de laquelle on peut apprendre l'art des accouchements. Cette machine a été approuvée à l'Académie de chirurgie et elle a mérité à la Dame du Coudray un brevet du Roi pour enseigner l'art des accouchements dans tout le royaume. L'utilité de cette machine est essentielle, on y apprend à prévenir une infinité d'accidents qui arrivent aux mères et à leurs enfants et qui privent l'État d'un grand nombre de sujets et augmentent celui des malheureux. Mon intention est de mettre à profit les avantages de cette machine afin de procurer du secours aux femmes de la campagne presque toujours victimes de l'ignorance des accoucheuses ordinaires ; et à cet effet je destine une machine à votre ville, elle sera accompagnée d'un livre que la Dame du Coudray a composé au même sujet.

Brouillon d'une lettre de l'intendant d'Auvergne aux délégués de sa généralité, Clermont-Ferrand, 26 janvier 1760. Archives départementales du Puy-de-Dôme.

4 La « machine » de Madame du Coudray

Ce mannequin en toile rembourrée représentant la partie inférieure d'un corps féminin permet d'apprendre les manipulations lors d'un accouchement. Il est aujourd'hui conservé au musée Flaubert et d'histoire de la médecine, à Rouen.

ACTIVITÉ

1. **Doc. 1 et 2** Relevez les différents domaines scientifiques dans lesquels Marie-Anne Lavoisier travaille et collabore.
2. **Doc. 1 et 2** Justifiez l'affirmation suivante : « Marie-Anne Lavoisier illustre les liens entre les sciences et le genre au XVIIIe siècle ».
3. **Doc. 3 et 4** Pourquoi Madame du Coudray est-elle considérée comme une pionnière dans l'art de l'accouchement ?
4. **Doc. 3 et 4** Comment contribue-t-elle au progrès et à la diffusion du savoir scientifique ?

BILAN À partir des exemples de Marie-Anne Lavoisier et Madame du Coudray, expliquez à l'oral en 120 secondes le rôle et la place des femmes dans le progrès et la diffusion scientifique au XVIIIe siècle.

Pour aller plus loin

À LIRE

- Adeline Laffitte et Hervé Duphot, ***La Sage-femme du roi***, Éditions Delcourt 2023.

Une bande dessinée qui retrace le destin d'Angélique du Coudray, sage-femme audacieuse, soucieuse de diffuser son savoir. Mais tout ne se passe pas aussi facilement dans une société française du XVIIIe siècle qui renvoie volontiers les femmes à leur condition.

À VOIR

- **Angélique du Coudray, l'art de l'accouchement** – Culture Prime – France tv arts – 2023

Un documentaire consacré à celle qui forma 5 000 femmes et 500 chirurgiens à l'art de l'accouchement en France.

À VOIR

- **La vie de Madame de Lavoisier**, et sa contribution majeure au travail de son mari qui est considéré comme « le père de la chimie moderne ».

COURS 1 La diffusion des progrès scientifiques en Europe

> Comment le développement des sciences transforme-t-il les sociétés européennes au XVIIIe siècle ?

1 Les conditions du renouveau scientifique

- **De nouvelles méthodes scientifiques apparaissent au XVIIe siècle.** Les philosophes Francis Bacon en Angleterre et René Descartes en France s'appuient sur l'observation et l'expérimentation afin d'obtenir des conclusions scientifiques. À la même époque, les instruments scientifiques sont perfectionnés devenant plus précis, comme les télescopes ou les microscopes.

- **De nouveaux lieux favorisent la production et la diffusion des connaissances en Europe.** Après s'être équipées d'imprimeries, quelques universités commencent à se doter en laboratoires et en observatoires comme l'université de Paris en 1667. Des académies et des sociétés savantes se créent, avec l'appui du pouvoir royal qui y voit un relais de prestige, comme la Royal Society à Londres en 1660 ou bien l'Académie royale des sciences de Paris en 1666.

- **Le poids des traditions et de la religion limite cependant le développement des sciences.** La croyance en la magie est encore très présente, et de nombreuses femmes sont accusées de sorcellerie. L'Église condamne également des savants qui avancent des thèses non conformes à la doctrine chrétienne. Certains préfèrent parfois partir en exil aux Provinces-Unies comme René Descartes.

VOCABULAIRE

- **Académie :** institution qui rassemble des savants afin de promouvoir les sciences et/ou les arts.
- ***Encyclopédie* :** ouvrage qui réunit l'ensemble des connaissances dans un but éducatif.
- **Gravitation universelle :** loi physique décrivant l'attraction terrestre des corps.
- **Lumières :** mouvement littéraire et philosophique du XVIIIe siècle fondé sur le progrès, la tolérance et la liberté. Il s'oppose à l'obscurantisme et aux superstitions.
- **Philosophe :** au XVIIIe siècle, ce terme désigne un penseur s'intéressant à la société et à son organisation.

2 La multiplication de découvertes majeures

- **À partir du XVIIe siècle, des découvertes remettent en cause la vision traditionnelle de l'homme et du monde.** En astronomie, Galilée confirme le système héliocentrique défendu par le savant polonais Copernic dès 1543. Il découvre également les anneaux de Saturne. Toutefois, ses travaux sont condamnés par l'Église et il doit se rétracter en 1633.

- **Les progrès de l'astronomie engendrent de grands progrès en physique.** Le physicien anglais Newton, réputé pour ces travaux sur l'optique et sur la composition de la lumière, découvre la gravitation universelle qui explique le mouvement des planètes. En France, Blaise Pascal étudie la pression atmosphérique et parvient à mettre au point une première machine à calculer, nommée la pascaline.

- **En médecine et en anatomie, dès la Renaissance, des progrès significatifs voient le jour grâce à la pratique de la dissection.** Ils permettent de rompre avec les théories médicales héritées de l'Antiquité. L'Anglais William Harvey découvre en 1628 la circulation sanguine et l'Allemand Athanase Kircher en 1658 est le premier à comprendre les mécanismes de propagation des maladies.

3 La diffusion des sciences et des connaissances

- **À partir du XVIIIe siècle, les découvertes s'accélèrent grâce au mouvement des Lumières.** Les philosophes et les savants sont animés par une volonté d'établir la vérité scientifique et par une croyance dans le progrès. Ainsi, « Aie le courage de te servir de ta propre raison » écrit le philosophe allemand Kant en 1784 (*Qu'est-ce que les Lumières ?*). Une puissante dynamique intellectuelle parcourt l'Europe, marquée par une volonté de savoir et de comprendre.
- **Les philosophes et les savants échangent abondamment sur leurs idées et leurs recherches.** Émilie du Châtelet, après s'être intéressée aux travaux du philosophe et mathématicien Leibnitz, traduit en français les *Principes mathématiques de philosophie naturelle* de Newton. Elle facilite ainsi la diffusion de la physique newtonienne en Europe car les savants et les philosophes utilisent le français pour communiquer.
- **Les nouvelles connaissances circulent davantage grâce à une multiplication du nombre d'ouvrages publiés et d'académies fondées.** Une nouvelle académie des sciences apparaît à Berlin en 1700 et à Saint-Pétersbourg en Russie en 1724. En France, des académies sont créées en province comme à Rouen (1736), Clermont-Ferrand (1750) ou bien encore Besançon (1752). À partir de 1751, Diderot et d'Alembert entreprennent de publier l'*Encyclopédie ou Dictionnaire raisonné des sciences, des arts et des métiers*, qui rassemble plus de 70 000 articles. De nombreux journaux comme le Journal des savants (dès 1665) et le Journal étranger (dès 1754), apparaissent pour faciliter la circulation des idées.

DATES CLÉS

1610
Galilée observe la Lune et le Soleil.

1687
Théorie de la gravitation universelle de Newton.

1745-1749
Traduction par Émilie du Châtelet d'un ouvrage de Newton.

1751-1772
Publication de l'*Encyclopédie*.

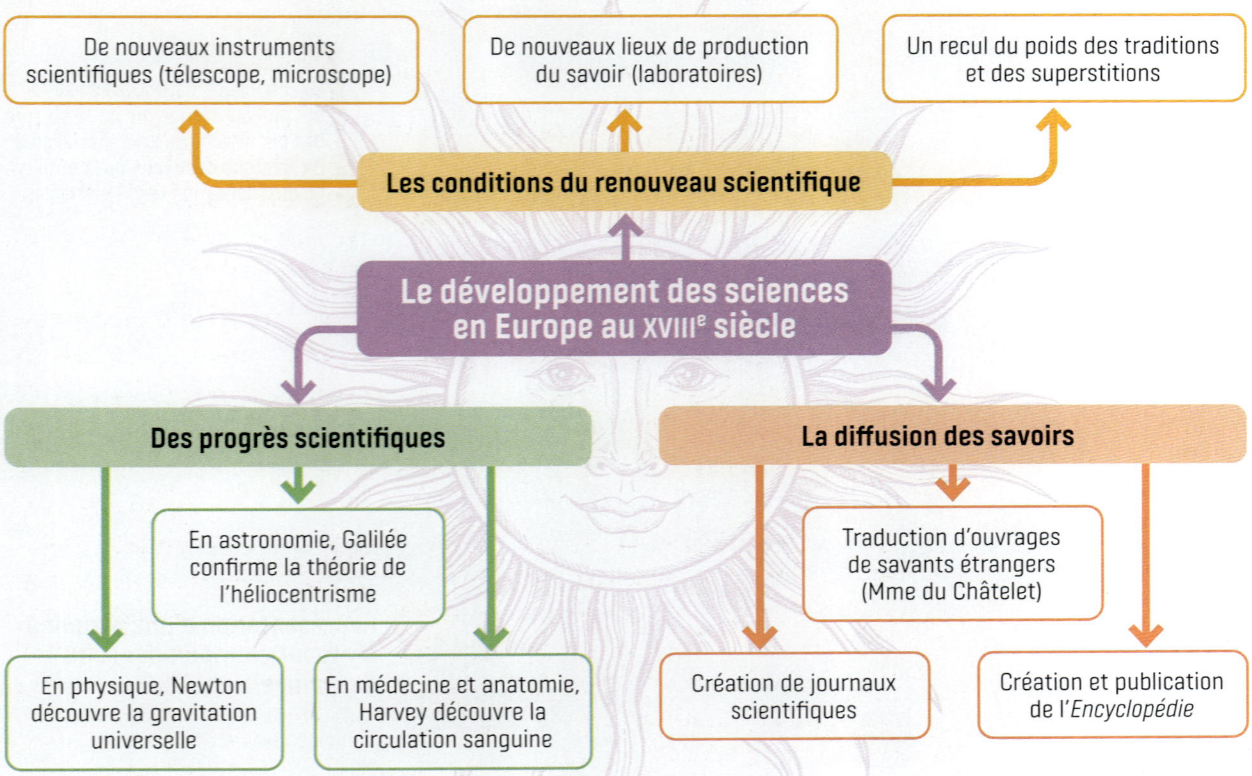

ÉTUDE 4
REGARD DE L'HISTORIEN

Newcomen et la machine à vapeur

PPO

La machine à vapeur a longtemps été attribuée à quelques inventeurs de génie, comme Thomas Newcomen ou James Watt. Depuis quelques années, les historiens insistent davantage sur une **innovation** qui s'appuie sur plusieurs **inventions** à travers le continent européen.

> Pourquoi les historiens considèrent-ils que la machine de Newcomen est une innovation et non une invention ?

1 La machine à vapeur, une innovation européenne

REGARD DES HISTORIENS

Dans un ouvrage récent l'historien et économiste Harry Kitsikopoulos souligne la nécessité de réinscrire l'histoire de la machine à vapeur dans la longue durée. Il rappelle ainsi le caractère précurseur des travaux du mathématicien grec Héron d'Alexandrie[1] (Ier siècle), redécouvert par les humanistes du XVIe siècle qui tentèrent de reproduire sa machine pour l'adapter à des bateaux et à des pompes. Il insiste également sur l'importance des recherches menées au XVIIe siècle sur le vide et la pression atmosphérique, à la fois en Angleterre (Boyle[2]), en Italie (Torricelli[3]), en France (Pascal[4], Papin[5]) […].

Les premières machines à vapeur, élaborées en Angleterre par Thomas Savery en 1698 et Thomas Newcomen en 1711, sont le produit de cette dynamique de recherche européenne. […] Les machines bénéficient d'expériences menées par des savants, très connectés aux entrepreneurs, tels John Theophilus Desaguliers, démonstrateur à la Royal Society, qui explique dans ses cours comment tirer parti de la vapeur et conseille activement les investisseurs. L'importance des gisements de charbon anglais, exploités de manière croissante pour le chauffage et pour de nombreuses industries (saline, brasserie, verrerie, etc.), stimule également la recherche de solutions pour l'évacuation des eaux souterraines et la ventilation. Enfin, le contexte anglais est capitaliste et la législation est favorable à l'exploitation économique des inventions, protégées par des *patents*, brevets accordés par le roi, pour une durée de quatorze ans.

« La Machine à vapeur démythifiée » de Liliane Hilaire-Pérez et François Jarrige, publié dans les *Collections de L'Histoire* n°91 (avril-juin 2021), pp. 24-25.

1. Il crée une première machine à vapeur dite « Éolipyle », boule qui tourne grâce à l'énergie de la vapeur. 2. Physicien irlandais qui perfectionne la pompe à air. 3. Physicien italien qui invente des thermomètres et baromètres. 4. Physicien français qui étudie la pression atmosphérique. 5. Physicien français réfugié à Londres, inventeur d'une première machine qui utilise la pression de la vapeur.

Qui sont-ils ?
Liliane Hilaire-Pérez (née en 1960) et François Jarrige (né en 1978) sont des historiens français spécialistes de l'histoire des techniques et de l'industrialisation (XVIIIe-XXe siècle).

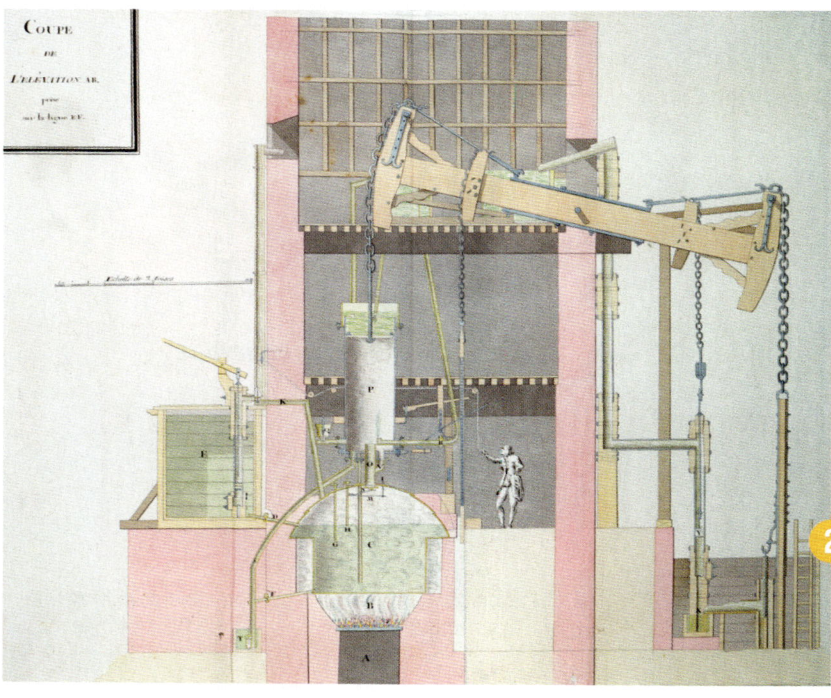

2 Représentation d'une machine à vapeur pour pomper l'eau des mines, vers 1760

École nationale des Ponts et Chaussées, Pierre Yves Beaurepaire, *La France des Lumières 1715-1789*, Belin, 2014.

3 L'utilité des machines à vapeur pour la France

Nous avons examiné par ordre de l'Académie, une machine à élever l'eau par le moyen du feu. […] Ce que nous pouvons en dire, c'est que cette machine est extrêmement ingénieuse. […] La consommation de bois, à la vérité, en deviendra plus grande, et elle paraît peut-être déjà un objet considérable, cependant si on compare avec le produit de cette machine et la dépense qu'il faudrait faire pour l'avoir par d'autres moteurs, on trouvera qu'il y aurait de l'épargne et que ce serait un des bons moyens de procurer des quantités d'eau considérables aux grandes villes comme Paris. Mais il y a des endroits dans le royaume où le bois est si bon marché que l'entretien de la machine y reviendrait à peu de frais lorsqu'on en aura besoin dans ces pays-là. Au lieu de bois, on peut aussi se servir de charbon de terre, comme on le pratique en Angleterre pour faire agir des machines pareilles à celle-ci. On pourrait s'en servir pour épuiser l'eau de nos mines de charbon de terre et là son utilité serait grande et son entretien presque rien.

Archives de l'Académie des sciences, 11 mai 1726.

THOMAS NEWCOMEN
(1663-1729)
Pasteur et mécanicien anglais, il développe une machine à vapeur qui permet de pomper l'eau des puits de mine.

VOCABULAIRE

- **Innovation :** application industrielle et commerciale d'une invention.
- **Invention :** réalisation nouvelle en vue d'un progrès.

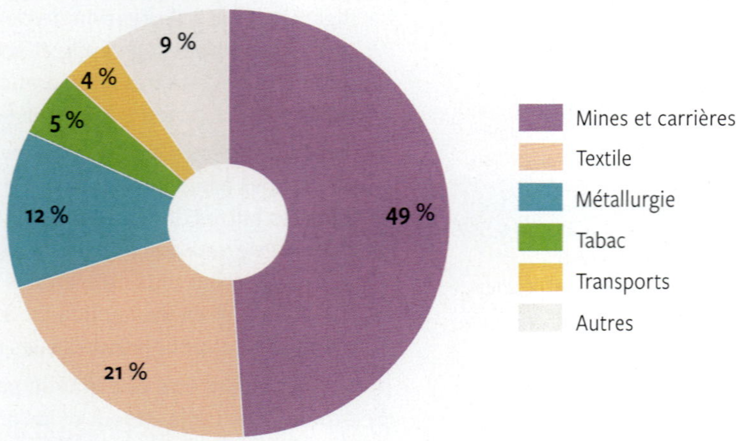

J. Brasseul, *Histoire des faits économiques et sociaux*, Paris, Armand Colin, 2001, p. 227.

4 Emploi de la vapeur dans les industries au Royaume-Uni en 1800

PARCOURS 1

Mettre en perspective un événement historique

1. **Doc. 1** Montrez que la création de la machine à vapeur s'inscrit dans un temps long.
2. **Doc. 1 à 4** Dans quels domaines économiques la machine à vapeur a-t-elle trouvé des applications ?
3. **Doc. 3** Quels sont les avantages et les atouts de la machine à vapeur selon l'Académie des sciences ?
4. **Doc. 1** Montrez que la machine à vapeur est une innovation collective.

BILAN Expliquez pourquoi les historiens considèrent que la machine de Newcomen est « le produit de cette dynamique de recherche européenne. »

PARCOURS 2

Présenter le fruit d'une recherche

Lors d'une conférence entre historiens, vous devez présenter le fruit de vos recherches sur Thomas Newcomen et la machine à vapeur.

Pas à pas : vous pouvez organiser votre présentation orale à partir des idées suivantes :
1. Thomas Newcomen a mobilisé des inventions anciennes.
2. Il a trouvé une application à l'industrie de la machine à vapeur.
3. La machine à vapeur a été améliorée et utilisée dans d'autres secteurs.

ÉTUDE 5

Les débuts de la « révolution industrielle »

Au XVIIIe siècle, le progrès technique est désormais considéré comme une source d'enrichissement. La maîtrise de la machine à vapeur permet ainsi le développement de la métallurgie ou du textile, et marque le début d'une réelle « **révolution industrielle** » en Angleterre, puis en France.

> Pourquoi peut-on dire que les progrès scientifiques et techniques sont à l'origine de la « révolution industrielle » ?

JAMES WATT
(1736-1819)
Ingénieur écossais, il s'intéresse à la vapeur en 1763 après avoir réparé une machine Newcomen. Il dépose le **brevet** d'une nouvelle machine à vapeur en 1769 qui permet de mieux canaliser l'énergie produite. Cette invention fait sa fortune.

1 La machine de James Watt

Lettre de Matthew Boulton, associé de James Watt au comte de Dartmouth, président du Board of Trade *(commission du commerce).*

À Soho, le 22 février 1775

Je prends la liberté de vous écrire en faveur de mon ami M. James Watt, un ingénieur, qui a l'intention de demander au parlement une prolongation de la période du privilège exclusif accordé par le brevet de sa majesté. Il l'a déjà obtenu pour certaines améliorations capitales qu'il a apporté aux machines à vapeur et aux moteurs à combustion.

Je n'ai pas besoin de vous vanter la grande utilité de ces machines à vapeur ou pompes à feu dans les mines de charbon, de plomb, de cuivre et d'étain, et dans les autres domaines où l'on requiert une grande puissance, mais je me permets de vous faire observer que les projets de M. Watt, s'ils sont menés à terme, rendront plus utile encore les machines à vapeur en divisant leur prix par quatre, et en les appliquant à une plus grande variété de domaines et de manufactures pour lesquels elles ne sont pas actuellement adaptées.

M. Watt a consacré une grande partie de sa vie et de sa fortune à mener des expériences sur la vapeur et les engins à vapeur, et il est le premier homme à avoir découvert les mécanismes à partir desquels elles peuvent être construites pour le meilleur rendement et de manière plus efficace que ceux précédemment employés.

Lettre reproduite in *English Historical documents*, t. X, in R. Marx, *La révolution industrielle en Grande-Bretagne*, A. Colin, 1997.

VOCABULAIRE

- **Brevet :** acte juridique qui reconnaît à un inventeur la propriété intellectuelle de son œuvre.
- **Révolution industrielle :** expression apparue au XIXe siècle pour qualifier le passage d'une économie essentiellement agricole à une économie où la production des biens est mécanisée.

2 Situation industrielle du Royaume-Uni et de la France en 1789

	Royaume-Uni	France
Machines à vapeur	2 000	12
Production de charbon	10 millions de tonnes	600 000 tonnes
Broches à filer[1]	2,4 millions	50 000
Hauts-fourneaux au coke[2]	80	1

Yves Leclercq, *Histoire économique et financière de la France d'Ancien Régime*, Paris, Armand Colin, 1998.

1. Machine permettant de filer la laine. 2. Installation permettant de produire de la fonte à partir de la combustion du charbon.

Je révise avec des podcasts

L'ESSENTIEL en 5 minutes

1 Pourquoi les travaux de Galilée sont-ils une rupture dans l'histoire des sciences ?

Podcast
hachette-clic.fr/24h2049

2 Comment Mme du Châtelet a-t-elle diffusé les savoirs ?

Podcast
hachette-clic.fr/24h2050

3 Où les savoirs sont-ils produits au XVIIIe siècle ?

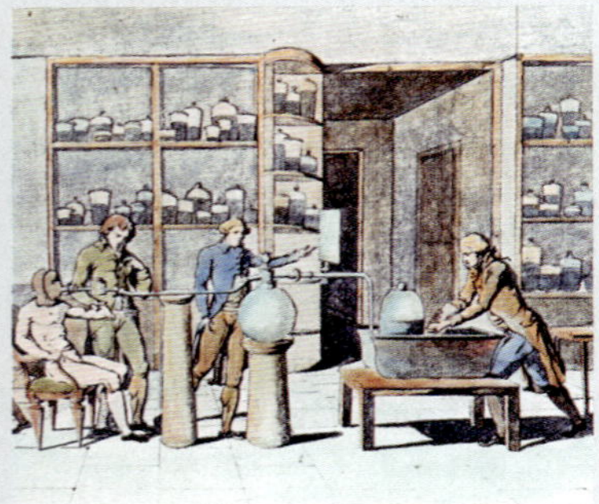

Podcast
hachette-clic.fr/24h2051

4 Qui a inventé la machine à vapeur ?

Podcast
hachette-clic.fr/24h2052

5 Quelles sont les origines de la « révolution industrielle » en Angleterre ?

Podcast
hachette-clic.fr/24h2053

Je teste mes connaissances

- Écoutez les cinq épisodes du podcast puis testez vos connaissances grâce aux flashcards.

QUESTION
Quelle théorie Galilée confirme-t-il ?

RÉPONSE
L'héliocentrisme

Flashcards
hachette-clic.fr/24h2054

Le saviez-vous ?

Un podcast est un excellent outil pour apprendre car il peut être arrêté à tout moment et réécouté autant de fois que nécessaire. Il permet ainsi de noter les informations essentielles, en histoire : acteurs, dates, notions, causes et conséquences d'un événement…

RÉVISIONS

Je m'entraîne

• Comprendre un événement

> **Le saviez-vous ?**
> Galilée a entretenu une importante correspondance avec des savants, des membres du haut clergé et de l'aristocratie européenne, comme la grande-duchesse Christine de Lorraine. Il nous reste aujourd'hui plus de 4 000 lettres de ces correspondants et plusieurs centaines de sa main.

1 Lettre de Galilée à Giuliano de Médicis[1] (février 1611)

J'ai une démonstration certaine que tout comme les planètes dans leur totalité reçoivent la lumière du Soleil, étant par elles-mêmes enténébrées et opaques, de même les étoiles fixes resplendissent naturellement, n'ayant nul besoin de l'illumination des rayons solaires, dont Dieu sait s'ils parviennent à une telle hauteur plus que ne nous parvient à nous la lumière de l'une des fixes.

Le principe de mon raisonnement tient dans l'observation très évidente, grâce à la lunette, que ces planètes, au fur et à mesure qu'elles sont plus proches de nous ou du Soleil, reçoivent plus de lumière, et la réfléchissent avec plus d'éclat ; ainsi Mars au périgée[2], donc très près de nous, est vu bien plus brillant que Jupiter, quoique sa masse soit de beaucoup inférieure, et c'est difficilement que l'on arrive à supprimer avec la lunette l'irradiation qui nous interdit de voir son disque net et rond, ce qui n'est pas le cas de Jupiter que l'on perçoit parfaitement circulaire. Quant à Saturne, en raison de son grand éloignement, nous le voyons avec un contour absolument net, qu'il s'agisse de la grande étoile centrale ou des deux petites étoiles latérales ; sa lumière apparaît faible et pâle, sans qu'aucune irradiation n'empêche de distinguer ses trois petits globes très bien délimités.

Maurice Clavelin, *Galilée Copernicien*, Albin Michel, 2004.

1. Membre de la grande famille des Médicis de Florence, il est ambassadeur à Prague, avant d'être fait archevêque de Pise.
2. Moment où l'astre est le plus proche de la terre.

2 La condamnation de Galilée lors de son second procès en 1633

Le procès de Galilée, peinture anonyme italienne XVIIe siècle.

Le 22 juin 1633, Galilée comparaît devant le tribunal de l'Inquisition à Rome, où il est accusé de défendre les thèses coperniciennes, interdites depuis 1616.

PALIER 1

Je lis, j'observe et je comprends les documents

- **Doc. 1** Identifiez le document (nature, auteur, source, date).
- **Doc. 2** À quel événement correspond le document ?
- **Doc. 2** Qui sont les différents personnages représentés sur le document ?

PALIER 2

Je sélectionne les informations

- **Doc. 1** Quelles sont les découvertes réalisées par Galilée ?
- **Doc. 1** Quelle est la méthode appliquée par Galilée pour réaliser ces découvertes ?
- **Doc. 2** Quelles sont les conséquences de ses découvertes pour Galilée ?

PALIER 3

Je croise les documents avec mes connaissances

- Quel terme permet de qualifier la théorie scientifique confirmée par Galilée ?
- Pourquoi les travaux de Galilée sont-ils en contradiction avec la conception de l'Univers défendue par l'Église catholique ?
- Pourquoi les découvertes de Galilée sont-elles importantes dans l'histoire des sciences ?

• Comprendre le rôle des acteurs

L'éloge de Madame du Châtelet par Voltaire

Cette traduction que les plus savants hommes de France devaient faire, et que les autres doivent étudier, une dame l'a entreprise et achevée, à l'étonnement et à la gloire de son pays. Gabrielle-Émilie de Breteuil, épouse du marquis du Châtelet-Laumont, lieutenant général des armées du roi, est l'auteur de cette traduction, devenue nécessaire à tous ceux qui voudront acquérir ces profondes connaissances dont le monde est redevable au grand Newton.

[…] On a vu deux prodiges : l'un, que Newton ait fait cet ouvrage ; l'autre, qu'une dame l'ait traduit et l'ait éclairci. Ce n'était pas son coup d'essai; elle avait auparavant donné au public une explication de la philosophie de Leibniz, sous le titre d'*Institutions de physique*, adressées à son fils, auquel elle avait elle-même enseigné la géométrie. Il a fallu que les modernes créassent des mots nouveaux pour rendre ces nouvelles idées : c'est un grand inconvénient dans les livres de sciences, et il faut avouer que ce n'est plus guère la peine d'écrire ces livres dans une langue morte, à laquelle il faut toujours ajouter des expressions inconnues à l'Antiquité, et qui peuvent causer de l'embarras. Le français, qui est la langue courante de l'Europe, et qui s'est enrichi de toutes ces expressions nouvelles et nécessaires, est beaucoup plus propre que le latin à répandre dans le monde toutes ces connaissances nouvelles.

Préface de Voltaire à la traduction de Mme du Châtelet de Newton, *Principes mathématiques de la philosophie naturelle*, tome 1, 1756.

PALIER 1

Je lis et je comprends les documents

- Présentez l'auteur du document.
- Identifiez les deux savants mentionnés par l'auteur.
- Quelles sciences sont évoquées dans le document ?

PALIER 2

Je sélectionne les informations

- Quelles sont les découvertes de Newton ?
- Quelle est, selon Voltaire, la grande réussite de Mme du Châtelet ?
- Pourquoi est-il important de traduire les œuvres scientifiques en français au XVIIIe siècle ?

PALIER 3

Je croise les documents avec mes connaissances

- Expliquez la phrase soulignée.
- Montrez que Madame du Châtelet est une actrice du mouvement des Lumières en Europe au XVIIIe siècle.

» J'approfondis

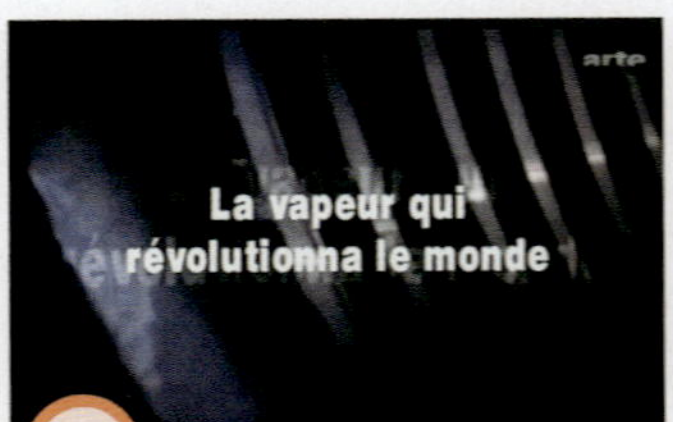

À REGARDER

La Vapeur qui révolutionna le monde est un documentaire diffusé sur Arte en 2008 consacré à James Watt et à son invention de 1769.

À VISITER EN LIGNE

Le site Internet du **musée des Arts et Métiers** de Paris permet d'étudier les grandes étapes de l'histoire des sciences et d'accéder à des collections d'objets ou à des ressources liées à l'industrialisation.

VERS LA SPÉCIALITÉ HGGSP

Le regard de la scientifique : dans la vidéo de l'Institut de France « L'Encyclopédie, un combat pour la connaissance » (2018), Catherine Bréchignac : l'*Encyclopédie* fut l'un des combats des Lumières. **Comment diffuse-t-on les connaissances ?**

→ Voir fiche 10 p. 216

Analyser un document avec une consigne

Objectif Rédiger une réponse à l'aide d'une consigne

Sujet guidé : Les Lumières et la défense de l'homme libre

Après avoir présenté le document et son contexte, identifiez les arguments utilisés par le chevalier de Jaucourt pour dénoncer l'esclavage et expliquez pourquoi ils lui permettent aussi de critiquer le pouvoir du roi.

La liberté naturelle de l'homme c'est de ne connaître aucun pouvoir souverain sur la terre et de n'être point assujettie à l'autorité législative de qui que ce soit, mais de suivre seulement les lois de la Nature : la liberté dans la société est d'être soumis à un pouvoir législatif établi par le consentement de la communauté, et non d'être sujet à la fantaisie, à la volonté inconstante et arbitraire d'un seul homme en particulier. Cette liberté par laquelle on n'est point assujetti à un pouvoir absolu est unie si étroitement avec la conservation de l'homme qu'elle n'en peut être séparée que par ce qui détruit en même temps sa conservation et sa vie. Quiconque tâche donc d'usurper un pouvoir absolu sur quelqu'un, se met par là en état de guerre avec lui [...]. En effet, du moment qu'un homme veut me soumettre malgré moi à son empire, j'ai lieu de présumer que si je tombe entre ses mains, il me traitera selon son caprice et ne se fera pas scrupule de me tuer, quand la fantaisie lui en prendra. La liberté est, pour ainsi dire, le rempart de ma conservation, et le fondement de toutes les autres choses qui m'appartiennent. Ainsi, celui qui dans l'état de la nature, veut me rendre esclave, m'autorise à le repousser par toutes sortes de voies, pour mettre ma personne et mes biens en sûreté. Tous les hommes ayant naturellement une égale liberté, on ne peut les dépouiller de cette liberté, sans qu'ils y aient donné lieu par quelques actions criminelles.

Extraits de la notice « Esclavage » par Louis de Jaucourt[1], *L'Encyclopédie*, 1755.

1. Noble français et médecin, auteur de nombreux articles dans l'*Encyclopédie*.

Étape 1 Préparer l'analyse du document au brouillon

➔ Voir méthode p. 134

1. Analysez la consigne en identifiant et en définissant les mots-clés.
2. Présentez le contexte et l'ouvrage dans lequel ce document est publié.
3. Complétez le tableau.

Plan suggéré par la consigne	Informations	Connaissances
Paragraphe 1 Les arguments du chevalier de Jaucourt contre l'esclavage	*– « Tous les hommes ayant naturellement une égale liberté »* *– ...*	*– Pour les philosophes des Lumières, les hommes naissent libres à l'état de nature.* *– ...*
Paragraphe 2 La critique du pouvoir du roi par le chevalier de Jaucourt	*– « Quiconque tâche donc d'usurper un pouvoir absolu sur quelqu'un, se met par là en état de guerre avec lui »* *– ...*	*– L'auteur dénonce l'arbitraire du pouvoir royal en France.* *– ...*

Étape 2 Rédiger l'analyse du document

4. Complétez la présentation du document.

Le document proposé est l'extrait d'une notice de l'Encyclopédie écrite...

5. Complétez la rédaction des paragraphes 1 et 2.

*– **Paragraphe 1** : Dans cet extrait d'une notice de l'Encyclopédie, Louis de Jaucourt précise pourquoi il ne peut être question de réduire un individu à un esclave. En effet, selon lui...*
*– **Paragraphe 2** : Pour Louis de Jaucourt, être libre, c'est aussi ne pas être soumis à l'arbitraire ou à « la fantaisie » d'un seul homme. Indirectement, il formule une critique du pouvoir absolu du roi car...*

6. Rédigez la conclusion de l'analyse en utilisant les mots-clés : liberté • droits naturels • Lumières • despotisme • critique • esclavage

→ Voir fiche 8 p. 214

Analyser un document avec des questions

Objectif Rédiger des réponses à partir de questions

Sujet guidé : L'*Encyclopédie* présentée par l'un de ses auteurs

L'*Encyclopédie* que nous présentons au public, est, comme son titre l'annonce, l'ouvrage d'une société de gens de lettres. […] notre fonction d'éditeurs consiste principalement à mettre en ordre des matériaux dont la partie la plus considérable nous a été entièrement fournie. Nous avions fait expressément la même déclaration dans le corps du Prospectus[1] ; mais elle aurait peut-être dû se trouver à la tête. Par cette précaution, nous eussions apparemment répondu d'avance à une foule de gens du monde, et même à quelques gens de lettres, qui nous ont demandé comment deux personnes pouvaient traiter de toutes les sciences et de tous les arts […]. L'ouvrage dont nous donnons aujourd'hui le premier volume, a deux objets : comme encyclopédie, il doit exposer autant qu'il est possible, l'ordre et l'enchaînement des connaissances humaines : comme dictionnaire raisonné des sciences, des arts et des métiers, il doit contenir sur chaque science et sur chaque art, soit libéral, soit mécanique, les principes généraux qui en sont la base, et les détails les plus essentiels, qui en font le corps et la substance. Ces deux points de vue, d'encyclopédie et de dictionnaire raisonné, formeront donc le plan et la division de notre discours préliminaire.

Extrait du *Discours préliminaire à l'Encyclopédie* (1751) rédigé par le mathématicien et philosophe Jean le Rond d'Alembert.

1. Texte introductif rédigé avant de la parution de l'*Encyclopédie* et qui est ensuite intégré à celle-ci.

QUESTIONS

a Présentez la nature et l'auteur du document.

b Montrez que l'*Encyclopédie* est une œuvre collective.

c À l'aide du document et de vos connaissances, expliquez le rôle et l'apport de l'*Encyclopédie* au XVIIIe siècle.

Étape 1 Préparer l'analyse du document au brouillon

➔ Voir méthode p. 134

1. Identifiez l'auteur et le contexte.
2. Qui a contribué à l'*Encyclopédie* ?
3. Quels sont les deux objectifs de cette publication ?

Étape 2 Rédiger les réponses aux questions

4. Rédigez la réponse à la question a à l'aide de l'étape 1.
5. Rédigez la réponse à la question b à l'aide du tableau ci-contre.

Informations du texte	Connaissances
- « l'ouvrage d'une société de gens de lettres » - « notre fonction d'éditeurs » - « traiter de toutes les sciences et de tous les arts »	- Diderot - Lumières - Savants et philosophes - Lavoisier

6. Complétez la réponse à la question c.

D'Alembert précise bien quels sont les deux objectifs poursuivis par son entreprise. Il s'agit d'abord d'une « encyclopédie » qui « doit exposer autant qu'il est possible, l'ordre et l'enchaînement des connaissances humaines », c'est-à-dire …
L'auteur précise aussi qu'il s'agit d'un « dictionnaire raisonné des sciences, des arts et des métiers », ce qui signifie que …
C'est pour cela que cette œuvre, malgré son rayonnement limité aux cercles culturels et intellectuels, a permis de …

CHAPITRE

8 Tensions, mutations et crispations de la société d'ordres

Départ des trois Ordres pour Ver

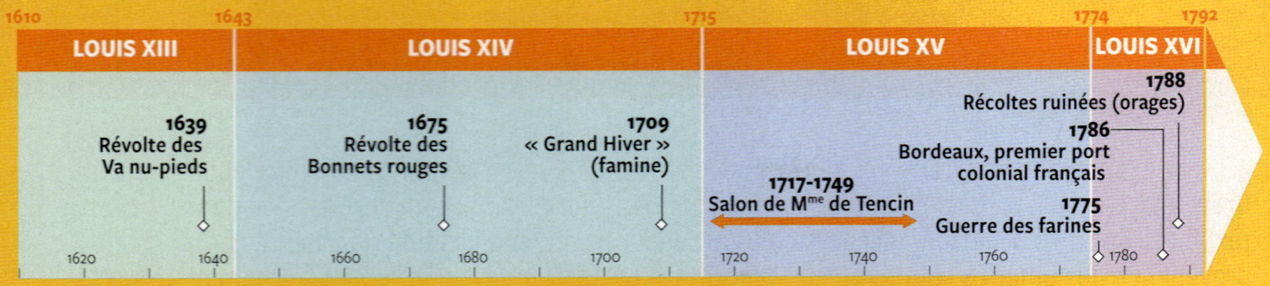

COURS 1 Composée de trois ordres (noblesse, clergé, tiers état), la société française d'Ancien Régime connaît d'importantes évolutions : amélioration de l'agriculture, développement du commerce maritime, affirmation d'une élite bourgeoise.

Quelles transformations économiques et sociales touchent la société française au XVIIIe siècle ?

COURS 2 Fragilisée par ces transformations, la société est sous tension. Les injustices provoquent des révoltes dans les campagnes tandis que, dans les villes, les inégalités entre les ordres sont de plus en plus dénoncées par la bourgeoisie et les philosophes des Lumières.

Dans quelle mesure la critique des inégalités remet-elle en cause la société d'ordres ?

La société d'ordres en France à la fin du XVIIIe siècle

Gravure de Vion, 1789, BnF, Paris.

Cette gravure montre les représentants des trois ordres de la société française : le clergé et la noblesse discutent pendant que le tiers état conduit une calèche qui symbolise l'État monarchique. Ils se rendent au château de Versailles où le roi Louis XVI a convoqué les états généraux (assemblée des trois ordres) en mai 1789.

QUESTIONS

1. Présentez la composition de la société française au XVIIIe siècle.
2. Comment l'auteur illustre-t-il l'existence d'inégalités sociales ?

GRAND ANGLE Les transformations économiques et sociales en France au XVIIIe siècle

● Le développement des réseaux routiers dans le royaume permet d'unifier l'espace économique. Grâce aux transports, des régions se spécialisent dans les cultures commerciales ou dans l'industrie textile. Les ports permettent d'exporter ces productions nationales et d'importer des produits en provenance des empires coloniaux. Les villes et les ports s'enrichissent et se développent, toutefois cela renforce des inégalités et des tensions qui viennent perturber la société d'ordres.

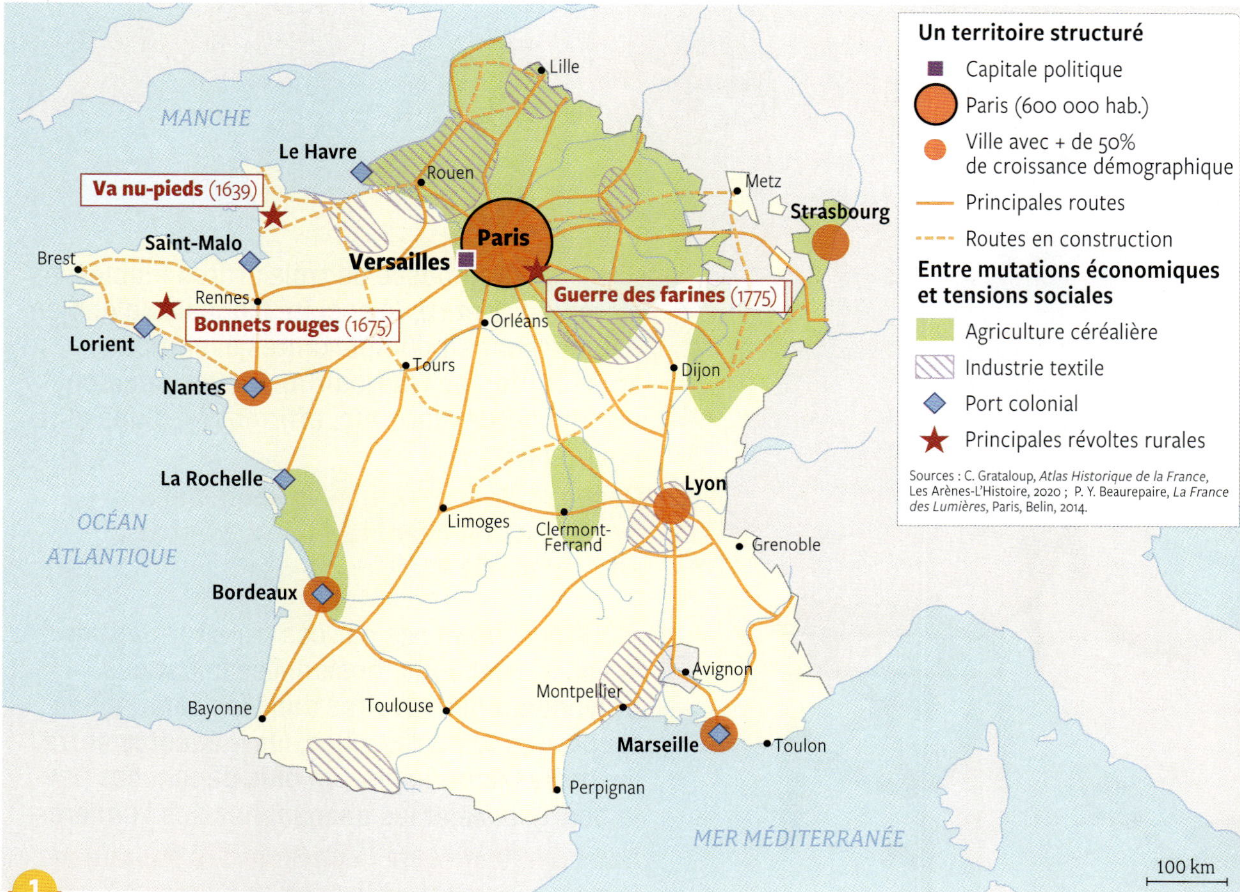

1 Les mutations dans le royaume de France au XVIIIe siècle

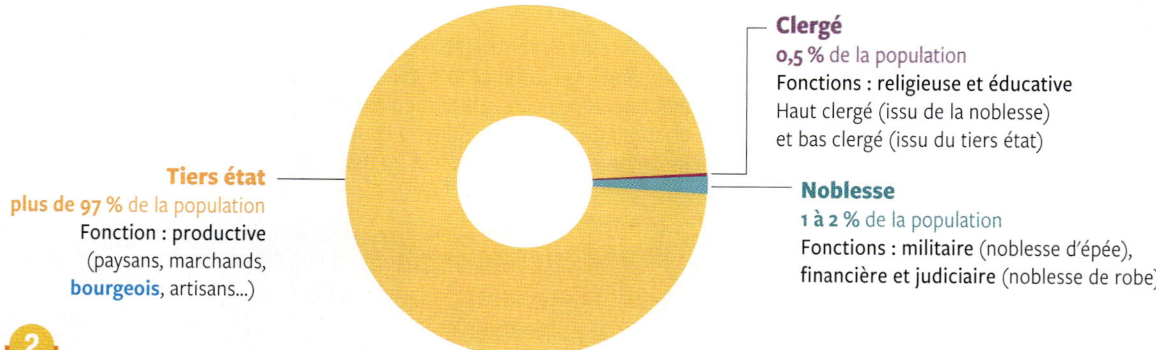

2 Une société d'ordres

● Au XVIIIe siècle, la France dispose d'un vaste empire colonial avec des territoires sur l'ensemble des continents. Aux Antilles, la France développe une économie de plantation en recourant à la traite atlantique animée par des ports comme Nantes, Bordeaux et La Rochelle. Les villes portuaires se développent grâce au commerce colonial, ce qui fait émerger une élite de marchands enrichis.

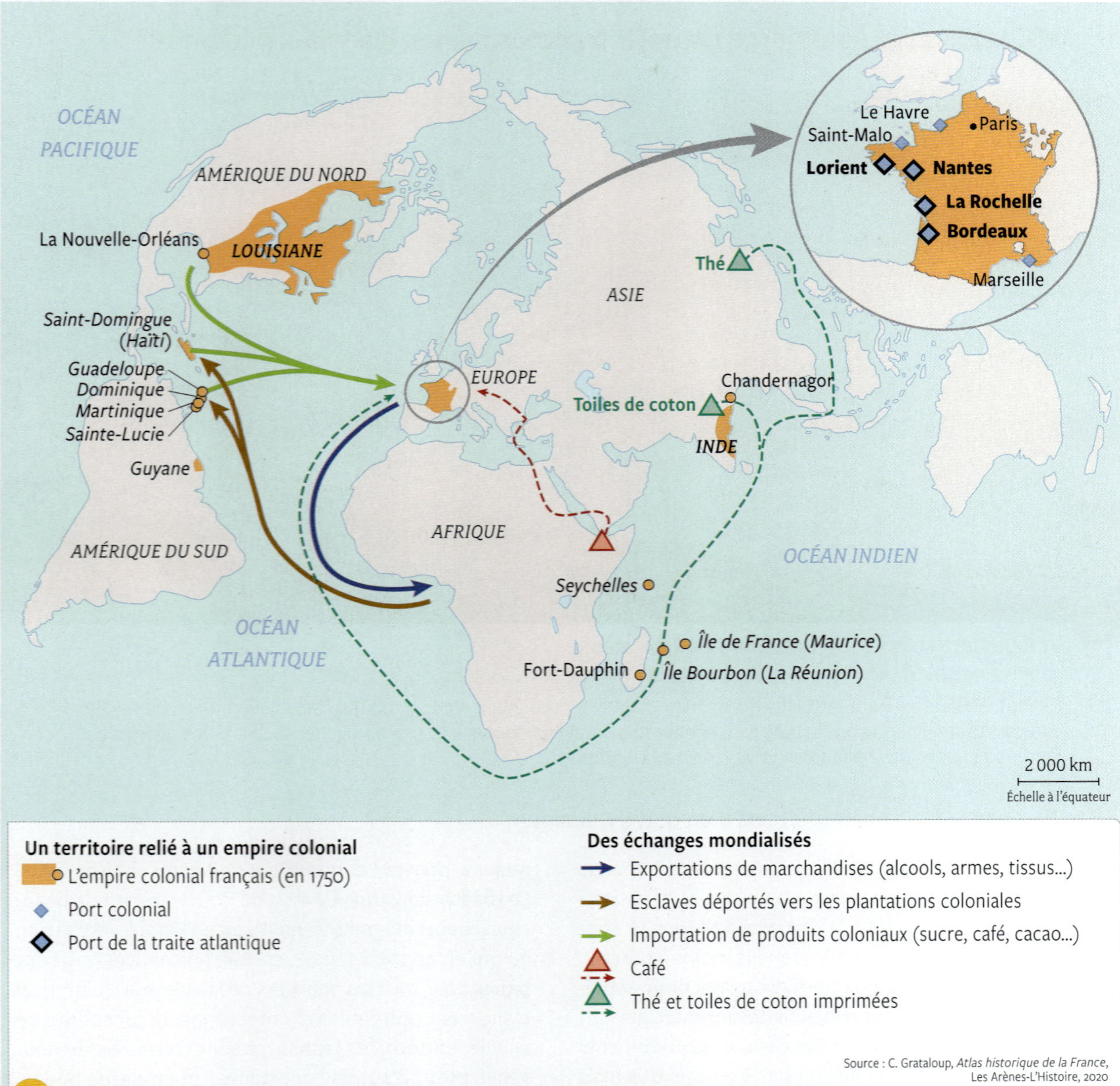

3 L'empire colonial français et les échanges commerciaux au milieu du XVIIIe siècle

VOCABULAIRE

- **Bourgeois :** terme qui désigne à la fois un statut juridique (le bourgeois est citoyen d'une ville), et un statut social (un certain niveau de fortune, un mode de vie plutôt aisé).
- **Société d'ordres :** société fondée sur des groupes sociaux fermés et héréditaires (noblesse et tiers état), chaque ordre ayant une fonction spécifique.

QUESTIONS

1. **Doc. 1** Relevez trois mutations dans le royaume de France et indiquez le(s) élément(s) cartographique(s) associé(s).
2. **Doc. 2** Justifiez l'idée que la société d'ordres est très inégalitaire (inégalités entre ordres, et à l'intérieur de chaque ordre).
3. **Doc. 3** Montrez que la France est une puissance coloniale et commerciale au XVIIIe siècle.

ÉTUDE 1 Les ports français et le commerce colonial

Au XVIIIe siècle, la croissance du commerce colonial stimule le développement des ports de la façade atlantique, comme Nantes ou Bordeaux. Les villes portuaires se transforment, tandis que naît une élite marchande fortunée.

> Comment le commerce colonial transforme-t-il les villes portuaires ?

1 Vue du port colonial de Bordeaux au XVIIIe siècle

Joseph Vernet, *Vue du port de Bordeaux prise du château Trompette*, 1759, musée national de la Marine, Paris.

Devant le château Trompette, les riches **négociants** se promènent. Le long du quai se trouvent la place royale avec la statue de Louis XV, le palais de la bourse, l'hôtel des douanes et des hôtels particuliers. Des navires de commerce, dont des hollandais, circulent sur la Garonne.

2 Bordeaux : les transformations d'un port dynamique

Quoi que j'aie pu entendre dire et lire sur le commerce, la richesse et la magnificence de cette cité, ils dépassent grandement mon attente. […]La grande curiosité dont j'avais le plus entendu parler répond le moins à sa réputation : je veux dire le quai, qui est respectable seulement par sa longueur et son activité commerciale […] Si je me permets de trouver des défauts aux bâtiments qui longent la rivière, on ne doit pas supposer que mon jugement porte sur le tout ; la demi-lune[1] qui se trouve sur la même ligne est bien mieux. La place royale, avec la statue de Louis XV au milieu constitue une belle ouverture. Mais ce qui est vraiment magnifique, c'est le château Trompette, qui occupe près d'un demi-mille[2] sur le quai. Ce fort a été racheté au roi par une société de spéculateurs[3] qui sont en train de l'abattre dans l'intention de construire une belle promenade et des rues neuves, pouvant contenir dix-huit cents maisons. […] Le théâtre construit il y a dix ou douze ans, est de beaucoup le plus magnifique qu'il y ait en France. Je n'ai rien vu qui en approche. […] Les maisons neuves, qui sont bâties dans tous les quartiers de la ville, marquent trop clairement pour qu'on s'y méprenne, la prospérité de la ville. Partout, les faubourgs sont composés de nouvelles rues ; d'autres sont tracées et en partie bâties. Ces maisons sont en général petites ou de dimensions moyennes pour les commerçants de rang inférieur. Elles sont toutes en pierre blanche et lorsqu'elles sont terminées, elles ajoutent beaucoup à la beauté de la ville.

Arthur Young, *Voyages en France en 1787-1788 et 1789*, t. 1, traduction par Henri Sée, Paris, Armand Colin, 1931.

1. Place royale de Bordeaux en forme de demi-cercle. 2. Environ 800 mètres. 3. Investisseurs qui cherchent à faire d'importants bénéfices.

Qui est-il ?

Arthur Young (1741-1820) est un agronome anglais qui voyage en Europe, notamment en France, pour observer et décrire les différentes techniques agricoles.

3 Le commerce colonial français au XVIIIe siècle

Valeurs et provenance des importations (en million de livres tournois[1])

	1716	1787
Levant et Barbarie[2]	3,3	37,7
Asie	6,3	34,7
Amérique	16,8	192,1
Afrique	2,5 (dont 2 sont le produit de la traite atlantique)	43,3 (dont 39 sont le produit de la traite atlantique)
Total	28,9	307,8

Valeurs et destination des exportations (en million de livres tournois)

	1716	1787
Réexportations coloniales	17,8	156,3
Levant et Barbarie	2	25,6
Asie	2,9	17,4
Amérique	9,1	77,9
Afrique	0,6	22,8
Total	32,4	300

Source : Pierre Pluchon, *Histoire de la colonisation française*, Paris, Fayard, 1991.

1. Unité de compte monétaire sous l'Ancien Régime.
2. Moyen-Orient et Maghreb.

4 L'ascension sociale des négociants

Pierre-Bernard Morlot, *Portrait de Marguerite Deurbroucq*, 1753, château des ducs de Bretagne, musée d'Histoire de Nantes.

Ce tableau représente Madame Deurbroucq, épouse d'un **armateur** et négociant nantais ayant fait fortune dans le commerce atlantique. Assise à côté d'un perroquet du Gabon (Afrique), elle tient une tasse en porcelaine contenant du chocolat ou du café importé à Nantes. Une esclave lui apporte un autre produit exotique : le sucre.

VOCABULAIRE

- **Armateur :** personne qui paye, à ses frais, l'équipement d'un navire (équipage, matériel, ravitaillement, armements).
- **Négociant :** marchand pratiquant des activités diversifiées (commerce, armement, banques) à l'échelle internationale.

PARCOURS 1

Comprendre et mettre en relation des documents

1. **Doc. 3** Quelle est l'évolution du commerce colonial français au XVIIIe siècle ?
2. **Doc. 4** Comment ce portrait témoigne-t-il du développement du commerce colonial à Nantes ?
3. **Doc. 1 et 2** Quelles transformations connaît la ville de Bordeaux grâce à la croissance du commerce colonial ?
4. **Doc. 1 et 4** Comment se manifeste l'affirmation d'une nouvelle élite marchande dans les villes portuaires ?

BILAN À l'aide de vos réponses, expliquez les conséquences du développement du commerce colonial pour les sociétés et les villes portuaires.

PARCOURS 2

Produire un oral argumenté

Vous êtes guide au musée national de la Marine à Paris. Vous expliquez à l'oral en quoi ce tableau (**Doc. 1**) témoigne de la façon dont le développement du commerce maritime (**Doc. 3**), a provoqué d'importantes transformations urbaines (**Doc. 2**) et sociales (**Doc. 4**) dans les ports atlantiques.

ÉTUDE 2
REGARD DE L'HISTORIEN

La révolte des Va nu-pieds et la condition paysanne

PPO

Afin de financer la guerre de Trente Ans (1618-1648), Louis XIII augmente les impôts, ce qui provoque des soulèvements populaires dont celui des Va nu-pieds en 1639 en Normandie. Rapidement réprimées, ces révoltes ont longtemps donné l'impression qu'elles n'étaient dues qu'à la fiscalité.

> Que nous apprend la révolte des Va nu-pieds sur la condition paysanne au XVIIe siècle ?

1 Les causes de la révolte des Va nu-pieds

REGARD DE L'HISTORIEN

Les premiers écrits relatifs à la révolte des Nu-pieds ont été l'œuvre des révoltés eux-mêmes : il s'agit de libelles[1], de manifestes[2] ou de pamphlets, circulant, sous forme manuscrite ou imprimée, dès l'été 1639 dans l'intention de donner un sens au mouvement. [...] Tous ces écrits véhiculent un même discours, qui peut être résumé en trois points. Tout d'abord, le constat est général et sans ambiguïtés : la Normandie est opprimée par les gens du fisc, ces « partisans » qualifiés de « voleurs », de « traîtres », de « gabeleurs », de « monopoliers[3] ». [...] Dès lors — c'est le deuxième point — il convient de prendre les armes contre ces tyrans comparables à ceux de l'Antiquité gréco-romaine, qui oppriment le peuple et la patrie. [...] Enfin, dernier point, l'ensemble est irrigué de références à un passé idéal et prestigieux que la sédition[4] entend reconduire : combattre la tyrannie des gabeleurs devient un préalable indispensable au rétablissement de la Normandie dans ses libertés bafouées. [...] La Normandie doit retrouver ses libertés, et notamment ses libertés fiscales, inscrites dans la Charte aux Normands de 1315 [...] La révolte est donc conçue comme un acte de justice, et non de rébellion, au nom de la défense des libertés locales : elle est l'œuvre d'un peuple opprimé qui se retourne contre ses oppresseurs.

Brice Évain, « Raconter la révolte : l'exemple des Nu-pieds de Normandie (XVIIe siècle-XVIIIe siècle) », *Dix-septième siècle*, 2017.

1. Textes courts et anonymes critiquant une personne, une institution. 2. Textes expliquant un point de vue sur une situation donnée. 3. Personne qui s'approprie la richesse des autres. 4. Révolte.

VOCABULAIRE

- **Gabelle :** impôt royal sur le sel.
- **Journalier :** ouvrier agricole payé à la journée.
- **Laboureur :** paysan à la tête d'une petite exploitation familiale, possédant un capital modeste (un attelage, des animaux de traits...).

Qui est-il ?

Brice Évain est un historien français, spécialiste des révoltes sous l'Ancien Régime.

Les étapes de la mobilisation au sein des villages révoltés

1. Les cloches de l'église du village sonnent l'alarme (tocsin).
2. Les villageois s'assemblent et élisent un capitaine.
3. Une troupe se forme (1 homme sur 2 en âge de porter les armes se mobilise).
4. Par la rumeur, cette mobilisation se répète de village en village, aboutissant à la création d'une troupe.

Les acteurs de la révolte

Les travailleurs ruraux :
- Laboureurs,
- Journaliers,
- Ouvriers du sel.

Les élites locales :
- Le **clergé** qui encadre les révoltés et relaye les appels à la révolte à l'église,
- **Professions liées au droit** (avocats, notaires),
- **La petite noblesse pauvre** (seigneurs locaux), qui encadre et entraîne les insurgés.

Source : Madeleine Foisil, *La Révolte des Nu-Pieds et les révoltes normandes de 1639*, Paris, P.U.F, 1970.

2 Formes et acteurs de la mobilisation

3 Le déclenchement de la révolte vu par un magistrat normand

En juillet 1639, le sieur de la Benardière Poupinel, lieutenant-criminel à Coutances, étant allé à Avranches, on crut qu'il venait pour établir la **gabelle**. [...] Ce faux bruit passa pour une vérité certaine. [...] Les paysans travaillant au sel blanc, capables de tout entreprendre par leur extrême misère [...], l'attaquèrent en son hôtellerie[1] et le tuèrent ainsi que deux de ses serviteurs. Ce premier exemple fit soulever plusieurs paysans sous un chef qui se faisait nommer Jean Nudpieds. [...] Ils disaient vouloir empêcher la levée[2] de tout impôts établis depuis la mort du roi Henri IV [1610]. Ils se saisirent d'un des faubourgs d'Avranches et tinrent la campagne ; et jusque à la fin de l'automne, faisant une exacte recherche de ceux qu'ils croyaient faire des levées extraordinaires et ne faisant nul mal aux autres, ce qui faisait que le peuple, bien loin de les attaquer, leur fournissait secrètement des vivres.

Alexandre Bigot de Monville, *Mémoires du président Bigot de Monville sur la sédition des Nu-pieds et l'interdiction du Parlement de Normandie en 1639, publiés avec une introduction et des notes, par le Vicomte d'Estaintot*, Rouen, Ch. Métérie, 1876.

1. Auberge. 2. Collecte.

Qui est-il ?
Alexandre Bigot de Monville (1607-1675) est un magistrat normand, témoin de la révolte des Va-nu-pieds.

4 La répression des révoltes rurales par la monarchie

Matthias Scheits, *Soldat attaquant un village en Bretagne*, 1675.

Cet épisode de répression suit la révolte bretonne des Bonnets rouges en 1675. Il s'agit d'une des rares représentations d'un soulèvement paysan. Jugées comme des rébellions inacceptables, le pouvoir s'efforce de les oublier rapidement.

PARCOURS 1

Mettre en perspective un événement historique

1. **Doc. 1 et 3** Quels sont les éléments déclencheurs de la révolte ?
2. **Doc. 1** En contestant l'impôt, qu'est-ce que les révoltés cherchent aussi à défendre ?
3. **Doc. 2 et 3** Montrez que cette révolte mobilise des communautés villageoises organisées et solidaires.
4. **Doc. 1 et 4** Quelle est l'attitude de la monarchie française vis-à-vis des révoltés ?

BILAN En vous appuyant sur la révolte des Va nu-pieds, montrez ce qu'elle révèle de la condition paysanne (difficultés rencontrées, hiérarchies sociales au village, liens de solidarité à l'échelle locale...).

PARCOURS 2

Confronter deux regards d'historiens

En 1948, l'historien soviétique Boris Porchnev présente son interprétation des révoltes rurales (*Les soulèvements populaires en France de 1623 à 1648*).

Confrontez chacune de ses analyses au **Doc. 1** :
- Les impôts imposés par la noblesse et l'État sont vécus comme un outil d'oppression.
- Le rejet des impôts est aussi un rejet de la société d'ordres.
- Les révoltes sont souvent spontanées et peu organisées.

COURS 1 Les transformations économiques et sociales

> Quelles transformations économiques et sociales touchent la société française au XVIIIe siècle ?

1 Une société d'ordres diversifiée

- **Le tiers état regroupe plus de 97 % de la population**. Composé de roturiers, il est très diversifié. Dans les campagnes, les grands fermiers aisés côtoient des laboureurs qui peuvent être propriétaires de leurs terres ou des journaliers louant leurs bras à la journée. Dans les villes, se trouvent à la fois des officiers, des marchands enrichis et autres bourgeois et des artisans, des ouvriers, des mendiants...
- **Le clergé (0,5 % de la population) exerce les fonctions religieuses**. Son entrée se fait au terme de longues études, et aboutit à des fonctions diverses, de simples curés (milieux modestes) à des évêques (noblesse). **La noblesse (1 à 2 % de la population) est au service du roi**, que ce soit dans l'armée (noblesse d'épée) ou dans la justice ou la finance (noblesse de robe). Lorsqu'on ne naît pas noble, on peut aussi le devenir en achetant un office, ou en obtenant une lettre d'anoblissement délivrée par le roi en récompense de services rendus.
- **Les trois ordres sont soumis à différents impôts et taxes, le tiers état étant le plus taxé**. La monarchie perçoit des impôts directs ; l'Église, la dîme. Les paysans paient également aux seigneurs des loyers pour l'usage de terres, ou des taxes pour l'utilisation d'équipements (moulin, four). La noblesse et le clergé, exemptés d'impôts directs, payent des taxes appliquées à des produits comme la gabelle sur le sel.

2 Une société bousculée par de profondes mutations

- **La société française connaît une croissance démographique importante**, passant de 22 millions d'habitants en 1715 à 28 millions en 1790. Les progrès agricoles – mise en culture de nouvelles terres et perfectionnement de techniques, comme la fertilisation des sols – permettent de réduire les jachères. Avec le développement des transports, les cultures commerciales des campagnes se développent, à l'image des grandes fermes céréalières de l'Ile-de-France.
- **La population urbaine passe de 16 % à 19 % au cours du siècle**. Si cette urbanisation est lente, des villes comme Lyon, Marseille ou Strasbourg, voient leur population augmenter rapidement (plus de 50 % au XVIIIe siècle) : le dynamisme économique et les grands travaux attirant de la main-d'œuvre des campagnes. Ces villes se transforment avec l'aménagement de nouvelles rues et la construction d'hôtels particuliers.
- **La société française profite des progrès dans le domaine du commerce**. Les villes portuaires comme Nantes ou Bordeaux se développent avec le commerce colonial atlantique qui est multiplié par 10 au cours du siècle. L'élite marchande qui s'enrichit cherche alors à poursuivre son ascension sociale en intégrant la noblesse.

VOCABULAIRE

- **Bourgeois :** terme qui désigne à la fois un statut juridique (le bourgeois est citoyen d'une ville), et un statut social (un certain niveau de fortune, un mode de vie plutôt aisé).
- **Dîme :** impôt prélevé sur les récoltes et versé à l'Église ou à un seigneur.
- **Jachère :** terre agricole qu'on ne cultive pas pour améliorer sa fertilité.
- **Impôt direct :** impôt prélevé directement sur les personnes ou sur les terres.
- **Ferme :** terre qu'on exploite, sans en être le propriétaire.
- **Office :** fonction publique exercée au nom du roi qu'on peut acheter, et qui anoblit.
- **Roturier :** qui n'est pas noble.

3 Des mutations provoquant de fortes tensions

- **La croissance économique ne bénéficie pas à tous les individus, renforçant les inégalités**. Les marchands qui font fortune parviennent rarement à obtenir une lettre d'anoblissement. Une grande partie du tiers état à la campagne comme en ville (domestiques, artisans) vit dans un équilibre fragile. La perte d'un emploi ou la hausse du prix de l'alimentation en raison de mauvaises récoltes peuvent faire basculer dans la pauvreté, comme lors du « Grand Hiver » de 1709, ou lors des orages de 1788 qui ravagent les récoltes.
- **Les inégalités sont très fortes et visibles à Paris**. Centre politique, économique et religieux, Paris concentre les élites, et attire de nombreux provinciaux en quête de travail. La façon d'y vivre témoigne des inégalités. Les plus riches bénéficient de l'intimité au sein d'hôtels particuliers tandis que les plus modestes s'entassent dans des chambres louées à plusieurs. Cette cohabitation génère des tensions.
- **À la fin du XVIIIe siècle, l'appauvrissement de la population devient préoccupant**. Les moyens d'aide aux plus démunis (charité, hôpitaux accueillant les sans abris) ne sont plus suffisants. En 1747, un corps d'inspecteurs est créé pour arrêter et enfermer les prostituées, tandis qu'en 1767 sont créés les dépôts de mendicité pour enfermer vagabonds et mendiants : la pauvreté est désormais criminalisée, accusée de troubler l'ordre public.

DATES CLÉS

1709

« Grand Hiver », période de froid intense qui provoque des famines.

1767

La mendicité devient un délit.

1786

Bordeaux devient le premier port de commerce colonial.

1788

Orages dévastant les récoltes.

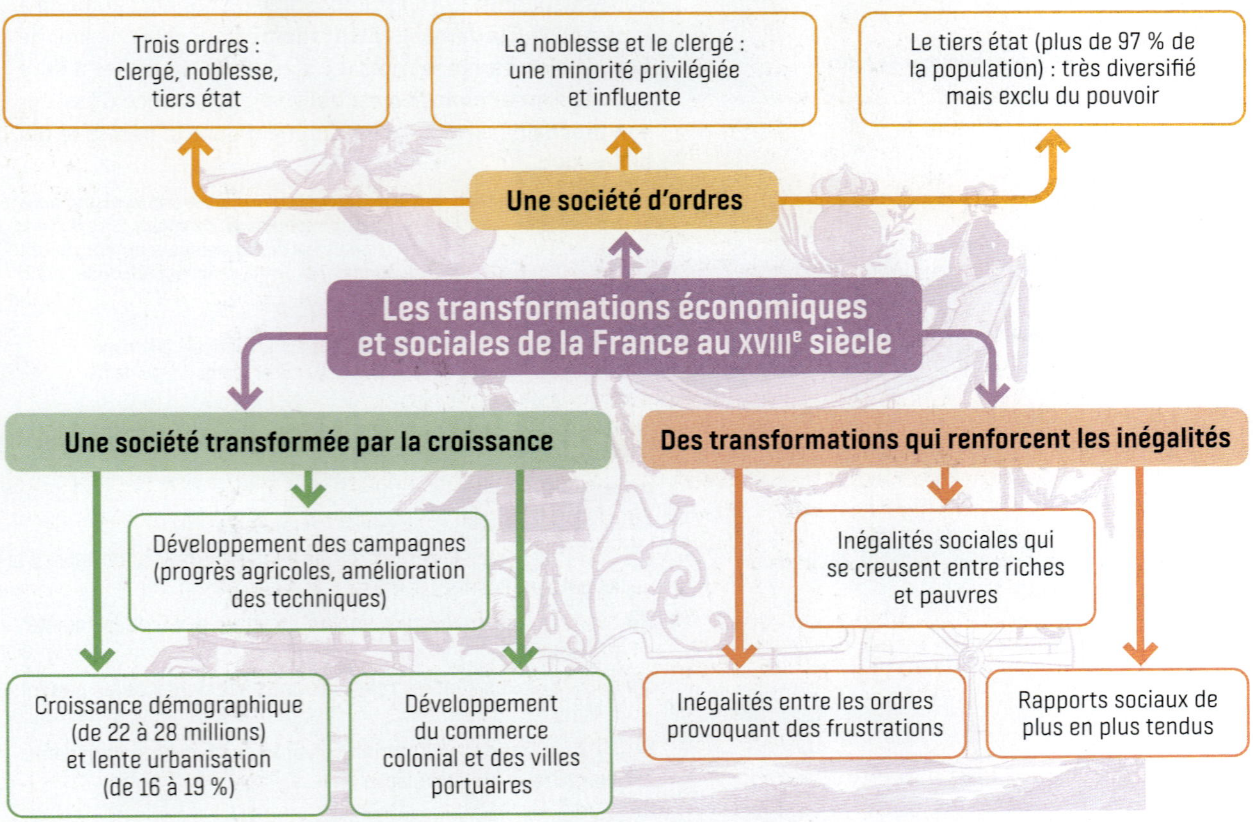

ÉTUDE 3 PARCOURS CROISÉS

Une société d'ordres en mutation

Riches et pauvres à Paris

PPO

Bien que la cour soit à Versailles, Paris reste un centre économique, administratif et religieux de premier plan. Première ville du royaume par sa taille (600 000 habitants), elle concentre une population variée et attire de nombreux paysans.

Quelles sont les inégalités sociales à Paris ?

1 Les « huit classes » de la société parisienne

Sources : Louis-Sébastien Mercier, « les huit classes », *Tableau de Paris*, T. XI, Amsterdam, 1788.

En 1700, on comptait autour de 180 000 pauvres à Paris ; autour de 200 000 en 1789.

2 Les mendiants à Paris

Malgré cette infinité de moyens qu'on a inventés, pour gagner de quoi vivre à Paris, oui malgré ces très bonnes et sages dispositions, que la police y a faites, pour soulager les pauvres et les mendiants, cette grande ville regorge de ces gens, tellement qu'on ne sait presque plus que faire, pour se garantir de leur importunité. Je parle ici de cette sorte de mendiants qui vont de porte en porte, ou qui demandent la charité à tout passant dans les rues. Car il y a encore une infinité de pauvres habitants qui ont de la peine à trouver le pain qu'ils mangent, sans toutefois sortir de la maison pour le demander. Or les susdits mendiants ne sont pas tous de Paris, mais nombre de ces gens y viennent d'autre part et des provinces, dans la persuasion de trouver dans cette ville une subsistance plus aisée et plus riche, à cause de la multitude de ses habitants. [...] Il est impossible de donner l'aumône à tous ceux qui la demandent. Il faudrait pour cela une grande bourse bien garnie, et puis il y a assez de dépenses à faire sans cela. Néanmoins on est obligé en conscience d'assister son prochain (surtout s'il est chrétien) dans la nécessité qui le presse.

Joachim Christoph Nemeitz, *Séjour de Paris, c'est-à-dire, instructions fidèles, pour les voyageurs de conditions, comment ils se doivent conduire, s'ils veulent faire un bon usage de leur temps et argent, durant leur séjour à Paris*, Leide, Jean Van Abcoude, 1722.

Qui est-il ?

Joachim Christoph Nemeitz, (1679-1753) est un écrivain allemand ayant voyagé à Paris au début du XVIIIe siècle. Il rédige un guide de voyage sur la vie parisienne.

PARCOURS 1

1. **Doc. 1** Identifiez les critères utilisés par l'auteur pour décrire la société parisienne.
2. **Doc. 2** Quelle image ce voyageur étranger a-t-il de la société parisienne ?
3. **Doc. 2** Quelles sont les relations entre les riches et les pauvres à Paris ?

BILAN Justifiez l'affirmation suivante : « la société parisienne est inégalitaire au XVIIIe siècle. »

L'influence de la noblesse

Représentant 1 à 2 % de la population, la noblesse bénéficie de privilèges et occupe les principales fonctions politiques, religieuses et militaires du royaume. Elle parvient à exercer une influence de plus en plus forte sur l'ensemble de la société.

> Comment la noblesse influence-t-elle la bourgeoisie ?

3 Portrait d'une famille noble

Jacques Dumont, *Mme Mercier entourée de sa famille*, 1731, musée du Louvre, Paris.

Marie-Madeleine Mercier, nourrice de Louis XV, est anoblie en 1716. Cette peinture illustre cette nouvelle position sociale. Mme Mercier tient le portrait du roi et les hommes incarnent les différentes charges occupées dans l'Église, à la cour ou dans l'armée royale.

4 La noblesse : entre intégration de nouvelles élites et tensions

Dès cette époque, le Cours[1] devint le rendez-vous et la promenade journalière des habitants d'Aix. Les familles nobles et les parlementaires s'y montraient dans leurs carrosses, […] et, il faut le dire, lorsque quelques-uns de leurs membres y paraissaient à pied ils avaient grand soin de ne point se mêler avec la bourgeoisie. […] Le croira-t-on ? On en était venu au point […] que telle ou telle allée appartenait exclusivement à telle ou telle classe et malheur à celui d'une classe inférieure qui s'y serait présenté. Des rixes[2] déplorables que nous ne rappellerons pas avaient même lieu à cette occasion. Des lignes de démarcation étaient pour ainsi dire, tracées […] Les bourgeois eux-mêmes savaient se tenir à l'écart des marchands, quoique ceux-ci fussent bien souvent plus riches qu'eux. Mais les uns vivaient de leur modique revenu et faisaient gloire de leur oisiveté depuis plusieurs générations, ce qu'ils appelaient vivre noblement ; la plupart avaient même des liaisons de parenté avec certaines familles nobles […]. Mais les artisans n'auraient osé se montrer sur le Cours que le soir ou à la nuit close, les jours de fête ou de grande réunion.

Ambroise Roux-Alphéran, cité par Laurent Coste, *Les bourgeoisies en France, du XVIe au milieu du XIXe siècle*, Paris, Armand Colin, 2013.

1. Nom de la principale promenade d'Aix-en-Provence. 2. Disputes.

Qui est-il ?
Ambroise Roux-Alphéran (1776-1858) est un avocat et historien d'Aix-en-Provence.

PARCOURS 2

1. **Doc. 3** Identifiez les éléments qui montrent la richesse et l'exercice du pouvoir de cette famille noble.
2. **Doc. 3 et 4** Comment la noblesse montre-t-elle son prestige au reste de la société ?
3. **Doc. 4** Comment ce document montre-t-il que la noblesse attire la bourgeoisie ?

BILAN À partir de vos réponses, montrez que la noblesse exerce une influence sur la vie politique et sociale du royaume.

PARCOURS CROISÉS

À partir de vos réponses, présentez à l'oral, par groupe de trois les inégalités sociales en France en 3 minutes.

Pas à pas :
1. Rappelez que la société est dominée par deux ordres (**doc. 3**).
2. Présentez les inégalités au sein d'un même ordre (**doc. 1 et 2**).
3. Montrez que la noblesse représente un idéal pour la bourgeoisie (**doc. 4**).

ÉTUDE 4

Madame de Tencin et la société d'ordres

PPO

Au XVIIIe siècle, des femmes de la haute société réunissent des membres de l'élite – financiers, artistes, économistes – dans leur demeure. Le **salon** de Madame de Tencin, l'un des plus réputés, lui permet d'exercer une influence dans différents domaines.

> Quelle influence Madame de Tencin a-t-elle eue sur la société ?

CLAUDINE GUÉRIN DE TENCIN
(1682-1749)
Issue de la petite noblesse, elle ouvre à Paris un salon appelé le « bureau d'esprit » en 1717. Initialement lieu de discussions sur la politique et les finances, il devient un centre littéraire et philosophique.

VOCABULAIRE

- **Salon :** lieu de réunion privé accueillant des élites politiques, scientifiques, artistiques et littéraires.

1 Le salon de Mme de Tencin : le « bureau d'esprit »

Jacques Autreau, *La Maison d'Auteuil*, 1716, châteaux de Versailles et de Trianon, Versailles.

Fontenelle (écrivain et scientifique), La Motte (écrivain) et Saurin (mathématicien) dans le salon de Mme de Tencin qui leur apporte du chocolat.

2 Lettre de Mme de Tencin à Montesquieu

Voici [...] ce que je pense sur *De l'esprit des lois*. La philosophie, la raison, l'humanité se sont assemblées pour composer cet ouvrage [...]. Il est bien certain que l'on n'en permettra pas l'entrée dans ce pays-ci, il y a des gens qui n'ont ni le courage de dire les vérités, ni de permettre qu'on les dise. Comme je ne veux pas prêter à tout venant mon exemplaire, il y a des gens qui le viennent lire chez moi. [...] J'en ai jusqu'ici entendu que des applaudissements, il faut bien cependant s'attendre à quelques critiques. Je vous ferai part de celles qui me viendront [...]. Encore un petit mot sur *De l'esprit des lois*. Prault[1] me dit bien que s'il en avait seulement deux cents exemplaires, il ferait sa fortune ; si je voulais céder le mien, l'édition serait bientôt contrefaite, et qu'il se vendrait mieux et plus promptement que des brochures remplies d'ordures et de médisances [...]. Venez me donner la joie de causer avec vous, de jouir de votre esprit, et de votre amitié.

Lettre de Mme de Tencin à Montesquieu, 2 octobre 1748, Ms 1868, BM. Bordeaux.

1. Éditeur.

Qui est-il ?
Montesquieu (1689-1755) est un philosophe des Lumières. En 1748 il publie à Genève, avec le soutien financier de Mme de Tencin, *De l'esprit des lois*, ouvrage dans lequel il défend la séparation des pouvoirs.

3 Les principaux salons au XVIIIe siècle

César-François Cassini de Thury, Carte générale de la France, feuille 1, détail, 1756.

I. Les salons au temps de Mme de Tencin…

① Salon de la marquise de Lambert (1710-1733)

② Salon de Mme de Tencin (1717-1749)

③ Le Club de l'Entresol (1720-1731), ne réunissant que des hommes autour de l'abbé Alary, précepteur de Louis XV.

II. … et ses principaux successeurs

④ Salon de Mme du Deffand (1740-1780)

⑤ Salon de Mme Geoffrin (1749-1777)

⑥ Salon de Mme de Lespinasse (1764-1776)

4 Un regard sur Mme de Tencin et son salon

Sa beauté, son génie, joints à un petit air de coquetterie[1], la firent bientôt connaître, lui formèrent une grosse cour, et la mirent en possession de voir ce qu'il y avait de meilleur en hommes dans les différents états. Les beaux esprits du temps firent de sa maison une espèce d'académie : le courtisan, le magistrat, le financier vinrent parer son cercle […]. Tout cela ne l'empêchait pas non plus que de donner audience à une multitude de gens qui venaient lui marchander sa protection ou l'informer des intrigues du cabinet[2] et des diverses histoires de la cour et de la ville. De là elle dressait ses batteries[3] pour le grand nombre d'affaires qu'elle entreprenait […] : elle a presque réussi dans toutes. Pour prendre un peu de relâche dans des occupations si sérieuses, elle se délassait de temps en temps sur son lit de repos des fatigues de son cabinet, et sans se piquer autrement de constance, ni de délicatesse, elle partageait ses faveurs entre un certain nombre d'amis, dont elle traitait les uns par intérêt, les autres par estime, quelques-uns par caprice, et d'autres par amour du plaisir.

Gabriel de Bois-Jourdain, *Mélanges historiques, satiriques et anecdotiques de M. de B… Jourdain, écuyer de la Grande Écurie du roi… contenant des détails ignorés ou peu connus sur les événements et les personnes marquantes de la fin du règne de Louis XIV, des premières années de celui de Louis XV, et de la Régence*, t. I, Paris, Chèvre et Chanson, 1807.

1. Il s'agit de Mme de Tencin. 2. Lieu où se réunit le gouvernement. 3. Unité d'artillerie. Il s'agit ici d'une image.

Qui est-il ?
Gabriel de Bois-Jourdain est un courtisan, présent à la cour à la fin du règne de Louis XIV et au début de celui de Louis XV.

PARCOURS 1

Mettre en perspective une figure historique

1. **Doc. 3** Localisez le salon de Mme de Tencin et situez-le dans son contexte.
2. **Doc. 1 et 4** Après avoir identifié ses invités, précisez ce qui en fait l'originalité.
3. **Doc. 2 et 4** Comment Madame de Tencin a-t-elle exercé une influence ?
4. **Doc. 1 et 4** Ces documents donnent-ils la même vision de Mme de Tencin ? Justifiez votre réponse.

BILAN À partir de vos réponses, rédigez une synthèse montrant comment les salons sont des lieux originaux dans la société du XVIIIe siècle. Vous pourrez insister sur l'influence acquise par les femmes, la liberté intellectuelle qui y régnait, et la remise en cause apparente des hiérarchies sociales.

PARCOURS 2

Participer à un débat

À l'oral, organisez un débat entre deux habitués du salon de Mme de Tencin à l'aide des documents :
- le premier présente le salon comme un lieu d'affirmation des femmes et de liberté intellectuelle ;
- le second évoque la persistance des inégalités sociales dans les salons.

COURS 2

Une société d'ordres inégalitaire

> Dans quelle mesure la critique des inégalités remet-elle en cause la société d'ordres ?

1 Des campagnes en révolte

- **Les paysans doivent faire face à de nombreuses difficultés**. Les seigneurs prennent possession des communaux et augmentent les redevances (taxes, corvées). L'augmentation des besoins alimentaires liée à la croissance démographique provoque une hausse des prix. Enfin, les dernières années du siècle sont marquées par de mauvaises récoltes.
- **La hausse de la fiscalité, qui repose essentiellement sur les paysans, déclenche de nombreuses révoltes.** Pour financer ses guerres, la monarchie multiplie les impôts indirects. L'imposition de la gabelle en Normandie provoque la révolte des paysans en 1639. Elle vise autant à critiquer la fiscalité, qu'à défendre l'identité et la survie d'une communauté locale qui s'estime menacée.
- **Le XVIIIe siècle est un siècle de révoltes (environ 8 500).** Les grands mouvements mobilisant des communautés et des régions entières deviennent rares, les révoltes sont davantage localisées et comprennent moins d'acteurs. Les motifs antifiscaux demeurent, mais les révoltes de subsistance gagnent en importance (335 émeutes entre 1780-1789) comme la Guerre des farines en 1775. Parfois critiques envers l'État, elles ne remettent en cause ni la monarchie, ni l'ordre social.

2 Une noblesse qui se transforme

- **La noblesse comporte de multiples distinctions**. Elle peut être définie selon qu'elle occupe des fonctions dans la justice et la finance (noblesse de robe) ou militaires (noblesse d'épée). Les nobles ne sont pas toujours fortunés, on oppose ainsi grande et petite noblesse. Par exemple, en Bretagne, au début du siècle, rien ne permet de distinguer cette petite noblesse des paysans. Cet ordre se reconnaît toutefois dans un idéal commun : le service du roi.
- **Avec la montée des élites urbaines, la noblesse se sent menacée**. La monarchie ne s'appuie plus que sur elle pour gouverner et, face aux difficultés financières, les ministres Turgot puis Calonne tentent de la taxer. Enfin, l'anoblissement par achat de charges ou décision royale crispe la noblesse traditionnelle. En 1781, l'édit de Ségur réserve les grades d'officiers militaires à cette noblesse ancienne.
- **La noblesse conserve néanmoins son influence**, que ce soit par son contrôle sur la terre, les sources de richesses et par l'accès au roi. Elle reste un modèle qui influence les modes vestimentaires et culturelles de la bourgeoisie, et la norme de la réussite. Ainsi, de riches négociants tentent d'intégrer cet ordre en achetant des terres ou des charges anoblissantes.

VOCABULAIRE

- **Communaux :** terres ou forêts utilisées en commun par les habitants d'un ou plusieurs villages.
- **Impôts indirects :** taxes prélevées sur des produits.
- **Révolte de subsistance :** émeute qui survient lorsque l'alimentation manque.
- **Salonnière :** femme qui tient un salon.

3 Penser la société autrement

- **La société du XVIIIe siècle est influencée par les idées des philosophes des Lumières** comme Diderot, Rousseau, Voltaire ou Montesquieu. Dénonçant les inégalités entre les ordres et défendant la liberté et l'égalité, ils pensent à de nouvelles organisations sociales et politiques. Ainsi, dans *De l'esprit des lois* (1748), Montesquieu formule l'idée d'une séparation des pouvoirs.

- **Les idées des Lumières se diffusent néanmoins dans les salons comme celui de Madame de Tencin.** Liée aux milieux financiers et politiques, sa protection est recherchée, par exemple, pour réussir une carrière artistique. Fondés sur un idéal de fusion entre les élites, les salons restent fermés : il faut y respecter des normes de comportement qui sont celles de l'aristocratie. La salonnière y reste par ailleurs valorisée de façon traditionnelle, comme maîtresse de maison soucieuse du bien-être de ses invités.

- **Des femmes ont pu exercer une influence dans différents domaines,** comme la Pompadour, maîtresse de Louis XV, qui joue un rôle politique à la cour. C'est dans le domaine artistique que plusieurs femmes s'illustrent, comme les écrivaines Mme de Graffigny et Olympe de Gouges, ou la peintre Élisabeth Vigée Le Brun. Mais les inégalités restent profondes : les femmes restent dépeintes comme inférieures aux hommes. Rares sont par ailleurs les philosophes à s'engager pour une égalité, hormis quelques auteurs comme Condorcet.

DATES CLÉS

1639

Révolte des Va nu-pieds.

1717

Ouverture du salon de Mme de Tencin à Paris.

1774

Tentative de Turgot de généraliser l'impôt aux trois ordres.

1781

Édit de Ségur.

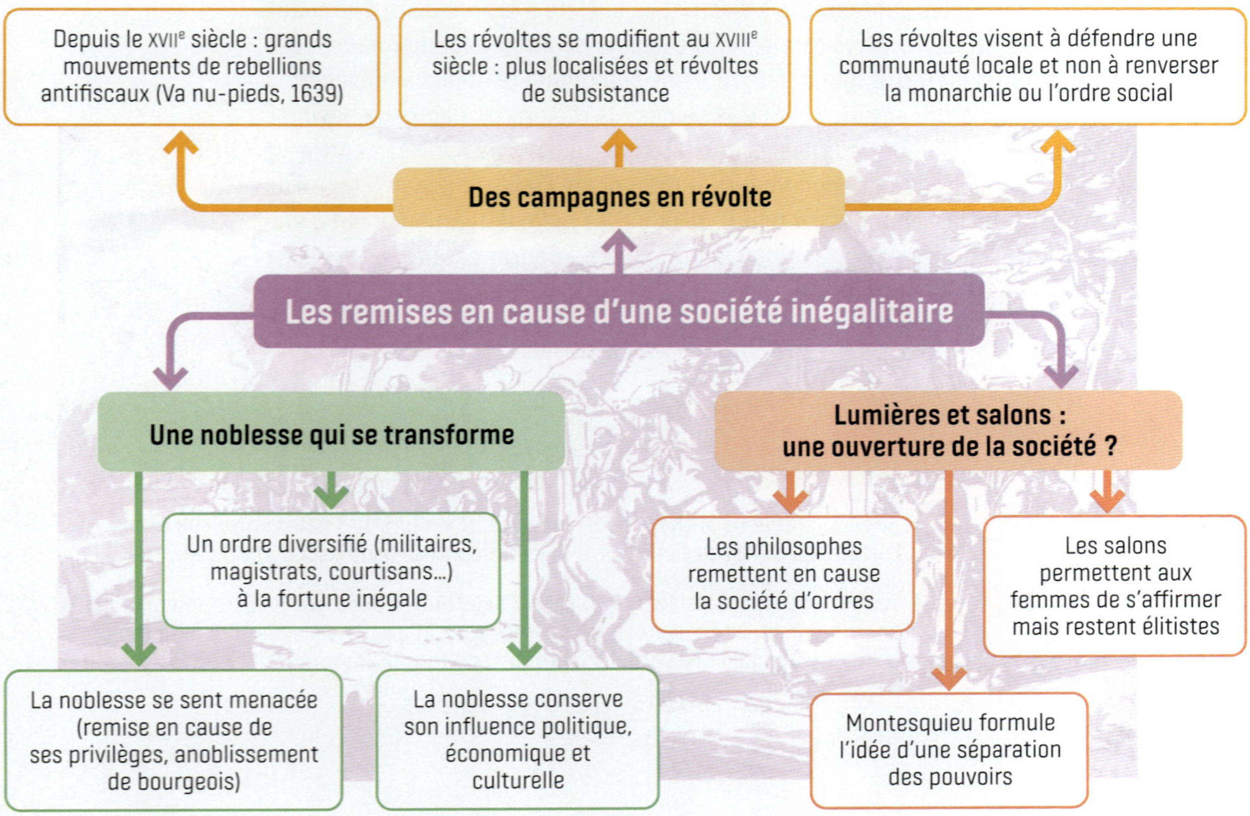

Je fais le point

Quiz
hachette-clic.fr/24h2055

- Repères chronologiques
- Vocabulaire
- Acteurs

Une société bouleversée par de profondes mutations

- La société d'Ancien Régime est fondée sur l'inégalité entre les trois ordres. Le clergé et la noblesse (2 à 3 % de la population) jouissent de privilèges fiscaux et occupent les principales fonctions. Cette société est bouleversée par un ensemble de mutations économiques comme le développement de la production agricole ou l'essor du commerce colonial qui dynamise les villes portuaires : en 1786, Bordeaux s'impose comme premier port colonial. Ces évolutions favorisent des mutations sociales et de nouvelles catégories sociales s'affirment. Néanmoins, les inégalités se renforcent, ne reposant plus seulement sur la naissance, mais sur la richesse. La création des dépôts de mendicité en 1767 témoigne d'une tolérance moindre à l'égard de la pauvreté.

Une société française sous tension

- Ces inégalités provoquent de nombreuses tensions et crispations. Les campagnes sont secouées par de multiples révoltes, que ce soit pour contester le poids des impôts, les redevances seigneuriales (comme la révolte des Va nu-pieds en 1639) ou pour des motifs de subsistance. La noblesse quant à elle se crispe, se sentant menacée par l'essor d'une nouvelle élite bourgeoise et par des politiques royales qui revoient à la baisse ses privilèges (Turgot, 1774). Enfin, dans les salons, comme celui de Mme de Tencin, lieux de rencontre des élites et de quelques femmes, les inégalités sont remises en cause par les philosophes qui critiquent la société d'ordres par exemple.

Une remise en cause réelle de l'ordre social ?

- Si les critiques et les contestations existent, la société d'ordres reste profondément ancrée. Ni les révoltes rurales, ni les salons ne sont révolutionnaires. Les révoltes cherchent avant tout à défendre une communauté et non à renverser la monarchie ou l'ordre social. Quant aux salons, ils restent respectueux des hiérarchies, en étant fondés sur des valeurs aristocratiques. La noblesse conserve son influence politique et économique, en témoigne l'édit de Ségur (1781). Elle devient un modèle à imiter et à intégrer. La noblesse reste le couronnement d'une ascension sociale réussie. C'est bien la difficulté à intégrer cet ordre qui cause la frustration de la bourgeoisie.

Défi chrono

15 min de préparation — **Étape 1** Sélectionnez dans le chapitre, 3 mots-clés, 3 acteurs et 3 dates, que vous et vos camarades devrez deviner. Notez-les sur un morceau de papier et refermez-le.

5 min — **Étape 2** Formez une équipe de deux et affrontez deux autres duos. Les papiers sont mis en commun et, à tour de rôle, vous disposez de 20 secondes pour faire deviner le maximum de mots à votre binôme. Lorsque tous les mots sont trouvés, comptez les points par équipe.

Je révise avec des podcasts

1 Qu'est-ce que la société d'ordres ?

Podcast
hachette-clic.fr/24h2056

2 Quelles transformations connaît le monde rural ?

Podcast
hachette-clic.fr/24h2057

3 Comment les villes se transforment-elles ?

Podcast
hachette-clic.fr/24h2058

L'ESSENTIEL en 5 minutes

4 Quelle est l'influence de la noblesse ?

Podcast
hachette-clic.fr/24h2059

5 À quoi les salons servent-ils ?

Podcast
hachette-clic.fr/24h2060

Je teste mes connaissances

- Écoutez les cinq épisodes du podcast puis testez vos connaissances grâce aux flashcards.

QUESTION

Quels sont les trois ordres de la société française d'Ancien Régime et leur part dans la population ?

RÉPONSE

Le tiers état (plus de 97 %)
Le clergé (0,5 %)
La noblesse (1 à 2 %)

Flashcards
hachette-clic.fr/24h2061

Le saviez-vous ?

La rédaction du script d'un podcast en histoire nécessite de sélectionner des informations (acteurs, dates, événements) puis de les organiser de manière thématique ou chronologique, sans oublier de s'assurer que les sources des informations choisies soient fiables.

Je m'entraîne

• Confronter deux documents d'époques différentes

1 Une description de Paris à la fin du XVIIIe siècle

Les trois états qui font aujourd'hui fortune dans Paris, sont les banquiers, les notaires et les maçons […]. Les remparts se hérissent d'édifices qui ont fait reculer les anciennes limites : de jolies maisons s'élèvent vers la chaussée d'Antin et vers la porte Saint-Antoine que l'on a abattue […].

Description du faubourg Saint-Marcel, qui accueille des miséreux venus de la province pour travailler à Paris :
C'est le quartier où habite la populace de Paris, la plus pauvre, la plus remuante et la plus indisciplinable. Il y a plus d'argent dans une seule maison du faubourg Saint-Honoré, que dans tout le faubourg Saint-Marcel. […] si l'on fait un voyage dans ce pays-là, c'est par curiosité ; rien ne vous y appelle ; il n'y a pas un seul monument à y voir ; c'est un peuple qui n'a aucun rapport avec les Parisiens, habitants polis des bords de la Seine. […] Une famille entière occupe une seule chambre, où l'on voit les quatre murailles, où les grabats[1] sont sans rideaux, où les ustensiles de cuisine roulent avec les vases de nuit. […] Tous les trois mois les habitants changent de trou, parce qu'on les chasse faute de paiement du loyer […]. On ne voit point de souliers dans ces demeures ; on n'entend le long des escaliers que le bruit des sabots. Les enfants y sont nus et couchent pêle-mêle […]. La police craint de pousser à bout cette populace ; on la ménage, parce qu'elle est capable de se porter aux plus grands excès.

Louis-Sébastien Mercier, *Le tableau de Paris, nouvelle édition revue et augmentée*, T.1., Amsterdam, 1783.

1. Lits.

2 L'implantation des hôtels particuliers à Paris au XVIIIe siècle

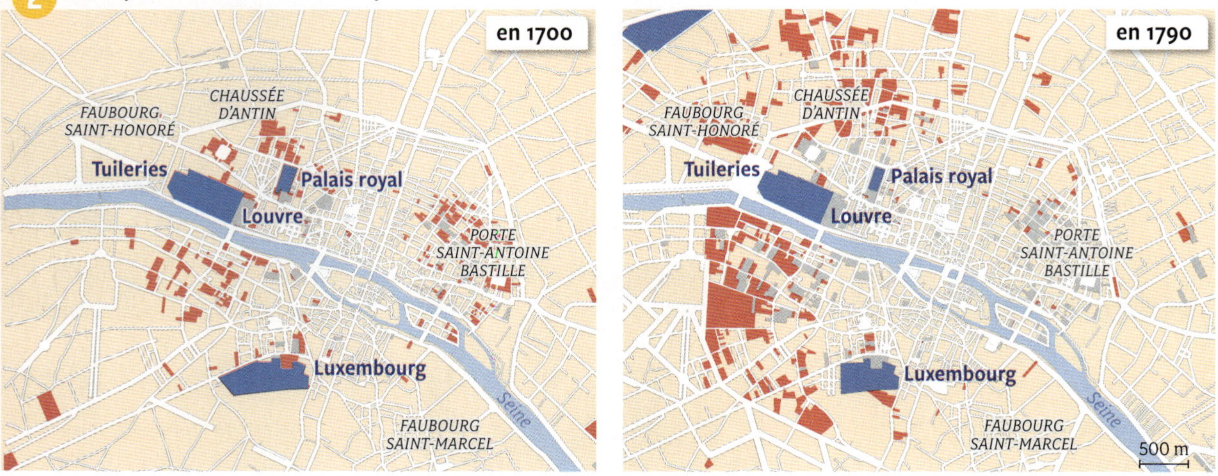

Nouveaux hôtels
Résidence royale ou de la famille royale
CHAUSSÉE D'ANTIN Quartier

Source : M. Huard, *Atlas historique de Paris*, 2019.

PALIER 1

J'identifie et je comprends les documents

- Identifiez le sujet, la nature et la date de chaque document.
- **Doc. 2** Que montre le document ? Justifiez votre réponse.

PALIER 2

J'analyse les documents

- **Doc. 1** Quel regard l'auteur du document porte-t-il sur les pauvres et leur quartier ?
- **Doc. 1 et 2** Listez les transformations urbaines évoquées dans les documents.
- Comment les conditions de vie opposent-elles riches et pauvres à Paris (habitat, mode de vie…) ?

PALIER 3

Je croise et je confronte les documents

- Quel nous apprend chaque document sur Paris au XVIIIe siècle ?
- Pourquoi est-il intéressant de croiser ces deux documents ?

• Analyser le point de vue d'un auteur

La société d'ordres : une société bloquée ?

Mais les villes s'étaient considérablement augmentées : il s'était établi des places de commerce, telles que Lyon, Nantes, Bordeaux, Marseille, devenues aussi considérables et plus riches que les capitales de plusieurs États voisins. Paris s'était accru d'une manière effrayante ; et tandis que les nobles quittaient leurs terres pour venir s'y ruiner, les plébéiens[1] y puisaient des trésors à l'aide de leur industrie […]. Ils [les bourgeois] avaient reçu en général, une éducation qui leur devenait plus nécessaire qu'aux gentilhommes, dont les uns, par leur naissance et par leur richesse, obtenaient les premières places de l'État sans mérite et sans talents, tandis que les autres étaient destinés à languir dans les emplois subalternes de l'armée. Ainsi à Paris et dans les grandes villes, la bourgesoisie était supérieure en richesses, en talents et en mérite personnel. […] Elle sentait cette supériorité, cependant elle était partout humiliée, elle se voyait exclue, par les règlements militaires, des emplois dans l'armée, elle l'était, en quelque manière, du haut clergé […]. La Haute magistrature la rejetait également […]. Même pour être reçu maître des requêtes […] on exigeait dans les derniers temps des preuves de noblesse. Ainsi, tandis que la noblesse avait été dépouillée de sa prérogative nécessaire dans une monarchie, on donnait aux nobles des privilèges nuisibles à la société.

Marquis de Bouillé, *Mémoires sur la Révolution Française*, publiés à Londres en 1797.

1. Tiers état.

Le saviez-vous ?

Le marquis de Bouillé est un noble, militaire et homme politique proche de Louis XVI. Fuyant la Révolution en 1791, il se réfugie en Angleterre, où il meurt en 1800 après avoir rédigé ses Mémoires. Dans cet extrait il met en avant les évolutions économiques et sociales qui, selon lui, ont rendu possible la Révolution.

PALIER 1

J'identifie le document

- Identifiez le sujet, la nature et la date de ce document.
- Quels sont les groupes sociaux évoqués ?
- Quelle est l'idée principale développée ?

PALIER 2

Je sélectionne les informations

- Quelles sont les transformations urbaines ?
- Comment la bourgeoisie est-elle parvenue à exercer une influence grandissante ?

PALIER 3

J'exerce mon esprit critique

- À quel ordre appartient l'auteur ? Quel effet cela peut-il avoir sur son témoignage ?
- Quel événement historique a pu influencer le témoignage de l'auteur ?
- Montrez que la noblesse reste un modèle pour la bourgeoisie selon l'auteur.

J'approfondis

À REGARDER

Un jour à Paris en 1775, est un docufiction d'Arte (2019) qui, en suivant la journée d'un perruquier au temps de Louis XVI, donne des clés pour comprendre la société parisienne du XVIIIe siècle.

À VISITER EN LIGNE

Le site Internet du musée d'Histoire de Nantes propose des ressources sur ***Nantes et la traite atlantique***. À travers le commentaire de tableaux, gravures et objets, l'histoire de la traite atlantique est retracée et son lien avec le développement de la ville.

VERS LA SPÉCIALITÉ HGGSP

L'analyse de l'historien : dans une interview au journal télévisé de France 3 (23.09.2006), l'historien Emmanuel Le Roy Ladurie évoque les dérèglements climatiques dans l'histoire.
Quels sont les liens entre l'histoire et le climat ?

→ Voir fiche 11 p. 218

Vers la question problématisée

Objectif Rédiger une réponse à une question problématisée

Sujet guidé : Quelles évolutions bouleversent la société française au XVIIIe siècle ?

Vous montrerez que les changements économiques et sociaux modifient la société et renforcent les inégalités.

Étape 1 Préparer la réponse à la question problématisée

1. Analysez le sujet.

Listez les changements économiques et sociaux en France au XVIIIe siècle. → **évolutions**

Trouvez trois adjectifs pour décrire la société française au XVIIIe siècle. → **société française au XVIIIe siècle**

Quelles évolutions bouleversent la société française au XVIIIe siècle ?

Quelles sont les conséquences des changements économiques et sociaux ? → **bouleversent**

2. Complétez le tableau.

Plan suggéré par la consigne	Idées / Explications	Exemples
Paragraphe 1 Les changements économiques et sociaux modifient la société française	– *Augmentation de la population urbaine* – *Développement des villes et des ports coloniaux.* –	– *Urbanisation de Lyon, Marseille ou Strasbourg* – .... – ....
Paragraphe 2 Les inégalités sociales se renforcent	– *Appauvrissement de la population* –	– *Création des dépôts de mendicité (1767)* – ....

Étape 2 Rédiger la réponse à la question problématisée

La rédaction répond à des règles générales en histoire-géographie.
- Rédigez l'ensemble de votre réponse à l'aide de **phrases**.
- Mobilisez des **connaissances précises** : vocabulaire, évènements, lieux, acteurs, données chiffrées.
- Utilisez des **connecteurs logiques** quand vous présentez plusieurs arguments.
- Vérifiez **l'orthographe** et la construction des phrases en relisant l'ensemble de vos réponses.

3. Complétez la rédaction de l'introduction.

D'importantes transformations parcourent la société française au XVIIIe siècle …

4. Complétez la rédaction du paragraphe 1.

Au XVIIIe siècle, les changements économiques et sociaux modifient la société française. La population urbaine augmente, notamment dans des villes comme Lyon, Strasbourg et Marseille qui connaissent une forte urbanisation. Les villes et les ports coloniaux comme Nantes et Bordeaux se développent et connaissent des transformations dans l'urbanisme, le paysage et la composition de la société urbaine avec l'affirmation d'une élite marchande.

5. Rédigez le deuxième paragraphe à l'aide de l'étape 1.

6. Complétez la rédaction de la conclusion.

Ainsi, la société d'ordres est profondément bouleversée au XVIIIe siècle. Elle l'est d'abord en raison de la remise en question de l'ordre social traditionnel qui provoque d'importantes tensions …

→ Voir fiche 9 p. 215

Vers les questions de connaissances

Objectif Rédiger des réponses à des questions de connaissances

QUESTIONS

a Définissez et expliquez ce qu'est la société d'ordres.
b Citez deux mutations qui bouleversent la société d'ordres en France au XVIIIe siècle.
c Justifiez l'affirmation suivante : « La noblesse exerce une influence sur la société en France au XVIIIe siècle ».

Étape 1 Préparer les réponses aux questions de connaissances

➔ Voir méthode p. 215

1. Identifiez le ou les verbe(s) de chaque question et expliquez-les.
2. Reformulez chaque question.

Étape 2 Mobiliser des connaissance

3. Indiquez la ou les page(s) du chapitre en rapport avec la question a.
4. Pour les questions b et c, associez une idée, un mot de vocabulaire et un exemple.

Idées	Vocabulaire	Exemples
• Influence des élites	• urbanisation	• Bordeaux
• Développement des ports	• gabelle	• Mme de Tencin
• Bouleversement de la condition paysanne	• salon	• Paris
• Hausse des inégalités	• armateur	• Va Nu-pieds

Étape 3 Rédiger des réponses à des questions de connaissances

5. Identifiez dans cette réponse la définition, les explications et l'exemple.

La société d'ordres repose sur des groupes auxquels on appartient par la naissance. Au XVIIIe siècle, cette société s'organise en trois groupes. Le tiers état, qui représente 97 % de la population (riches fermiers, marchands, journaliers, ouvriers, mendiants), est le plus taxé. Le clergé et la noblesse représentent des groupes très minoritaires au service de l'Église ou du roi mais dotés d'importants privilèges.

6. Complétez la réponse à la question b.

Au XVIIIe siècle, la société française connaît de profonds bouleversements comme…

7. Rédigez la réponse à la question c.

ENTRAÎNEZ-VOUS !

a Citez deux tensions qui traversent la société française au XVIIIe siècle.
b Justifiez l'affirmation : « La condition paysanne s'améliore progressivement au XVIIIe siècle ».
c Montrez que les femmes ont exercé une influence sur la société française au XVIIIe siècle.

FICHE MÉTHODE 1

Réviser pour l'évaluation

> Réviser demande de la **méthode** mais surtout de l'**anticipation**. Quelle que soit l'évaluation à préparer, il s'agit à la fois de **mémoriser** des connaissances du cours et de réaliser des **entraînements**.

1 Relire le cours pour s'assurer que tout est compris

- Lisez attentivement et listez les éléments incompris.
- Servez-vous du manuel, de recherches ou sollicitez l'aide de votre professeur pour **expliquer** ces éléments.

2 Réaliser une fiche de révision

> À partir des schémas bilans des Cours

> À partir des résumés des pages Révision

> À partir des podcasts

- Notez le **titre du chapitre**, la **problématique** et le **titre** des grandes parties.
- Listez les **éléments essentiels** à mémoriser.

Chapitre 4 - Renaissance, Humanisme et réformes religieuses : les mutations de l'Europe

voir p. 94

Cours 1 - La Renaissance, un bouillonnement artistique et intellectuel en Europe

Comment la pensée et l'art se transforment-ils à la Renaissance aux XVe et XVIe siècles ?

1 - Les humanistes redécouvrent l'Antiquité
- *Humanistes : traduction d'ouvrages (latins et grecs)*
- *Création d'une « république des lettres »*
- *Mieux connaître l'homme et le monde*
- *Progrès des sciences (astronomie avec Copernic, anatomie avec Vésale)*
- *Soutien et protection des puissants*
- *Érasme (1469-1536), « prince des humanistes »*

2 - Des savoirs qui se diffusent plus largement ...

Conseil

Utilisez des mots-clés et notez chaque connaissance sous forme de tirets pour aller à l'essentiel.

3 Quelques jours avant l'évaluation

- **Mémoriser le cours progressivement en vous mettant en situation d'évaluation** car la seule lecture répétée du cours ne suffit pas.

Si vous êtes seul(e) :
> interrogez-vous sur les repères à l'aide de **cartes-mémoire** (une question au recto, une réponse au verso). *Ex. : un mot de vocabulaire et sa définition, un événement et sa date...*
> utilisez les **exercices numériques** des pages Révision.

Si vous êtes à plusieurs :
> demandez à votre camarade de vous interroger **à l'oral**. *Ex. : Peux-tu définir... ? Peux-tu expliquer... ? Peux-tu résumer... ?*
> demandez à votre de camarade de vous interroger **à l'écrit**. *Ex. : Questions, QCM, vrai/faux...*
> réalisez en groupe les **défis des pages Révision**. *Ex : Défi ligne du temps p. 104.*

- **Réaliser des exercices d'entraînement pour tester vos connaissances**
> Pour rédiger et argumenter : travaillez les sujets proposés dans les pages Exercices.
> Pour analyser des documents : travaillez les sujets proposés dans les pages Exercices et Révision.

- **La veille du devoir**
> Relisez une dernière fois l'ensemble de votre cours.
> Relisez plusieurs fois votre fiche de révision.
> Écoutez une dernière fois les podcasts.

Conseil

Parcourez uniquement les points essentiels la veille du devoir.

FICHE MÉTHODE 2

Prendre des notes

> La prise de notes consiste à **sélectionner les informations et à les synthétiser** de façon à écrire plus rapidement en classe ou sur un brouillon pendant une évaluation.

1 Sélectionner des informations

- Sélectionnez les éléments les plus importants du cours, c'est-à-dire les repères essentiels : *titres, problématique, notions et vocabulaire définis, événements datés, chiffres, acteurs et lieux importants*.

Conseil

Il est impératif d'être concentré pour prendre des notes.

- Ne cherchez pas à tout abréger car cela n'aurait plus de sens.

Conseil

Supprimez tout ce qui n'est pas indispensable à la compréhension : les articles des noms communs, le verbe être...

- Revenez à la ligne à chaque idée pour organiser vos notes et utilisez des couleurs pour hiérarchiser les informations.

2 Utiliser des abréviations et des signes

- Utilisez des abréviations ou des signes mathématiques courants.
- Constituez au cours de l'année votre banque d'abréviations et de signes (en vous inspirant du langage SMS par exemple).

Abréviations	Signes
cad = c'est-à-dire	↗ augmentation, en hausse
nbx = nombreux	↘ diminution, en baisse
ct = comment	→ qui a pour conséquence, qui entraîne
ex = exemple	∈ qui appartient à ∉ qui n'appartient pas à
pop. = population	>, <, = plus grand, plus petit ou égal
prd° = production	Ø aucun / pas de / absence / sans

3 S'entraîner à la prise de notes à partir de différents supports

	À partir de supports écrits	À partir de supports oraux
Pour apprendre	Pages Cours du manuel Résumés des pages Révision	Explications du professeur Podcasts du manuel
Pour approfondir	Articles de presse, d'une revue ou d'une encyclopédie	Podcasts ou vidéos en ligne

Cours 1 - Les transformations économiques et sociales

voir chapitre 8 p 192

Quelles sont les conséquences des transformations économiques et sociales sur la société française au XVIIIe siècle ?

1) Une société d'ordres diversifiée
- *Tiers état > 97% pop° campagnes : roturiers + laboureurs + gds fermiers + journaliers*
  villes : officiers + marchands + artisans + ouvriers + bourgeois
- *Clergé ≈ 0,5% pop° ms des ≠ (simples curés, évêques)*
- *Noblesse = 1 à 2 % pop° (par naissance, anoblissement ou achat d'un office)*
- *3 ordres inégaux : tiers état (+ taxé) < noblesse + clergé (nbx privilèges)*

FICHE MÉTHODE 3

Mener un travail de groupe

> Le travail de groupe désigne des projets réalisés grâce à une **démarche collective**. Chaque membre du groupe apporte ses connaissances et ses compétences. La **répartition des tâches** et la qualité des **échanges** au sein du groupe sont la clé de la réussite.

AU BROUILLON

1 Identifier le travail de groupe à mener

- Lisez plusieurs fois et attentivement la **consigne**.
- Identifiez le thème, **les mots-clés, la période et/ou l'échelle** du travail à mener.
- Accordez une attention particulière à la **forme finale** attendue. Il peut s'agir de réaliser un travail :
  - > à l'écrit : une affiche, un compte rendu de recherche…
  - > à l'oral : un podcast, un jeu de rôle, un débat, une présentation orale…

Conseil

Analysez d'abord la consigne individuellement avant d'échanger avec vos camarades afin d'enrichir l'analyse et éviter tout hors sujet.

PRÉPARATION

2 Organiser le travail de groupe

- **Identifiez les tâches** à accomplir : lecture d'un dossier documentaire, sélection d'arguments pour défendre ou contredire une thèse, recherche documentaire…
- **Répartissez les tâches** entre les membres du groupe et définissez un temps de préparation du travail à mener en autonomie.

Conseil

Pour être efficace et ne pas prendre trop de temps, tout travail de groupe exige un temps de travail individuel avant la mise en commun.

RÉALISATION

3 Réaliser le travail de groupe

- Accomplissez la tâche qui vous est attribuée.
- Réunissez-vous dès qu'un membre rencontre une difficulté et **coopérez** pour trouver ensemble une solution.
- À la fin du temps de préparation, faites un **compte rendu** de votre travail à l'ensemble du groupe.

Conseil

Pour faciliter la mise en commun du travail, vous pouvez créer un mur collaboratif (Padlet), une carte mentale (MindMup) ou un texte collaboratif (Framapad).

RÉDACTION / PRÉSENTATION

4 Finaliser le travail de groupe

- **Validez** ensemble les éléments du travail de groupe et finalisez la présentation.
- Répartissez-vous à nouveau les tâches :
  - > à l'écrit : qui rédige l'introduction ? la partie une ? la partie deux ? …
  - > à l'oral : qui parle en premier ? en second ? …

Exemple : **Le débat en groupe**

Organiser le travail	Qui recherche des arguments qui soutiennent la thèse de départ ? Qui recherche des arguments qui contredisent la thèse ?
Finaliser le travail	Qui parle en premier ? en second ? Qui joue le rôle du modérateur ?

FICHE MÉTHODE 4

Mener une recherche documentaire

> La **recherche de documents** de différentes natures permet de réaliser un exercice, écrit ou oral, exigeant une réponse argumentée et illustrée (rédaction, exposé, débat). La recherche documentaire exige **méthode et organisation**.

1 Préparer la recherche documentaire

- Lisez plusieurs fois et attentivement la **consigne**.
- Identifiez **le thème, les mots-clés, la période et/ou l'échelle** du travail à mener.
- Accordez une attention particulière à la **recherche documentaire** attendue. Il peut s'agir de rechercher :
  - des **documents officiels** pour défendre ou réfuter un point de vue ;
  - des **articles de presse** pour comparer des situations ;
  - des **articles spécialisés** pour présenter le point de vue d'un acteur sur un événement ou présenter un sujet en particulier ;
  - des **données statistiques** ou des **documents iconographiques** pour illustrer une situation.

2 Mener la recherche documentaire

- Répondez à des questions essentielles pour identifier les mots-clés.

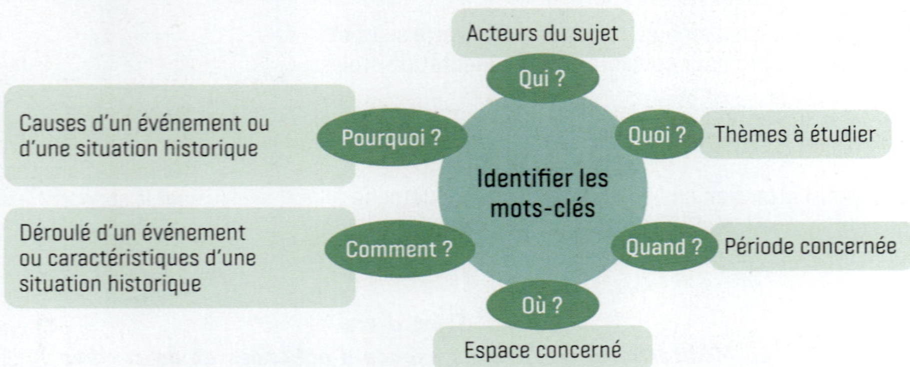

- **À l'aide des mots-clés identifiés, cherchez les documents** dans le manuel, au CDI sur e-sidoc et/ou à partir de moteurs de recherche. Quel que soit le site consulté, vérifiez bien que les sources soient mentionnées.
- Sélectionnez les documents qui sont **directement en lien avec le sujet**.

Conseil
Sollicitez l'aide de votre professeur ou de votre professeur documentaliste.

3 Évaluer la qualité et la pertinence des documents

RÈGLE 1 Consultez des **sources fiables** parmi :
- la presse écrite française ou internationale : *Le Monde, Courrier international, The New York Times…* ;
- la presse scientifique : *L'Histoire, la Documentation photographique* ;
- des sites spécialisés : l'EHNE, Universalis, Larousse… ;
- des sites institutionnels : la BnF, l'Ina, le musée du Louvre.

RÈGLE 2 Vérifiez **l'identité de l'auteur** en consultant sa biographie ou la page « À propos » du site Internet consulté.

RÈGLE 3 Vérifiez **l'intérêt du document** pour répondre au sujet : quelles informations nouvelles ? quels chiffres essentiels retenir ?

FICHE MÉTHODE 5

Réaliser une présentation orale

> Une présentation orale consiste à **préparer**, seul(e) ou en groupe, puis à **présenter à l'oral** la réponse à un exercice devant la classe (ou un jury) en respectant la forme demandée dans la consigne.

PRÉPARATION

1 Identifier et comprendre le travail à réaliser

- Lisez plusieurs fois et attentivement la **consigne**.
- **Délimitez** le thème, les mots-clés, les acteurs, la période du travail à mener.
- **Identifiez les attendus** de la présentation orale. La consigne peut contenir des indications de durée, des précisions sur le support à utiliser, sur la structure à suivre.

PRÉPARATION

2 Se documenter et organiser sa réponse

- **Effectuez des recherches** en vous aidant de la fiche « Mener une recherche documentaire » (p. 217).
- **Sélectionnez les informations** utiles en prenant des notes (définitions, idées essentielles, acteurs, repères, exemples, mots-clés). N'oubliez pas de noter la source de vos informations.
- **Identifiez les idées clés** permettant de répondre à la consigne et **organisez-les** en deux ou trois parties.
- **Rédigez** une phrase d'amorce pour présenter votre sujet et une phrase de bilan pour conclure votre présentation orale.

Conseil

S'il s'agit d'une présentation orale en groupe, organisez votre travail avec la fiche « Mener un travail de groupe » (p. 208).

PRÉPARATION

3 Préparer son support

- Pour **capter l'attention** de l'auditoire, il faut être détaché de ses notes. Ainsi, **réalisez un support** pour vous aider : un plan détaillé, une carte mentale, un schéma, etc.

Conseil

Ne rédigez que l'essentiel sur le support : le sujet, le plan, les mots-clés.

Sujet d'oral

➔ chapitre 2 p 60

La Méditerranée médiévale : espace d'échanges et de conflits ?

I) Des échanges nombreux et variés

- *Des échanges commerciaux avec de puissantes républiques maritimes (Venise, Gênes)*
  Déf : cité indépendante à la tête d'un empire commercial grâce au développement de ses activités maritimes.
- *Des échanges culturels : les hommes, les idées, les savoirs et techniques circulent*
  Ex : Palerme au XIIe siècle = l'architecture de la chapelle Palatine

II) Des conflits en Méditerranée

- *Les croisades : en Orient (1095-1270) et en Occident (Reconquista)*
  Def : expédition militaire entreprise par des chrétiens dans un objectif religieux, notamment pour assurer le pèlerinage vers les lieux saints tel que Jérusalem.
- *Des tensions et conflits au sein des civilisations*
  Ex : croisades contre les cathares et les vaudois dans le royaume de France considérés comme des hérésies.

PRÉSENTATION

4 Prendre la parole

- **Mémorisez les idées essentielles** de votre présentation orale et **entraînez-vous** avec votre support.
- **Réalisez un bilan** à la fin de votre entraînement en vérifiant votre tonalité, le volume de votre voix, votre posture, votre gestuelle, le respect du temps, l'utilisation du support.

Conseil

Enregistrez-vous et/ou filmez-vous afin d'identifier les points forts et les éléments à retravailler pour l'oral (posture, tonalité de la voix, hésitations).

FICHE MÉTHODE 6

Créer un podcast

> Un podcast est un **contenu audio** accessible sur Internet ou par une application pour une écoute facile sur smartphone, tablette ou ordinateur. En histoire, un podcast permet de **partager des informations et analyses** sur des événements, des situations ou des acteurs.

1 Écrire le script du podcast

- **Identifiez un thème pour votre podcast :** un événement historique, un acteur...
- **Choisissez un format pour votre podcast** : vous pouvez parler seul pour présenter une situation historique, mais vous pouvez aussi interviewer une ou plusieurs personnes avec une démarche plus journalistique.
- **Trouvez un angle d'étude** : qu'est-ce qui rend votre sujet captivant ? Comment soutenir l'attention des auditeurs ?
- **Effectuez des recherches sur le thème retenu** : sélectionnez des informations (acteurs, dates, événements) et organisez-les de manière logique.
- **Rédigez le texte à enregistrer** : comme pour une réponse à une question problématisée, commencez par présenter votre thème puis développez votre propos en deux ou trois idées principales. Concluez par un résumé des points clés.
- **Illustrez** chaque idée par un exemple développé.

Conseil

Pour dynamiser le podcast, pensez à ajouter des anecdotes, des citations marquantes, des données intéressantes, des chiffres-clés, des témoignages, etc.

2 Enregistrer son texte

- Avant de vous enregistrer, entraînez vous afin de maîtriser au mieux votre propos et d'être le plus à l'aise possible. Si votre podcast mobilise différentes personnes, repérez bien à quel moment chacune doit intervenir.
- Enregistrez-vous sur un ordinateur ou un smartphone à l'aide d'un logiciel. Il existe de nombreux logiciels gratuits (Audacity, Free Sound Recorder).
- Après l'enregistrement, utilisez un logiciel de montage pour ajouter des effets sonores (musiques de transition, bruitages, voix off).

Conseil

Si plusieurs personnes participent au podcast, il est préférable de les enregistrer séparément pour mieux contrôler le volume de chaque voix.

3 Publier son podcast

- **Enregistrez** votre production en format MP3.
- **Nommez votre fichier** avec des mots-clés pertinents afin de permettre à vos camarades d'identifier plus facilement le thème du podcast puis déposez-le sur votre espace numérique de travail.
- Vous pouvez aussi transformer votre podcast en **vidéo** en ajoutant, par exemple, une image d'onde sonore ou des iconographies. De nombreuses applications et sites le proposent gratuitement (EoleEdit, Veed...).

FICHE MÉTHODE 7

Identifier un document

> Pour analyser un document, il convient d'en établir une **identification** rapide pour **éviter les contresens**. Vous utiliserez pour cela les indications du document et vos connaissances.

1 Connaître les différents types de documents en histoire

- Repérez de quel type de documents il s'agit en vous aidant du schéma suivant.

Les documents en histoire

Les textes
- Texte politique (discours, programme.)
- Texte juridique (édit, ordonnance, traité.)
- Article de presse
- Témoignage : acteurs directs ou indirects
- Texte d'historien
- Texte littéraire

Les documents iconographiques
- Photographie, image satellite
- Affiche
- Dessin de presse, caricature
- Œuvre d'art (tableau, sculpture...)

Les documents statistiques
- Tableau de données
- Graphique en courbe, circulaire, histogramme

Les cartes
- Carte thématique
- Plan de ville

Les documents reconstitués
- Frise chronologique
- Maquette de monuments

Les documents audiovisuels
- Émission, reportage de radio ou de télévision
- Film
- Dessin animé

- Au cours de votre année de seconde, vous rencontrerez plusieurs types de documents en histoire. Si leur nature diffère, la méthode d'identification des documents et leur analyse restent les mêmes.

2 Lister les informations utiles pour identifier un document

AU BROUILLON

■ Répondez à ces **questions** quel que soit le document.

Quoi ?	Nature	*Quel est le type de document étudié ?*
Qui ?	Auteur	*L'auteur est-il connu ou inconnu ? Quel est son rôle ? Est-il témoin des faits racontés ?*
Quand ?	Date	*Quelle est la date de rédaction ? À quelle période historique correspond-elle ?*
Dans quelles circonstances ? À quelle période ?	Contexte	*Dans quelles circonstances l'événement rapporté a-t-il eu lieu ? Qui règne à cette époque ? Est-ce une période de paix ou de guerre ? Quel est le rôle de l'auteur à ce moment-là ?*
D'où provient le document ?	Source	*Relevez le titre du livre pour un extrait de texte ou une carte, le nom du journal ou de la revue pour un article de presse, le lieu d'exposition pour une œuvre d'art…*

Exemple : Octave-Auguste, le premier empereur romain ➔ p. 38

Le Sénat et le peuple attribuèrent aussi à César le titre « Auguste » […]. C'est ainsi que tous les pouvoirs du peuple et du Sénat passèrent aux mains d'Auguste : dès ce moment s'établit véritablement une monarchie […] puisque le pouvoir politique des empereurs est souverain. En effet, si la plupart des magistratures créées par les lois existent encore aujourd'hui, […], c'est pour tout dire le souverain régnant qui dirige et administre tout […] ; mais pour donner l'impression d'agir en conformité aux lois et non du fait d'un pouvoir personnel, les empereurs se sont attribués les titres de toutes les fonctions dont les hommes acceptaient la puissance sous la République.

Dion Cassius, *Histoire romaine*, début du IIIe siècle ap. J.-C., trad. M. Bellissime et F. Hurlet, Les Belles Lettres, 2018.

Dion Cassius, *Histoire romaine*, début du IIIe siècle ap. J.-C., trad. M. Bellissime et F. Hurlet, Les Belles Lettres, 2018.

Dion Cassius	*Histoire romaine*	début du IIIe siècle ap. J.-C.	trad. M. Bellissime et F. Hurlet	Les Belles Lettres, 2018
Auteur du texte	Titre de l'ouvrage	Époque ou date de rédaction par l'auteur	Personnes qui ont traduit le texte en français	Éditeur qui a publié la traduction du texte en 2018

■ **Présentez l'idée principale** du document.

> Formulez l'idée principale du document en présentant un **résumé** pour un texte, une **évolution générale** pour un graphique ou une **thématique** pour les cartes, photographies, oeuvres d'art…

> Recherchez à quelle partie du cours le document fait référence en vous aidant des mots-clés du titre.

■ **Rédigez l'identification** du document.

> Si cette identification est attendue par votre correcteur, elle vous sera demandée sous la forme d'une question ou d'une consigne.

> Veillez alors à la **fluidité de la rédaction** en rédigeant deux phrases de présentation.

Conseil

N'essayez pas de tout dire en une seule phrase.

Cet extrait de texte du début du IIIe siècle est issu d'un ouvrage d'histoire rédigé par Dion Cassius, qui était un homme politique et un historien romain. Dion Cassius y explique comment Octave-Auguste, le premier empereur romain, est parvenu à contrôler tous les pouvoirs à Rome.

FICHE MÉTHODE 8

VERS BAC TECHNO

Analyser un ou deux document(s) avec des questions

> Cet exercice consiste à **analyser** un ou deux documents, de natures diverses, en répondant à **plusieurs questions**. Il s'agit d'identifier le(s) document(s), de les décrire puis de prélever des informations pour les mettre en lien avec des connaissances.

AU BROUILLON

1 Lire les questions et le(s) document(s)

- **Lisez** plusieurs fois le(s) document(s) et **identifiez** les verbes de consigne de chaque question.
- **Définissez** les mots-clés des questions et **reformulez**-les.
- **Définissez** les mots-clés et les termes complexes du/des document(s).

2 Identifier le(s) document(s)

- **Notez les informations** utiles pour identifier le(s) document(s) (nature, auteur, source, date de parution).
- **Formulez l'idée principale** du/des document(s).

3 Sélectionner les informations et les mettre en rapport avec des connaissances

- **Sélectionnez les informations** pertinentes en les surlignant. Ces informations peuvent être des chiffres, des faits, des dates, des mots-clés.
- Mettez ces informations **en rapport avec des connaissances**. Vous pouvez utiliser un tableau d'analyse comme ci-dessous.

Conseil

Lisez attentivement et plusieurs fois le(s) document(s).

Verbes de consigne des questions	Informations sélectionnées dans le(s) document(s)	Connaissances mobilisées
Décrire	Dire ce que l'on voit dans un ensemble (image, graphique)	Utiliser du vocabulaire précis
Relever	Faire une citation (texte) ou nommer des éléments précis (image, graphique)	Expliciter les éléments
Identifier	Désigner ou reconnaître une information dans les documents	Mettre en lien avec des mots-clés, des événements, des acteurs, des lieux
Justifier	Apporter des preuves et des explications pour confirmer ou réfuter une affirmation	Confronter les explications des documents avec les connaissances du cours
Expliquer	Exposer les causes et les conséquences d'une situation historique	Mettre en lien avec des mots-clés, des événements, des acteurs, des lieux
Montrer	Donner les caractéristiques d'une situation historique	Prouver la véracité des informations avec des connaissances précises

RÉDACTION

4 Rédiger la réponse aux questions

La rédaction répond à des **règles générales** en histoire.

> Rédigez des **phrases** pour l'ensemble de vos réponses.

> Utilisez **les informations sélectionnées dans le(s) document(s)** : citations d'un texte entre guillemets, éléments de description d'une photographie ou d'une iconographie, données chiffrées d'un document statistique.

> Mobilisez des **connaissances précises** : vocabulaire, événements, lieux, acteurs, données chiffrées.

> Utilisez des **connecteurs logiques** quand vous présentez plusieurs arguments.

> Vérifiez **l'orthographe** et la construction des phrases en relisant l'ensemble de vos réponses.

FICHE MÉTHODE 9

VERS BAC TECHNO

Répondre à des questions de connaissances

> Cet exercice consiste à **répondre de manière précise à des questions de connaissances.** Il vise à mettre en valeur à la fois vos **acquis** et la **qualité de votre rédaction.**

AU BROUILLON

1 Comprendre les questions et identifier les mots-clés

- Lisez plusieurs fois les questions.
- Relevez et expliquez les mots-clés.
- Identifiez le(s) verbe(s) de consigne pour comprendre quelle réponse est attendue.

2 Mobiliser des connaissances

- Listez au brouillon les connaissances qui permettent de répondre aux questions.
- Variez les informations mobilisées. Il peut s'agir d'acteurs, d'événements, de lieux, de chiffres-clés, de notions ou d'explications sur une situation historique ou géographique.
- Développez des arguments quand la question commence par *justifier, expliquer* ou *montrer.*

Conseil

Identifiez les pages du manuel qui traite du même sujet.

Verbes de consigne	
Définir	Apporter la définition précise d'une notion. *Exemples :* Définissez l'ostracisme. Proposez une définition d'humanisme.
Citer, nommer	Identifier des mots-clés, des événements, des acteurs, des lieux. *Exemples :* Citez deux mutations qui bouleversent la société d'ordres en France au XVIIIe siècle. Citez deux acteurs de l'indépendance des États-Unis.
Justifier, expliquer	Apporter des preuves ou des explications en répondant à des questions simples : qui ? quoi ? quand ? où ? pourquoi ? comment ? *Exemples :* Justifiez l'affirmation suivante : « Le système politique britannique a exercé une influence en France et aux Amériques ». Justifiez l'affirmation : « Versailles est-il un outil au service de Louis XIV ? Justifiez votre réponse. ».
Montrer	Développer des arguments en présentant une idée majeure, des explications et des exemples précis. *Exemples :* Montrez que la Renaissance est une période de renouveaux culturel et intellectuel. Montrez que les flux migratoires ont des effets différents pour les pays d'arrivée et de départ.
Localiser	Placer des repères géographiques sur une carte. *Exemple :* Localisez les principaux foyers de la Renaissance.

RÉDACTION

3 Rédiger les réponses aux questions

La rédaction répond à des **règles générales** en histoire.

> Rédigez des **phrases** pour l'ensemble de vos réponses.
> Mobilisez des **connaissances précises** : vocabulaire, événements, lieux, acteurs, données chiffrées.
> Utilisez des **connecteurs logiques** quand vous présentez plusieurs arguments.
> Vérifiez **l'orthographe** et la construction des phrases en relisant l'ensemble de vos réponses.

FICHE MÉTHODE 10

VERS BAC GÉNÉRAL

Analyser un ou deux document(s) avec une consigne

> Cet exercice consiste à **analyser** un ou deux documents, de natures diverses, en répondant à une **consigne**. La consigne suggère une **problématique** et des **idées** à mettre en avant dans votre analyse.

AU BROUILLON

1 Lire la consigne et le(s) document(s)

- Lisez plusieurs fois la consigne qui suggère un plan et le(s) document(s).
- Identifiez le(s) verbe(s) de consigne, le **thème**, les **mots-clés**, la **période** concernés.
- Définissez les mots-clés et les termes complexes du document.
- Reformulez la consigne à l'aide de ces éléments.

2 Identifier le(s) document(s)

- Notez les informations utiles pour identifier le(s) document(s) (nature, auteur, source, date de parution).
- Formulez l'idée principale du/des document(s).

3 Sélectionner les informations et les mettre en relation avec des connaissances

- Lisez à nouveau le(s) document(s) et **sélectionnez les informations** pertinentes en les surlignant. Ces informations peuvent être des chiffres, des faits, des dates, des mots-clés.
- Mettez ces informations **en rapport avec des connaissances**. Vous pouvez utiliser un tableau d'analyse comme ci-dessous.

Plan suggéré par la consigne	Informations sélectionnées dans le(s) document(s)	Connaissances mobilisées
Première partie suggérée par la consigne : ...	*– Recopiez ici des citations, des chiffres-clés, des localisations...* – « .... »	*– Définissez les mots-clés, explicitez le contexte, les chiffres, les localisations...* *– Expliquez les arguments de l'auteur...*
Deuxième partie suggérée par la consigne : ...	– « .... »	– ....

Conseil

Lorsque le sujet comporte deux documents, il faut veiller à ne pas les analyser séparément.
Il faut les confronter, c'est-à-dire distinguer leurs points communs et leurs complémentarités ou, au contraire, leurs différences et leurs oppositions.

RÉDACTION

4 Rédiger l'analyse de document(s)

- La rédaction finale doit comporter :

> une à deux phrases de **présentation du sujet et du/des document(s)** ;
> un **développement structuré** en deux ou trois **paragraphes** comportant les informations sélectionnées dans le(s) document(s) et des connaissances mises en relation ;
> une à deux phrases **conclusives** qui répondent à la consigne.

- La rédaction répond à des **règles générales** en histoire.

> Rédigez des **phrases** pour l'ensemble de votre réponse.
> Utilisez **les informations sélectionnées dans le(s) document(s)** : citations d'un texte entre guillemets, éléments de description d'une photographie ou d'une iconographie, données chiffrée d'un document statistique.
> Mobilisez des **connaissances précises** : vocabulaire, événements, lieux, acteurs, données chiffrées.
> Utilisez des **connecteurs logiques** quand vous présentez plusieurs arguments.
> Vérifiez **l'orthographe** et la construction des phrases en relisant l'ensemble de vos réponses.

Un exemple de **sujet traité**

Le parfait humaniste

Après avoir situé le document dans son contexte, expliquez ce qu'est un humaniste pour l'auteur.

Paragraphe 1 | Paragraphe 2

Je voudrais qu'il fût bien instruit des lettres ou de ces études que nous appelons les « humanités ». Qu'il soit familier avec le latin et le grec à cause de l'abondance et de la variété des choses qui furent si divinement écrites dans ces langues. Qu'il connaisse bien les poètes ainsi que les orateurs et les historiens et qu'il apprenne lui aussi à écrire en vers et en prose, en particulier dans notre propre langue [l'italien]. Je le louerai aussi de savoir plusieurs langues étrangères, particulièrement l'espagnol et le français [...]. Il devrait savoir également nager, sauter, courir et lancer des pierres pour la préparation au combat. Je ne serai pas satisfait s'il n'est aussi musicien et il doit jouer de divers instruments. Enfin, je ne voudrais pas lui voir négliger : le dessin et la peinture.

Baldassare Castiglione, *Le Parfait Courtisan*, 1528.

Mots-clés | Présentation du document | citations | connaissances | connecteurs logiques

Introduction

Au XVe et XVIe siècle, l'humanisme, apparu en Italie et en Flandres, se diffuse en Europe. Ce document de 1528 nous présente les humanistes, des savants qui, par la connaissance des textes antiques, visent à améliorer la condition de l'homme.

Paragraphe 1 (alinéa →)

Tout d'abord, Castiglione, qui publie son ouvrage Le Parfait Courtisan en 1528, évoque l'intérêt pour « le latin et le grec », faisant ainsi référence à la Renaissance, époque où se met en place une « république des lettres », c'est-à-dire un groupe d'humanistes qui s'échange courriers, idées et livres. Par ailleurs, il évoque sa « propre langue, [l'italien] », ce qui permet de préciser qu'il s'agit de la Renaissance italienne avec des foyers scientifiques et culturels comme Florence ou Rome.

saut de lignes →

Paragraphe 2

Castiglione décrit ce qu'est un humaniste. Premièrement, il doit « être bien instruit des lettres », notamment « le latin et le grec », pour traduire les ouvrages de l'Antiquité, considérée comme un âge d'or, tels ceux d'Aristote. L'humaniste doit aussi pratiquer les sciences dont « la science du dessin » car il valorise l'expérimentation afin de mieux connaître l'homme et le monde. Il réalise ainsi des croquis d'anatomie, comme Vésale. Ensuite, pour l'auteur, l'humaniste doit « savoir plusieurs langues étrangères » pour échanger avec les membres de la « république des lettres » tel Érasme. Enfin, il faut maîtriser « le dessin et la peinture » pour être un humaniste complet.

Conclusion

Ce document explique de manière idéalisée ce qu'est un humaniste au XVIe siècle : un savant et un lettré pratiquant l'ensemble des arts et des sciences pour mieux connaître l'homme et le monde.

Réponse concise à la consigne

FICHE MÉTHODE 11

VERS BAC GÉNÉRAL

Répondre à une question problématisée

> Cet exercice consiste à rédiger la réponse à une **question** à partir de **connaissances organisées** et **illustrées** par des **exemples.** Une consigne donne des indications sur les **arguments** à mettre en avant ainsi que leur organisation.

AU BROUILLON

1 Comprendre la question problématisée

- Lisez plusieurs fois la question problématisée.
- Identifiez et expliquez au brouillon le **thème**, les **mots-clés**, la **période** concernés.
- Repérez le plan suggéré dans la question problématisée, il vous donne l'ordre de vos paragraphes.

2 Mobiliser des connaissances et développer des arguments

- Listez des connaissances en lien avec la question problématisée.
- Ne gardez que celles qui répondent directement à la question posée pour former des **arguments.**
- Développez chaque argument grâce à des explications fondées sur des dates, des lieux, des acteurs, du vocabulaire.
- Illustrez chaque argument par au moins un **exemple précis et pertinent**.

Conseil

Pensez à varier vos exemples (différents lieux, différents événements...).

3 Organiser les arguments

- Regroupez vos différents arguments et exemples pour former deux ou trois paragraphes.
- Introduisez chaque paragraphe par une phrase présentant l'idée générale.

RÉDACTION

4 Rédiger la réponse à la question problématisée

- La rédaction finale doit comporter :
  > Une à deux **phrases de présentation du sujet**.
  > Un **développement organisé** en deux ou trois paragraphes comportant les arguments et les exemples choisis. Les **paragraphes** doivent être clairement identifiés.
  > Une à deux **phrases conclusives** qui répondent à la question problématisée.

En **histoire**, le plan peut être :
- **chronologique** pour présenter des faits par ordre chronologique ;
- **analytique** pour évoquer un fait historique : ses causes, son déroulement, ses conséquences ;
- **thématique** pour aborder différents aspects du sujet.

- La rédaction répond à des **règles générales** en histoire.

> Rédigez des **phrases** pour l'ensemble de votre réponse.
> Mobilisez des **connaissances précises** : vocabulaire, événements, lieux, acteurs, données chiffrées.
> Utilisez des **connecteurs logiques** quand vous présentez plusieurs arguments.
> Vérifiez **l'orthographe** et la construction des phrases en relisant l'ensemble de vos réponses.

Un exemple de **sujet traité**

Pourquoi la mise en place de la monarchie absolue par Louis XIV s'accompagne de critiques et de résistances ?

Vous montrerez que Louis XIV souhaite soumettre les élites et gouverner seul le royaume mais que sa volonté d'imposer un pouvoir personnel rencontre des limites et des oppositions.

Mots-clés

Question problématisée

Argument

Exemple

Connecteur logique

Introduction

Marqué par la Fronde et la régence, Louis XIV entend gouverner et administrer seul le royaume à partir de 1661.
Pourquoi la monarchie absolue souhaitée par Louis XIV rencontre-t-elle des limites et des résistances ?

alinéa → *Nous présenterons la mise en place du pouvoir personnel de Louis XIV, puis la forte centralisation de l'administration du royaume avant d'évoquer les limites d'une telle conception du pouvoir et de l'État.*

saut de lignes →

Paragraphe 1

Tout d'abord, Louis XIV souhaite soumettre à sa volonté les élites du royaume (nobles, parlements). Par exemple, c'est à Versailles, dès 1682, qu'il installe sa cour et son gouvernement. Là, il impose une étiquette et une mise en scène de sa gloire qui rayonnent sur toute l'Europe. Par ailleurs, considérant la minorité protestante comme une menace, il met en place les dragonnades (1681-1685) puis révoque l'édit de Nantes (1685). De nombreux huguenots quittent le royaume.

Paragraphe 2

Louis XIV prend seul les décisions. Il s'entoure de quelques ministres comme Colbert qui mène une politique marquée par le mercantilisme : création de manufactures royales (Gobelins) et de compagnies maritimes, hausse des tarifs douaniers sur des produits importés. De même, des intendants de police, justice et de finances le représentent le roi dans les provinces et appliquent les lois. Enfin, les travaux de fortification de Vauban contribuent à la protection du royaume.

Paragraphe 3

Toutefois, les moyens de la monarchie restent limiter pour administrer efficacement le royaume. Les élites locales n'hésitent pas à résister à certaines décisions alors que les hausses des taxes et les mesures antiprotestantes sont critiquées. Qui plus est, les guerres endettent le royaume et fragilisent les populations. En fin de règne, des révoltes (les Camisards) illustrent également les limites et les fragilités d'un État et d'un pouvoir personnel qui se rêvaient et se voulaient absolus.

Conclusion

En définitive, le règne de Louis XIV correspond à la volonté d'imposer un pouvoir personnel et un État centralisé à partir de Versailles qui devient le lieu de la mise en scène du pouvoir royal. Les limites financières, techniques et matérielles de la monarchie, mais aussi les guerres menées par le roi, font émerger des résistances, des critiques voire des oppositions à celle-ci.

Réponse concise à la question

LEXIQUE HISTOIRE

- **Académie :** institution qui rassemble des savants reconnus afin de promouvoir les sciences et/ou les arts.
- **Acculturation :** processus par lequel des individus assimilent une culture étrangère à la leur.
- ***Bill* :** En Angleterre, projet de loi. Une fois validé par le Parlement, il devient *Act*, c'est-à-dire une loi.
- **Bourgeois :** terme qui désigne à la fois un statut juridique (le bourgeois est citoyen d'une ville), et un statut social (un certain niveau de fortune, un mode de vie plutôt aisé).
- **Brevet :** acte juridique qui reconnaît à un inventeur la propriété intellectuelle de son œuvre.
- **Cacique :** chef de certaines tribus amérindiennes.
- **Califat :** territoire où s'exerce l'autorité du calife, souverain musulman considéré comme le successeur de Mahomet.
- **Capitainerie :** territoire confié par la Couronne portugaise à des particuliers afin qu'ils l'exploitent et l'administrent.
- **Centralisation :** organisation de l'État où l'autorité centrale prend des décisions qui s'imposent aux autorités locales.
- **Chiite :** adepte d'un courant religieux minoritaire de l'islam apparu au VIIe siècle.
- **Choc microbien :** augmentation rapide de la mortalité des Amérindiens causée par des maladies venues d'Europe et pour lesquelles ils n'étaient pas immunisés.
- **Civilisation :** ensemble de caractéristiques sociales, politiques, culturelles, morales et religieuses qui confèrent une unité à une société à une époque et sur un espace donnés.
- **Comptoir :** établissement commercial fondé par un État ou une entreprise dans un pays éloigné pour y développer des échanges.
- **Concile :** assemblée d'évêques qui se réunit pour prendre des décisions à propos d'affaires qui concernent la religion.
- **Conquistadors :** nom donné aux Espagnols qui réalisent la découverte, la conquête et la colonisation des Amériques.
- **Constitution :** ensemble de lois qui définissent l'organisation des pouvoirs et garantissent les droits des individus dans un État.
- **Contre-Réforme :** mouvement de réforme initié au sein de l'Église catholique romaine au XVIe siècle pour mettre un terme à des dérives et faire face à la Réforme protestante.
- **Controverse :** discussion argumentée entre plusieurs savants qui s'opposent sur une question.
- **Convention :** assemblée qui a pour objectif de préparer une constitution.
- **Croisade :** expédition militaire entreprise par des chrétiens dans un objectif religieux, notamment pour assurer le pèlerinage vers les lieux saints tels que Jérusalem.
- **Culte impérial :** culte public rendu à l'empereur et à la famille impériale.
- **Démagogue :** politicien qui, par son habileté à parler au peuple, parvient à le manipuler pour servir ses propres intérêts.
- **Démocratie :** système politique dans lequel la communauté des citoyens (*dèmos*) exerce sa souveraineté en participant à l'exercice du pouvoir (*kratos*) à travers des représentants élus ou tirés au sort.
- **Dîme :** impôt prélevé sur les récoltes et versé à l'Église ou à un seigneur.
- **Droit de veto :** pouvoir qui permet d'empêcher l'application d'une loi.
- **Droit divin :** principe selon lequel le roi est censé tenir son autorité de Dieu. Il n'a donc de compte à rendre à aucune instance humaine.
- **Émirat :** territoire musulman gouverné par un prince, l'émir.
- **Empereur :** terme désignant le citoyen qui domine la vie politique du monde romain à partir de 27 av. J.-C.
- **Empire :** régime politique où les institutions sont dominées par un seul homme, l'empereur.
- ***Encomienda* :** concession d'une terre de la Couronne d'Espagne à un colon pour l'exploiter avec les Amérindiens qui fournissent un travail et payent un tribut en échange de leur protection et de l'évangélisation.
- ***Encyclopédie* :** ouvrage qui réunit l'ensemble des connaissances dans un but éducatif.
- **État fédéral :** forme d'État souverain dans lequel des entités territoriales (États fédérés) disposent d'une large autonomie.
- **États généraux :** assemblées extraordinaires convoquées par le roi et réunissant des représentants des trois ordres.
- **Étiquette :** ensemble de règles et de codes qui régissent la vie du roi et de la cour.
- **Excommunier :** exclure un individu d'une Église chrétienne.
- **Fronde :** troubles politiques éclatant entre 1648 et 1653, pendant la régence d'Anne d'Autriche qui débute alors que Louis XIV a cinq ans.
- **Gabelle :** impôt royal sur le sel.
- **Héliocentrisme :** conception du monde qui place le Soleil au centre de l'Univers.
- **Hérésie :** doctrine religieuse condamnée par l'Église catholique.
- **Huguenot :** terme employé par les catholiques pour désigner les calvinistes.
- **Humanisme :** mouvement de pensée qui, par la redécouverte des textes antiques, vise à améliorer la condition de l'homme.
- **Impérialisme :** politique menée par un État pour exercer sa domination sur d'autres territoires.
- **Indulgences :** lettres vendues par la papauté accordant à son possesseur le pardon de ses péchés et réduisant son temps de purgatoire.
- **Industrialisation :** processus de développement de l'industrie au moyen de nouvelles techniques permettant une forte augmentation de la production dans de nombreux secteurs économiques.
- **Inquisition :** tribunaux de l'Église chargés depuis le Moyen Âge de juger les hérétiques.
- ***Insurgents* :** colons britanniques qui se sont révoltés contre l'Angleterre lors de la guerre d'indépendance des États-Unis d'Amérique.
- **Intendant :** agent nommé par le roi pour le représenter dans les provinces du royaume.

- **Jihad :** désigne l'« effort » de soumission à Dieu de chaque fidèle. Par extension, il devient l'effort nécessaire pour protéger et diffuser l'islam par la guerre si nécessaire.
- **Libéralisme :** doctrine qui place la liberté et les droits de l'individu au cœur de sa réflexion.
- **Ligue :** mouvement composé d'ultra-catholiques qui prennent les armes pour éradiquer le protestantisme et refuser toute forme de tolérance à leur égard.
- **Ligue de Délos :** alliance militaire conclue en 478 av. J.-C. entre Athènes et d'autres cités grecques pour se défendre contre les Perses.
- ***Limes* :** système de fortifications construites pour protéger certaines frontières du monde romain.
- **Lit de justice :** cérémonie où le roi vient en personne imposer sa décision au Parlement.
- **Loi salique :** règle successorale propre à la France, selon laquelle les femmes ne peuvent pas hériter de la Couronne.
- **Lumières :** mouvement littéraire et philosophique du XVIIIe siècle fondé sur le progrès, la tolérance et la liberté. Il s'oppose à l'obscurantisme et aux superstitions.
- **Manufacture royale :** établissement de production appartenant à des individus, mais bénéficiant de privilèges royaux : regrouper plusieurs métiers, détenir un monopole, recevoir des aides financières et des commandes d'État.
- **Mécène :** riche famille ou individu qui protège et finance des artistes.
- **Mercantilisme :** conception selon laquelle l'économie est entièrement soumise aux objectifs d'accroissement du stock d'or et d'argent présent dans le pays, en limitant notamment les importations et en favorisant les exportations.
- **Métèque :** étranger résidant à Athènes mais qui ne peut avoir les droits d'un citoyen.
- **Métissage :** influence mutuelle de groupes culturellement distincts qui entrent en contact. Ces contacts conduisent à la création de nouvelles formes culturelles hybrides.
- ***Misthos* :** somme versée aux citoyens athéniens pour exercer des charges politiques et compenser la perte de leur journée de travail.
- ***Mita* :** système dans lequel les hommes devaient un nombre de jours de travail à l'empereur inca. Il fut repris par l'administration coloniale espagnole.
- **Monarchie parlementaire :** régime monarchique où le gouvernement est responsable devant le Parlement.
- **Mondialisation :** mise en relation des régions du monde par les échanges.
- **Office :** fonction publique exercée au nom du roi qu'on peut acheter et qui anoblit.
- **Ostracisme :** procédure de vote visant à bannir un citoyen de la cité pendant dix ans.
- **Pasteur :** personne en charge de la gestion du culte dans une communauté réformée.
- **Philosophe :** au XVIIIe siècle, ce terme désigne un penseur s'intéressant à la société et à son organisation.
- **Plantation :** grande exploitation agricole où des produits sont cultivés par une main-d'œuvre servile.
- **Pouvoir absolu :** pouvoir « délié des lois ». Il ne connaît donc, en théorie, aucune limite et n'est contrôlé par aucune institution.
- **Principat :** régime politique dans lequel l'empereur domine la vie politique, tout en maintenant les institutions de la République.
- **Protestant :** chrétien adepte de la Réforme.
- **Purgatoire :** croyance en un espace intermédiaire entre le paradis et l'enfer destiné à « purger » les péchés commis pendant la vie et purifier l'âme.
- **Réforme :** volonté de réformer le christianisme par un retour aux textes fondateurs et à des pratiques plus simples. Le mouvement qui en est issu rompt avec l'Église catholique pour former les cultes protestants.
- **Régence :** délégation de pouvoir temporaire en raison de l'absence ou de la minorité du roi.
- **Renaissance :** renouveau culturel, artistique et scientifique en Europe marqué par un retour aux valeurs et aux esthétiques de l'Antiquité et par un esprit d'innovation.
- **République :** régime dans lequel la souveraineté appartient aux citoyens qui sont représentés par des assemblées ou des personnes élues.
- **« République des lettres » :** expression qualifiant le groupe des humanistes qui s'échangeait courriers, idées et livres.
- **République maritime :** cité indépendante à la tête d'un empire commercial grâce au développement de ses activités maritimes.
- **Révolte de subsistance :** émeute qui survient lorsque l'alimentation manque.
- **Révolution industrielle :** expression apparue au XIXe siècle pour qualifier le passage d'une économie essentiellement agricole à une économie où la production des biens est mécanisée.
- **Romanisation :** processus d'échanges entre la culture romaine et les autres cultures du monde romain, soit par appropriation, soit par adaptation.
- **Salon :** lieu de réunion privé accueillant des élites politiques, scientifiques, artistiques et littéraires.
- **Schisme :** division d'une communauté religieuse à la suite de divergences et désaccords.
- **Société d'ordres :** société fondée sur des groupes sociaux fermés et héréditaires (noblesse et tiers état), chaque ordre ayant une fonction spécifique.
- **Suffrage censitaire :** système électoral où seuls les individus disposant d'un certain niveau de richesse (le cens) votent.
- **Sultan :** souverain de l'Empire ottoman.
- **Sunnite :** adepte du courant religieux majoritaire de l'islam apparu au VIIe siècle.
- **Tolérance civile :** fait d'accepter les protestants dans le royaume à défaut de pouvoir les convertir au catholicisme par la force.
- **Traite atlantique :** commerce d'esclaves africains déportés aux Amériques.

BIOGRAPHIES

ANNE D'AUTRICHE
(1601-1666)
Épouse du roi Louis XIII et reine de France de 1615 à 1643. Elle exerce la régence avec l'appui du cardinal Mazarin jusqu'à la majorité de Louis XIV en 1661.

CHÂTELET, ÉMILIE DU
(1706-1749)
Femme de sciences et de lettres, elle est élue à l'académie des sciences de Bologne, elle est également la première femme dont un ouvrage a été publié par l'Académie royale des sciences.

COUDRAY, ANGÉLIQUE DU
(1712-vers 1790)
Sage-femme ayant exercée à Paris, elle forme plusieurs milliers de femmes et des médecins aux techniques d'accouchement en utilisant des outils qu'elle élabore, dont la « machine ».

ASPASIE
(470-400 av. J.-C.)
Originaire de la cité de Millet en Asie Mineure, elle est issue d'un milieu social très aisé et reçoit une excellente éducation. Elle vit à Athènes où elle est une métèque. Elle y rencontre Périclès avec lequel elle entretient, selon les sources, une relation amoureuse ou une profonde amitié.

CLAIRVAUX, BERNARD DE
(1090-1153)
Abbé cistercien. En 1146, il soutient l'appel à la croisade lancé par le pape Eugène III pour défendre les royaumes chrétiens d'Orient menacés par l'avancée des Turcs seldjoukides.

ÉRASME
(1469-1536)
Prêtre originaire des Pays-Bas, il est considéré comme le « prince des humanistes » pour son érudition et son influence sur les penseurs de son temps. Il a écrit de nombreux ouvrages sur la religion, la philosophie et l'histoire.

CABRAL, PEDRO ÁLVARES
(vers 1460-vers 1520)
Navigateur portugais, il est chargé par le roi portugais Manuel Ier de poursuivre l'œuvre de Vasco de Gama. En 1500, alors qu'il cherche de nouvelles routes maritimes vers l'Orient, son expédition arrive sur une terre inconnue, le Brésil.

COLBERT, JEAN-BAPTISTE
(1619-1683)
Ministre de Louis XIV, il cumule à partir de 1665 un grand nombre de charges, ce qui permet d'orienter la politique économique du royaume, mais aussi de réformer l'administration de l'État.

FRANÇOIS IER
(1494-1547)
Roi de France de 1515 à 1547. Son règne est marqué par l'usage obligatoire du français dans les actes juridiques et administratifs et par des guerres en Italie (contre Charles Quint).

CASAS, BARTOLOMÉ DE LAS
(1484-1566)
Ancien colon espagnol possédant une encomienda sur l'île d'Hispaniola, il intègre ensuite un ordre religieux et plaide en faveur d'une colonisation pacifique fondée sur le consentement des Amérindiens et l'évangélisation.

CONSTANTIN IER
(vers 272-337)
Proclamé empereur par ses troupes en 306, il vainc ses adversaires (Maxence, Licinius) et redevient le seul maître de l'Empire romain. C'est le premier empereur à se convertir au christianisme.

GALILÉE
(1564-1642)
Professeur de mathématiques à l'université de Padoue (Italie), Galilée confirme la théorie de l'héliocentrisme de Nicolas Copernic (1473-1543). En 1633, il est condamné pour cette théorie par l'Église et doit se rétracter.

GUÉRIN DE TENCIN, CLAUDINE

(1682-1749)

Issue de la petite noblesse, elle ouvre à Paris un salon appelé le « bureau d'esprit » en 1717. Initialement lieu de discussions sur la politique et les finances, il devient un centre littéraire et philosophique.

HENRI IV

(1553-1610)

Roi de France de 1589 à 1610, il met fin aux guerres de religion dans le royaume de France et instaure une tolérance civile. Il est assassiné en 1610 par l'ultra-catholique Ravaillac.

LOUIS XIV

(1638-1715)

Roi à 5 ans en 1643, il se confronte à la Fronde. En 1661, il décide de gouverner sans premier ministre et de s'impliquer dans la gestion des affaires gouvernementales. Il installe la cour à Versailles et renforce l'administration.

LUTHER

(1483-1546)

Moine et théologien allemand, il dénonce la vente des indulgences. En 1517, il publie ses 95 thèses contre les dérives de l'Église. Excommunié en 1521, il bénéficie de la protection de princes allemands et organise la Réforme luthérienne.

MÉDICIS, MARIE DE

(1573-1642)

Issue de la noblesse de Florence (Italie), elle épouse Henri de Navarre, futur Henri IV, en 1600. Après l'assassinat de son mari en 1610, elle exerce la régence jusqu'en 1614 pendant la minorité de Louis XIII. Elle est ensuite chef du Conseil du roi de 1614 à 1617.

MEHMED II

(1432-1481)

Septième sultan ottoman, dit « le Conquérant » après la chute de Constantinople, qui devient la nouvelle capitale de l'Empire ottoman.

MICHEL-ANGE

(1475-1564)

Sculpteur, peintre, architecte et poète italien, Michel-Ange est l'un des plus grands artistes de la Renaissance. Ses sculptures les plus connues sont le David, le *Tombeau du pape Jules II* et *La Pietà*. Il a également peint le plafond de la chapelle Sixtine.

NEWCOMEN, THOMAS

(1663-1729)

Pasteur et mécanicien anglais, il développe une machine à vapeur qui permet de pomper l'eau des puits de mine.

OCTAVE-AUGUSTE

(63 av. J.-C.-14 ap. J.-C.)

Héritier de Jules César, Octave met un terme à une période trouble à Rome, les guerres civiles. Le Sénat lui remet les titres d'Auguste et de Princeps en 27 av. J.-C. À sa mort, il concentre entre ses mains les principaux pouvoirs des institutions romaines.

PÉRICLÈS

(vers 495-429 av. J.-C.)

Élu stratège de 443 à 429 av. J.-C., il entreprend des réformes importantes pour améliorer le fonctionnement de la démocratie. Il renforce la domination d'Athènes sur son alliance et impulse de grands travaux comme la construction du Parthénon.

VOLTAIRE, FRANÇOIS-MARIE AROUET DIT

(1694-1778)

Écrivain et philosophe français, il défend la tolérance et la liberté des individus. Exilé en Angleterre, il l'érige en modèle du libéralisme.

WASHINGTON, GEORGE

(1732-1799)

Issu d'une famille de colons américains, il s'engage d'abord dans l'armée coloniale anglaise. Pendant la guerre d'indépendance des États-Unis (1775-1783), il est désigné chef d'état-major de l'armée continentale des treize colonies. Il préside ensuite la Convention chargée de rédiger la Constitution en 1787 et il est élu premier président des États-Unis en 1789.

Crédits photographiques

Couverture :

Benozzo Gozzoli, *Procession des Rois mages*, détail, 1459-1460, chapelle des Mages du palais Medici-Riccardi, Florence.
Cette fresque de la Renaissance italienne, commandée par Cosme de Médicis, représente un jeune prince à cheval (probablement Laurent de Médicis), suivi d'un long cortège où défile des membres de cette puissante famille de Florence, des diplomates, des membres de leur clientèle et l'artiste lui-même.
Photo SCALA, Florence - Courtesy of the Ministero Beni e Att. Culturali e del Turismo, Dist. GrandPalaisRmn/image Scala

p. 18 : Fine Art Images/Bridgeman Images – **p. 19 :** Musée Carnavalet/Roger-Viollet ; Photo Josse/La Collection – **p. 22-23 :** Amazing Aerial Agency/ABACA – **p. 24 :** George Pachantouris/Getty Images (reprise p. 43) – **p. 29 :** Luisa Ricciarini/opale.photo – **p. 30 :** Iberfoto/Roger-Viollet (reprise p. 43) – **p. 31 :** NPL/opale.photo ; Konstantinos Kontos/La Collection – **p. 32 :** BPK, Berlin, Dist. GrandPalaisRmn/Jürgen Liepe ; The British Museum, Londres, Dist. GrandPalaisRmn/The Trustees of the British Museum – **p. 33 :** GrandPalaisRmn (musée du Louvre)/Maurice et Pierre Chuzeville ; akg-images/Pietro Baguzzi – **p. 36 :** NPL/opale.photo – **p. 37 :** Florence Maruejol/Aurimages – **p. 38 :** The Granger Collection, New York/Coll. Christophel – **p. 39 :** Photo12/Alamy/Science History Images ; Luisa Ricciarini/Bridgeman Images – **p. 44 :** Musées des Beaux-Arts de Dijon/François Jay (reprise p. 43) – **p. 45 :** The British Museum, Londres, Dist. GrandPalaisRmn/The Trustees of the British Museum – **p. 48 :** Photo12/Alamy/Stefano Politi Markovina (reprise p. 65) – **p. 53 :** BnF ; Photo12/Alamy/EmmePi Images (reprise p. 65) – **p. 54 :** British Library/Aurimages (reprise p. 65) ; Photo Josse/Bridgeman Images – **p. 58 :** Photo12/Alamy/CPA Media Pte Ltd ; BnF (reprise p. 65) – **p. 59 :** Photo Josse/Bridgeman Images – **p. 60 :** Bridgeman Images – **p. 61 :** NPL/opale.photo (reprise p. 65) – **p. 66 :** Burgerbibliothek of Berne – **p. 67 :** BnF ; BnF – **p. 70-71 :** GrandPalaisRmn (musée du Louvre)/Hervé Lewandowski – **p. 72 :** BnF (reprise p. 89) – **p. 74 :** Aurimages ; Fineart/opale.photo ; NPL - DeA Picture Library/Bridgeman Images (reprise p. 76) ; Collection British Library/Kharbine-Tapabor – **p. 77 :** Granger - Historical Picture Archive/Alamy Stock Photo (reprise p. 89) – **p. 79 :** Photo12/Alamy/Penta Springs Limited – **p. 82 :** Granger Coll NY/Aurimages – **p. 83 :** Gianni Dagli Orti/Aurimages (reprise p. 89) – **p. 84 :** NPL/opale.photo (reprise p. 89) ; British Library/Aurimages – **p. 85 :** Bridgeman Images – **p. 90 :** Content_DFY/Aurimages (reprise p. 89) – **p. 94 :** Photo SCALA, Florence, Dist. GrandPalaisRmn/image Scala (reprise p. 113) – **p. 98 :** Fineart/opale.photo (reprise p. 113) ; Tallandier/Bridgeman Images – **p. 99 :** The Print Collector/Heritage Images/Coll. Christophel (reprise p. 113) ; Collection NBL/Kharbine-Tapabor – **p. 100 :** www.bridgemanimages.com ; Ashmolean Museum of Art and Archaeology/Heritage Images/Coll. Christophel ; www.bridgemanart.com ; Achat, legs de Joseph Pulitzer, 1924 /The Metropolitan Museum of Art – **p. 101 :** Artothek/LA COLLECTION ; Domingie & Rabatti/La Collection – **p. 104 :** www.bridgemanart.com – **p. 105 :** BnF (reprise p. 113) ; Luisa Ricciarini/opale.photo – 106H Christie's Images/Bridgeman Images ; 106B Nationalmusem, Stockholm ; 107 CC BY-SA 4.0 MarcitoFuRe ; – **p. 108 :** AME/opale.photo ; BnF – **p. 109 :** Heritage Art/Heritage Images/Aurimages (reprise p. 113) ; Collection Kharbine-Tabapor – **p. 114 :** Artothek/La Collection – **p. 118-119 :** Royal Collection Trust/© His Majesty King Charles III, 2024/Bridgeman Images – **p. 120 :** G. Dagli Orti / De Agostini Picture Library/Bridgeman Images (reprise p. 139) – **p. 124 :** Darchivio/opale.photo ; Photo Josse/La Collection (reprise p. 139) – **p. 126 :** Fineart/opale.photo ; Photo Josse/La Collection – **p. 127 :** Bridgeman Images ; Société de l'histoire du protestantisme français, Paris (reprise p. 139) – 128H Bridgeman Images ; 128BG Photo Josse/Bridgeman Images ; 128BD Art Institute of Chicago ; 128BD Art Institute of Chicago ; 129H Bridgeman Images ; 129M cgb.fr - Numismatique, Paris ; 129BG Collection Christophel © High sea production/Scope pictures/Motion Partners 129BD extrait de l'ouvrage Les Reines de France, Parce que l'Histoire s'écrit aussi au féminin, par Caroline Charron, autrice, Virginie Berthemet, illustratrices © Casterman - « Avec l'aimable autorisation des auteurs et des Editions Casterman » – **p. 132 :** Bridgeman Images (reprise p. 139) ; NPL/opale.photo – **p. 133 :** Château de Versailles, Dist. GrandPalaisRmn/Jean-Marc Manaï – **p. 134 :** akg-images/De Agostini Picture Library – **p. 135 :** Bridgeman Images (reprise p. 139) ; Bridgeman Images – **p. 140 :** BnF (reprise p. 138) – **p. 141 :** BnF ; BnF – **p. 142 :** Photo Josse/Bridgeman Images – **p. 143 :** Photo12/Heritage Images/Fine Art Images – **p. 144 :** Royal Collection Trust/© His Majesty King Charles III, 2023/Bridgeman Images (reprise p. 159) – **p. 148 :** Royal Collection Trust/© His Majesty King Charles III, 2023/Bridgeman Images – **p. 149 :** James Brittain. All rights reserved 2024/Bridgeman Images – **p. 151 :** Iberfoto/Bridgeman Images (reprise p. 161) ; Bridgeman Images (reprise p. 161) – **p. 154 :** Granger Coll NY/Aurimages (reprise p. 161) ; World History Archive/Collection Christophel – **p. 155 :** Yale University Art Gallery Everett Collection/Bridgeman Images – **p. 156 :** Photo12/Heritage Images/Fine Art Images ; Photo12/Alamy/Metbot (reprise p. 161) – **p. 157 :** Fineart/opale.photo ; Bridgeman Images – **p. 162 :** Granger/Bridgeman Images – 166-167 : Bridgeman Images – **p. 168 :** Fine Art Images/Heritage Images/Aurimages – **p. 172 :** akg-images/Rabatti & Domingie (reprise p. 187) ; Novapix/Bridgeman Images – **p. 173 :** Château de Breteuil/Kharbine-Tapabor (reprise p. 187) ; NPL/opale.photo – **p. 174 :** Bridgeman Images ; Photo12/Alamy/Vinard Collection – **p. 175 :** Collection F. Grob/Kharbine-Tapabor (reprise p. 187) ; Darchivio/opale.photo (détail) – **p. 176 :** Darchivio/opale.photo (reprise p. 175) – 176 The MET Museum ; 177H Bibliothèque de l'Académie nationale de médecine ; 177M CC BY-SA 2.0 Frédéric BissonISSON ; 177BG La sage- femme du roi, de Adeline Laffitte et Hervé Duphot © Éditions Delcourt, 2023 © Éditions Delcourt, 2023» ; – **p. 180 :** Archives Charmet/Bridgeman Images (reprise p. 187) ; Look and Learn/Bridgeman Images – **p. 182 :** Heritage Art/Heritage Images – **p. 183 :** Ironbridge Gorge Museum Angleterre/Aurimages (reprise p. 187) – **p. 188 :** Bridgeman Images – **p. 192 :** GrandPalaisRmn (Château de Versailles)/image GrandPalaisRmn (reprise p. 209) – **p. 196 :** Photo Josse/Bridgeman Images (reprise p. 209) – **p. 197 :** Manuel Cohen/Aurimages – **p. 199 :** Photo12/Alamy/piemagsABTB (reprise p. 209) – **p. 203 :** Photo Josse/Bridgeman Images (reprise p. 209) – **p. 204 :** NPL/opale.photo ; Musée du Château de Versailles/Aurimages (reprise p. 209) – **p. 205 :** Collection Jean Vigne/Kharbine-Tapabor

Achevé d'imprimer en Espagne par Macrolibros
Dépôt légal : avril 2024 - Collection n° 32 - Édition 01
11/5668/7